Drago Jančar

———

WENN
DIE LIEBE
RUHT

Roman

Aus dem Slowenischen
von Daniela Kocmut

Paul Zsolnay Verlag

Die Originalausgabe erschien erstmals 2017 unter
dem Titel *In ljubezen tudi* im Verlag Beletrina, Ljubljana.

Diese Ausgabe wurde durch die Slowenische Buchagentur und
die Trubar Foundation des Slowenischen Schriftstellerverbands,
Ljubljana, Slowenien, ermöglicht.

Ausschnitte aus dem Gedicht *So werden wir nicht mehr schweifen* von George
Gordon Noel Byron (Lord Byron): © der Übersetzung: Walter A. Aue, 2018
Die Übersetzungen der Zitate von Karel Hynek Mácha stammen von
Ondřej Cikán aus: K. H. Mácha: *Mai*, Labor 2012 (Kētos 2020) und
K. H. Mácha: *Briefe im Feuer*, Kētos 2019.

3. Auflage 2020
ISBN 978-3-552-05950-4
© Drago Jančar 2017
Alle Rechte der deutschsprachigen Ausgabe
© 2019 Paul Zsolnay Verlag Ges.m.b.H., Wien
Satz: Ivonne Stark, Wien
Autorenfoto: © Jože Suhadolnik / Delo
Umschlag: Anzinger und Rasp, München
Motiv: Postkarte von Maribor, 1943
Druck und Bindung: CPI books GmbH, Leck
Printed in Germany

———

ERSTES KAPITEL

Das Mädchen von der Fotografie

I

Auf der Fotografie, die von einem unbekannten Fotografen
aufgenommen wurde, sind zwei schlanke junge Mädchen zu sehen: die eine in einem karierten Rock, einer leichten Strickjacke
und mit dunklen Strümpfen, die andere mit einem schwarzen
Mantel und schön geflochtenen Zöpfen, die ihr über den Rücken fallen. Dieses Mädchen trägt keine Strümpfe, offenbar
handelt es sich hier um den letzten Rest, um die letzten Atemzüge des warmen Sommers, möglicherweise um frühe Septem-
bertage. Eine Aufnahme von einem Vormittag, an dem die Bewohner der Stadt eilig ihre Besorgungen erledigen, eine Frau
mit einer Aktentasche, einige stehen lediglich herum. Hier ein
Mann mit einem Fahrrad, der mit jemandem plaudert, wahrscheinlich über das Wetter, ein anderer zieht an einer Zigarette
und qualmt in den blauen Tag hinein. Ein aufmerksamer Beob-
achter mag bemerken, dass mit der Aufschrift am großen
Gebäude etwas geschehen ist: Das HOTEL OREL war zum
HOTEL ADLER geworden; eine kleine Korrektur, der prak-
tisch veranlagte Besitzer hatte nur zwei neue Buchstaben anfer-
tigen lassen, das A und das D, und auch das Wort RESTAV-
RACIJA war zu RESTAURANT geändert worden. In der
unteren Ecke rechts, mit dem Rücken zum Fotografen, geht ein
Mann in Uniform. Er trägt schwarze Stiefel, einen grauen Mi-
litärrock, am Gurt eine Pistole. Das idyllische Bild eines ruhigen frühherbstlichen Vormittags in einer Straße von Maribor
schlägt im Nu in eine Atmosphäre unsichtbarer Angespannt-

heit um: Woher kommt er, wohin marschiert dieser uniformierte Mann, es handelt sich ziemlich sicher um die Uniform einer Schutzstaffel-Einheit, der unbekannte SS-Mann kommt aus einer Ecke der Aufnahme und befindet sich auf dem Weg in ihr Zentrum. Er scheint nur im ersten Augenblick unbekannt, schon im nächsten Moment blickt sich die hellhaarige junge Frau im karierten Rock und den schwarzen Strümpfen zum Mann in Uniform um und sagt zu ihrer Freundin:

– Sieht der nicht genau so aus wie Ludek?

Die Freundin mit den Zöpfen erhascht noch im letzten Moment das Profil des vorbeigehenden deutschen Offiziers.

– Ich glaube, das könnte er sein, sagt sie. Er sieht ein wenig erwachsener aus, sie lacht.

Doch sie wird rasch ernst, als sie das Gesicht ihrer Freundin sieht.

Das Gesicht des Mädchens in Karo-Rock und schwarzen Strümpfen sieht besorgt aus, irgendetwas bedrückt sie, vielleicht hat sie ihrer Freundin soeben von dem, was sie bedrückt, erzählt, plötzlich schießt ihr eine Erkenntnis durch den Kopf.

– Er ist es, sagt sie, ich kenne ihn.

Eine Zeit lang sehen sie ihm nach.

– Denkst du daran, es ihm zu sagen?, fragt das Mädchen im Karo-Rock mit aufgeregter, beinahe leicht zitternder Stimme.

– Ich würde es ihm an deiner Stelle sagen, nickt ihr die Freundin mit den Zöpfen ermunternd zu und zuckt mit den Schultern: Fragen kostet nichts, oder?

Das Mädchen im Karo-Rock tritt nervös von einem Fuß auf den anderen.

– Ich werde meinen Vater bitten, mit ihm zu sprechen, er kennt ihn gut.

Und kurz darauf fügt sie hinzu:

– Wenn er nur dazu bereit sein wird.

– Sonja!, ruft die Freundin und lächelt fast ein wenig neckisch: Ich glaube, es würde mehr fruchten, wenn du es ihm sagst.

Dieses Lächeln ist redundant, es ist nicht notwendig. Sonja, die nervös ihre Handtasche in ihren Händen zusammendrückt, ist nicht zum Lachen zumute, auch nicht zum Lächeln, obwohl sie nun bald lächeln würde müssen; wenn sie mit jenem Mann sprechen wollte, würde sie sehr freundlich lächeln müssen.

Der Mann in Uniform befindet sich mit seinem bestimmten Schritt nun schon tief in der Fotografie, dort gegen Ende der Straße, die nun Burggasse heißt.

– Was sein wird, wird sein, sagt plötzlich das blonde Mädchen im Karo-Rock, drückt ihre Handtasche fester an sich und läuft dem Offizier hinterher. Mochte sie noch so schnell gehen, sie hätte ihn nicht eingeholt. Sie rennt los.

2

Ich sehe sie, wie sie den Gehsteig entlang der Fenster des Kaffeehauses Astoria dem Mann in Uniform nachläuft, die Slovenska entlang, vor Jahren hieß sie noch Slovenska, Slovenska ulica, noch einige Jahre früher, als hier noch Österreich war, hieß sie Windischstraße, nun heißt sie Burggasse, sie läuft dem deutschen Offizier nach, sie kommt ihm immer näher. Für einen Augenblick verliert sie ihn aus den Augen, der Offizier biegt hinauf in die Tyrševa, vor einigen Jahren war das noch die Tyrševa, nun ist es die Herrengasse. Das Mädchen im Karo-

Rock, Sonja, bleibt an der Ecke stehen, holt tief Luft und blickt ihm nach. Es sieht so aus, als hätte sie es sich anders überlegt, als ob sie es nicht könne. Aber sie muss es tun, eine gewisse Hoffnung sagt ihr, dass sie das tun muss. Einen Augenblick später fasst sie einen Entschluss und geht die Straße hinauf. Bald geht sie fast im Gleichschritt mit ihm, sie versucht gleichmäßig zu atmen, sie will nicht, dass er sie so außer Atem sieht, sie will, dass es aussieht, als mache sie gerade einen Spaziergang, dass sie möglicherweise auf dem Weg in den Park sei oder dass sie in dieser Richtung etwas zu erledigen habe. Sie geht beinahe neben ihm, vielleicht einen Schritt hinter ihm, vielleicht kann sie sich wieder nicht entscheiden, ob sie ihn ansprechen soll, vielleicht traut sie sich nicht, vielleicht schlägt ihr Herz schneller. Dann überholt sie ihn schnellen Schrittes, dreht sich zu ihm um und sagt, als hätte sie ihn soeben bemerkt:

– Das bist doch du, Ludek.

Der Offizier sieht sie an.

– Erinnerst du dich nicht an mich?, lächelt das Mädchen im Karo-Rock, sie muss lächeln.

Der Mann bleibt stehen, er mustert sie mit seinem Blick, es scheint, als erkenne er sie nicht.

– Kennst du mich denn nicht?, sagt das Mädchen und drückt die Handtasche enger an die Brust. Ich bin es, Sonja.

– Was wollen Sie?, sagt der Offizier auf Deutsch mit einer unangenehmen, abgehackten Stimme und durchbohrt sie mit seinem Blick, in dem dennoch ein Hauch Neugierde steckt, vielleicht kommt sie ihm doch bekannt vor.

Sonja kann auch Deutsch, diese Sprache fällt ihr nicht schwer, sie hat sie im Gymnasium gelernt, auch sonst spricht man in dieser Stadt nun nur noch Deutsch, daher ist sie ein wenig verlegen, weil sie ihn auf Slowenisch angesprochen hat. Und das einen Soldaten in deutscher Uniform, einen Offizier, den sie um etwas bitten will.

Das Gespräch hätte somit schon zu Ende sein können, ehe es begonnen hat, wenngleich Ludek auch Slowenisch spricht, Sonja weiß das genau, vor ungefähr fünfzehn Jahren, damals war sie noch ein kleines Mädchen gewesen, hatte er Slowenisch gesprochen.

– Wir sind am Bachern gemeinsam Ski gefahren, beeilt sich Sonja auf Deutsch zu sagen, Sie trugen einen blauen Pullover, sie beginnt ihn zu siezen, sein Blick ist so, seine Stimme wirkt so, dass sie nicht einfach sagen kann: Du, Ludek.

– Der Herr hatten einen blauen Pullover an, fährt sie rasch und kurzatmig fort und lächelt, so einen mit einem weißen Streifen quer darüber ... Sie kannten meinen Vater, sein Name ist Anton, Anton Belak ... Gewiss erinnern Sie sich ... Wir waren einmal zusammen Ski fahren, Sie haben mir aufgeholfen, als ich in den Schnee gefallen bin, ich war völlig nass ... nasser Schnee.

All das sagt sie in einem Atemzug und sieht ihn voller Erwartung an.

Den Offizier dünkt etwas, bei der Erwähnung des Namens ihres Vaters blitzt etwas auf, aber es scheint, als ob er nichts davon wissen wolle, damals hatte man ihn wirklich Ludek genannt, nun heißt er Ludwig, er war immer schon Ludwig gewesen, man hatte ihn nur mit diesem slowenischen Barbarismus gerufen.

Er blickt sie an, auf einmal beginnt er zu lachen.

– Wir waren wirklich da oben Ski fahren, ja, waren wir wirklich.

– Und ich bin in den Schnee gefallen.

– Sie sind in den Schnee gefallen?

– Und Sie haben mir aufgeholfen. Ich war ganz nass, ich hatte einen Stock verloren.

– Ah, einen Stock?

– Einen Skistock, wir haben im Schnee danach gesucht.

Ludwig sieht auf seine Uhr.

– Und Ihr Vater?, fragt er. Was ist mit Ihrem Vater?

Er wartet die Antwort nicht ab, er hat es eilig, er hat eine verantwortungsvolle Aufgabe in dieser Stadt, eine überaus verantwortungsvolle Aufgabe, er kann nicht bis in alle Ewigkeit auf der Marburger Straße stehen und mit einem Mädchen plaudern, das er einst nass aus dem Schnee gezogen hat, vielleicht auch den Skistock, er blickt auf die Uhr und sagt, seine Arbeit warte auf ihn. Er denkt aber auch, dass das Mädchen schon eine Frau ist, er hätte nichts dagegen, sie wieder aus dem Schnee zu ziehen.

– Und wie sieht es nach der Arbeit aus?, sagt Sonja und spürt, wie ihr die Röte ins Gesicht gestiegen ist. Vielleicht könnten wir nach der Arbeit gemeinsam Tee trinken? Im Kaffeehaus?

Verwundert, auch ein wenig argwöhnisch, sieht er sie an. Er hat gewiss eine Position inne, die ihn bei einem solchen Angebot augenblicklich etwas stutzig werden lässt.

– Ist mit Ihrem Vater etwas nicht in Ordnung?, fragt er geradeheraus, weil er ahnt, dass hinter diesem Tee ein Problem steckt, worüber das Mädchen reden möchte.

– Nicht mit dem Vater, sagt Sonja leise.

– Wenn es etwas Amtliches ist, kommen Sie in mein Büro, sagt Ludwig, nickt höflich und setzt seinen Weg fort.

Sonja schweigt und blickt zu Boden. Ihre Handtasche drückt sie mit solcher Kraft, dass ihre Haut an den Fingerknöcheln weiß wird. Sie könnte ihm nachgehen, sie könnte sagen, dass sie einen Teil des Weges gemeinsam gehen könnten. Aber sie kann nicht, das kann sie nicht mehr, sie hat getan, was sie konnte. Sie bleibt stehen und blickt ihm nach.

– Nur einen Tee, ruft sie, sie weiß selbst nicht, woher sie die Kraft für diese Demütigung nimmt. Einen deutschen Offizier auf offener Straße um eine Verabredung anzubetteln. Und das, obwohl es nur Ludek war, Ludek, der Skifahrer aus ihrer Kindheit. Sie muss die vielsagenden Blicke der Passanten ertragen und auch sein gnädiges Lächeln, als er sich umdreht, in seinem entschlossenen Schritt innehält, sich umdreht und sagt:

– In Ordnung. Morgen Nachmittag habe ich frei. Um fünf im Theresienhof. Und ich heiße nicht Ludek. Mein Name ist Ludwig.

Sonja nickt, bleibt mitten auf der Straße stehen und blickt seinem breiten Rücken nach, seinen schwarzen Stiefeln, dem entschlossenen Gang von Ludwig Mischkolnig, der mit seinen Stiefeln und in seiner SS-Uniform seinen Dienstpflichten entgegengeht. Sie weiß, wo der Theresienhof ist, vor ein paar Jahren noch hieß das Kaffeehaus Velika kavarna, nun sitzen dort deutsche Offiziere herum, Mädchen wie Sonja kehren dort nicht ein, aber sie wird hingehen, sie muss hingehen.

3

– Ihr Deutsch, sagt Ludwig Mischkolnig, während er sich eine Zigarette anzündet, Ihr Deutsch ist herausragend.

Nun ist er in Zivil gekleidet, trägt einen eleganten dunklen Nadelstreifenanzug, mit dünnen blauen Streifen. Sonja kommt er nun wirklich jenem Ludek ähnlicher vor, den sie einmal gekannt hatte.

– Warum siezen Sie mich, Sie müssen mich nicht siezen, wir kennen uns schon lange.

Sonja möchte mit ihm reden, wie zwei, die sich schon lange kennen, und sie kennen sich wirklich, obwohl er sich wohl nur flüchtig daran erinnert.

– Stimmt ja, sagt Ludwig. Als ich dich dort oben am Bachern aus dem Schnee gezogen habe, warst du noch ein kleines Mädchen.

– Nicht ganz klein, wie alt war ich, in etwa zwölf Jahre alt. Aber ich kann mich an alles genau erinnern. Ihr Erwachsenen habt Glühwein getrunken, wir Kinder haben Kekse gegessen, meine Mutter hatte welche mitgebracht.

– Glühwein, genau.

Er bläst eine kleine runde Rauchwolke aus, die sich über seinem Kopf in einen zitternden Kreis verwandelt. Zufrieden beobachtet er sein bläuliches Erzeugnis aus Rauch, auch Sonja beobachtet es, sie würde lächeln, wenn es sich hier nicht um eine so ernste Sache handelte, vielleicht wäre es aber dennoch nicht schlecht, wenn sie lächelte, ein wenig verkrampft kichert sie los.

– Wie machst du das denn?, fragt sie mit einem bewundernden Blick. Ach, sie tut nur so, als bewundere sie das Paffen dieser Wolken, es interessiert sie keinen Deut, sie bemüht sich, ihm mit Bewunderung in die Augen zu blicken, es fällt ihr jedoch schwer, da seine Augen einen grünen, kühlen Farbton besitzen.

– Willst du es probieren?

– Ich rauche nicht, sagt Sonja.

Was nicht stimmt. Früher hatte sie mit ihrem Freund geraucht. Mehr zum Spaß, es war lustig, im Bett Rauch in die Luft zu paffen.

– Es ist nicht schwer, lächelt Ludwig. Das geht so.

Wieder pafft er einen bläulichen Ring zur Zimmerdecke hoch und beobachtet, wie er sich auflöst. Als hätte er es überhaupt nicht eilig und hätte viel Zeit. Alle Zeit der Welt. Sonja durchzuckt ein eigenartiges Gefühl, sie muss ihren Blick von dieser ungezwungenen Handlung abwenden. Natürlich: Solche Ringe lässt er zur Decke steigen, wenn er in seiner Schreibstube jemanden verhört. Er stellt eine Frage, pafft einen Ring zur Decke, beobachtet und wartet auf eine Antwort.

– Dein Deutsch, sagt Ludwig und beugt sich ein wenig über den Tisch zu ihr, ist so … wie soll ich sagen, geschmeidig. Und so klar, du sprichst jedes Wort ganz deutlich aus.

– Ich habe in Graz Medizin studiert. An der Karl-Franzens-Universität.

– Oh!

Mischkolnig sagte oh, er war sichtlich überrascht. Ein freundliches Lächeln breitete sich über sein Gesicht aus, sein Oh war wie die kleinen Wölkchen, wie die Ringe, die er zur Decke des Kaffeehauses Velika kavarna steigen ließ, das heißt des Theresienhofs.

– Reichsuniversität, sagte er, so heißt sie jetzt, wir haben diese lächerlichen österreichischen Namen aufgegeben.

Sie nickte eifrig: aufgegeben. Ihr Vater fand den Namen Karl-Franzens-Universität vornehm, eine alte und angesehene Bezeichnung.

– Aber ich habe es abgebrochen, sagte sie.

– Warum denn?

Sie wollte nicht darüber sprechen, warum sie das Studium abgebrochen hatte.

– Es herrscht Krieg.

Mischkolnig lachte.

– Warum sollten die Leute im Krieg denn nicht studieren, die Universitäten sind geöffnet, die Fabriken sind geöffnet, alles läuft, das Leben geht weiter.

Erst jetzt, als er sich zu ihr beugte, bemerkte er, dass sie winzige Sommersprossen unter den Augen, auf den Wangen und, wenn er genau hinsah, auch am Hals hatte. Ein glatter Hals, ein geschmeidiges Deutsch, ein geschmeidiges Mädchen.

– Unser Deutschprofessor, sagte sie schnell, damit sie keine Fragen über ihr Studium und warum sie es abgebrochen hatte, beantworten musste, unser Professor im Gymnasium hat in Frankfurt studiert.

– Es geht nicht darum, wo euer Professor studiert hat.

Er lächelte und erklärte ihr, worum es ging.

– Es geht darum, dass ihr alle, die ihr diese Sprache gelernt habt, besser ihre Macht und Schönheit begreift. Wie soll ich sagen ... Ihr seid frisch, in der Aussprache und in der Genauigkeit liegt eine gewisse Frische. Du wirst es nicht glauben; als ich nach Graz ging, das muss bald nach jenem Skiausflug gewesen sein, besuchte ich dort einen Kurs zu reinem Deutsch. Das Deutsch eines Goethe, das Deutsch eines Schiller. Bevor ich hinaufgegangen bin, arbeitete ich in einer Druckerei, ich hatte jeden Tag mit Sprache zu tun, mit dem gedruckten Wort, ich weiß, was Sprache ist, und ich weiß, was Kultur ist. Wenn ich diesen grässlichen Marburger Dialekt loswerden wollte, musste ich etwas dagegen unternehmen.

Er lachte. Es war eigenartig, dass er, Ludwig Mischkolnig, dessen Familie seit jeher hier an der südlichen Grenze des Deutschtums Wache gestanden hatte, gelernt hatte, Wörter und Sätze auszusprechen, wie sie zweifelsfrei Schiller und Goethe ausgesprochen hatten.

– Unser Professor erklärte, machte Sonja töricht ihren Mund auf, dass das Marburger Deutsch das Überbleibsel eines bayerischen Dialektes sei. Eure Vorfahren sind angeblich aus Bayern gekommen.

Ludwig verging das Lachen. Das war nämlich nicht komisch, das war auch nicht nur unklug, das war dumm, geradezu dämlich. Ein Überbleibsel? Eure Vorfahren? Woher kamen denn *eure* Vorfahren, in ihren verpesteten Pelzen aus den russischen Sümpfen, von dort kamen sie angekrochen.

– Dein Professor ist ein Dummkopf, sagte er ruhig. Und wenn er hundertmal in Goethes Stadt studiert hat. Lehrt er noch immer am Gymnasium?

Sonja schüttelte den Kopf. Dieses Gespräch bei Tee und unter den Ringen des Zigarettenrauchs, die sich unter die Decke schlängelten, nahm plötzlich keine gute Richtung, dumme Gans, ich bin doch nicht hierhergekommen, um diesen Menschen zu provozieren.

– Ich glaube, man hat ihn ausgesiedelt. Angeblich irgendwohin nach Serbien.

– Dort gehört er auch hin, sagte Ludwig, auf diesen Misthaufen Europas.

Sonja starrte vor sich hin, schlürfte ein paar Schlucke Tee. Mischkolnig beobachtete sie eine Weile genau. Als sie ihn auf der Straße angesprochen hatte, war sie errötet, nun floh ihr Blick, sie konnte ihm nicht in die Augen blicken, ihre braunen Pupillen irrten über die Weite der großen Fenster, dort über die Drau hinweg, ans grüne Ufer jenseits des Flusses. Was führte sie im Schilde? Mischkolnig kannte die Blicke der Menschen gut, Blicke, die logen, Blicke, die sich versteckten, Blicke, die verloren durch den Raum irrten, Blicke, die verzweifelt nach Anhaltspunkten für eine Rettung suchten, die es nicht gab. In diesen Augen über den gesprenkelten Wangen gab es nichts dergleichen, das waren die Augen einer jungen Unschuld, sie führten nur im Schilde, dass sie für jemanden vermitteln wollten, um Hilfe bitten, bald werden wir herausfinden, was sie wollte.

Dann lächelte er wieder, das hatte er gut gesagt, kein schlechter Einfall mit dem serbischen Misthaufen, das musste er noch jemandem im Amt erzählen. Oder noch besser, um ein wenig vulgär zu sein: in den Dickdarm Europas, schaut euch nur die Landkarte an, dieses Serbien, das Österreich zerstört hat, ist ein regelrechter Dickdarm.

Sie schwieg. Sie mochte ihren Deutschprofessor, dem dessen Bewunderung für die deutsche Sprache und Kultur rein gar nichts geholfen hatte. Dieser Ludwig und seine Leute hatten ihn in einen Zug gesetzt, wie fast alle Professoren und Geistlichen und viele andere aus dieser Stadt. Nach Serbien, sie hatte nichts gegen Serbien. Und der Mensch, mit dem sie hier sprach, war nicht jener Ludek von vor fünfzehn Jahren, war nicht der Mensch, von dem sie etwas erwarten könnte. Sie hatte sich geirrt, sie wäre am liebsten aufgestanden und gegangen. Aber sein Vortrag über die Sprache war noch nicht zu Ende, Mischkolnig schien, er müsse dem jungen Ding noch die eine oder andere Sache erklären.

– Damit du verstehst: Deutsch ist auch im Dialekt noch immer Deutsch. Uns liegt diese Sprache im Blut, verstehst du? Das ist im Organismus, das fließt im Blut, zehn Generationen vor mir haben Deutsch gesprochen, und dann wird die Sprache veraltet, oberflächlich. Da mischen sich noch irgendwelche Fremdwörter hinein. Deswegen musste ich sie bei mir selbst bereinigen. Verstehst du?

Sonja nickte, sie verstand.

– Wir sind ein altes Volk, eine alte Kultur. Und ihr seid ein junges Volk, ihr lernt schnell. Ihr werdet uns Frische bringen, neues Blut, in einer Generation werdet ihr bessere Deutsche sein, als wir es sind.

Sonja hatte nicht vor, eine bessere Deutsche zu werden, ihr Vater auch nicht. Trotzdem sagte sie: Interessante Überlegungen.

Das sagte sie, damit Ruhe wäre, sie war nicht hierhergekommen, um sich Debatten über die Sprache und über frisches Blut anzuhören, auch nicht, um die bläulichen Ringe des Zigarettenrauchs zu bewundern, die aus seinem Mund gekrochen kamen. Und um zu nicken. Und höflich Offiziere zurückzugrüßen, die am Tisch vorbeigingen und den *Kavalier* Ludwig respektvoll begrüßten, wie es ein älterer Herr in Reithosen und Stiefeln ausdrückte: Der Herr Kavalier Mischkolnig sind aber heute in schöner Gesellschaft, meine Verehrung; sie war nicht deswegen hier, um in der Gesellschaft eines Kavaliers ohne Uniform andere Vorübergehende zu begrüßen, hauptsächlich uniformierte Kavaliere, von denen das Kaffeehaus nur so strotzte.

– Oje, ich habe ganz vergessen, rief sie aus, Vater lässt dich schön grüßen.

Das hatte sie sich ausgedacht, ein jämmerlicher letzter Versuch, diesen Menschen von seinen Monologen über Sprache und Kultur abzulenken. Und über Misthaufen. Wenn Vater wüsste, dass sie in diesem Kaffeehaus zwischen deutschen Offizieren saß, wäre er alles andere als erfreut. Jener Ludek, würde er sagen, war ein Bursche, der ganz in Ordnung war, solange er sich mit dem Druck beschäftigte. Und dann trieb es ihn fort, zuerst in den Kulturbund, dann machte er sich nach Österreich auf und davon. Wie ist es möglich, würde er sagen, das sagte er mehrmals, dass diese Leute solche Schweine geworden sind? Vielleicht wäre er betrübt, wenn er wüsste, dass sie mit Ludek hier saß und die Rauchwolken bewunderte, die er so geschickt, nur mit dem Mund, in Ringe zu verwandeln wusste.

– Oh, ruft Ludwig zufrieden aus, das freut mich aber. Arbeitet er noch immer im Krankenhaus?

– Noch immer, nickt Sonja, auf der Chirurgie.

– Dann hat er viel zu tun, sagt er und wirft ihr einen bedeutungsvollen Blick zu.

– Ziemlich viel.

Ludwig schweigt eine Weile, als überlegte er, ob das Gespräch mit der jungen Dame, die ihn offenbar bewunderte, es wert war, fortgeführt zu werden, oder ob er diesen süßlichen Tee stehen lassen und lieber zu einem Kognak übergehen sollte. Er entscheidet sich für einen Kognak und winkt dem Ober, der mit einem weißen Tuch angelaufen kommt, das er über seinen Unterarm gelegt hat.

Sie schweigen eine Zeit lang, als hätten sie sich nichts mehr zu erzählen. Als der Kognak auf dem Tisch steht, nimmt Ludwig mit gekonnter, weicher Bewegung das Glas in die Hand, schwenkt die gelbe Flüssigkeit darin, riecht daran, nimmt einen Schluck.

Sonja scheint es, er könne das ebenso gut, vielleicht noch besser, als bläuliche Rauchringe zu formen.

– Er ist gut, sagt er plötzlich auf Slowenisch. Warum wunderst du dich, glaubst du, ich hätte es vergessen?

Er beugt sich wieder über den Tisch und fügt leise, vertrauensvoll hinzu:

– Bei meiner Arbeit kommt mir das Slowenische sehr zugute.

Sonja spürt, wie ihr kalter Schweiß den Rücken hinunterrinnt. Bei seiner *Arbeit*. Gleichzeitig spürt sie aber, dass sie sich nicht mehr mit den Wolken, der Sprache und dem Kognak befassen kann. Sie ist wegen einer todernsten Sache hier. Und obwohl die Sache todernst ist, muss sie lächeln.

– Als wir uns auf der Straße begegnet sind, sagt sie ruhig und mit einem Lächeln im Gesicht, habe ich erwähnt, dass es nicht um meinen Vater geht.

4

Nun verstummt Ludwig und blickt sie kühl an. Er hat vergessen, worüber sie auf der Straße gesprochen hatten, damals dachte er, das Mädchen würde gerne für jemanden vermitteln, er kennt diese Sachen, ihm scheint, dass sie wirklich so etwas gesagt hatte, aber er hat es vergessen. Gestern Abend hat er mehrmals an ihren geschmeidigen Gang im Karo-Rock gedacht, an ihre freundliche Stimme, nun denkt er daran, wie geschmeidig und erfrischend ihr Deutsch ist, beinahe so wie sie selbst. Und jetzt das, immer wieder dasselbe, aber in diesen verdammten Zeiten und in dieser verdammten Stadt, sei sie auch hundertmal seine Stadt, war es unmöglich, einen ruhigen Augenblick zu genießen, muss man denn wirklich jeden Augenblick auf der Lauer sein?

– Um wen geht es denn?, fragt Ludwig Mischkolnig kühl, jetzt ist er nicht mehr Ludek, er ist nur noch Polizist, ein Polizist von außerordentlich wichtiger Sorte. Gerade weil er ein Polizist ist, spricht Sonja mit ihm, genau deswegen war sie ihm auch auf der Straße nachgelaufen. Damals trug er eine Uniform, nun ist er in Zivil. Sonja weiß nicht, dass er kein gewöhnlicher Polizist ist, Mischkolnig ist ein SS-Offizier. Im Augenblick ist er dem Sicherheitsdienst SD zugewiesen, der in dieser Stadt außerordentlich bedeutende Aufgaben durchführt. Auch das weiß sie noch nicht, wird es aber noch herausfinden, dass die Polizisten auch in Zivil unterwegs sind. Wenn sie im Dienst sind, tragen sie Uniformen, graue Uniformen der SS-Abteilungen, alle, die bei der Sicherheitspolizei sind, sind auch in der SS. Aber all das weiß Sonja noch nicht, mit großer Hoffnung sieht sie Ludek an, den jungen Mann, der sie einst aus dem nassen Schnee gezogen hatte.

– Ein Freund von mir wurde irrtümlich verhaftet, schießt es mit einer Vehemenz aus ihr heraus, etwas, das lange zurückgehalten wurde, seit damals, als sie ihm auf der Straße nachgelaufen war.

– Irrtümlich?

– Vielleicht hat man ihn mit jemandem verwechselt.

– Versteht sich, irrtümlich, es ist immer irrtümlich. Er wird doch nicht auch ein Professor sein?

– Ist er nicht, er war Assistent an der Universität von Ljubljana, ein Geodät.

– Dein Freund?

– Ein Freund, sagt Sonja zögerlich.

– Ich sehe, er ist dein Freund.

Sonja blickt in den abgekühlten Tee auf dem Tisch, es ist viel übrig geblieben, sie trinkt rasch aus, damit die Tasse leer ist, mein Gott, wie sehr sie sich wünscht, dieses Gespräch möge so schnell wie möglich vorbei sein.

– Nur deswegen hast du mich auf der Straße angehalten, um für deinen Freund zu betteln. Wie heißt er?

– Valentin. Valentin Gorjan.

Ludwig zieht sein Notizheft aus der Tasche und notiert den Namen. Sonja bemerkt aus dem Augenwinkel, dass man von den anderen Tischen zu ihnen herüberblickt, jemand lacht halblaut. Ihr Kollege ist nicht nur ein Kavalier, sondern arbeitet sogar im Kaffeehaus. Seine Tätigkeit ist solcherart, dass man auch spätnachmittags und im Kaffeehaus und in schöner Gesellschaft arbeiten muss. Er schreibt auch seine Telefonnummer auf, reißt das Blatt heraus und schiebt es ihr über den Tisch zu.

– Nun ist die Sache offiziell, sagt er.

Er blickt sie regungslos an, ihren gesenkten Kopf, sucht ihren Blick, der in den Weiten der großen Fenster herumirrt, hinter denen die warme Abendsonne glänzt.

– Trotzdem hast du mich ein wenig überrascht, sagt Mischkolnig. Hier kann es nichts Persönliches geben. Nur was mit dem Gesetz übereinstimmt, nur das.

Auch er würde jetzt am liebsten dieses Gespräch beenden. Er ist selbst schuld, dass er sich in diese Plauderei verwickelt hatte, bereits auf der Straße, aber nun war, was war. Er ist niemandem etwas schuldig, am wenigsten diesem Fräulein, das denkt, es könne ihn in dumme Schwierigkeiten bringen, was noch, was noch, soll er ihren Liebhaber auch noch aus dem Gefängnis befreien?

– Ruf mich in zwei Tagen an, sagt er dennoch, ich werde die Sache überprüfen.

Als sie aufstehen und er ihr hilft, ihre Jacke anzuziehen, spürt er, wie ihre Schultern zittern.

– Aber damit wir uns verstehen, haucht er leise, beinahe flüsternd in ihr Ohr. Du musst mich anrufen. Wenn du es nicht tust, werden wir dich finden.

Dabei lacht er kurz auf, damit das Mädchen auch versteht: Er würde sie finden, er würde sie gerne wieder treffen. Sie könnte es als Drohung auffassen, man würde sie finden, weil sie einem Menschen nahesteht, den sie im Gefängnis festhalten. Aber das hat sie nicht so verstanden, sie versteht eigentlich nichts anderes, als dass dieser Mann Kontrolle über ihren Tine hat und ihm helfen kann. Obwohl er nun auch ein wenig Kontrolle über sie hat, sie hat sich selbst in diese Lage gebracht.

Sonja hebt den Blick und sieht ihn flehend an.

– Ihr werdet ihm doch nichts Schlimmes tun, flüstert sie.

– Natürlich nicht, sagt Ludwig Mischkolnig galant, ein wenig spöttisch, wenn die junge Dame, die ich einst aus dem Schnee gezogen habe, es so verlangt.

Und er denkt, dass er etwas Dümmeres schon lange nicht mehr gehört hat. Seine Aussage versetzt ihn sogar ein bisschen in gute Laune, er muss ein wenig lachen, am liebsten würde er sagen: Wem tun wir denn etwas Schlimmes an?

Sonja überrascht ihn noch einmal. Als hätte sie seine Gedanken gelesen.

– Ich verlange nichts, flüstert sie hastig in sein Gesicht, in die Nähe seiner Lippen, des Duftes nach Zigarettenrauch, der gleitenden bläulichen Wölkchen, wie soll ich etwas verlangen, wer bin ich denn, etwas zu verlangen?

Sie spricht hastig halblaut vor allen Offizieren, viele blicken sich zu den beiden um.

– Ich verlange nichts, sagt sie beinahe laut. Ich bitte. Bitte.

5

Obersturmbannführer Ludwig Mischkolnig marschierte über den Adolf-Hitler-Platz und bog in die Herrengasse hinauf zu seiner Wohnung. Die Frische des frühherbstlichen Abendwindes kühlte sein Gesicht, das ein wenig von der Wärme der vielen Körper und vom Zigarettenrauch im Kaffeehaus glühte, ein wenig aber auch wegen Sonjas Atem, den er kurz davor in seinem Gesicht gespürt hatte, ihr Blick naiv, eigentlich wirklich unschuldig, jemand, der so dreinblickt, kann nichts im Schilde führen, in seiner Seele, die Augen sind der Spiegel der Seele, und dann ihr: Bitte. So ein *Bitte* von einer geschmeidigen jungen Dame kann einen schon ein wenig in Aufregung versetzen, dabei wird einem regelrecht ein bisschen wohl. Er fühlte sich wohl, das war seine Stadt, nun wurde sie langsam, aber sicher so, wie er sie sich schon immer gewünscht hatte, von einer festen straffen Sorte, *mit ruhig festem Schritt*, murmelte er vor sich hin, sang sogar ein wenig, das wurde in der SS-Junkerschule gesungen: *Mit ruhig festem Schritt*, er träumte von einem neuen Europa, das deutsch sein würde und unbesiegbar. Das war es noch immer, obwohl einige Dinge nicht mehr so liefen, wie sie sollten, und auch seine Stadt befand sich in diesem neuen Europa. Wenn er daran dachte, konnte er gut gelaunt sein, abgesehen von all den Hindernissen, die es noch zu überwinden galt. Auch Sonjas herausragendes Deutsch versetzte ihn in gute Laune. Diese Leute sind in Ordnung, zum Großteil in Ordnung in jedem Land, in Österreich, in Jugoslawien auch und auch im gesamten Reich sind sie in Ordnung, sie tun ihre Arbeit, wie es sich gehört, ihr Vater ist Arzt, wir brauchen Ärzte. Was ihnen gefehlt hat, ist nur das, was jetzt passiert, jetzt werden sie unsere Leute, ein Teil der großen deutschen Kultur. Er kannte ihren Vater, sogleich als sie den Namen sagte, konnte er sich gut erinnern, an Doktor Belak, den Arzt, der noch vor einem guten Jahr ein Vaterlandsliebender war, was für ein blödsinniges Wort, vor allem, wenn man noch das Wort *slowenisch* hinzufügt, slowenischer Vaterlandsliebender, Menschen, die gestern noch auf ihren Vaterlandsfeiern Vaterlandslieder gesungen hatten und den serbischen und russischen slawischen Mist priesen und ihre deutschen Mitbürger verachteten und sich über deren Slowenisch lustig machten, *ohne nix auf Kopf geht er über Straße* – und jetzt schau her, was für ein Deutsch ihre Kinder sprechen, Schiller hätte seine Freude daran. Und auch ihre Vaterlandsliebe hatte sich irgendwohin verflüchtigt, plötzlich sind sie loyale deutsche Staatsbürger geworden. Alles lief gut, beinahe hervorragend. Letztes Jahr, seit man begonnen hatte, Bomben auf die Stadt abzuwerfen, zwar etwas schlechter, ziemlich viel schlechter eigentlich. Die anfängliche Begeisterung ist etwas abgeebbt. Aber die Hauptaufgaben sind hier, zumindest in dieser Stadt, erledigt. Das Treffen mit Sonja erfüllte ihn mit Zufriedenheit, er würde nachsehen, was mit diesem … wie heißt er noch, Gorjanec oder Gorjup los war. Er wollte nicht, dass sie ihm irgendetwas erklärte, er wusste, was sie sagen würde, er kannte diese Leier: Irrtümlich, ganz zufällig hatte er eine Pistole in der Tasche, das kommunistische Propagandamaterial hatte ihm jemand in die Tasche gesteckt, er war betrunken, als er an der Theke brabbelte, der Teufel solle das Reich holen, er kannte diese Leier, alle waren sie unschuldig und alle irrtümlich arretiert. *Mit ruhig festem Schritt*, ja, aber auch mit eiserner Faust, wie unser Gauleiter gesagt hat, als er nach Marburg an der Drau kam und die Leitung der Zivilbehörde übernommen hatte, er hat es ihnen klar und deutlich gesagt: Auch mit eiserner Faust, wenn es sein muss.

Trotzdem würde er überprüfen, was an der Sache dran war, soweit er sich erinnern konnte, war unter den Verdächtigen in seinem Zuständigkeitsbereich, das heißt, in Bearbeitung, dieser Gorjup oder wie auch immer auf keinen Fall dabei. Wahrscheinlich hatte ihn Hochbauer in der Hand. Er kannte seine Leute, nicht nur dem Namen nach, auch ihre Verwandtschaft bis zum fünften Grad, sogar ihre Geliebten. Na ja, nun kannte er ja auch die Geliebte dieses Gorjanec, Sonja hieß sie, als sie noch ein kleines Mädchen war, hatte er sie vielleicht wirklich am Bachern nass aus dem Schnee gezogen, er würde es auch jetzt tun. Um ehrlich zu sein: mit allergrößter Freude.

6

Am Rande des Parks blieb er stehen. Im zweiten Stock brannte im Zimmer seiner Mutter noch Licht. Sie wartete auf ihn.

Seit der Vater nicht mehr war, wartete sie jeden Abend auf ihn, wie sie auf ihren Mann gewartet hatte. Ich habe Palatschinken für dich, mein Söhnchen. Er mochte dieses Wort nicht, nach der schweren Arbeit, die er tagsüber verrichtete, wollte er am Abend nicht Söhnchen genannt werden, so wie damals, als er noch klein war. Am liebsten wäre er auf Zehenspitzen an ihrem Zimmer vorbeigeschlichen, hätte sich hingelegt, eine Platte aufgelegt, ein Buch gelesen. Aber das war nicht möglich: Gestern Abend, als er aus dem Amt nach Hause kam, hatte er die Stiefel schon an der Treppe ausgezogen, leise die

Tür geöffnet – das Licht im Flur nicht angemacht – und ging in Socken auf sein Zimmer zu. Aber seine Mutter hatte trotz ihres Alters ein hervorragendes Gehör, sie öffnete die Tür, machte das Licht an und sah ihn verwundert an.

– Was ist denn mit dir?, fragte sie. Du wirst doch wohl nicht getrunken haben.

Er schüttelte den Kopf, sagte, er wollte sie nicht stören. Er störe sie ja nicht, sie könne es jeden Abend kaum erwarten, ihn zu sehen, er sei ja nie zu Hause.

– Du weißt, dass ich viel zu tun habe, Mutter.

– Das weiß ich, sagte sie, aber ich warte so sehr auf dich. Wir könnten uns doch wieder einmal gemeinsam *Veronika, der Lenz ist da* anhören.

– Ich mag dieses Lied nicht, antwortete er verdrossen.

– Früher hast du es gern gehört, wir haben es alle gehört.

Er legte die Stiefel ab und öffnete seinen Pistolengürtel. Seine Mutter folgte ihm mit dem Blick.

– Was ist denn?, fragte er ein wenig nervös. Was siehst du mich so an?

– Du weißt sehr gut, was ist, zischte sie und stemmte ihre Hände in die Hüften.

– Na, was?

– Du warst bei einer Frau, sagte sie. Warum vertraust du deiner Mutter nicht? Ich habe nichts dagegen, du hättest sie mir aber ruhig vorstellen können.

– Mutter, sagte er so ruhig er konnte. Ich war nicht bei einer Frau, und rede keine Dummheiten. Ich war im Dienst, ich habe mir die Stiefel ausgezogen, weil ich dachte, du schläfst, ich wollte dich nicht wecken.

– Du weißt, dass ich nie schlafe, ich warte immer auf dich, sagte sie.

Er trat in sein Zimmer und warf die Tür zu. Eine Zeit lang stand er da, wartete, dass sie ging. Aber sie ging nicht, das hätte er hinter der Tür gehört.

Dann sang sie leise:

Veronika, der Lenz ist da,
die Mädchen singen tralala.

– Mutter, geh schlafen, sagte er.

Sie antwortete nicht. Eine Weile später meldete sie sich mit gebrochener, beinahe schluchzender Stimme leise zu Wort:

– Die Palatschinken stehen am Herd, die Marmelade ist im Schrank.

Er öffnete die Tür. Sie stand da und konnte kaum die Tränen zurückhalten. Er dachte, dass sie so einsam sei, seit der Vater nicht mehr lebte, so einsam. Er umarmte sie. Er ging in die Küche und begann sich mit den Palatschinken vollzustopfen, obwohl er kein bisschen hungrig war. Die Mutter saß auf dem Stuhl, hielt die Hände im Schoß und sah ihm zufrieden zu.

Das war letzten Abend gewesen. An diesem Abend wollte er wirklich keine Palatschinken mit Marmelade. Er beschloss, noch ein wenig spazieren zu gehen, und in der Zwischenzeit würde die Mutter vielleicht einschlafen, manchmal schlief sie doch ein. Am Morgen würde er sich entschuldigen, weil er sie nicht aufgegessen hatte, sie sind ja zum Frühstück auch noch gut, er würde sie zum Frühstück essen. An diesem Abend wünschte er sich noch etwas frische Herbstluft, einen Spaziergang durch die befreite, der deutschen Heimat angeschlossene Stadt. Er dachte daran, ins Kaffeehaus zurückzukehren, um mit einer freundschaftlichen Runde, an der es dort nie mangelte, seine heiteren Gedanken zu teilen. Dort saß manchmal Hans Hochbauer, trank und erlaubte sich dumme Scherze: Hat dir deine Mama erlaubt auszugehen? Hans hatte ihn gefragt, warum er noch immer mit seiner Mutter zusammenlebte, er könne sich eine eigene Wohnung finden. Und heiraten. Ludwig Mischkolnig hatte gelacht und gesagt, ich bin mit der Heimat verheiratet. Obwohl ihm nicht zum Lachen zumute war, Hans war im Dienst sein Untergebener und erlaubte sich trotzdem solche Scherze. Dieser Fettwanst, er aß zu viel, in diesem Amt dürften keine Menschen arbeiten, die so viel aßen und tranken.

Aber jetzt könnte er zu seinen Kameraden in den Theresienhof gehen, Hans ist in Wien, er ist dabei, irgendeine komplizierte Sache zu lösen, eine Verbindung zwischen den österreichischen und den hiesigen Kommunisten. Er müsste sich seine dummen Sticheleien nicht anhören. Er hätte mit seinen Kameraden darüber reden können, wie es auf den Schlachtfeldern zuging, einige waren in Afrika gewesen, in Skandinavien, in Polen. Mutige Männer. Manchmal wünschte er sich auch, selbst ins Kampffeld zu ziehen, ins Getöse der Explosionen und Siege. Aber es ist der Wille der Heimat, dass er hierbleibt, in seiner Stadt, auch hier herrscht der Kampf ums Deutschtum und das neue Europa.

Er ging nicht ins Kaffeehaus. Der Park war näher, die Ahnung des dunklen Grüns zog ihn zu den alten Bäumen. Er machte sich zu den Drei Teichen auf, eine Weile ging er hin und her und wusste überhaupt nicht, wann er sich vor dem Eingang des Amtsgebäudes eingefunden hatte, seine Beine hatten den Weg dorthin von selbst gefunden. Der Wachmann am Eingang salutierte, eine der Stenotypistinnen im Bereitschaftsdienst plauderte mit dem Pförtner. Er sagte etwas von

einem guten Abend und nahm den Schlüssel zu seiner Schreibstube, eigentlich nicht nur seinen, sondern auch Hans' Schlüssel. Er würde sich Gorjans Mappe ansehen.

7

Sonja steht am Fenster in ihrem Zimmer.

Aus dem Erdgeschoss hört sie das Klappern von Geschirr,
ihre Eltern sind beim Abendessen, sie würde heute Abend
nicht essen, sie hatte keinen Hunger. Sie hört ihre Stimmen,
leise besprechen sie Alltagsdinge, der Vater erzählt vom Krankenhaus, er verrichtet eine schwere Arbeit, es gibt wenig Ärzte,
ein Teil des Personals war einberufen worden, es fehlt an allem.
Es ist Krieg, es gibt auch weniger zu essen, bei ihnen geht es
noch irgendwie, der Vater bekommt Marken, mehr als andere,
für Ärzte muss man sorgen. Die Patienten vom Land bringen
ihm auch etwas mit, Mehl, ein Stück Dörrfleisch, heute gibt es
frische Eier im Haus.

— Frau Katica hat sie gebracht, Modrinjak, du kennst sie ja.

Frau Katica Modrinjak ist keine Patientin, sie ist Krankenschwester, die in Ptuj arbeitet, im dortigen Krankenhaus. Vater und sie kennen sich gut, sie besucht ihn im Krankenhaus,
sie kommt auch zu ihnen nach Hause. Manchmal sitzen sie
nachmittags lange allein im Wohnzimmer und unterhalten
sich.

Sonja kommt das ungewöhnlich vor, auch die Mutter ist
nicht dabei, wenn sich der Vater und Frau Katica ins Gespräch
vertiefen.

– Worüber können die beiden nur so viel reden?, fragte Sonja einmal.

– Über die Arbeit, antwortete ihre Mutter.

Sonja kam das komisch vor, darüber hätten sie ja auch im Krankenhaus oder in Ptuj reden können, wenn der Vater die dortige Ambulanz besuchte. Ihr schien, als ahne sie ein wenig, welches Geheimnis ihr Vater und diese Frau Katica hatten. Es stimmte schon, dass sie Eier brachte, aber einige Sachen nahm sie auch aus dem Haus mit. Einmal hatte sie gesehen, wie der Vater aus seiner Tasche Verbandrollen, Desinfektionsfläschchen, Verbandklammern und Pinzetten nahm, auch chirurgisches Werkzeug und alles in einer Baumwolltasche verstaute. Als Frau Katica ging, standen diese Dinge nicht mehr im Flur. Warum sollte Frau Katica diese Dinge benötigen, wo sie doch selbst in der Ambulanz arbeitete, oder konnte man sie nicht mit einem Automobil dorthin liefern?

Aber heute denkt Sonja nicht an die Gespräche ihres Vaters mit Frau Katica, ebenso wenig interessiert es sie, was Frau Katica mitgebracht und was sie mitgenommen hat.

– Ich werde ein paar Eier zubereiten, sagt die Mutter, iss zumindest ein wenig, du bist schon ganz dürr.

– Ich werde nicht abendessen, ich habe keinen Hunger.

– Was ist mit dir, Sonja?, ruft sie ihr nach, als sie die Treppe hinauf in ihr Zimmer geht. Was ist mit dir? Du isst nichts in letzter Zeit.

Was soll mit mir sein, nichts ist mit mir, mein Herz tut weh. Nun steht sie am Fenster. Es ist Abend, die Stadt ist still. Unten erstreckt sich eine leere Kastanienallee, jetzt ist sie leer, manchmal standen an lauen Abenden Menschen vor den Häusern und plauderten, von den nahe gelegenen Bergen kehrte müden Schrittes eine Familie mit Rucksäcken auf den Schultern heim. Mütter riefen ihre Kinder zum Abendessen, ein Motorradfahrer kam die Straße entlanggerattert, von der Franziskanerglocke läutete es neunmal. In ihrem Zimmer liegt auf dem Tisch ein Brief, den sie ihrem Freund nach Ljubljana geschrieben hatte: *Es ist Abend, Abend, nun wird's Nacht, drück fester der Hände Umarmung und sacht ... und sieh mich an, fühl und sieh nochmals mich, wie sehr diese Minute dein bin ich.* Das hatte sie ihm vor ein paar Jahren geschrieben, Verse von Gradnik, sie schickten einander Verse, *ich trank dich, trank dich nicht aus, Liebe*, schwere Verse, scherzhafte Verse, sie schrieben einander, sie hatte am Bahnhof auf ihn gewartet, wenn er aus Ljubljana kam. Wenn Tine zu Hause zu Besuch war, auf der anderen Seite der Drau, in Studenci, in St. Josef, gingen sie am Fluss spazieren, sie gingen durch die Straßen, saßen in der Ilich-Konditorei, wanderten nach Sveti Urban hinauf. Im Frühjahr, im Mai des Jahres 40 waren sie nach Sveti Urban hinaufgegangen, es war Mai, der blühende Mai, und *das Täubchen rief zur Lieb herbei*, oder wie ging noch mal das Gedicht, das damals alle aufsagen konnten. Abends wartete er in der Allee hier unten, sie kann ihn vor sich sehen, in einem hellen Hemd lehnt er an einem Baum, er steht unter der blühenden Kastanie und wartet darauf, dass sie aus dem Haus kommt. Nun ist er nicht da, nun haben wir das Jahr 44, der Abend ist still, aber still ist er nur deshalb, weil niemand aus dem Haus geht, alle sind zu Hause, sie hocken da und starren vor sich hin, sehen einander an und warten darauf, dass die Sirenen aufheulen.

Wenn die Sirenen aufheulen, kommt ein Auto ihren Vater holen und bringt ihn ins Krankenhaus, denn wenn die Bomben aufhören zu knallen und zu donnern, wenn das Dröhnen der Flugzeugmotoren verstummt, wenn die Sirenen aufhören zu heulen, wenn dieser Ton langsam abebbt und krächzt und sich beinahe ein wenig räuspert, werden bereits Verwundete ins Krankenhaus gebracht, dann ist ihr Vater, Doktor Belak, im Krankenhaus gerade dabei zu operieren, er sägt Beine ab und öffnet Bäuche, heftet zusammen, näht, er ist bis über beide Ellbogen mit Blut beschmiert.

Wenn die Sirenen aufheulen, muss man in die Keller, denn von oben, über Deutschland hinweg, aus Graz, fliegen amerikanische Flugzeuge über die Stadt, sie werfen Bomben ab, die Explosionen werden den ruhigen Herbstabend zerreißen, der Himmel wird erglühen, die Angst wird die Häuser und Straßen aufschlitzen, in die Keller schleichen, zu den gekrümmten und verschreckten Menschen, die zu Boden blicken werden, sich die Ohren zuhalten, mit weit aufgerissenen Augen zur Decke blicken, zur Tür schauen, ob sie vielleicht vom Stoß einer Explosion in die Luft gejagt werden. Im Keller befinden sich zumeist Frauen und Kinder und ältere Männer, es gibt fast keine jungen mehr, sie sind an die Front gegangen, kämpfen irgendwo in der Ukraine oder in Griechenland in deutschen Uniformen. Einige ihrer Mitschüler sind angeblich in den Wäldern, oben auf dem Pohorje-Gebirge, irgendwo in Dolenjska, in Unterkrain. Einer von ihnen befindet sich unweit von hier, in der Strafvollzugsanstalt über dem Fluss oder im Gerichtsgefängnis, vielleicht in einem der Keller, man sagt, dass sie zuerst in Gestapokellern verhört werden. Auch er war im Wald gewesen. Sie haben ihn gekriegt. Der Abend ist still, die Kastanienallee ist leer. Am Himmel herrscht Angst, in den Kellern und in den Gefängnissen, dort, wo ihr Tine ist, geht das Grauen um.

8

Im Flur krachte es, jemand öffnete die Luke in der Zelle. Valentin sprang von der Pritsche und ging in Habtachtstellung. Das Licht blendete ihn, jemand hatte es draußen angemacht, die Glühbirne hoch oben an der Zimmerdecke wurde mit einem Schalter von außen, vom Flur aus, eingeschaltet. Er sah Augen, die ihn beobachteten. Er zitterte am ganzen Körper. Nun würde man ihn hinaufbringen, und das Verhör würde wieder losgehen. Man würde ihm Fotos unbekannter Männer und Frauen zeigen. Kennst du die? Kennst du den? Er würde den Kopf schütteln, er kannte niemanden. Einen kannte er, Polde, auf dem Foto war er jünger, rasiert, in Sakko und Krawatte. Oben auf dem Pohorje hatte er einen Schnurrbart und die Uniform der jugoslawischen Armee getragen, er erkannte ihn und schüttelte den Kopf, ohne mit der Wimper zu zucken. Er schüttelte den Kopf und wartete auf die Schläge. Johann würde mit hochgekrempelten Ärmeln und einem Ochsenziemer daherkommen. Mit muskulösen Armen, mit Adern durchwachsen, kräftigen Händen. Er blickte zu Boden und wartete, dass die Tür aufging. Er spürte, wie ihm seine Knie schlotterten, seine Beine ließen nach, wie lange würde er noch durchhalten? Aber die Luke wurde geschlossen, das Licht ausgeschaltet, und er hörte die Schritte, die sich im Flur entfernten. Es war nicht Johann. Vielleicht ein Wärter? Es war auch kein Wärter, seit Valentin in der Zelle war, kannte sein Gehör, das Gehör eines verschreckten Tieres, jegliche Schritte, die sich näherten. Jemand anders hatte ihn gemustert. Es waren Stiefel, das Leder quietschte, die Absätze schlugen gegen den Steinboden. Am Ende des Flurs wurde die Metalltür zugeknallt.

Es waren nicht jene Schuhe, die schwarzen Schuhe, die vor ihm marschierten, vor seinem gesenkten Kopf, vor seinem gebeugten Körper auf dem Stuhl, er sah sie an, wie zwei gefährliche Ratten gingen die Schuhe seines Vernehmers Hans von der Gestapo hin und her. Hans schlug nicht, er fragte nur, er ging hin und her und fragte aus. Es wäre besser, sagte er, wenn er antwortete, wenn nicht, werde Johann kommen. Valentin wollte nicht, dass Johann kam, seine Haut am Rücken war völlig zerfetzt von Johanns Besuchen, Johann hielt einen Ochsenziemer, einen Farrenschwanz in seiner Hand.

Manchmal schaute ein SS-ler vom Sicherheitsdienst zur Bürotür herein. Der trug Stiefel.

– Wie sieht's aus?, fragte er Hans. Hat er gesungen?

– Nichts, sagte Hans, mir scheint, er hat kein gutes Gehör.

Der vom Sicherheitsdienst hieß Ludwig. Einmal hatte er sich zu ihm gebeugt und im Marburger Slowenisch zu ihm gesagt: Mit mir kannst du reden. Auch auf Slowenisch, wenn du möchtest. Mit Johann wirst du nicht reden können, der kann nicht Slowenisch, und Deutsch spricht er nicht wirklich gern, er schweigt lieber. Und arbeitet lieber, du weißt ja, was so ein Grobian einem antun kann.

– Ich habe alles gesagt.

– Das bezweifle ich, sagte Ludwig.

Er blieb nie lange, er hatte viel zu tun. Seine knarrenden Stiefel marschierten den Flur entlang von Zimmer zu Zimmer. Türen gingen auf und zu, er kannte seinen quietschenden und entschlossenen Gang, das Aufschlagen der Absätze, das in den Gängen nachhallte.

Nun wusste er: Die Schritte, die den Gang entlangmarschiert waren, waren nicht die von Hans, sie krabbelten nicht wie zwei Ratten vor ihm hin und her, sie waren entschlossen, militärisch, es waren Ludwigs Schritte. Er war gekommen, um ihn sich anzusehen. Warum nur?

Mit zitternden Beinen trat er zum Eimer in der Ecke und begann zu pissen. Auch seine Hände zitterten, der Strahl rann daneben, auf den Boden, bis er im Dunkel doch noch die Wasseroberfläche traf. Es stank, erst am Morgen würde er den Eimer wegbringen und in den Sammelbehälter leeren können. Aber das war noch das wenigste, an den Gestank hatte er sich längst gewöhnt. Er hatte Angst, an die Angst gewöhnt man sich nicht. Vor allem wenn man allein in einer Zelle ist, ohnmächtig, erschrocken und allein.

Wann immer jemand die Luke seiner Zelle öffnete, durchzuckte es ihn. Nicht nur, weil er wusste, dass man ihn wieder hinaufbringen könnte, von wo er blutüberströmt und bald darauf wieder voller Striemen zurückkehren würde. Vielleicht fantasiere ich schon ein wenig. Solange er in einer Gemeinschaftszelle war, war es leichter gewesen. Einige wurden weggebracht und wurden verprügelt zurückgebracht und wieder in die große Zelle geworfen, während andere nie wiederkamen. Manchmal wurden Namen aufgerufen, die es nicht mehr gab. Sie lagen tot vor der Mauer im Hof. Aber seit er allein in der Zelle war, er wusste nicht mehr, wie lange, vielleicht zehn Tage, zwanzig? Er wusste nur, dass kein Ende abzusehen war, solange er nicht irgendetwas sagte, zumindest irgendetwas.

Es war nicht gut, allein zu sein, nachts fantasierte er, jenes Gespenst aus seiner Kindheit kam wieder in seine Träume geschlichen. Am Ende schon tagsüber, jedes Mal, wenn jemand die Luke öffnete, tauchte auch jenes Gesicht aus seiner Kindheit wieder vor ihm auf.

Vielleicht war er fünfzehn Jahre alt gewesen, fast schon sechzehn, als ihn das Gespenst zum ersten Mal beunruhigte.

Es war mitten am Vormittag, die Eltern waren in der Arbeit, er kam aus der Schule, warf den Ranzen in eine Ecke und schnitt sich eine Scheibe Brot ab. Er trat zur Küchenvitrine und begann in den Schubladen zu kramen, um einen Belag für das Brot zu finden, ein Stück Speck, noch lieber Marmelade. Er fand ein Marmeladenglas und schloss die gläserne Schranktür. Da spürte er, dass ihn jemand ansah. Er schaute sich um, niemand war im Raum, konnte es auch nicht sein, sein Vater und seine Mutter arbeiteten beide. Was ist los mit mir, dachte er, es ist niemand hier. In dem Augenblick sah er zum Fenster und erstarrte. Dort stand hinter dem geschlossenen Fenster, hinter der Scheibe, ein Mann und schaute ihn an. Genau genommen nur das Gesicht und der Oberkörper, das glatt rasierte Gesicht eines Mannes mit ruhiger, vielleicht etwas nachdenklicher Miene. Er erstarrte mit dem Marmeladenglas in der Hand, spürte, dass ihm ein kalter Schauer über den Rücken ging, so ein kaltes Kribbeln den Rücken und Hals entlang in den Kopf, was für ein Glück, dachte er später, dass ich das Glas nicht fallen lassen habe. Einen Augenblick lang sahen sich die beiden an, Valentin schien, der Mann im Fenster habe ihm zugenickt, aber das kam ihm vielleicht nur so vor, auf jeden Fall drehte er sich dann ein wenig nach links, als ob er ein paar Schritte den Flur entlang gemacht hätte, er ging davon. Welchen Flur entlang, welchen Flur bloß, donnerte es in seinem Kopf, da draußen gibt es keinen Flur, die Wohnung befindet sich im ersten Stock und schaut auf die Straße hinaus. In dem Augenblick regte sich auch Valentin, er stellte das Marmeladenglas hart auf den Tisch und trat zum Fenster. Er öffnete es und schaute nach unten. Unten waren auf dem Gehsteig ein paar Leute zu sehen, die ihren Erledigungen nachgingen, eine Marktfrau zog am Straßenrand einen Karren mit Salat, den sie nicht verkauft hatte, vom Markt nach Hause, zwei Männer standen mit ihren Rädern vor einem Hauseingang auf der anderen Straßenseite, hätte es einer von ihnen sein können? Wie nur, dachte er, das Fenster befindet sich im ersten Stock, niemand hätte hier hinaufgelangen können, außer er hätte eine sehr lange Leiter. Da war niemand mit einer Leiter, die Marktfrau verschwand hinter einer Ecke, die beiden Männer reichten sich die Hände, setzten sich auf ihre Räder, und jeder fuhr in seine Richtung davon, ein paar Kinder kamen die Straße hinuntergejagt, die aus der Schule kamen, einige von ihnen kannte er. Er drehte sich um und begann kopflos in der Wohnung umherzugehen. Er blieb in seinem Zimmer stehen, setzte sich aufs Bett. Sein Bett war militärisch genau gemacht, mit gespanntem Leintuch und die Bettdecke penibel bis zur Bettkante glatt gestrichen. Wenn sein Vater hier wäre, hätte er ihm gesagt, was ihm kurz zuvor dort beim Fenster erschienen war. Erst jetzt durchströmte ihn wirklich Angst. Er stand auf, beinahe rannte er in die Küche und schloss das Fenster. Ich habe es nicht geträumt, dachte er, ich habe nicht geträumt, wie sollte ich, mitten am helllichten Tag, wo ich gerade aus der Schule gekommen bin, träumen. Der Vater würde sagen, du liest zu viel von deinen Detektivromanen, dort taucht auch immer irgendetwas auf.

Vielleicht erschien ihm jetzt auch diese Zelle hier, diese mächtige Tür, der Eimer in der Ecke, diese Luke, die sich öffnete und die unbekannten Augen, die ihn beobachteten. War jenes Gesicht im Fenster ein Zeichen dafür, was ihm jetzt passierte? Oder träumte er, dass ihm so etwas schon passiert war, vielleicht träumte er, was einmal passieren würde?

9

Ludwig Mischkolnig schob ein Blatt Papier weg, das mitten auf dem Tisch lag. Mit seiner Schrift und in großen Lettern und Rufzeichen stand da:

Nägel!!! Urgieren!!!

Per Telefon bestellte er einen Kaffee, trat zum Schrank und begann in penibel und alphabetisch geordneten Akten zu stöbern. Unter Buchstabe G war kein Valentin Gorjan zu finden, auch kein Gorjanec oder Gorjup, es gab einen Goranovski, gewiss ein ehemaliger jugoslawischer Offizier. Er wollte schon seinen Kaffee abbestellen, als er auf seinem Tisch ein umfangreiches Bündel Papiere liegen sah, das Hans dort liegen lassen hatte. Hans war für eine Woche nach Wien gefahren, er ließ ihm ein paar unerledigte Dinge da. Im Nu fand er den Ordner von Valentin Gorjan. Er erblickte das Bild des jungen Mannes, der kaum älter als Sonja sein konnte. Ihm schien, er habe ihn schon einmal gesehen. In einem der Verhörzimmer bei einem Routine-Rundgang. So viele erschrockene Gesichter in all den Jahren, mit ihren Augen, die sich mit Hoffnung füllten, wenn er sie in ihrer Sprache anredete. Oder hatte er ihn vielleicht auf der Straße gesehen, die Stadt war nicht groß, man erinnerte sich an gewisse Leute. Die Augen des jungen Mannes auf der Fotografie waren hell, er könnte einer von uns sein, dachte er. Ist er aber nicht. Wenn er es wäre, wäre sein Foto nicht hier und er nicht im Gerichtsgefängnis, auch nicht zeitweise im Keller dieses Hauses oder in einem der Verhörzimmer. Die Augen, der Spiegel der Seele, sein Grundsatz bei jedem Verhör, sprachen auf diesem Bild, dass es sich um einen ziemlich selbstbewussten jungen Mann handeln musste. Das heißt, so sahen sie aus, als er sich beim Hochstätter am Burgplatz ablichten ließ. Damals waren sie selbstbewusst, gewiss war er Mitglied im So-kol-Turnerbund gewesen, dort brachte man ihnen bei, dass die slowenischen, die slawischen Patrioten selbstbewusst und mutig dreinblicken müssen. Aber das war, ehe Hans Valentin Gor-jan in die Hände gekriegt hatte. Wen Hans verhörte, der blick-te nicht mehr selbstbewusst drein. Und wenn er auch noch Jo-hann hinzurief, den ehemaligen Zimmerer, seinen engsten Helfer für ernstere physische Arbeiten, dann blickte derjenige, der beim Hochstätter noch selbstbewusst dringeblickt hatte, gar nicht mehr. Er hatte nämlich bläuliche Beulen statt Augen. Ludwig mochte diese Gedanken nicht, sie kamen von selber. Er verließ sich lieber auf seine Instinkte als auf Gespräche, auf Psychologie, auf den tiefen Blick in die Augen, die der Spiegel der Seele sind. Die Akte war umfangreich, Gorjans Dokumen-te, verschiedene Notizen über mögliche Verbindungen, aber im Moment interessierte ihn das Protokoll, er blätterte es durch, zuerst schaute er, wie weit Hans bei dieser Sache gekommen war. Beim Blättern bemerkte er sofort, dass die Stenotypistin Frida aus dem ersten Stock getippt hatte, das waren eindeutig die für sie typischen korrekten Abstände und genauen Ränder.

Ein etwas komplizierter Fall. Er wurde am 17. März 1944 in einem Gasthaus in der Nähe von Mislinja arretiert, am anderen Ende des Bacherngebirges. Er war stark alkoholisiert, und der Vertrauensmann, der gemeldet hatte, dass im Gasthaus ein Unbekannter saß, nahm an, er sei ein entflohener Bandit, viel-leicht ein Deserteur aus einer Einheit, die sich in jener Ecke herumtrieb, zwischen dem Bachern und den Kärntner Bergen. Er war nicht bewaffnet, in seiner Brieftasche fand man eine grüne Kennkarte. Er wurde nach Cilli gebracht, wo festgestellt wurde, dass der Ausweis echt ist und dass es sich um Valentin Gorjan aus Marburg handelte, einen Geodäsie-Ingenieur, einen Dozenten an der Fakultät für Bauingenieurwesen in Laibach. Er behauptete, er sei auf dem Weg von Laibach über Cilli und Unterdrauburg zurück nach Marburg gewesen. Warum über Unterdrauburg? Weil die Strecke zwischen Cilli und Marburg vorübergehend gesperrt gewesen sei.

Das schien glaubhaft, Ludwig Mischkolnig wusste, dass die Strecke wegen Banditensabotage des Öfteren vorübergehend gesperrt war.

In Mislinja sei er am Bahnhof aus dem Zug gestiegen und ins Gasthaus gegangen, wo er ein paar Stunden später von der lokalen Polizei arretiert wurde. Die Geschichte war voller Unklarheiten. Warum sollte jemand in Mislinja aus dem Zug steigen, sich betrinken und vergessen, in den Zug zurück zu steigen? Er hatte eine Reihe von dummen Ausflüchten, alle im Zusammenhang mit einem langen Besäufnis, das bereits in Laibach seinen Ausgang genommen haben soll. Doch alle Mutmaßungen liefen lediglich in zwei Richtungen: Weil er schwere Bergschuhe anhatte und einen dicken Wintermantel trug, wäre es möglich, dass er wirklich einer der räuberischen Gruppen entflohen war, die in diesem Gebiet operierten. Oder war er auf dem Weg dorthin? Aus Cilli wurde er nach Marburg gebracht, und ein langwieriges Verhör ergab keine Auskünfte über seine Verbindungen in der Gegend, in der er verhaftet wurde, auch auf der Liste der verdächtigen Personen, die mit umstürzlerischen Aktivitäten in Marburg in Zusammenhang standen, schien er nicht auf. Aufgrund zweifelhafter Erklärungen wurde er weiter festgehalten. Hans wartete darauf, dass ihn einer der anderen Verdächtigen erwähnte, dann wäre die Sache schnell aufgeklärt.

Am Ende der vierten Seite notierte Hans mit seiner plumpen Schrift – trotz seiner schwerfälligen Hände, einer Folge übermäßigen Essens, war auch er peinlich genau – *1. V, 2. D oder B, 3. Oder?* ... Die Notiz war mit Bleistift geschrieben, das heißt, noch nichts Offizielles, bedeutete aber, dass er zwischen verschiedenen Möglichkeiten für eine Lösung des Falles Gorjan hin und her schwankte: *1. V* bedeutete *Vertrauensmann*, das heißt, vielleicht könnte man ihn noch für eine Zusammenarbeit gewinnen, schlimmere Vergehen konnten ihm nicht nachgewiesen werden, *2. D oder B* bedeutete Dachau oder Buchenwald, *3. Oder?* ... bedeutete: oder ihn vors Erschießungskommando im Hof des Gerichtsgefängnisses zu schicken – sollte sich mithilfe von Zeugen oder anderen Abteilungen oder eines Geständnisses herausstellen, dass er in Banditenformationen oder bei ihrer Organisation in der Stadt kollaborierte. Aber auch wenn sich das nicht herausstellen sollte, konnte er auf eine Liste von Geiseln gesetzt werden, die exemplarisch bei einem neuen Banditenverbrechen gegen die deutsche Wehrmacht oder die Zivilbevölkerung hingerichtet wurden.

Jemand klopfte energisch an die Tür. Kaffee. Der Diensthabende stellte die Tasse auf den Tisch, salutierte und ging. Ludwig sah auf die Uhr. Es war bereits neun Uhr, er war den ganzen Tag von zu Hause weg gewesen. Warmes Wasser, ein warmes Bett. Aber dort wartete auch seine Mutter mit den Palatschinken. Er knipste das Licht auf seinem Schreibtisch an.

Hans' Notiz mit Bleistift und seine winzige Schrift *(1. V, 2. D oder B, 3. Oder? ...)* war eine logische Schlussfolgerung. Das konnte nicht einfach so entschieden werden, wenn der Verdächtige keinem Netzwerk zugeordnet werden konnte, wenn seine Kollaboration mit Widerständlern, das heißt Banditen, nicht bezeugt werden, wenn sie nicht in ein Netzwerk von Involvierten gestellt werden konnte. Und außerdem: Welchen Sinn hätte es, diesen Valentin Gorjan irgendwohin zu schicken, wenn aus ihm vielleicht noch eine brauchbare Information herauszukriegen war? Das war das Mindeste, noch besser wäre aber, wenn er nützlich sein könnte. Er könnte ein wertvoller Vertrauensmann werden. Im Idealfall ein Erkunder, das heißt, ein Angehöriger einer der Einheiten, die man in Partisanenuniform in den Wald schickt, wenn man diese Freizeitbekleidung Uniform nennen konnte. Wir haben sie angezogen, wie sie angezogen sind, und jetzt werden sie für *Zerrissene* gehalten, so werden die genannt, die, die sich als Partisanen ausgeben, obwohl sie keinen Deut zerrissener sind als die, die sich für eine Armee halten, sie nennen sich Befreiungsarmee, in Wirklichkeit sind sie aber nichts als eine kommunistische, zerlumpte, verlotterte Bande.

Er blies eine Rauchwolke zur Decke hoch, so wie am Nachmittag im Kaffeehaus. Und erblickte in der Wolke ihr Gesicht, das Gesicht des Mädchens, dem er einst geholfen hatte. Als sie noch ein kleines Mädchen war, hatte er ihr aufgeholfen. Vielleicht konnte er sie auch jetzt hochziehen, sie schien ziemlich am Boden zerstört, als sie sich verabschiedeten. Obwohl geschmeidig, nicht nur ihr Deutsch, auch ihr Gang, ihr Blick, ihre Lippen, alles war geschmeidig. Was ist bloß los mit mir?, dachte er, diese junge Frau gefällt mir. Sie hatte sich ihm genähert, als sie sich verabschiedeten, sie hatte ihre Lippen an sein Ohr, ihr Gesicht seinem Gesicht genähert und gehaucht *bitte*, sie war ihm näher gekommen. Nun spürte er in seiner Schreibstube zu dieser einsamen Abendstunde im Frühherbst, als der Sommer noch in der Luft lag, ihre körperliche Nähe, verdammt, sie hatte ihn mit ihrer Geschmeidigkeit und Anmut überwältigt, es schauderte ihn am ganzen Körper. Der Fall dieses Gorjan war nicht unlösbar. Er könnte etwas für sie tun. Natürlich so, dass er keinen Millimeter von der Treue seinem Dienst gegenüber abrückte, von seinen klaren Anweisungen. Auch sie könnte etwas für ihn tun, sie könnten sich noch näherkommen.

Er beschloss, den Fall zu übernehmen.

10

Es war Nacht, schon gegen elf Uhr, als er das Amtsgebäude verließ. Morgen würde er diesen Gorjan holen lassen, er möchte den Menschen sehen, für den Sonja bereit war, so viel zu tun. Wie viel? Viel, wahrscheinlich alles, was eine junge und verliebte Frau unternehmen konnte, um ihren Liebsten zu retten. Seine Brust zog sich vor Wut zusammen, vielleicht vor Eifersucht. Warum war niemand bereit, für ihn so etwas zu tun? Der stärkste Ausdruck von Liebe, den er kannte, waren die Palatschinken seiner Mutter und ihre Sorge: Wo warst du? Es zog ihn wie von selbst in Richtung Gerichtsgebäude. Beim Eingang zeigte er seinen Ausweis und verlangte, man möge ihm die Liste der Insassen aushändigen. Er zeigte auf den Namen Valentin Gorjan: Den will ich. Der schläfrige Wärter sperrte ihm die Türen der Gänge auf. Als sie zur Zelle kamen, wollte er auch diese Tür öffnen, aber Mischkolnig winkte ab: Ist nicht nötig. Er hob die hölzerne Klappe über der Luke hoch, drückte auf den Schalter neben der Tür. Drinnen ging das Licht an. Er sah die Gestalt, die, wie zu einer Falte zusammengekrümmt, mit den Knien fast bis zum Kinn, auf der Pritsche lag. Der Mann sprang auf und ging in Habtachtstellung, regungslos starrte er die Luke in der Tür an. Eine jämmerliche Erscheinung. Mit der rechten Hand hielt er seine Hose fest, natürlich, den Gürtel hatte man ihm abgenommen, auch alle anderen Bänder, muss nicht sein, dass er sich erhängt, das werden schon wir erledigen, wenn nötig. An seinem Hemd waren Blutflecken zu sehen. Sein Gesicht war angeschwollen, mit großen Striemen unter den Augen, das war die Arbeit von Johanns Händen, dachte Ludwig, die sehnigen Hände des einstigen Zimmerers, er ging immer mit aufgekrempelten Ärmeln umher. Und für diese Kreatur, die wie ein aufgescheuchter Hase dreinschaut und sich die Hose hält, damit sie ihm nicht vom Arsch fällt, ist dieses schöne Mädchen bereit, seine Ehre aufs Spiel zu setzen, vielleicht sogar zu verspielen. Und dieser verschreckte junge Mensch, den man völlig besoffen in einem Gasthaus auf der anderen Seite vom Bachern gefunden hatte, will sich dem deutschen Willen widersetzen, auch seinem, Ludwigs Willen. Vielleicht täuschte sich Hans, der war dazu nicht fähig, das sieht man an seinen Augen. Aber Hans täuschte sich selten. Zumindest nicht am Ende, da täuscht er sich eigentlich nie, wenn er notiert *B oder D* oder das, was zuletzt kommt. Dann gibt es keine Irrtümer mehr, dann ist das das Ende.

Er ließ die Lukenklappe los und machte das Licht aus. Zum Wärter sagte er, man solle diesem Menschen ein Hemd geben, morgen solle er zu ihm zu einem neuen Verhör gebracht werden.

Langsam machte er sich auf den Heimweg.

Ludwig Mischkolnig konnte von Anfang an, seit seiner Rückkehr aus Graz, wo er beinahe zehn Jahre verbracht hatte, und nach zeitweiligen Aufenthalten zur militärischen Ausbildung in Deutschland, in seine Heimatstadt, nicht verstehen, warum sich diese Leute auflehnten. Er konnte verstehen, dass sie sich nach dem Jahre 18 als Herren in dieser Stadt fühlten, aber das war schon damals lächerlich, obwohl auch ärgerlich, ihr lächerlicher SHS-Staat und später ihre serbische Diktatur, die sie Jugoslawien nannten – war das überhaupt ein Staat? –, es war lächerlich, aber es war auch ärgerlich. Nun sind die Dinge in Ordnung gebracht, und sie könnten zufrieden sein, könnten glücklich sein, dass sie Teil des großen Europa sind, das von Deutschland geführt wird, und Deutschland sind auch die Deutschen dieser Stadt, die Slowenen sind sowieso nichts anderes als slawisch sprechende Deutsche, solche Beispiele gibt es auf dem ganzen Kontinent genug. Um ehrlich zu sein, ist der Großteil loyal der neuen Ordnung gegenüber, sie haben die grünen Ausweise bekommen, sie sind zufrieden. Sonja scheint loyal zu sein, sie interessiert sich nicht für Politik, von dieser lächerlichen Bemerkung über die Überbleibsel des bayerischen Dialekts abgesehen. Und es muss auch nicht mehr die Rede sein von unseren und euren Leuten, hier gibt es kein *wir* und *ihr* mehr. Das hatte sie von daheim, bei ihr zu Hause denkt man so, zumindest dachte man früher so, ihr Vater gewiss.

Loyal sind sie schon, man kann nicht sagen, dass sie es nicht wären, aber sie hassen uns. Wir verachten sie, seit jeher, und sie wissen das, sie hassen unsere Verachtung. Wenn er nur zu den Fenstern dieser stillen Stadt blickte, spürte er, wie hinter ihnen ein unsichtbarer Hass hervorkroch.

Er erinnerte sich an ihn, erinnerte sich an Sonjas Vater, natürlich erinnerte er sich. Er pflegte Umgang mit diesem Herrn, soweit das eben notwendig war, ja, auch am Bachern waren sie zusammen in einem Winter, mit zusammengepressten Zähnen hatte er Umgang mit diesem Herrn Doktor, der sein verletztes Knie operiert hatte, schön, dass er ihn geheilt hatte, aber in seiner Gesellschaft musste er die Zähne immer mehr zusammenbeißen. Beim Fußball hatte er sich das Knie verletzt, man brachte ihn ins Krankenhaus, und der Vater dieses Mädchens, das ihm nun auf der Straße nachlief und im Theresienhof um ihren Freund bettelte, diesen eingesperrten Banditen, aller Wahrscheinlichkeit nach ein Bandit, ihr Vater, Doktor Belak, hatte ihn schön begrüßt, er war ein freundlicher Herr, er betastete sein Knie, ich fürchte, das werden wir operieren müssen, hatte er gesagt. Er war ein freundlicher Herr, nur, dass er zu gerne Scherze machte. Wegen seiner Scherze musste er die Zähne zusammenbeißen, nicht wegen des schmerzenden Knies, das der Herr betastete und anhob, sodass bei jeder Bewegung der Schmerz in sein Gehirn fuhr. Was für Deutsche seid ihr denn in eurem Sportklub Rapid, wenn ihr Bratschko, Goritschar, Löschnig heißt? Das hatte er gesagt. Er hätte auch seinen Namen aufzählen können, auch sein Nachname klang nicht ganz deutsch. Woher er das wisse?, fragte er Belak. Ja, das habe ich in der Zeitung gelesen, sagte Belak, als ihr mit unserem SSK gespielt habt. Goričar hat ein Tor geschossen, nicht wahr? Es stimmte, Goričar hatte ein Tor geschossen, aber wenn einige Namen haben, die nicht deutsch klingen, heißt das noch nicht, dass sie nicht Deutsche sein können. Mischkolnig musste da die Zähne zusammenbeißen, nicht wegen der Schmerzen im Knie, sondern weil er sich über Rapid lustig machte, Rapid war der Stolz der Marburger, nicht nur der Marburger, sondern auch der Pettauer, der Cillier und aller anderen Deutschen, die noch immer die deutsche Südgrenze verteidigten, obwohl es nicht mehr viele gab, viele sind im Jahr 18 weggegangen, aber sie sind noch immer hier, sind noch immer das, was sie immer waren, Deutsche, obwohl einige eben mit slowenischen Nachnamen, und genau über die machte sich dieser Mann lustig, als er sein Knie untersuchte. Und als er dann hinter dem Tisch saß, um die Anamnese und die Entscheidung zur Operation aufzuschreiben, sagte er, und Sie sind ein Mischkolnig, also eine Maus, sagte er, und *miškolin*, kleiner Mäuserich, ist so ein Kosename für eine männliche Maus. Mischkolnig sagte, er sei wegen des verletzten Knies hier, nicht, um über Namen zu diskutieren. Selbstverständlich nicht, sagte Doktor Belak, ich werde Sie doch wohl nicht beleidigt haben. Natürlich hatte er ihn beleidigt, aber wie soll ein Patient seinem Arzt sagen, dass er ihn beleidigt hat, weil er sich hier auf Kosten der Marburger Deutschen lustig machte? Namen sind Namen, sie verändern sich im Laufe von Generationen, einer der besten Leute, die wir heute in der SS haben, heißt Globocnik, das heißt, dass die Seinen aus irgendeiner Talsenke stammten, und was soll's, was soll's? Die eigene Gesinnung ist wichtig, die Sprache, das kulturelle Bewusstsein, die Zugehörigkeit zur Großen Sache. Wir sind hier zu Hause, wir sind von nirgendwo gekommen, wie vielleicht sein Herr Kollege, der Herr Doktor Lavrenčič, der aus dem Küstenland dahergelaufen ist, während Belaks Vorfahren von irgendwelchen Bauern aus der Gegend stammen, seinen Eltern oder Großeltern haftete noch der Gestank nach Stallmist an den Schuhen, als sie in die Stadt kamen, in der deutsch gesprochen wurde und in deren Straßen die deutschen Bürger in gewichsten und gebürsteten Schuhen umhergingen; er, Mischkolnig, schmierte seine Schuhe jeden Morgen mit Schuhpaste ein und bürstete sie, seine Mutter ließ ihn nicht aus dem Haus, solange er das nicht tat, und davor musste er sich noch ordentlich die Zähne putzen.

11

Dennoch trafen sie sich später noch einige Male, nach jener Operation, die Belak gut durchgeführt hatte, wie Mischkolnig zugeben musste. Es stellte sich nämlich heraus – bereits im Krankenhaus während seiner Genesung, als ihn der scherzende Arzt besuchte –, dass sie einen gemeinsamen Bekannten hatten. Nämlich Belaks Kollegen von der Abteilung für Dermatologie, Doktor Brandstätter, der einen Namen hatte, der deutscher nicht sein konnte. Doktor Brandstätter sang zusammen mit Mischkolnig im Männergesangverein, nach der Probe saßen die Sänger manchmal im Café Central zusammen. Eines Abends betrat Doktor Lavrenčič, derjenige von der Dermatologie, mit seiner Gattin das Kaffeehaus, begrüßte Brandstätter, und als er näher kam, sagte er aus vollem Halse: Oh, da ist ja Belaks Patient, wie heißen Sie noch mal, Miškolin? Mischkolnig wurde rot, vor allem, weil die Gesellschaft auflachte, Brandstätter lachte sehr laut, er war an Lavrenčičs Scherze gewöhnt, vielleicht wollte er ihm mit seinem Gelächter sogar einen freundschaftlichen Gefallen tun, aber auf wessen Kosten? Auf seine Kosten, Mischkolnigs, auf Kosten seines Nachnamens. Mischkolnig fühlte, wie er rot wurde, er fühlte aber auch, dass er diesen lachenden Arzt, nicht Brandstätter, der aus Höflichkeit lachte, sondern diesen Lavrenčič, der das alles ausgelöst hatte, am liebsten mit der flachen Hand direkt auf seinen lachenden Mund geschlagen hätte, du wirst nicht auf meine Kosten lachen, du windischer Hund. Ist das Knie in Ordnung?, rief Lavrenčič noch über den gesamten Tisch, kicken Sie schon wieder? Ich kicke, ja, dachte Mischkolnig, dir würde ich am liebsten in den Arsch treten, dass du zwischen die Stühle fliegen würdest und dich deine Frau aufsammeln müsste, die jetzt da hinten mit ihren geschminkten Lippen höflich lächelt.

In einem Gasthaus in Radvanje konnte er es ihm ein wenig heimzahlen, zumindest ein wenig. Sie saßen sich gegenüber, und über volle Gläser gelblichen Weins beugte sich Mischkolnig zu ihm und fragte freundlich: Kommt das Wort *čič* von Namen, wie Ihrer einer ist? Lavren-čič. Das Wort *čič* war sowohl für die Marburger Deutschen als auch für die Slowenen eine beleidigende Verspottung für die Zugereisten, die nach dem Krieg in die Stadt gekommen waren. Weil sie mit den Italienern nicht auskamen, zogen sie aus der Gegend um Triest in die Stadt, aus der die einheimischen, deutschen Leute wegzogen. Der SHS-Staat sorgte gut für sie, sie bekamen Anstellung bei der Polizei oder im Steuerwesen, bei der Eisenbahn oder in der Stadtverwaltung, was an sich schon reichte, dass niemand sie mochte. Außerdem waren sie laut, sie riefen einander von einer Straßenseite zur anderen zu, sie scherzten und lachten laut, kein Wunder, dass die Italiener nicht mit ihnen zurechtkamen, mit diesen *čič*-Leuten, sie konnten diese slawische Bauernrasse nicht ertragen. Lavrenčič lief ein Schatten übers Gesicht, aha, dachte Mischkolnig, da siehst du, wie es ist, wenn man sich über Namen lustig macht, erinnerst du dich an Miškolin? Aber er sammelte sich rasch und prustete auf seine eigenen Kosten los: *Der Čič, der bunte Vogel, liebt den Tanz, und hat nicht eine Feder auf dem Schwanz.* Und die ganze Gesellschaft, die nicht wusste, was zwischen den beiden vorging, warum Lavrenčič plötzlich so eine Dummheit rezitierte, lachte mit ihm. Sie wussten nicht, warum, aber wann immer Lavrenčič den Mund aufmachte, lachten sie, manchmal sogar noch ehe er ihn aufmachte.

Er war nicht mehr da, der schalkhafte Lavrenčič, auch er steckte irgendwo da unten im Dickdarm Europas. Belak aber war noch immer hier. Er konnte sich gut an ihn erinnern, an Sonjas Vater. An sie jedoch nicht. Dass er irgendein Mädchen dort oben am Bachern aus dem Schnee gezogen haben soll? Wird schon stimmen, wenn sie das sagte. Es gab viele Mädchen und Burschen, größtenteils mit Familien, wie Brandstätter und Belak, aber auch Junggesellen wie er selbst, alle fuhren Ski, und am Abend fuhren sie ins Tal hinunter. Diejenigen, die Autos hatten, fuhren ihre Kinder und ihre Frauen nach Hause, die anderen setzten sich ins Gasthaus. Damals saßen sie manchmal noch zusammen, die Slowenen und die Deutschen, tranken das eine oder andere Gläschen zu viel, sangen ein slowenisches oder ein deutsches Lied, später immer seltener, und wenn das passierte, saßen sie mit zusammengepressten Zähnen da, zumindest Mischkolnig biss immer die Zähne zusammen, wenn er sie ertragen musste.

Damals, in jenem Gasthaus in Radvanje, zeigte er ihnen seine Entschlossenheit. Weil er diese Gesellschaft nicht gut ertragen konnte, kippte er schnell ein paar Gläser Gelben Muskateller hinunter. Weil er schnell trank und davor nichts Richtiges gegessen hatte, stieg ihm der Wein rasch zu Kopf. Später bereute er, nichts Ordentliches gegessen zu haben, etwa eine fettige Speise, die die Wirkung des Weins in seinem ohnehin so hitzigen Kopf abgeschwächt hätte, aber das war viel später, als es bereits zu spät war. Eine halbe Stunde nachdem er die Gläser hinuntergekippt hatte, stand er auf und gab der versammelten Gesellschaft zu verstehen, dass es an der Zeit war, ein Lied zu singen. Er sagte, dass in einer freundschaftlichen Runde von Menschen, die in derselben Stadt wohnten, gewiss nichts dabei wäre, wenn man gemeinsam ein Lied über den

Fluss anstimmte, der durch ihre Stadt fließt. Die Herren, die am großen Tisch saßen, sahen einander an, was will der denn?, fragte jemand. Bald war klar, was er wollte, denn Mischkolnig begann mit donnernder Stimme zu singen:

O Drau, o Drau, o deutsche Drau,
o endlich unsern Sieg du schau.

Stille trat ein, ja, wirklich, was wollte dieser Drucker, der Buchstaben für die *Marburger Zeitung* setzt und in seiner Freizeit bei Rapid Fußball spielt, was wollte dieser offenbar besoffene Kerl eigentlich?

Und dann sangen auch sie, wenn er es schon so wollte:

Slowenische Burschen sind wir, an der Drau zu Haus',
slowenisch Herz und Geist machen uns aus.

Er sang allein weiter, er ließ sich nicht still kriegen, als das Lied *Die Wacht an der Drau* aus war, sang er noch vom anderen Fluss, *Die Wacht am Rhein*, während sie ihre wilde Partisanenhymne anstimmten, *Los, die Ruhmesflagge, zum Kampf, das Heldenblut:*

Die Gerechtigkeit ins Blut zu schreiben,
die uns're Heimat fordert.

Und wie es zunächst so fröhlich angefangen hatte, war es bald nicht mehr lustig, die Gesichter wurden rot, ein wenig verquollen, jemand stieß den Weinkrug um, sie begannen ihn in Richtung Tür zu schieben, aber er ließ nicht nach, er sang weiter, auch nachdem er schon auf der Straße war, am Fuße des grünen Bacherngebirges.

Ach, dachte Mischkolnig, was für Zeiten, was für eine Entschlossenheit mir innegewohnt hatte. Einer gegen alle. Ein paar Jahre zuvor hatte er noch weiße Kniestrümpfe getragen, das stolze Zeichen der deutschen Schülerschaft, und raufte mit den slowenischen Schülern, die ihren deutschen Mitschülern Tinte aus Federhaltern auf ihre weißen Strümpfe spritzten, diesem Symbol des Deutschtums. Er hatte keine Angst, er hatte nie Angst, auch nicht in diesem Gasthaus unter dem Bachern, obwohl er dann allein auf der Straße stand und weitersang, *O Drau, o Drau, o deutsche Drau* und auch *Zum Rhein, zum Rhein, zum deutschen Rhein! Wer will des Stromes Hüter sein?*

Er bekam keine Angst, weil er entschlossen und entschieden war, eine Entschlossenheit, die er noch immer in sich trug, wo er hier, in seiner Stadt, seine Herzenssache verwirklichte, für die Geschichte und das neue Europa. Schon längst hätte er sie an der Ostfront verwirklicht, wenn er hier nicht von so großem Wert gewesen wäre. Seine Slowenischkenntnisse und die Kenntnis über die hiesigen Verhältnisse waren unersetzlich. Auch hier war eine Front, weniger sichtbar, aber entschlossen und unnachgiebig. Weil er entschlossen war, dass die Stadt und dieses ganze steirische Land so werden würden, wie er es sich wünschte. Wenn in den Gasthäusern keine vulgären Lieder mehr hallen würden, wenn auch er nicht würde schreien müssen, wie er in diesem Gasthaus in Radvanje geschrien hatte, sondern man singen würde, wie sie bei der Chorprobe Bachs Kantate 147 gesungen hatten: *Herz und Mund und Tat und Leben.* Er musste nur die Augen schließen, schon konnte er sie hören, die Melodie dieser unendlichen Harmonie. Die Stadt und das Land werden einst so sein, von Bach'scher Schönheit erfüllt. Nicht nur wegen eines Befehls von oben, von ganz oben, des Führers klarer Botschaft, man müsse dieses Land wieder deutsch machen, sondern, weil er seinen Traum erfüllte. Wie oft hatte er im Kulturbund zu nächtlicher Stunde davon geträumt, dass es hier wieder so werden würde wie es einmal war. Aber ohne Furchtlosigkeit, Wahrheit und Treue würde es nicht gehen, ging es nicht, geht es nicht. Das war ihr altes Motto: *furchtlos, wahr und treu*. Als sie zu Fuß vom Hügel Meljski hrib zurückkehrten, wo auf dem Weingut ihres Vertrauten die Lieder der neuen Ordnung und neuen Welt ertönten, die wahrlich keine Bachkantaten waren, sondern Lieder von Entschlossenheit und Mut, damals betrachtete er die Sterne dort oben über dem Bachern und sagte zu sich: Ich werde alles tun, alles tun, ich bin dein, meine Heimat. Und alle werden zurückkehren, die nach dem Jahr 18 gegangen sind, sie werden hierherkommen, wohin sie gehören, wo ihr Volk Jahrhunderte geschuftet, gelitten, sich gefreut und niemals gedacht hatte, dass es all dies in einer anderen Sprache oder anderem Geist würde tun oder tun müssen als in der deutschen Sprache und im Geiste des Deutschtums. Nicht nur die Kenntnisse über die Verhältnisse, auch die Entschlossenheit. Und Entschiedenheit, ja. Furchtlosigkeit, Wahrheit, Treue.

Die Gerechtigkeit ins Blut zu schreiben. Sie wollten Blut, also bekamen sie es. Und Gerechtigkeit auch.

Auf Zehenspitzen ging er den Flur entlang, horchte an der Tür seiner Mutter, sie wachte nicht auf, Gott sei Dank, er konnte ihren regelmäßigen Atem hören.

Er zog sich einfach im Dunkeln aus, als er bereits im Bett war, erinnerte er sich, dass er vergessen hatte, sich die Zähne zu putzen. Aber er konnte nicht aufstehen, nun war es höchste Zeit, dass er ein paar Stunden Schlaf bekam, der Tag war lang gewesen, am Morgen stand eine Stabssitzung an. Und diese verdammten Nägel, musste man sich wirklich so viel damit beschäftigen?

12

Sonja besuchte Valentins Träume.

– Gehst du nicht mit mir?, fragte sie.

– Ich gehe, ich gehe mit, selbstverständlich.

Sie wanderten auf den Berg Sveti Urban hinauf. Zunächst über den schattigen Weg zwischen blühenden Bäumen, freilich, es war Frühling, an einem Bauernhof vorbei, und schon waren sie auf dem Bergkamm, kurz danach waren sie schon hoch oben. In der Ferne erstreckten sich die Hügel, der berühmte Blick auf die Hügellandschaft Slovenske gorice, deren Hänge stellenweise von leichten Nebelschwaden umrankt waren, dünne weißliche Schleier reichten bis zum Fuß des Berges, auf dem sie wanderten. Die Kirchtürme dort unten auf den vielen runden Rücken der Landschaft durchbrachen die neblige Substanz, auf der anderen Seite lag die dunkelgrüne Masse des Pohorje-Gebirges. Wie ein schweres, dunkles Tier, mit dichtem grünen Fell bedeckt, lag es reglos auf der Seite, wenn man es anstieß, dachte er, würde es sich gar bewegen, vielleicht sogar knurren.

Er deutete mit der Hand: Dort ist der Pohorje.

Sonja lachte. Als ob sie nicht wüsste, dass dort der Pohorje sei. Wer wusste denn nicht, dass dieser Berg Pohorje hieß?

– Da war ich schon, sagte er. Ich versteckte mich in einer Senke. Ich hätte zu einer Wasserscheide müssen, aber da war keine Wasserscheide, da war eine Mündung, zwei Bäche flossen zusammen. Und oben wurde geschossen.

– Dort oben war ich im Winter Ski fahren, sagte Sonja.

– Ski fahren, Ski fahren, schalt er sie leicht. Ski fahren ist nicht Krieg. Er wusste, dass er noch etwas sagen musste, aber es fiel ihm nicht sofort ein was. Dann fügte er hinzu: Ist kein Kampf um die Freiheit.

– Gib mir lieber deine Hand, sagte sie.

Er nahm ihre Hand. Und dann lagen sie schon unter einem jener blühenden Apfelbäume, die jeden Frühling die Hänge rund um die Stadt in Weiß tauchten. Sie betrachteten die Wolken, die Himmelsreisenden, die der Wind ins Tal und dann irgendwohin in Richtung der ungarischen Ebene jagte. Immer weht der Wind, dachte er, im Tal über der Drau weht immer der Wind, daher ist die Luft frisch, immer frisch, man kann gut atmen, die Wolken jagen über den Himmel in die Ebene, es ist Frühling, sie liegen irgendwo auf dem Sveti Urban, die Zeit scheint stillzustehen, das dauert und dauert, soll es nur dauern, dachte er, es ist Frühling, wieder wollte ihm etwas nicht einfallen, ein Vers: *Das Täubchen rief, das Täubchen rief.* Er sah das Gesicht von Professor Šmitek, er konnte sich an seinen Namen erinnern, auch an sein Gesicht. Der Professor stand am Fenster, die Sonne fiel auf sein schütteres Haar, die Brille saß auf seiner Nase, in der Hand hielt er ein Buch, lächelte schelmisch und sagte, *das Täubchen rief, das Täubchen rief.* Die Mädchen in der Klasse sahen ihn verzaubert an, und plötzlich hörte er seine Stimme, natürlich, natürlich, nun gingen ihm die Verse durch den Kopf: *Es war spät Abend – erster Mai – / Abends der Mai war Liebeszeit. / Das Täubchen rief zur Lieb herbei, / Der Föhrenhain duftete weit.*

– Was ist dir eingefallen?

– *Das Täubchen rief,* sagte er.

Er langte ihr unter die Bluse und legte seine Hand auf ihren glatten Bauch. Die scharfkantigen, spitzen Kirchtürme dort unten in der Ferne durchbrachen die weiße Membran der Nebelschwaden, nein, sagte sie, es ist noch nicht so weit. Es ist noch nicht so weit?, fragte er, *der Mai war Liebeszeit*, oh, dachte er, das ist ja auch ein Reim, es ist noch nicht so weit, *der Mai war Liebeszeit*, sieh dir lieber die Wolken an, sagte sie, ich sehe sie ja an, die Wolken, die Nebelschwaden, die Kirchtürme, dein Haar, deine Lippen, alles sehe ich.

In einem jener Kirchtürme bewegte sich die Metallmasse und begann zu schaukeln, ganz nah sah er den Klöppel, der sich dem Glockenrand näherte, jetzt, jetzt würde sie schlagen, dachte er, die Glocke schaukelte leicht, der Metallklöppel schlug an die Innenwand der großen Glocke, der Klang war jedoch nicht metallisch, es schlug dumpf, hohl, ein dumpfer Schlag, und auch von der anderen Seite, vom Pohorje, aus dem Bauch des großen dunkelgrünen Tiers, hörte er so ein dumpfes Geräusch, eine Art Schlagen, jemand klopfte an die Tür.

Rasch bewegte er sich, und noch ehe er die Augen öffnete, lag er schon auf dem Boden, er war von der niedrigen Pritsche gefallen, plötzlich saß er auf dem kühlen und feuchten Boden, er versuchte aufzustehen und rutschte aus, er setzte sich auf die Pritsche. Durch die Luke an der Tür schob die Hand im zottigen Ärmel der Wachmannuniform die Menage und einen Löffel hinein, daneben lag ein Stück Brot. Dann tauchte in der Luke das Gesicht des Wachmanns auf. Er zwinkerte ihm zu. Die Schläge entfernten sich, der Wachmann, der zuvor an seine Tür geschlagen hatte, schlug nun an andere Türen, schob Essen durch die Luken anderer Türen auf dem langen Gang, man konnte im gesamten großen Gefängnis Stimmen, Schritte, Schlüsselrasseln hören. Mit schmerzenden Beinen bewegte er sich zur Tür, nahm das Brot, riss mit den Fingern die Krume ab und schob sie in den Mund. Auch hier war ein Schmerz spürbar, die hervorstehende Spitze eines abgebrochenen Zahns, die geschwollene, dicke Haut an den Wangen, er drückte mit der Zunge die Brotkrume gegen den Gaumen und erweichte sie, nahm die Menage und verschlang rasch die schwarze und bittere Flüssigkeit zusammen mit dem Brot.

Er schleppte sich zur Pritsche, legte sich hin und blickte zur Decke, um wieder die Wolken zu sehen, die kurz davor dort oben auf dem Sveti Urban über sie beide hinweggewandert waren, dort hinüber zu den Hügeln und Senken, aus denen die Nebelschwaden stiegen.

13

Ludwig Mischkolnig beschloss, die Sache mit den Nägeln bei der morgendlichen Sitzung des Einsatzstabs ins Rollen zu bringen. Eine so banale Sache, die plötzlich beinahe unlösbar zu sein schien: Schon vor ein paar Tagen hatte er nach Graz telefoniert und höflich darauf aufmerksam gemacht, dass diese Nägel doch endlich geschickt werden sollen, einen Tag später verlangte er das schon mit Nachdruck – er erreichte jedoch nur, dass man ihm Versprechungen machte, schließlich sogar sagte, dass die Nägel schon auf dem Weg seien. Als die Kisten mit der letzten Sendung mit technischem Material geöffnet wurden, waren darunter Geräte, Schaufeln und Spitzhacken, um Gräben auszuheben, Packungen mit elektrischen Drähten für die Luftschutzbunker, Nägel waren allerdings keine dabei. Die ganze Sache wäre komisch, wenn sie nicht schon regelrecht unerträglich gewesen wäre. Vielleicht würde man sich über ihn lustig machen, denn die Probleme, die in der Stadt gelöst werden mussten, seit die Bombardements begonnen hatten, waren um einiges anspruchsvoller als diese albernen Nägel. Misch-kolnig jedoch sah keine andere Möglichkeit, als diese Angele-genheit auf die sogenannte höhere Instanz zu bringen, obwohl er dabei riskierte, dass jemand an seinen Fähigkeiten zweifeln könnte, mehr noch, man könnte denken, dass er, ein SS-Offi-zier, die Wirksamkeit des Besatzungsamtes infrage stelle, die deutsche Wirksamkeit per se.

Es war der rechte Augenblick, denn bei der regelmäßigen Sitzung des Einsatzstabs standen organisatorische und techni-sche Themen auf der Tagesordnung. Der verantwortliche Poli-zeikoordinator des Polizei- und Sicherheitsdienstes, der Ge-fängnis- und Zivilverwaltung, Oberst Sterz, berichtete, dass bei der Vollstreckung von Todesurteilen in letzter Zeit Proble-me aufgetreten seien, die unverzüglich beseitigt werden müss-ten. Wegen neuer Banditenangriffe auf Waffenlager und In-dustriewerke, aber auch aufgrund der Unterstützung dieser Verbrechen seitens der Bevölkerung sei die Anzahl der Todes-urteile in letzter Zeit stark angestiegen. Im Grazer Krematori-um, dessen Leistungsfähigkeit eingeschränkt sei, das heißt, zu wenig Kapazitäten aufweise, habe man schon mehrmals die Aufnahme weiterer Leichen aus Marburg und Cilli abgelehnt. Bei diesen Ablehnungen werde beteuert, dass solcherlei Sen-dungen nicht laufend verbrannt werden könnten, man sie aber auch nirgendwo lagern könne, daher werde verlangt, sie an Ort und Stelle zu begraben beziehungsweise an entsprechenden Stellen in der Nähe der Urteilsvollstreckungen. Das ist, aus Grazer Sicht, das heiße, aus Sicht der Grazer Ämter, sagte der Berichterstatter bedeutungsvoll, wirklich die angemessenste Lösung. Im Gelände sehe die Sache jedoch ein bisschen an-ders aus. Er schwieg für einen Augenblick, damit alle darüber nachdenken konnten, wie anders, damit sie daran denken konnten, was hier alle wussten, wovon man nur einige Dutzend Kilometer weit entfernt, in den Grazer Ämtern, jedoch nichts wusste. Hier mangelte es schon seit Langem an Arbeitskräften. Was nicht an Arbeitsfähigen an die Front gegangen war und dringend für die Aufrechterhaltung des alltäglichen Lebens benötigt wurde, bekam die Flugzeugteile-Fabrik, die ihre Produktion verzehnfacht hatte. Sollte man den Soldaten und den Polizisten in den Exekutionseinheiten, die ohnehin die schwierigste, auf jeden Fall psychisch belastendste Arbeit verrichteten, auch noch das Begraben von Leichen aufhalsen? Das war nicht möglich, das wusste jedermann, dass das nicht möglich war. Die Leichen lagen mehrere Tage unter freiem Himmel, sie zerfielen und begannen übel zu riechen.

Das war der richtige Augenblick für Mischkolnigs Auftritt. Um das Problem noch zu vergrößern, sagte er bestimmt, sei im letzten Monat ein chronischer Mangel an Nägeln zur Fertigung von Särgen eingetreten. Wir können keine Särge für die Leichen der Erschossenen fertigen, wenn keine Nägel vorhanden sind. Das ist, mit Verlaub, direkt unfassbar. Wenn wir das so verstehen können, dass in so kurzer Zeit die Kapazitäten des Krematoriums in Graz nicht erweitert werden können, könnten sie uns zumindest Nägel schicken, nicht?

Oberst Sterz unterbrach ihn. Mischkolnig löse ja schließlich diese Frage, wie denn, bitte, löse er das denn? Wie löse er es, wenn man sich hier damit beschäftigen müsse? Einstweilen werde man sich bei dieser Sitzung damit nicht beschäftigen, in Kürze werde sein Bericht erwartet. Es stimme, dass die Leichen nun an den Exekutionsorten lagen, bedeckt und gut bewacht, und es stimme, dass eine solche Improvisation kurzum untragbar werde. Die Nägel seien hier eine nebensächliche Angelegenheit.

Für Mischkolnig schien das keine nebensächliche Angelegenheit, aber er verstummte.

Das Problem mit den Leichen schien schwer lösbar, einer nach dem anderen zündeten sie sich ihre Zigaretten an, und eine hitzige Diskussion entflammte. Der Gefängnisdirektor sagte, die Sache mit den nicht begrabenen Leichen nach den vollstreckten Todesurteilen sei wahrlich unangenehm, dennoch dürfe auch der Platzmangel, mit dem er selbst von Tag zu Tag zu tun habe, nicht vernachlässigt werden. Die Gerichtsgefängnisse aus den Zeiten Altösterreichs seien eben für ruhige Zeiten erbaut worden, und nun haben wir Krieg. In einigen Zellen mit einer Kapazität für vier, höchstens sechs Personen, befänden sich derzeit zehn, manchmal auch mehr. Vielleicht könne man bei den Arretierungen eine ausführlichere Selektion durchführen, sodass man nur wirkliche Verdächtige zu ihm schickte. Das ließ den Polizeipräsidenten aufspringen: Was wolle der Direktor damit sagen, was seien für ihn wirkliche Verdächtige? Ob er denke, dass er ihm keine wirklichen Verdächtigen schicke? Ob er das als Zweifel an der Arbeit der Polizeieinheiten und Sicherheitsdienste verstehen könne? Der Direktor meinte, dass er das nicht habe sagen wollen. Dann erwarte er eine Entschuldigung, sagte der Präsident. Der Koordinator fuhr dazwischen: Das Thema der heutigen Sitzung ist nicht der Platzmangel und die Handhabung der Verdächtigen. Er blickte zu Mischkolnig und fügte hinzu: und noch weniger der Mangel an irgendwelchen Nägeln. Das Problem, fuhr er fort, seien die Kapazitäten des Grazer Krematoriums, und das Problem sei der Mangel an Arbeitskräften, die an Ort und Stelle die Leichen begraben würden. Jemand schlug vor, dass die Verdächtigen selbst als Arbeitskräfte eingesetzt werden könnten. Das sei keinesfalls möglich, sagte Oberst Sterz, solange das Verfahren nicht beendet sei, sei das ausgeschlossen, das stehe nicht zur Debatte. Ich stimme zu, sagte der Gefängnisdirektor, wir haben aber auch noch die Strafanstalt auf der anderen Drauseite, dort sind die rechtskräftig Verurteilten, die eine Gefängnisstrafe absitzen, das wäre schon machbar. Und die Kriegsgefangenen im Lager von Melje. Die Engländer?, fragte jemand durch eine Rauchwolke hindurch. Das werde nicht gehen. Es müssten ja nicht gerade die Engländer sein, laut der Genfer Konvention könnten die englischen Kriegsgefangenen diese Arbeit nicht ausführen. Aber man hätte die Russen, die man verwenden könne.

Als für ein paar Augenblicke Stille eintrat, in der sie nachdachten, ob es gut wäre, die russischen Gefangenen einzusetzen, fragte Mischkolnig erneut, wenn die Herren entschuldigten, dass er wiederhole und frage, wieweit er nun die Angelegenheit mit den Nägeln verschärfen solle, er habe bereits einige Male telefoniert, und die Sendung sei noch immer nicht eingetroffen. Lass jetzt diese Nägel sein, sagte jemand ungehalten, wir haben andere Probleme. Mischkolnig war entschlossen, diese Sache voranzutreiben; er sagte, die Nägel seien ein Teil dieses Problems, vielleicht ein kleinerer, aber dennoch ein Teil des Problems, und zwar ein ungelöster. Hören Sie schon mit diesen Nägeln auf, unterbrach ihn wieder der Koordinator. Als er sah, dass Mischkolnig beleidigt war, weil ihn dieser so unwirsch unterbrochen hatte, fügte er beruhigend hinzu: schriftlich. Lösen Sie das schriftlich, wenn es per Telefon nicht geht. Sie sind verpflichtet, auf einen Brief zu antworten.

Am Ende wurde *unter Punkt 1* beschlossen, dass der Polizeipräsident persönlich nach Graz fahren und dort versuchen würde, Möglichkeiten zur Steigerung des Leistungsvermögens des dortigen Krematoriums zu finden. Während diese Sache in

Ordnung gebracht würde, was gewiss einige Zeit in Anspruch nehmen werde, müsse man, *Beschluss Nr. 2*, mit dem Generalanwalt eine Vereinbarung erreichen, dass die Strafgefangenen, die eine rechtskräftige Gefängnisstrafe in der Marburger Strafanstalt verbüßten, als Tageskräfte zum Begraben der Leichen der Exekutierten nach Todesstrafe zugeteilt würden, ebenso russische Kriegsgefangene aus dem Lager in Melje, hierbei sei allerdings keine Erlaubnis vonnöten. Ebenso, *dritter Beschluss*, so dies möglich sei, sei eine Erlaubnis einzubringen für die Strafgefangenen aus der Grazer Strafanstalt, die man zur Arbeit nach Marburg führen würde. *Beschluss Nr. 4*: Den Exekutionsoffizieren werde empfohlen, die Erschießungen am Nachmittag stattfinden zu lassen, sodass so viele Leichen wie möglich bereits nachts oder spätestens in den Morgenstunden nach Graz gebracht werden könnten – vor sieben Uhr früh.

Mischkolnig konnte mit all seiner Beharrlichkeit, von der die Anwesenden schon ziemlich die Nase voll hatten, dennoch erreichen, dass unter Punkt *Allfälliges* auch die Sache mit den Nägeln ins Protokoll aufgenommen wurde. Zwar nicht als eigener Beschluss, dies wurde nicht angenommen, man war jedoch mit der Erwähnung im Protokoll einverstanden. Damit ja nicht jemals irgendjemand sagen würde können, dass gerade er, der hier zu Hause war, sich nicht rechtzeitig eingeschaltet habe.

Er war zufrieden, zumindest das erreicht zu haben.

In seiner Schreibstube öffnete er die Mappe mit der Aufschrift *Gorjan*, nun, da die Angelegenheit mit den Nägeln wenn schon nicht geregelt, zumindest offiziell notiert war, konnte er sich ein wenig dieser Sache widmen, die er vom Sturmbannführer Hochbauer übernommen hatte. Wenn er das nächste Mal die Tochter des Arztes träfe, würde er ihr sagen, ob man etwas tun könne. Wahrscheinlich konnte man nichts tun. Der Gefan-

gene behauptete zwar, er sei aus Laibach gekommen, weil die
Strecke nach Marburg blockiert gewesen sei, sei er in Cilli in
den Zug via Unterdrauburg umgestiegen. In Missling habe
man ihn festgenommen, weil er dort in einem Gasthaus stecken
geblieben sei. Er war wirklich in Zivil gekleidet, seine Papiere
waren in Ordnung, aber einfach so hatte man ihn nicht eingesperrt, die ganze Geschichte war suspekt, wir werden sehen.

14

Valentin Gorjan geriet im März 44 in Mislinja bei Slovenj
Gradec völlig betrunken den Gendarmen in die Hände.

Er war jung, er hatte gesoffen. Sie erwischten ihn.

Sie fassten ihn, nachdem er die ganze Nacht durch Schnee –
es war fast Frühling, aber genau bis zum Tal lag noch viel
Schnee – vom Pohorje seinen verwundeten Kampfgefährten
Peter mitgeschleppt und ihn im Tal nahe Mislinja den Seinen
übergeben hatte. Jessas, unser Peter, stöhnte eine alte Frau im
Nachthemd, was haben sie dir angetan! Schweig, Mutter,
zischte Peters Schwester, du siehst doch, was sie ihm angetan
haben. Rasch begann sie seinen durchschossenen und zer-
schmetterten Ellbogen abzubinden. Valentin legte sich angezogen aufs Bett und schlief unverzüglich ein. Erst gegen Mittag wachte er auf, sprang hoch und packte sein Gewehr. Obwohl er im selben Augenblick schon wusste, dass er in
Sicherheit war, dass ihm in diesem Haus nichts Unvorherseh-
bares zustoßen konnte, ging er mit dem Gewehr in der Hand
auf Zehenspitzen zur Tür. In der Küche hörte er jemanden mit

Töpfen klappern, leise machte er die Tür einen Spaltbreit auf und sah eine alte Frau in einer Schürze, die sich umsah und ihm freundlich zunickte. Es war die Mutter seines verwundeten Kameraden. Peter war nicht mehr da, noch in der Morgendämmerung hatten ihn die Schwester und deren Mann umgezogen und ihn weggebracht. Wohin? In Sicherheit, sagte die alte Frau, die Tochter arbeite bei der Post, die Enkel seien in der Schule. Menschen gehen arbeiten, dachte er, und Kinder in die Schule, ein Leben, das er nicht mehr kannte. Er beruhigte sich, legte das Gewehr beiseite und trat ans Fenster. Er würde bis zum Abend warten müssen, um zu seiner Einheit zurückkehren zu können. Draußen schien die Sonne, unter dem Haus am Hang des Berges lag das Dorf, er konnte den Mesner sehen, der vor der Kirche Schnee schaufelte, es tropfte von den Dächern, aus den Schornsteinen schlängelte sich Rauch. Er dachte darüber nach, dass in diesen warmen Häusern, wo im Herd Holzscheite knisterten, die Leute lebten, wie sie immer gelebt hatten und wie er in den letzten Monaten beinahe vergessen hatte zu leben. Sein Leben sah in dieser Zeit so aus wie die letzte Nacht. Er watete durch den Schnee, zog den ächzenden Peter hinter sich her, der ihm aus den Händen fiel, hob ihn immer wieder hoch und redete ihm zu wie einem Kind, nur noch ein bisschen, nur noch ein bisschen, kam auf einen ausgetreten Weg zu einem Hof und zog sich vor einem wild bellenden Hund, der sich von der Kette losriss, zurück in den Wald. Er war kurz davor, diesen wild gewordenen Köter abzuknallen und im Haus zu bitten oder zu verlangen, zuerst hätte er gebeten, wenn es nicht im Guten ginge, dann hätte er gedroht, dass sie ihm etwas warme Milch für ihn und den Verwundeten gäben. Wenn er allein oder mit einer Patrouille unterwegs gewesen wäre, hätte er das womöglich getan. Den ächzenden Peter konnte er dem jedoch nicht aussetzen, wenn die Sache kompliziert geworden wäre, hätte er sich mit ihm nur schwer zurückziehen können. Sie ruhten sich ein wenig aus, dann schleppten sie sich weiter durch den Schnee, suchten die ausgetretenen Wege der Holzfäller und kehrten unter die Fichten zurück. Bis zum Haus über dem Dorf kamen sie erst gegen Morgen. Hier gab es keinen kläffenden Köter, er klopfte ans Fenster, kein Licht ging an, es waren nur Schritte zu hören, die angeschlurft kamen, das Fenster, das geöffnet wurde, und die gedämpfte Stimme der Frau, die jetzt in der Küche stand:

– Jessas, unser Peter!

Und jetzt, da er ausgeruht und ausgeschlafen am Fenster stand und das Schlängeln des Rauchs betrachtete, packte ihn der unaufhaltsame Wunsch, zumindest einen Tag wie ein normaler Mensch zu verbringen. Für einen Augenblick dachte er schon, dass es wohl nicht am besten war, sich aufs Bett gelegt zu haben, es wäre besser gewesen, wenn er sich auf den Heuboden gelegt hätte, aber das Bett war so unheimlich einladend, ebenso wie der Wunsch, zumindest einen Tag wie ein normaler Mensch zu verbringen. Er müsse sich keine Sorgen machen, versicherten sie ihm, es gäbe keine Gendarmen, keine Wehrmannschaften in der Nähe. Trotzdem wäre es besser gewesen, wenn er tagsüber auf dem Heuboden oder im Keller bliebe, dachte er, aber das war auch der letzte vorsichtige Gedanke, der ihn an jenem Tag beschlich. Bald danach trank er in der Küche ein Gläschen Schnaps, einen guten hausgemachten Obstbrand, wie er ihn schon lange nicht mehr zu trinken bekommen hatte. Und dann noch einen. Und weil der Tag, den er hier in dieser heimeligen Wärme und bei dieser duftenden Suppe, die auf dem Herd brodelte, verbringen würde müssen und nach dem Mittagessen vielleicht wieder auf dem Bett, noch lang und schön war, weil das Dorf unter dem Haus in der Sonne badete und von den Dächern das Schmelzwasser tropfte, weil auf der Wiese unter dem Haus Winterlinge aus der Erde und an die Sonne drängten, weil die Nacht, da er sich zurück auf den Pohorje-Berg aufmachen würde müssen, noch weit war, schenkte er sich gleich selbst noch einen ein.

Als er die duftende Bohnensuppe mit geselchten Rippen vor sich auf den Tisch bekam und rasch zu schlürfen und zu schmatzen begann, war vor der Tür das Stampfen von Füßen zu hören, das Abschütteln von Schnee von den Schuhen. Er wollte aufstehen, aber die alte Frau beruhigte ihn.

– Das sind unsere beiden Jungen, sagte sie, sie kommen von der Schule heim.

Die beiden Jungen traten ein, etwa zehn, elf Jahre alt. Sie setzten sich in die Ecke zum Ofen und stierten reglos den Gast an, der am Tisch saß.

Er sagte, es sei schön bei ihnen zu Hause. Die Jungen nickten. Er fragte, ob sie das Gewehr sehen wollten. Und beide nickten ihm zu. Er zeigte ihnen das Gewehr und widmete sich wieder der Suppe, den geselchten Rippen und der Flasche hausgemachtem Schnaps. Er fragte, ob es etwas Most gäbe, die Rippen seien salzig. Die alte Frau brachte ihm eine Flasche Most.

Am Nachmittag kam Peters Schwester von der Arbeit nach Hause, und als sie den Unbekannten am Tisch mit einer leeren Flasche Most und einer halb leeren Flasche Schnaps vor sich sitzen sah, sagte sie:

– Um Gottes willen, er kann doch nicht einfach so dasitzen! Sie werden uns alle einsperren.

Valentin lachte, natürlich könne er einfach so dasitzen, sagte er, wo sollte er denn sonst sitzen? Er dachte sich aber: Um

Gottes willen, du könntest mir auch ein wenig dankbar sein, ich habe deinen Bruder durch die Nacht und den Schnee geschleppt.

Sie versuchte ihn zu überreden, sich bis zur Nacht im Keller zu verstecken. Abends würde ihr Mann zurückkehren, der in Slovenj Gradec arbeitete, und ihn bis zum Wald bringen. Aber Valentin Gorjan verspürte keinerlei Verlangen, bis zum Abend im kalten Keller zu hocken. Vorwurfsvoll sah sie ihre Mutter an: Wie kann dieser Mensch einfach so in der Küche sitzen, er kann doch nicht einfach so hier sitzen. Valentin schwindelte es schon ein wenig vom Schnaps und vom Most. Aber die alte Frau zuckte nur mit den Schultern, was hätte sie denn tun sollen? Sie habe ihm zu essen gegeben, dem Mann, der ihren Sohn gerettet hatte, zwei Teller Suppe mit gekochten geselchten Rippen und Kartoffeln habe sie ihm gegeben, ein Essen, das es bei ihnen nicht jeden Tag gebe, vor allem nicht in Zeiten wie diesen, aber nachdem er aufgegessen hatte, habe er sich wieder eingeschenkt, was hätte sie denn tun sollen? Ihre Tochter begann daraufhin rasch davon zu reden, dass ein Nachbar hätte kommen können. Wenn jemand anzeigt, dass dieser Mensch hier ist, sagte sie zur alten Frau, verliere ich meine Stelle bei der Post, das ist das Geringste, was passieren kann, es kann noch viel Schlimmeres passieren, man könnte auch noch *den Meinigen* einsperren, *der Meinige* war ihr Mann, der in Slovenj Gradec arbeitete. Als draußen bereits die Abenddämmerung einsetzte, es war Winter und es begann früh zu dämmern, trat *der Ihrige* ein und sagte:

– Zum Teufel, was sitzt der einfach so da? Er geriet regelrecht in Rage: Was ist mit euch los, ihr dummen Weiber, wollt ihr, dass sie uns alle einsperren?

Und als es richtig Nacht wurde, als nicht mehr nur dämmriger Wintertag war, als er hinter dem Haus in den Schnee hinauf in Richtung Fichtenwald loswaten sollte, saß Valentin Gorjan noch immer dort mit seinem Gewehr zwischen den Knien, beide Flaschen waren leer. Die Hausleute saßen auf der Sitzbank und warteten, dass er ging. *Dem Ihrigen* blitzte es regelrecht aus den Augen: Wie solle er einen Menschen in den Wald kriegen, der kaum noch sitzen könne, der jeden Augenblick mit seinem Gewehr vom Stuhl fallen werde. Valentin brabbelte irgendetwas von der slowenischen Armee, die in den Wäldern für die Freiheit des slowenischen Volkes kämpfe. Vom faschistischen deutschen Monster, das seine Krallen nach der slowenischen Erde ausstrecke, er wunderte sich über sich selbst, dass er beinah so sprechen konnte wie Kommissar Vasja. Die Hausleute schwiegen und hörten zu. Dann sagte Peters Schwester, dass die Kinder schlafen müssten, aber sie sagte es mit einem Ton, bei dem ihr Gast verstehen sollte, dass er aus dem Haus musste, die Zeit war gekommen, da die Kinder schlafen und die Gäste gehen mussten. Valentin Gorjan stand auf und sagte, er verstehe, er werde gehen. Sie hätten ihm auch ein wenig dankbar sein können, dass er der Mutter den verwundeten Sohn aus dem kalten Winterwald gebracht hatte, der Schwester den Bruder, den Kindern den Onkel. Er wankte ein wenig auf den Beinen und fügte hinzu, er werde ins Gasthaus gehen, er sei schon lange in keinem Gasthaus mehr gewesen.

– Oh Gott, sagte Peters Mutter, bringen wir ihn ins Bett.

– Was denn noch!, schrie Peters Schwester beinahe.

– Den Teufel, schnauzte *der Ihrige*, wirst du jetzt ins Gasthaus gehen.

Und wie er gehen werde, dachte Gorjan trotzig, er werde direkt ins nächste Gasthaus spazieren, vielleicht nicht ganz direkt, weil ihn die Beine nicht mehr ganz geradeaus trugen, aber er ging, auf einem breit ausgetretenen Weg vom Haus am Hang ging er ins Dorf hinunter, auf die Lichter in den Fenstern zu, er dachte an die Menschen, die hinter diesen Fenstern lebten, wie er einst gelebt hatte, er ging an der Kirche vorbei, und der Mesner fiel ihm ein, den er zu Mittag durchs Fenster Schnee schaufeln gesehen hatte. In diesen Haufen Schnee schob er das Gewehr und die Patronen, es würde nicht schwer sein, sie zu finden, der Rucksack, wo war der Rucksack? Über dem Dorf im Wald oder im Haus dort oben, wo ihn die einen ins Bett bringen, die anderen vertreiben und wieder andere aufhalten wollten, du wirst nicht ins Gasthaus gehen. Einen betrunkenen Menschen, geschweige denn einen Menschen mit einem Gewehr in der Hand, konnte man nicht daran hindern, in ein Gasthaus zu gehen. Nun, im Moment hatte er kein Gewehr bei sich und auch keinen Rucksack.

Er stülpte sich eine Skimütze auf den Kopf, ich kann Ski fahren gehen, dachte er, auch ins Gasthaus kann ich gehen, und er trat ins Gasthaus.

Die Fortsetzung war neblig.

In seiner Erinnerung blieben lediglich kleine Details haften. Das Gesicht der Kellnerin, die lächelte, als sie ihm Schnaps brachte. Welchen, Zwetschke? Heidelbeere? Wie viel Schnaps? Die beiden Bauern, die mit ihren Hüten in der Ecke saßen und ihn anstierten. Warum sehen die beiden mich an, auch die Kellnerin schaut mich an, was glotzen diese Leute so? Wenn ihr im Wald wärt, würdet ihr euch auch besaufen, ich bin ein wenig betrunken, wenn man im Wald ist, ist man trunken vor Angst und vor Mut. Hier ist man betrunken vom Schnaps. Dort ist man einmal trunken vor Angst, ein anderes Mal vor Mut, ein und dieselbe tödliche Trunkenheit, eine Trunkenheit am Rande des Todes. Er hatte irgendetwas mit diesen beiden

Bauern mit grünen Hüten geredet. Was? Einer ging dann weg, er verschwand einfach, einfach so, ohne Abschied, verschwand er in die Nacht hinaus. Der andere schäkerte mit der Kellnerin. Wie viel Zeit war vergangen? Wie viel Zeit war vergangen, ehe er den Befehlston hinter sich hörte, eine Stimme, die seine Papiere verlangte. Papiere? Durch den Nebel in seinem Kopf erinnerte er sich, in der Hosentasche hinten seinen grünen Ausweis zu haben, warum trug er ihn noch immer bei sich? Vasja sagte, man müsse alle Dokumente wegwerfen. Er zog den Ausweis aus der Tasche und blickte sich um: Hinter ihm standen Gendarmen in Uniform, jemand hielt eine Pistole auf ihn gerichtet, ein anderer sagte, er müsse mit ihnen mitkommen. Wohin? Er versuchte aufzustehen, um sie wegzustoßen und bei der Tür hinauszuspringen, aber die Beine wollten ihn nicht tragen, er hielt sich am Tisch fest.

Dann fuhr er in einem Automobil. Er konnte die Straße im Scheinwerferlicht sehen. Wo? In Mislinja? Er erwachte am nächsten Morgen in einer Zelle. Lärm von Stimmen kam von den Gängen. Und rundherum lauter Männer auf Pritschen und auf dem Boden. Mit blutüberströmten Hemden, von ihren Gesichtern das Blut schlecht abgewaschen. Wo bin ich? *Hör zu, in Maribor bist du.* Also haben sie mich nach Hause gebracht, scherzte er. Jemand lachte hustend.

Davor war er auch in Celje gewesen, dort wurde festgestellt, dass er nach Maribor gehörte.

Er wurde noch am selben Tag zum ersten Mal verhört. Nun hatte er sich schon so weit gesammelt, dass er zu lügen wusste. Er sei in Mislinja aus dem Zug gestiegen, weil die Strecke gesperrt gewesen sei, und habe beschlossen, via Dravograd zu fahren. Er habe sich zu lange in der Dorfkneipe aufgehalten und den Zug verpasst.

Er wurde geschlagen.

Beharrlich wiederholte er seine Geschichte.

Es kam auch ein Bericht aus Mislinja: Er sei betrunken in die Gastwirtschaft gekommen, es sei wirklich möglich, dass er aus dem Zug ausgestiegen sei. Wenn sie Peters Familie verhört hätten, wäre es das Ende gewesen. Aber die Gendarmen in Mislinja waren faul, sie begnügten sich damit, das Personal im Gasthaus zu befragen, wo sich der unbekannte Mann betrunken hatte.

Hans Hochbauer, der für seinen Fall zuständig war, ließ ihn den ganzen Sommer im Gefängnis verfaulen, wenn etwas an der Sache dran war, würde sich früher oder später irgendeine Verbindung zum Netz des Widerstands herstellen lassen.

Aber man konnte ihn mit niemandem in Verbindung bringen.

Der Herbst kam, und Hochbauer hatte eines Tages gegen Ende September zu ihm gesagt, dass eine neue Liste für die Exekutionen zusammengestellt werden solle. Wenn er nicht redete, werde sein Name darauf auftauchen.

Er redete nicht.

Trotzdem war sein Name bisher noch nicht auf der Liste aufgetaucht. Sein Fall wurde unerwartet von Obersturmbannführer Mischkolnig übernommen.

15

Ludwig und Sonja trafen sich im Kaffeehaus im Park.

– Schön, dass du angerufen hast, sagte er.

Sie erinnerte ihn daran, dass er es gewesen sei, der ihr aufgetragen hatte, in zwei Tagen anzurufen. Und das habe sie getan. In seinem Auftrag lag auch eine Art angedeutete Drohung: Wenn sie nicht anrief, würde man sie finden. Sie hatte angerufen. Ihr Vater war im Dienst, sie wartete, dass auch ihre Mutter ging, um Besorgungen zu erledigen, und wählte dann mit zitternden Fingern an der Wählscheibe die Nummer, die er aufgeschrieben hatte. Nun war sie da.

– Du kannst Ludek zu mir sagen.

Überrascht sah sie ihn an. Das war kein schlechtes Zeichen.

– Du hast gesagt, dass ihr mich so genannt habt, als wir am Bachern Ski fahren waren. Es gefällt mir nicht, aber dir kann ich es nicht übelnehmen. Und zu guter Letzt, früher hat man mich wirklich Ludek genannt, schwachsinnig, es ging mir auf die Nerven. Aber wenn es dir so gefällt. Gefällt es dir?

Sonja zuckte mit den Schultern. Ludek oder Ludwig, egal, er solle nur etwas tun, gewiss war es in seiner Macht, etwas zu tun. Wenn er wollte, solle er denken, er tue es für sie. Es war egal.

Regungslos blickte er sie an.

Ihre Nähe regte ihn auf. Diese Aufregung, die man auch Erregung nennen könnte, brachte ihn so weit, dass er es ertragen hätte, wenn sie ihn Ludek nannte. Sie hatte sich ja nichts Böses dabei gedacht, als sie es zum ersten Mal gesagt hatte, damals, als sie ihm auf der Straße nachgelaufen war.

Er blickte sich um. Er beugte sich zu ihr und sagte leise: Ich habe diesen Valentin Gorjan gefunden.

Er hätte sagen können, deinen, deinen Valentin. Aber dieser Gedanke war ihm zuwider; dass dieses menschliche Häufchen Elend, das er sich durch die Luke in der Zelle genauer angesehen hatte, zu ihr gehörte oder sie zu ihm, das war ein unangenehmer, widerwärtiger Gedanke, das war fast unmöglich. Wenn dieses Häufchen vom Erdboden verschwunden war, würde es auch nicht mehr nötig sein, über so etwas nachzudenken.

Aber zuerst musste sie ihm gehören, ihm, Ludwig, wenn es sein musste, auch Ludek. Zuerst, und nicht dann, wenn dieser Mensch verschwunden sein würde. Das war keine Verhandlung, das war nur etwas, das er wollte, jetzt, heute, heute Nacht, was auch sie wollen musste. Sein Blick sagte, was er wollte, es kam der Augenblick, da ein *Bitte, ich verlange nicht, ich bitte* nicht mehr genügte. Nun würde nicht er bitten, sondern er würde verlangen.

– Du kannst heute Abend zu mir kommen, wir werden darüber reden.

– Ins Amt?

– Nicht ins Amt, zu mir nach Hause.

Sie blickte zu Boden.

– Kannst du mir nicht in die Augen sehen? Sieh mir in die Augen.

Sie hob den Blick. Warum blickt er mich lächelnd und mit leicht geschlossenen Augen an, freundlich, aber dennoch wie eine Bestie, die ihrer Beute auflauert?

Ach, die Augen, dachte Ludwig, das Fenster zur Seele. Er blickte tief in sie hinein, in Sonjas helle Augen.

– Sehen Sie mich nicht so an, sagte sie und senkte den Blick auf ihren Schoß.

– Wie soll ich dich denn ansehen?, frage er.

Sie schwieg. Ihr Blick irrte irgendwohin aus dem Fenster. Laub fiel von den Bäumen.

– So, wie ich es nicht sollte, das wolltest du sagen.

– Ich wollte nichts sagen.

Spaziergänger gingen vorbei. An einem Tisch am anderen Ende des Kaffeehauses saß eine ehemalige Mitschülerin aus dem Gymnasium mit ihrer Freundin. Die beiden blickten zu ihnen herüber. Aber das war jetzt egal, es war egal, hier ging es um mehr als um neugierige, lästige Blicke.

– Wolltest du doch, ich sehe, dass du etwas sagen wolltest.

– Ich zittere regelrecht, sagte sie leise, wenn du mich so ansiehst.

Im selben Augenblick wusste sie, dass sie das nicht hätte sagen dürfen. Es bedeutete, dass sie fühlte, wie er sie mit seinem Blick berührte. Und sie siezte ihn nicht mehr, sie sagte du, als ob sie ihm erlaubte, sie mit seinem Blick zu berühren.

Du bist nicht die Einzige, dachte er, du bist nicht der einzige Mensch, der zittert, wenn ihm Ludwig Mischkolnig tief in die Augen blickt. Er sagte nichts dergleichen. Er sagte: Darf ich dich berühren?

Natürlich kannst du mich berühren, dachte sie, du hast mich ja schon mit deinem Blick berührt. Du bist mit deinem Blick in mich hineingekrochen. Und die beiden, die ihre Köpfe zusammenstecken, auch. Aber es ist egal, egal.

Mit seinen Fingern berührte er ihren Ellbogen, und sie zog ihn nicht zurück. Sie spürte, sie wusste, dass sie einen gefährlichen Abhang hinabglitt, die Welt unter ihren Füßen entglitt ihr, immer schneller.

– Wirst du kommen?

Sie nickte.

16

– Ich schäme mich, flüsterte sie Tine zu, als sie zum ersten Mal miteinander schliefen.

Sie schämte sich nicht für das, was passiert war, denn sie lagen in ihrem Bett, und es hatte passieren müssen, sie gingen nämlich schon lange miteinander. Es passierte, nachdem sie im Esplanade-Kino waren, wo sie den russischen Film *Stenka Rasin* gesehen hatten. So einen Abend vergisst eine Frau nie, auch den Film nicht, zumindest den Titel, alle Details behielt sie gewiss nicht, besonders, wenn sie im dunklen Kinosaal eng umschlungen mit dem Assistenten der Geodäsie der Universität Ljubljana war. Sie gingen in ihr Zimmer, ihr Vater war im Krankenhaus, die Mutter bei Verwandten am Land. Natürlich war sie verlegen, als sie sich auszogen, vielleicht auch später, als sie das Bettlaken mit dem Blutfleck abzog, etwas errötete, aber dennoch all dies scherzend und lachend tat.

Einen kurzen Augenblick schliefen die beiden ein. Sie schämte sich, als sie aufwachte.

– Habe ich mit offenem Mund geschlafen?

Tine nickte.

Sie setzte sich im Bett auf.

– Ist mir Speichel aus dem Mund geflossen?

Tine lachte beinahe laut auf.

– Vorhin warst du nicht so schüchtern.

War sie doch, nur vorhin lief alles wie von selbst, vorhin wusste sie nicht einmal richtig, wie das alles dort im Dunkel des Kinosaals begonnen und sich dann in ihrem Zimmer fortgesetzt hatte.

– Du verstehst nicht, sagte sie.

– Du musst dich nicht schämen, sagte er, du hast einen schönen Körper.

Sie schämte sich ja nicht für ihren Körper, sie schämte sich, weil sie mit offenem Mund geschlafen hatte und im Schlaf Speichel aus ihrem Mundwinkel geflossen war. Man schämt sich für etwas, das nicht aus eigenem Willen geschieht, was womöglich sogar gegen den eigenen Willen geschehen war. Und hätte ihr Vater gehört, dass sie sich schämte, weil sie mit offenem Mund geschlafen hatte und das ihrer Meinung nach etwas Furchtbares war, dass ihr Speichel aus dem Mund geflossen war, wäre er verärgert gewesen. Er war Arzt, er hatte unzählige nackte Körper gesehen, tote und lebendige. Wir tragen eben all das in uns, Blut und Speichel und Kot und Urin, das sind unsere einzigen Körper, sagte er immer wieder. Was auch immer einem menschlichen Körper zustößt, Krankheit, eine Verletzung, nichts kann so schlimm sein, dass man sich deswegen schämen müsste, für mich hat jeder Patient, auch in den hässlichsten Augenblicken, seine Würde. Und wenn er besonders gut aufgelegt war, zum Beispiel abends bei einem Gläschen Wein, sagte er, dass unsere Körper der einzige Raum unserer Seele sind. Mit unseren Körpern und in ihnen reisen die Seelen durch die Zeit unseres Lebens, daran glaube ich, sagte er, was danach kommt, weiß ich nicht. Vielleicht fliegen sie wirklich in einen kosmischen Raum, vielleicht schweben sie um die Fenster der Lebenden. Und unsere Seelen erzählen uns, dass wir uns manchmal unserer Taten schämen sollen, niemals aber unserer Körper.

17

Als Ludwig Mischkolnig den Gang entlanggeht, sieht er, dass auf der Sitzbank vor seinem Büro jener junge Mensch sitzt, er streift ihn mit seinem Blick, er sieht ein wenig besser aus, sein Gesicht ist noch immer verquollen, die Augen blau unterlaufen, aber man hat ihm ein frisches Hemd gegeben, zumindest das. Gorjan blickt vor sich hin, daneben steht Johann und schaut auf die Uhr.

– Soll ich ihn bringen?, fragt er.

– Noch nicht, sagt Mischkolnig, er wird gerufen.

Im Büro wartet Frida, ihr Vorgesetzter legt seine Tasche auf dem Tisch ab, nimmt ein paar Papiere heraus.

– Schreiben Sie, sagt er. An die Zivilverwaltung in Graz, Sie kennen die Adresse.

Fräulein Frida nickt und notiert die Adresse.

Mischkolnig beginnt zu diktieren:

– Wir senden einen Bestellschein für Eisen, nämlich fünfzig Kilogramm Nägel …

– Kilogramm Nägel …, wiederholt Frida und hebt den Blick zu ihm. Haben wir wegen dieser Nägel nicht schon einmal etwas geschickt?

– Haben wir nicht, zischt er ungehalten, wir haben telefoniert.

– Entschuldigen Sie, haucht Frida. Ich dachte, ich hätte das schon geschrieben, wahrscheinlich habe ich es nur gehört, als Sie telefoniert haben.

– Wie oft habe ich Ihnen schon gesagt, liebes Fräulein Frida, dass Sie nicht zuhören sollen, wenn ich telefoniere.

– Ich habe ja nicht zugehört, entschuldigen Sie, nur zufällig habe ich es gehört. Sie haben von hier aus telefoniert. Aber ich habe es schon vergessen.

Sie lächelt ein wenig verschmitzt, sie sagt, sie habe ein schlechtes Gedächtnis, sie vergesse alles. Und fügt unvorsichtig hinzu: Das heißt, man hat noch nichts geschickt.

Mischkolnigs Stimme erbebt ein wenig, er sieht nicht gerade gut gelaunt aus: Haben sie nicht, verdammt, warum glauben Sie denn, dass wir das schreiben?

Frida verstummt, sie legt ihre Finger auf die Tastatur und starrt auf das Papier vor sich.

– Wo waren wir?

– Fünfzig Kilogramm Nägel, haucht Frida.

– Fünfzig Kilogramm Nägel, fährt Mischkolnig fort, für die Herstellung von Särgen.

Er fährt fort, und ihre gelenkigen Finger gleiten nahezu über die Tasten der Schreibmaschine, Fräulein Frida ist eine hervorragende Maschinenschreiberin, die beste von allen, er muss ihr ihre dummen Bemerkungen verzeihen; wenn ihre Finger über die Tastatur fliegen, bewundert er sie fast, er denkt, sie wäre vielleicht eine gute Pianistin, wenn sie ein gutes Gehör hätte, natürlich auch eine musikalische Ausbildung.

– Ich bitte um Erlaubnis, darauf aufmerksam zu machen, dass bereits telefonisch um diese Lieferung angesucht wurde und dass diese Bestellung hiermit schriftlich bestätigt wird. Ich erlaube mir auch, aufmerksam zu machen, dass im Falle einer ausstehenden Lieferung der Bestellung beziehungsweise der erbetenen Nägel die Todesstrafen laut Verordnung des Leiters der Zivilverwaltung für die Untersteiermark vom 16. August 1941 nicht mehr vollzogen werden können.

– Darf ich Ihre Unterschrift daruntersetzen?, fragt Frida.

– Sie gedachten doch wohl nicht mit Ihrer eigenen zu unterschreiben, sagt er ein wenig neckisch, nicht einmal unmutig.

Fräulein Frida nimmt ihre Brille ab und beginnt sie zu polieren. Mischkolnig weiß, was das zu bedeuten hat. Sie ist beleidigt. Sie hält sich für eine gewissenhafte Mitarbeiterin, sie hat sich nichts Böses dabei gedacht, sie hat freundlich gefragt, ob sie seine Unterschrift daruntersetzen dürfe, äußerst höflich, sie wollte den schlechten Eindruck wiedergutmachen, den sie mit ihrer Einmischung in seine Telefongespräche, sozusagen in Staatsangelegenheiten, gemacht hatte.

– Na, na, sagt er, schreiben Sie nur meinen Namen hin. Ich werde unterschreiben. Und er fügt beruhigend hinzu: Genau genommen bin ich Ihnen dankbar, wertes Fräulein Frida. Sie haben mich darauf aufmerksam gemacht, dass ich bezüglich dieser Nägel bereits telefoniert habe. Und nun habe ich auch die darauf aufmerksam gemacht, dass ich bereits telefoniert habe. Und jetzt haben wir sie sozusagen *durch die Blume*, obwohl bestimmt genug, auf ihre Unordnung bezüglich der Zustellung des Materials aufmerksam gemacht. Sie werden sich über ihre Gewissenhaftigkeit bei der Arbeit Gedanken machen müssen. Verstehen Sie?

Fräulein Frida nickt und sieht ihn dankbar an. Sie wird bei diesem Lob ihres Chefs von einem so starken Gefühl der Dankbarkeit erfasst, dass ihre Augengläser, nachdem sie sie wieder aufgesetzt hat, ein wenig beschlagen. Und sie sie wieder absetzen und abwischen muss, aber diesmal erfreut, beinahe wonnevoll.

Mischkolnig sitzt an seinem Schreibtisch und blättert in Papieren. Fast hätte er Fräulein Frida vergessen, die noch immer an der Schreibmaschine sitzt und ihre Finger massiert. Nach einiger Zeit fragt sie vorsichtig:

– Brauchen Sie mich noch?

Mischkolnig hebt seinen Blick.

– Sind Sie noch da? Ach, ja, Sie können einen Kaffee trinken gehen. Und sagen Sie Johann, er soll diesen Menschen hereinbringen.

18

Wie schwer es war, einen verborgenen Gedanken in einem Gesicht zu entdecken! Ludwig Mischkolnig hatte sich bereits während der Vorbereitung auf die Anstellung in seinem Marburg mit Verhörmethoden auseinandergesetzt. Er war lange überzeugt, dass er mit richtig gestellten Kreuzverhör-Fragen zu einem guten Ergebnis gelangen würde. Er hatte das eine oder andere Buch über Psychologie gelesen und wusste, dass sich der Einvernommene früher oder später mit dem Gesicht oder mit seinen Bewegungen verraten würde. Vor allem die Augen, die Augen waren das Fenster zur Seele. Wenn man jemandem tief in die Augen schaute, würde er sprechen. Aber es stellte sich heraus, dass er bei ausgedehnten Gesprächen mit Verdächtigen, die sich manchmal lange in die Nacht zogen, nirgendwohin kam. Mit einem gewissen Ravbar, ja, genau so hieß er, Ravbar, wie Räuber, redete er fast eine Woche, Tag für Tag, auch am Sonntag und die ganze Nacht bis Montagfrüh. Man hatte ihn mit einem Bund von mimeographisch vervielfältigtem Propagandamaterial für ihre sogenannte Befreiungsfront gefasst, in dem sich so abscheuliche Lügen über die Bewegung und den Führer häuften, dass sich ihm die Haare sträubten. Er wusste bereits alles über ihn bis hin zum dritten Grad seiner Familie und über alle Saufkumpanen der umliegenden Buschenschenken. Den Informationen, wo dieser Schmutz gedruckt wurde und wer ihm die Blätter ausgehändigt hatte, näherte er sich keinen Millimeter. Dann ließ er es sein und nahm nach Hans' Empfehlung den Ochsenziemer zur Hand. Schon als er ihn aus der Lade herauszog und ihn auf den Tisch legte, sah er, wie Ravbars Räuberaugen zugekniffen wurden. Das Fenster zur Seele war die Angst. Jene Angst, die sein Gegenüber während ihrer Gespräche immer wieder vergessen hatte. Und als er von allem die Nase voll hatte, als ihn eine unermessliche Rage packte: Warum rede ich mit diesem Menschen überhaupt? Als er daran dachte, dass er mit seiner Psychologie Zeit verschwendete, versetzte er ihm eigenhändig einen ersten Hieb auf den Rücken, dass sein Hemd zerriss und durch die aufgeplatzte Haut Blut spritzte. Und als Ravbar sein eigenes Blut an seinen Händen unter den aufgekrempelten Hemdsärmeln sah, begann die Sache rasch voranzugehen. Mit jedem neuen Schlag hatte er einen Verdächtigen mehr auf seiner Liste. Nun befasste er sich schon lange nicht mehr mit Psychologie, auch den Ochsenziemer verwendete er nur noch ausnahmsweise. Eigentlich wollte er das überhaupt nicht tun. Bei jenem Ravbar hatte er die Nerven verloren, es ging nicht anders. Jetzt ließ er normalerweise seinen Gehilfen Johann rufen, der keinerlei Abneigung gegen dieses Handeln hatte, man könnte sogar sagen, dass er eine gewisse Freude daran hatte. Er war Zimmermann und hatte kräftige Hände. Und gute Ergebnisse. Johann machte sich mit einer fröhlichen Geschäftigkeit an seine blutige Arbeit. Der Ochsenziemer war aber bei Hartnäckigeren nur die Einleitung, es gab noch andere Methoden, kompliziertere, aber auch wirkungsvollere. Beim Ausreißen der

Fingernägel blickte Ludwig normalerweise aus dem Fenster, in den Hof.

Valentin Gorjan saß nun vor ihm auf der anderen Seite des Tisches. Er spürte die Wärme von Johanns Körper hinter seinem Rücken. Das war am schwersten zu ertragen. Die physische Anwesenheit des Menschen, der mit ihm tun konnte, was er wollte. Dabei wird man hilflos, armselig, winzig wie ein Kind, dessen Herz hämmert und dessen verschreckte Seele im Körper tobt, gegen die Schädelknochen schlägt und weiß, dass sie nirgendwohin entkommen kann.

Mischkolnig deutete Johann an, dass er gehen könne.

– Warte draußen, sagte er, vielleicht brauche ich dich noch.

– Zu Diensten, sagte Johann.

Er sah den Menschen auf der anderen Tischseite an, er suchte seine Augen, seine erschrockenen Pupillen, die im Raum umherirrten, zu den Fenstern und die Wand entlang, dorthin, wo das Bild des Führers hing. Offensichtlich atmete er auf, weil er Johann weggeschickt hatte, nun würde er einige Zeit ohne Johanns warme und fleischige Anwesenheit antworten können, niemand würde hinter seinem Rücken mit hochgekrempelten Ärmeln und jenem zähen Werkzeug aus Ochsensehnen in den Händen von einem Fuß auf den anderen treten.

Mischkolnig ließ ihn sitzen, er schwieg und blätterte in den Papieren aus seiner Mappe.

Hans Hochbauer, von dem Mischkolnig Gorjans Fall übernommen hatte, verließ sich nicht nur auf Johanns Hände, er war ein genauer Mensch, seine Urteile formulierte er nicht einfach so in den blauen Tag hinein. Und dennoch kam der trotz all seiner filigranen Genauigkeit kräftige Polizeibeamte der Sache nicht auf den Grund. Valentin Gorjan hatte Glück. Als er in Missling gefasst wurde, hatte er keine Fahrkarte bei sich.

Deshalb ließ Hochbauer den Zugbegleiter, der an jenem Nachmittag, am 17. März 1944, im Dienst war, befragen. Aber die Züge waren voll, er konnte sich nicht an den jungen Mann von der Fotografie, die man ihm zeigte, erinnern. Man schickte eine Erkundigung nach Laibach, an die Adresse, wo Gorjan wohnte, wie lange, wann er zum letzten Mal dort gewesen sei, aber die Erkundigung blieb irgendwo stecken. Valentin Gorjan war ein zu kleiner Fisch, als dass man sich auf eine so exakte Untersuchung eingelassen hätte, gewiss hatten sie auch dort genug mit wichtigeren Dingen zu tun.

Mischkolnig wusste, dass ihm Hochbauer diesen Akt nicht ohne Weiteres überlassen hatte, er hatte sich lange damit beschäftigt, nach so langer Zeit übergab er ihn seinem Kollegen nicht wirklich gerne. Hans hätte, obwohl er nicht jedes Detail erklärte, die Sache mit diesem Gorjan schon längst gelöst. Trotz aller Zweifel hätte er sich für die einfachste Lösung entschieden. Er hätte ihn vor die Mauer gestellt und wäre ins Gasthaus Vlahovic in der Nähe des Schlachthauses auf eine Portion geröstete Nieren gegangen, er liebte geröstete Nieren.

Mischkolnig blätterte noch immer still in den Papieren, schlürfte Kaffee, zündete sich eine Zigarette an, er würde keine Fehler machen. Er würde sie nicht machen, obwohl sie geschahen, wahrlich, sie geschahen. Die Dinge funktionierten nicht mehr wie früher, so einiges ist auf halber Strecke stehen geblieben, nicht nur Gorjans Fall, so wie der Zug zwischen Cilli und Marburg stecken geblieben war, genauso wie diese verfluchten Nägel. Aber bei einem Zug kann man das noch verstehen: Die Strecke wird gesprengt, wir reparieren sie. Diese Nägel aber sind der Beweis dafür, dass die Dinge nicht mehr hundertprozentig funktionieren.

– Wir werden nicht *ab ovo* beginnen, sagte Mischkolnig und hob den Blick von den Unterlagen. Er verwendete gern das eine oder andere gelehrte Wort, er hatte so manches in der Druckerei gelernt, er hatte einen gebildeten Menschen vor sich, der sollte wissen, dass er mit jemandem redete, der auch so manches wusste.

Er schloss die Mappe.

– Sie sind schon lange bei uns, nicht wahr?

Valentin nickte.

– Eigentlich haben Sie Glück, sagte Mischkolnig. Mein Kollege konnte ihnen nichts nachweisen. Man könnte Sie entlassen, aber wir müssen noch die Erkundigung aus Laibach abwarten. Wenn sich herausstellt, dass Ihre Aussagen über Aufenthalt und Datum der Abreise aus Laibach stimmen, kann es sein, dass wir Sie freilassen.

Valentin hob überrascht und zweifelnd seinen Blick: Wann haben die denn schon jemanden freigelassen.

– Ich weiß, was Sie sich fragen, sagte Mischkolnig. Wann haben wir denn schon jemanden freigelassen? Wir haben so manchen freigelassen. So manchen, der loyal war und uns jetzt hilft. Wir haben ihm geholfen, er hilft uns. Und wir halten unser Wort, das gebietet uns die Ehre.

Darum geht es also, dachte Valentin, das hat mir schon jemand anderer vorgeschlagen, der dicke Hochbauer, jemand anderer wollte mir schon so helfen.

– Ich weiß, dass Ihnen das schon vorgeschlagen wurde, fuhr Mischkolnig fort. Aber ich werde es nicht tun. Wenn Ihre Angaben stimmen, werden wir Sie gehen lassen. Das heißt nicht, dass Sie nicht mehr verdächtig sind. Sie werden eine Loyalitätserklärung unterschreiben, dass Sie nicht gegen die Rechtsordnung des Deutschen Reiches tätig sein werden. Hier ist sie.

Er schob ein gedrucktes Formular über den Tisch und einen Füllfederhalter.

– Sie können doch Deutsch, nicht? Wenn Sie es nicht können, kann ich übersetzen.

Valentin nahm das Blatt und sagte, er verstehe.

– Das freut mich, sagte Mischkolnig. Nur die Unterschrift fehlt.

Valentins Hand zitterte, sie wollte nicht verstehen, dass nur das nötig war, nur das, dass sie nichts anderes von ihm wollten.

– Ich nehme an, dass Sie nicht gegen uns tätig gewesen sind und nicht vorhaben, es zu sein, das haben Sie ja die ganze Zeit behauptet, nicht wahr?

Valentin nickte. Er unterschrieb rasch und legte den Füllfederhalter ab.

Mischkolnig nahm das Blatt und legte es in die Mappe.

– Wenn alles gut geht, sagte er, werden Sie in ein paar Tagen frei sein. Wenn wir Sie aber dann, wenn Sie draußen sind, bei irgendeiner umstürzlerischen Tat erwischen – wissen Sie, was Sie erwartet. Wissen Sie's?

– Ich weiß es, sagte Valentin.

Er wusste, was ihn erwartete. Die Mauer im Gerichtsgefängnis. Die Kugel vor dieser Mauer. Sein Name auf dem roten Plakat.

– Johann wird Sie nun in die Ambulanz bringen, damit man Sie ein wenig herrichtet, sagte Mischkolnig. Dann werden Sie im Gefängnis auf die Erkundigung warten, in ein paar Tagen haben wir alle Daten.

Er wusste, dass es keine Erkundigung geben würde. Er würde ihn freilassen und ihm jemanden an die Fersen heften. Zwei Spürhunde Tag und Nacht.

– Was ist, bleiben Sie einfach da sitzen? Können Sie es nicht glauben, oder was?

– Danke, sagte Valentin unwillkürlich, ich danke Ihnen.

Er zitterte am ganzen Leib, er konnte es nicht fassen. Er stand auf und ging mit zittrigen Beinen zur Tür. Als er an die Klinke fasste, ließ ihn Mischkolnigs Stimme innehalten.

– Mir müssen Sie nicht danken, sagte er leise und mit einem Lächeln.

Mischkolnig wusste seine Gefühle im Zaum zu halten. Aber dass er diesen Menschen gehen lassen würde in der Annahme, dass er in ein paar Tagen zu seinem Mädchen rennen könnte, das war auch für ihn zu viel. Ein wenig Gift musste er ihm schon in die Seele spritzen, er konnte nicht anders. Es waren schwierige Zeiten, die Welt war kompliziert, das Leben war kompliziert, das Mädchen dieses Gorjan, wenn es überhaupt sein Mädchen war, gefiel auch ihm, sie war ihm sehr nahe gekommen, sie würde ihm noch näher kommen, viel mehr, als sie vielleicht selbst dachte. Wenn sie es nicht tat, konnte er diese verschreckte Kreatur noch immer zurück ins Gefängnis stecken. Vielleicht hätte er es nicht sagen dürfen, aber er konnte nicht anders, er musste: Sie sollten Sonja danken.

Valentin hielt die Klinke fest. Er drehte sich nicht um, um Mischkolnigs lächelndes Gesicht zu sehen. Er hatte einen Schlag in den Rücken bekommen, einen fürchterlichen Schlag, einen Schuss, es durchlöcherte ihm das Herz, sein Herz war für einen Augenblick stehen geblieben. Aber er wollte diesem Menschen nicht ins Gesicht sehen, wenn es nur möglich wäre: niemals wieder. Er öffnete die Tür und trat in den Flur.

– Schon fertig?, fragte Johann und legte den Ochsenziemer auf ein Brett im Schrank. Soll mir recht sein, meine Frau wartet mit dem Mittagessen auf mich.

19

Langsam ging sie die breite Treppe hinauf. Ihre Beine waren schwer, sie blieb fast bei jeder Stufe stehen und dachte, sie werde umdrehen und zurücklaufen, durch die Eingangstür und in den Park.

Dort war sie kurz zuvor auf Wegen gegangen, wo sie jeden Baum kannte. Ihr schien, als beugten sich nun die schweren Wipfel und nassen Äste mit ihrem fallenden Laub über sie, die alte Bekannte. Sie ging zu den Drei Teichen, betrachtete das im herbstlichen Abendwind leicht wogende Wasser und die schaukelnden Boote, sie hörte, wie die Ketten rasselten, mit denen die Boote am Ufer festgemacht waren. Hier waren Tine und sie am helllichten Tag gefahren, er ruderte, manchmal schnalzte er ungeschickt mit dem Ruder auf die Wasseroberfläche, sodass sie nass wurde, ich weiß, dass es Absicht war, lachte sie, es war keine Absicht, sagte er und schlug ein weiteres Mal mit dem Ruder auf das Wasser, jetzt war es Absicht, rief er aus, sie waren beide nass, sie lachten beide, dann tranken sie im nahe gelegenen Gasthaus einen Himbeersaft, sie trank einen Himbeersaft, er trank einen Spritzer, danach trank auch sie ein Gläschen Wein, nun werde ich beschwipst sein, sagte sie. Jetzt war Abend, die vertäuten Boote schlugen gegeneinander, im Gasthaus brannte Licht, hinter den Fenstern sah sie die Konturen der Kellner, die ihren Gästen das Essen auf Tabletts brachten. Sie wusste nicht, wie oft sie diesen Park durchquert hatte, über jeden Weg gegangen war, den sie kannte, schließlich blieb sie mit hämmerndem Herzen vor dieser Eingangstür stehen.

Und trat ein.

Es roch nach frischer Farbe, die Wände waren noch feucht, da sie kürzlich gestrichen worden waren. Die neuen Bewohner, dachte sie abwesend, renovieren. Sie war schon fast oben auf der Treppe angekommen, als das Licht ausging. Aus der Diele unten hörte sie ein Murren, jemand, vielleicht der Hausmeister, ärgerte sich auf Deutsch, dass niemand das Licht ausmache, dass das nicht seine Aufgabe sei, eine Tür wurde geschlossen. Eine Zeit lang stand sie im Dunkeln da, dann erspürte sie eine Eisenhalterung, die an der Wand befestigt war, glitt mit der Hand entlang und ging noch ein paar Stufen hinauf, bis ihre Beine eine ebene Fläche erreichten. Sie tastete sich an der feuchten Wand entlang, der Anstrich war noch nass, schließlich fand sie den Schalter und drehte daran. Hier gab es vier Türen, das heißt, vier Wohnungen, sie las die Namen an den Messingschildern, alle waren in Fraktur geschrieben, die Schilder waren neu, offenbar aus derselben Gravurwerkstatt. Sein Name stand nicht darauf. Sie war fast erleichtert. Wahrscheinlich war sie an der falschen Adresse, da konnte man nichts machen, sie würde gehen, die Treppe hinunterlaufen, durch die Diele, in den Park und heimwärts. Sie würde sich ins Bett legen und die Decke über den Kopf ziehen und vielleicht in Gedanken lange den guten Schutzengel aus ihrer Kindheit bitten, er solle Tine helfen. Sie war schon entschlossen zu gehen. Da las sie aus dem Augenwinkel an der Wand die Aufschrift *1. Stock*, natürlich, in ihrer Verwirrtheit, bei ihrem erschrocken bebenden Herzen hatte sie übersehen, dass sie sich im ersten Stock befand, auf der Visitenkarte stand *2. Stock* geschrieben. Nun musste sie weiter hinauf, und es gab keinen anderen Weg mehr.

Vor der Tür, an der dasselbe Schild befestigt war wie im unteren Stockwerk, aber diesmal mit dem richtigen Namen,

MISCHKOLNIG, dachte sie noch mal daran, davonzulaufen, kurzerhand zu fliehen. Wenn sie die Klingel drückte, würde sie den Käfig betreten, die Tür würde sich hinter ihr schließen. Sie drückte die Klingel, auf der anderen Seite summte es, sie hörte ein Schlürfen, eine Tür ging zu, dann hörte sie Schritte, Ludwig Mischkolnig machte auf und lächelte.

– Ich wusste, dass du kommen würdest, sagte er und trat beiseite, damit sie eintreten konnte.

Sie befand sich im Vorraum, einer Art langem Flur, das Parkett war glänzend poliert, es roch nach Parkettpaste, wie es samstags bei ihr zu Hause roch, wenn sie auch selbst Pantoletten anzog und dahinglitt, als befände sie sich auf einem vereisten See. Ungeschickt wäre sie beinahe gegen eine Tür gelaufen, nein, hier, sagte er leise, fast flüsternd, und zeigte zur offenen Tür am Ende des Flurs. Es kam ihr so vor, als hätte jemand hinter einer geschlossenen Tür gehustet, sie wollte fragen, ob noch jemand hier wohne, dachte aber im selben Augenblick, dass sie nicht hierhergekommen sei, um Fragen über die Bewohner zu stellen. Er half ihr, den Mantel auszuziehen, hängte ihn jedoch nicht auf den Kleiderständer im Vorraum, an dem sein Ledermantel hing, sondern warf ihn über den Unterarm und nahm ihn mit zur offenen Tür, von wo sie nun Klaviermusik hörte.

Als sie eintrat, überflog sie mit dem Blick das große Zimmer mit zwei Fenstern und schweren Vorhängen. Der Raum verblüffte sie. Sie hätte beinahe aufgelacht. Die Vorhänge waren eigentlich das Einzige, das an die Bleibe eines deutschen Polizisten erinnerte, eines Beamten der Sicherheitspolizei. Nun, vielleicht noch der kleine Mahagonitisch mit der Kognakflasche und zwei Gläsern; darauf lagen auch ein paar Mappen, offenbar Arbeit, die der Bewohner dieses Zimmers vom

Büro mit nach Hause genommen hatte. Und der Ledermantel, den sie im Flur gesehen hatte. Alles andere ähnelte eher einem Studentenzimmer, wahrlich sehr ordentlich, aber dennoch jungenhaft, vielleicht dem Zimmer eines Mannes, der sich nicht von seiner Jugend verabschieden konnte. Eines Sportlers, an der Wand war nämlich ein Tennisschläger angebracht, daneben die Fotografie eines Jungen auf einem Fußballplatz, offenbar dieses Jungen, der nun hier in seinem Zimmer stand und sie beobachtete. Ein Bücherregal, ein Einzelbett, ein Schrank, sie überlegte, dass dort wahrscheinlich seine Waffe verwahrt war, die er diskret weggeräumt hatte. Ein Grammofon mit Lautsprecher, auf dem die Platte mit der Klaviermusik lief.

– Beethoven, sagte er, Klavierkonzert.

– Sie sind hier zu Hause, sagte sie verlegen.

– Hier, sagte er, schon immer. Es ist noch alles so, wie es war, bevor ich über die Grenze ging.

Er bot ihr einen Platz am Mahagonitisch an, nahm die Mappen, legte sie auf das Bücherregal und schenkte einen Fingerbreit Kognak in beide Gläser ein.

– Ich hatte keine Zeit, mich einzurichten, erklärte er, den ganzen Tag in der Arbeit, im Büro … manchmal im Außendienst.

– Ausgemalt haben Sie aber schon, sagte sie, ich meine … das Stiegenhaus.

Sie hob die Handfläche, mit grünlicher Farbe beschmiert … Ich habe den Lichtschalter gesucht, sagte sie.

– Das Badezimmer ist auf der anderen Seite des Flurs, sagte er.

Er begleitete sie zur Badezimmertür, öffnete ihr höflich die Tür und schloss sie, nachdem sie eingetreten war. Im Badezimmer roch es nach Rasierwasser, sie dachte, der Mann muss sich soeben rasiert haben. Rasierzubehör, eine Creme, Kölnisch Wasser, am Waschbeckenrand lag ein zusammengelegtes frisches Handtuch. Es wird doch wohl nicht für mich bereitgelegt worden sein, dachte sie. Sie rieb sich lange die Hände mit Seife ein.

Als sie zurückkam, stand er über das Grammofon gebückt. Er stellte die Nadel an den Beginn der Platte, dieser Besuch, dachte sie, wird bis zum Ende bei Beethovens Klavierkonzert verlaufen.

Sie wusste nicht, was sie sagen sollte.

– Sie sind über die Grenze gegangen?

– Ja. Nach Graz.

– Sie waren in Graz, komisch, dass wir uns nie getroffen haben.

– Kurze Zeit, dann war ich in Berlin … und sonst noch wo … in Ausbildung …

Sie nickte. Sie musste nicht fragen, wozu er sich ausbilden ließ. Zum Polizisten.

Trotzdem erklärte er:

– Militärangelegenheiten. Und Sicherheit. Sie haben gesagt, ich sei begabt für diese Dinge.

– Und dann sind Sie zurückgekehrt.

– Als SS-Obersturmbannführer, sagte er stolz.

Sie wusste nicht, was das war. Es interessierte sie auch nicht. Aber etwas musste sie sagen:

– Und Ihr Zimmer hat auf Sie gewartet.

– Ja, sogar die Fußballschuhe.

Er stand auf, trat zum Schrank, nahm daraus ein Leinensäckchen und zog die Fußballschuhe heraus. Er lachte auf. Er legte die Schuhe wieder zurück und sagte, er werde sie vielleicht noch einmal anziehen, eines Tages, wenn bessere Zeiten kämen. Wenn es weniger zu tun gäbe.

Er hob das Kognakglas und prostete ihr zu.

– Nehmen Sie es mir nicht übel, sagte sie, ich trinke nicht.

Ein Hauch Unzufriedenheit huschte über sein Gesicht, als ob sie ihm etwas verdorben hätte.

– Du trinkst keinen Kognak?, fragte er. Es ist ein französischer. Etwas wirst du doch wohl trinken.

– Wenn Sie einen Himbeersaft haben, sagte sie. Obwohl sie schon bei der Tür bemerkt hatte, dass er sie duzte, siezte sie ihn beharrlich. Als ob sie damit etwas zu vertreiben, womöglich nur hinauszuschieben versuchte, was hier unausweichlich geschehen musste.

– Im Kaffeehaus hast du mich geduzt. Du hast mich Ludek genannt. Du kannst mich so nennen.

Er brachte ihr einen Himbeersaft. Sie stießen an, er mit Kognak, den er sich mit ein wenig zitternder Hand sofort wieder nachschenkte. Auch ihre Hände zitterten, sie hatte einen Kloß im Hals, sie nahm einen winzig kleinen Schluck Himbeersaft und stellte das Glas auf den Tisch. Dann saß sie mit im Schoß verschränkten Armen da und hörte ihm zu, hie und da blickte sie ihn an und nickte höflich.

Er erzählte ihr, wie er dort in Graz Marburg vermisst habe. Seine Sportkollegen, die Fußballer von Rapid, die Abendpromenaden die Gosposka und Aleksandrova entlang, das heißt, die Herren- und die Tegetthoffgasse, wir haben diese Straßen nie anders genannt. Manchmal dachte er auf dem Übungsgelände, wo sie exerzierten, daran, einfach zurückzugehen, sich in den Zug zu setzen, die Mutter zu begrüßen, in dieses Zimmer zu gehen, seine Angel zu nehmen und sich zur Drau aufzumachen. Aber dann wurde er nach Berlin und noch weiter geschickt.

Sie wollte fragen, ob die Mutter hier lebe, wo genau genommen seine Mutter sei? Und der Vater? Dieser Mischkolnig hatte immerhin hier seine Familie gehabt, bevor er fortging. Sie fragte nichts, sie sagte, ja, ich habe diese Angler an der Drau gern betrachtet, viele seien dort gewesen.

Er zog seine Angel hinter dem Schrank hervor.

– Sie ist noch immer da, sagte er.

Sie seien jeden Sommer an der Drau gewesen, schon sehr früh am Morgen. Man musste am Vorabend den Ölkuchen ins Netz legen, das seien Brocken aus Kürbiskernen, die sich langsam im Wasser auflösten und eine kräftige Spur hinterließen. Die Fische seien verrückt danach. Barben hätte man bald einmal. Den Döbel dagegen, den müsse man so fangen, dass der Köder durchs Wasser gezogen werde. Den Hecht, einen Hecht habe er nur ein paar Mal gefangen, einen Wels noch nie.

– Interessant, sagte sie, weil sie etwas sagen musste.

– Und wie, sagte er.

Er zog die Rute über das Zimmer, ihre Spitze reichte bis hin zum Bett.

– So, sagte er, sie muss sich leicht wölben. Man spürt es in der Hand, es durchschüttelt einen regelrecht, wenn der Fisch anbeißt, zuerst zuckt es ein wenig, der Schwimmer taucht kurz unter, und im selben Moment muss man heften. Wenn man eine Sekunde zu spät zieht, greift der Haken nicht, adieu, Fisch. Ich war ein guter Angler, sagte er, ich habe gerne gefischt. Ich tötete sie nicht gern, den Kopf muss man gegen einen Stein schmettern. Ansonsten spürt der Fisch gar nichts. Trotzdem war es schöner, sie zu fangen, noch schöner, als sie abends dann zu essen.

Er legte die Angel weg.

– Ach, was für Zeiten!, sagte er verträumt. Am Nachmittag, schon gegen Mittag, haben wir zusammengepackt und sind auf die Drauinsel gefahren. Ins schönste Freibad in Mitteleuropa.

Sonja kannte dieses Schwimmbad gut. Auch sie besuchte es im Sommer. Gewiss hatte sie ihn mal getroffen, man traf jeden dort in diesem Gedränge, aber er war viel älter, die Älteren saßen im Lokal und tranken Bier, manchmal gaben sie auf dem Springturm an.

– Dort gab es ja auch Fische, lachte er, in Badeanzügen.

Sie blickte vor sich hin und lächelte gezwungen.

Er räumte die Angel hinter den Schrank und setzte sich zu ihr.

– Ich mag diese Stadt, sagte er leise. Den Park und die Drau. Die alten Gassen. Die Weinberge und den Bachern. Vor allem den Bachern.

Er schlürfte den Kognak und sah ihr in die Augen.

– Ja, rief er aus, als ob ihm etwas Besonderes eingefallen wäre, da sind wir uns ja zum ersten Mal begegnet! Im Winter. Erinnerst du dich?

Natürlich erinnerte sie sich, sie hatte es ihm erzählt, er erinnerte sich bestimmt nicht daran.

– Ich erinnere mich, sagte sie höflich, du hast mir aus dem Schnee geholfen. Ich bin hingefallen. Ein Ski hat sich gelöst.

Vielleicht, dachte sie, vielleicht bleibt es nur bei einem Gespräch. Vielleicht müsste sie nun aufstehen und sagen, danke für den Himbeersaft, es hat mich gefreut, Sie zu besuchen.

– Du bist in den Schnee gefallen, sagte er, und ich habe dir aufgeholfen.

Sie schwiegen eine Weile, Beethovens Platte drehte sich noch immer. Wenn die Musik zu Ende ist, werde ich aufstehen und mich für den Himbeersaft bedanken, überlegte sie. Sie sah ihre Hände an, im Schoß verschränkt, und spürte, dass sein Blick ohne jegliche Regung auf sie gerichtet war.

– Das war eine angenehme Unterhaltung, sagte er schließlich leise.

Wenn sie mit jemand anderem zusammen gewesen wäre, wenn sie woanders gewesen wäre, hätte sie etwas Neckisches gesagt, Sonja konnte das, sie hätten eher wenig geredet, hätte sie gesagt, Sie haben die ganze Zeit geredet, Verzeihung, du hast geredet, du, Ludek. Ludek sagen in Marburg die Kinder zu Menschen. Mehrere Menschen, das sind *ljudje*, ein Mensch aber ist ein *ludek*, du bist auch ein Mensch. Du redest von Fischen und Ködern, führst mir deine Fußballschuhe vor. Aber sie war mit diesem Menschen zusammen, und hier, wo sie war, in seinem Zimmer, konnte sie nichts sagen. Sie wusste, dass sie nicht hierhergekommen war, um über das Angeln an der Drau zu reden.

Er stand auf und trat zum Fenster mit den schweren zugezogenen Vorhängen.

20

– Aber wir sind nicht hier, sagte er mit veränderter Stimme, um übers Angeln zu reden. Obwohl es interessant ist, ich kann nicht behaupten, dass es das nicht sei.

Bei diesem Ton, der plötzlich völlig anders war, lief ihr ein Schauer über den Rücken.

Sie sagte, sie wolle jetzt gehen.

– Du hast mir auf der Straße aufgelauert, und jetzt willst du gehen? Wohin willst du? Du bist nicht hier, um irgendwohin zu gehen.

Das war plötzlich die kühle Stimme eines Menschen, der entschlossenen Schrittes in seinem Büro auf und ab ging und mit einem Menschen redet, der sein Gefangener ist, der sich hier in einem Käfig befindet, aus dem er nicht entfliehen kann.

– Weißt du, warum du hier bist, Sonja?

Sie schwieg.

– Nicke zumindest, wenn du nicht sprechen kannst.

Sie nickte.

Er trat hinter ihren Rücken und blieb dort stehen. Sie spürte die Wärme seines Körpers, sie hörte, dass er schneller atmete. Er berührte ihr Haar. Seine Hand glitt über ihr Haar auf ihre Schulter und blieb dort liegen. Ihr Herz begann wieder wild zu hämmern, wie kurz zuvor, als sie die Treppe hinaufgegangen war, das Klavier raste ins Finale, das Orchester konnte kaum folgen, die Schläge des Herzens.

– Weiß dein Vater, dass du hier bist?

Sie schüttelte den Kopf.

– Besser so, sagte er, besser so.

Er legte auch die zweite Hand auf ihre Schultern, sie spürte, dass er ihr Haar im Nacken anhob, sie erschauderte und beugte sich nach vor, um sich zu entziehen. Er bückte sich über sie und glitt mit seinen Lippen über ihren Hals, unter dem Haar, das er nun beinahe krampfhaft in seiner Faust zusammendrückte, es tat ihr weh, sie stöhnte auf.

Er zog sich sofort zurück. Sie hörte seinen Atem hinter ihrem Rücken.

– Zieh dich aus, sagte er.

Sie rührte sich nicht. Sie horchte auf seinen Atem. Das Klavier, die Schläge ihres Herzens. Nun würde er grob werden, dachte sie, lieber Gott, in was habe ich mich da hineinbegeben, sie bekam es mit der Angst zu tun, sie hatte die ganze Zeit Angst gehabt, nun zitterte sie vor Angst, lieber Gott, was ist das alles, bin das ich, danke für den Himbeersaft, danke für den Himbeersaft, was tue ich hier.

Er wurde nicht grob, er schrie nicht, er sagte mit ruhiger Stimme, soweit es sein unruhiges Atmen zuließ:

– Wenn du willst, kannst du auch gehen. Du kannst ruhig gehen.

Er hätte hinzufügen können: Aber du musst wissen, was das bedeutet. Sie wusste, dass er das hätte sagen können, und sie wusste, was es bedeutete, wenn sie jetzt ginge.

Die heftigen Klavierschläge, das blitzschnelle Bravourstück ergoss sich über das melodische Tosen des Orchesters, die letzten Takte, Ende. Die Platte drehte sich auf dem Grammofon ins Leere, Sonja sagte, sie werde jetzt vielleicht doch diesen Kognak trinken.

– Was machst du mit mir, sagte sie, was machst du mit mir?

Als sie später öfter beklommen an diesen Abend zurückdachte, der ihr Leben verändert hatte, eigentlich dachte sie jeden Tag daran, jede Nacht, wenn sie in ihrem Zimmer aus unruhigem Schlaf erwachte und später auf der Pritsche in einer Baracke, konnte sie sich nie genau daran erinnern, was nach diesem Kognak geschehen war, vielleicht wollte sie sich schlicht nicht an alle Einzelheiten dessen erinnern, was folgte. Vielleicht war das, was folgte, ja gar nichts Besonderes; als sie schon neben diesem Jungenbett an der Wand stand, bat sie, er solle das Licht ausmachen, er machte das Licht aus, sie hörte, dass etwas auf den Boden fiel, vielleicht die schwere Schnalle an seinem Gürtel, unbekannte Hände griffen im Dunkeln nach ihr, Schnaufen an ihrem Ohr, er küsste sie im Gesicht, mit seiner nassen Zunge glitt er über ihre Haut am Hals, sein Atem stank nach Kognak, er versuchte sie zu küssen, sie wich mit ihren Lippen und dem Gesicht aus, hab keine Angst, hab keine Angst, hauchte er in ihr Ohr, ich werde aufpassen, aufpassen werde ich, was wird er aufpassen, was aufpassen, dass ich nicht schwanger werde, dass ich nicht schwanger werde? Das Schnaufen und der schwere Körper neben ihr, was macht er mit mir, was machst du mit mir? Er fasste ihr mit der Hand zwischen die Beine, zog sie zurück, die Bewegungen im Dunkeln, der Geruch nach Schweiß, kleine Widerlichkeiten, immer größere, der Körper der großen Echse kroch im Dunkel auf sie, mit nasser Zunge leckte sie ihren Hals, ein Leguan, Waran, ein Monster mit dünnen, scharfen Zähnen, Übelkeit überkam sie … aber plötzlich ließ der Körper der Eidechse von ihr ab, fiel, sank nieder, zog sich zurück, was ist passiert? Nichts ist passiert, nichts ist passiert, er blieb neben ihr liegen, der kraftlose, fremde Männerkörper, was geht hier vor? Er schnaufte laut, die Platte auf dem Grammofon quietschte. Sie deckte sich mit dem Laken zu.

– Ich weiß nicht, was mit mir los ist, flüsterte er.

Er stand auf, sie hörte, dass er sich anzog. Die Hose, das Hemd.

Er machte das Licht an und setzte sich zum kleinen Tisch. Er ordnete seine Haare an der Stirn.

Sonja lag reglos da und blickte zur Zimmerdecke.

– Du liegst da wie ein Stück Holz, zischte er. Kein Wunder, dass ich nicht kann.

Sie spürte, dass ihr Tränen in die Augen traten. Ich werde nicht weinen, nein, werde ich nicht.

Er kippte den Kognak hinunter. Er stand auf und stopfte sich mit zitternden Händen sein Hemd in die Hose.

– Das ist mir noch nie passiert, sagte er, als entschuldigte er sich.

Aber einen Augenblick später zischte er durch seine zusammengepressten Lippen wieder:

– Kein Wunder … Wie ein Holzklotz liegst du da und gibst nichts von dir.

Sie blickte noch immer zur Decke hinauf.

Sie wusste nicht, wann sie sich angezogen hatte und wie sie gegangen war. Sie erinnerte sich an dieses Jungenzimmer, an den Tennisschläger an der Wand, an die Angelrute hinter dem Schrank, das zusammengelegte Handtuch am Beckenrand, das auf sie gewartet hatte, sie erinnerte sich, wie sie diese Treppe hinaufgegangen war, die Namen auf den Messingplatten gelesen hatte, an den Geruch in dem frisch ausgemalten Treppenhaus, an die Boote bei den Drei Teichen, die im leichten Wellengang gegeneinander schlugen, die nassen und schweren Baumwipfel, die sich über sie beugten, als sie den Park durchquerte, ehe sie eintrat, sie erinnerte sich an den Ledermantel, der im Vorzimmer hing, als sie ging, wortlos hatte sie sich verabschiedet, sie stand im Flur und wartete, dass er die Tür aufsperrte. Und sie hörte, dass sich hinter der Tür, die gegenüber des Wohnungseingangs lag, etwas bewegte, dann hörte sie deutlich eine Frauenstimme, die hinter verschlossener Tür in einem Marburger Deutsch sagte: Ist der Besuch schon gegangen? Ihr schien, dass der Mann dort im Vorzimmer errötete, warum versteckt er seine Mutter, dachte sie, wenn sie überhaupt über irgendetwas nachdenken konnte, warum hatte er all ihre Sachen aus dem Badezimmer entfernt, ja, der Besuch ist gegangen, sie irrte im dunklen Treppenhaus hinunter, stürzte beinahe, irrte durch den Park und die nassen Straßen nach Hause, der Besuch schaffte es kaum durch die Wohnung seiner Eltern, warf sich aufs Bett. Sie zog sich die Decke über den Kopf und begann erst jetzt ruckartig zu schluchzen, sie weinte jedoch nicht, es kamen keine Tränen, sie schluchzte und ächzte ins Kissen, das etwas erstickte, das ein Schrei werden wollte.

Nie wieder, flüsterte sie, mit dieser Echse, diesem Kriechtier, diesem Raubtier, nie wieder.

21

Obersturmbannführer Ludwig Mischkolnig und sein Mitarbeiter Sturmbannführer Hans Hochbauer bestellten im Gasthof Vlahovic Nieren. Hans liebte Nieren, sie waren frisch, sie wurden jeden Morgen aus dem nahe gelegenen Schlachthaus in Melje geliefert. Damit sie nicht nach Urin röchen, erklärte er, müsse man sie in Milch einlegen, denn die Nieren reinigen beim Schwein oder der Kuh das Blut, scheiden die Giftstoffe aus, deswegen riechen sie nach Urin, das ist die Natur der Dinge. Wenn man sie nicht in Milch einlegt. Man brachte ihnen also Nieren in einer Zwiebel- und Rahmsoße, davor waren sie in Milch eingelegt worden.

– Diese Soße, sagte Hans und tunkte mit der Gabel ein Stück Brot in die Speise, ist das Beste. Wenn ich wählen müsste, würde ich sagen, dass dies meine Leibspeise ist.

Ludwig gab zu, dass sie keinerlei Geruch aufwiesen, aber er selber bevorzuge ein Schnitzel, unter Umständen auch mit

Soße, aber auf jeden Fall mit Semmelknödeln, seine Mutter bereite hervorragende Knödel zu.

– Auch nicht schlecht, sagte Hans, aber ein Schnitzel ist etwas langweilig, das hier dagegen duftet so schön, ich glaube, sie fügen auch Knoblauch und Majoran hinzu. Und Pfeffer.

Auch Ludwig kostete, obwohl er die Schnitzel seiner Mutter bevorzugte, waren diese Nieren regelrecht köstlich.

– Ich könnte nicht zusehen, wie ein Tier geschlachtet wird, schmatzte Hans. Und wie ihm dann die Nieren rausgeschnitten werden. Und du?

Ludwig schüttelte den Kopf. Auch er würde das nicht sehen wollen. Er wusste nicht, warum er ihn das fragte, wer würde denn gerne zusehen, wie ein Tier geschlachtet wird.

– Wir sind eben Stadtmenschen, sagte Hans. Wer auf dem Land gelebt hat, hat von klein auf zugesehen, wie man Schweine und Hühner schlachtet, auch Kälber. Einige Kinder halten die Schüssel, wenn einem Schwein das warme Blut aus dem Hals ausgelassen wird.

– Es ist sogar schwer, einen Fisch zu töten, fügte Ludwig hinzu. Unten an der Drau habe ich geangelt. Man nimmt den Rumpf, der zittert, der ganze Körper zuckt, er will zurück ins Wasser, man schlägt den Kopf gegen einen Stein, und er beruhigt sich. Man muss ihn unter den Kiemen packen, damit er einem nicht aus den Händen gleitet.

– Er entwischt?

– Natürlich, er ist glatt.

– Schlüpfrig. Wie eine Frau.

Hans Hochbauer lachte schallend. Er beugte seinen Kopf über den Teller und verputzte mit hastigen Bewegungen die duftende Speise. Dann spülte er die Nieren und die Soße mit einem Schluck Bier hinunter, schob den Teller weg, nahm einen Zahnstocher und verdeckte sich mit der Handfläche diskret den Mund, um den Ranghöheren, der um einiges langsamer aß, mit dem Ausputzen der Fleisch- und Zwiebelreste aus seinen Zähnen nicht zu stören.

– Warum hast du diesen Gorjan freigelassen?, fragte er.

Ludwig legte die Gabel und das Messer ab und langte auch selbst nach dem Bier.

Langsam trank er ein paar Schlucke, was hätte er antworten sollen?

– Du hast diese Sache übernommen, und nun hast du ihn freigelassen.

Es klang beinahe wie ein Vorwurf.

– Ich habe ihn nicht freigelassen, antwortete Ludwig ungehalten. Hans hatte nicht den Titel *Ober-*, das hieß, im Kampf hätte er kein Bataillon anführen können, er war nur Sturmbannführer, das hieß, er konnte höchstens über einen Zug befehlen. Aber nun waren sie beide bei der Polizei, und bei der Polizei hatte man manchmal mehr zu sagen als beim Militär.

– Ich habe ihn nicht freigelassen. Ich habe ihm einen Spitzel angehängt.

– Gerissen, sagte Hans und fügte, um den vorigen Beinahe-Vorwurf wiedergutzumachen, hinzu: Und sehr gescheit.

– Es war der richtige Augenblick, sagte Ludwig mit einer Stimme, die keinen Widerspruch duldete, es war nichts aus ihm herauszubekommen. Mehr brechen, als du ihn gebrochen hattest, konnte man ihn nicht.

Hans dachte, dass es nicht der richtige Augenblick gewesen sei, denn man könne einen Menschen immer noch ein wenig mehr brechen. Ohne das dem ranghöheren Kameraden vorzuwerfen, war er der Meinung, dass es vielleicht nicht die weiseste Entscheidung gewesen sei, ihn freizulassen. Aus Laibach seien noch nicht alle Daten übermittelt worden, die Ermittlungen waren noch nicht abgeschlossen. Aber das sagte er nicht, er sagte:

– Wenn du der Meinung bist … Du wirst es schon wissen. Ich hätte diese Sache sonst bald zu einem Ende gebracht. Wir haben das wirklich ein wenig in die Länge gezogen. Er war zumindest reif für das Lager.

Er winkte dem Kellner und bestellte noch zwei Gläser Weißwein.

– Das werde ich auch, keine Sorge, lächelte Ludwig, er war ein Fliegenfänger, die eine oder andere Fliege würde noch kleben bleiben. Wenn nicht, kann man die Sache immer noch im Schnellverfahren beenden. Er hat nicht nur einen Spitzel, sondern zwei, wir werden schnell wissen, wohin er geht und wen er trifft.

Hans hob das volle Glas gegen das Licht, das vom Fenster hereinfiel, als wollte er die goldgelbe Flüssigkeit nochmals betrachten, ehe sie in seinem Magen verschwand und sich dort mit dem Bier und der Nierensoße vermischte. Er hatte eine besondere Trinktaktik, er goss sich das volle Glas in den Mund und trank den Wein sozusagen in einem Schluck, nur der Adamsapfel an seiner Kehle bewegte sich.

Ludwig nickte billigend.

Hans sah lange ins leere Glas, als täte es ihm leid, dass diese schöne goldene Flüssigkeit nicht mehr da war.

– Es ist nicht gerade leicht in letzter Zeit, fixierte er dann seinen Kameraden mit kleinen Pupillen. Die Leute gehen uns aus.

– Stimmt.

– Übrigens: Ist es dir schon gelungen, diese Nägel zu bekommen?

Ludwig lehnte sich zurück und überkreuzte seine Hände über der Brust. Das aber war nun ein Vorwurf, die Sache vorhin war beinahe ein Vorwurf gewesen, das aber war ein etwas tieferer Schlag, beim Boxen würde man sagen, unter der Gürtellinie, so wie Max Schmeling von diesem Mohren unter die Gürtellinie geboxt wurde, sonst hätte der so oder so nicht gewinnen können. Alle in der Abteilung wussten, wie viel Anstrengung er investiert hatte, um die Nagelbestellung für die Särge zu regeln. Und er wusste, dass sie früher oder später ihn für unfähig halten würden, und nicht diese faulen Beamten in der Grazer Zentrale, die sich keinen Deut um seine Interventionen scherten.

– Es ist nicht leicht, sagte Ludwig und schaute in seine Augen inmitten des feisten Gesichts. Dieser Hans Hochbauer, der dauernd Nieren frisst und Wein hinunterschüttet, dass die Kugel an seiner Gurgel hüpft, wird doch wohl nicht denken, dass ich nachlasse? Er kommt aus Dortmund und denkt vielleicht, dass wir, die wir hier zu Hause sind, nachlassen. Weil es keine Blumen und kein Brot mit Salz mehr gibt, wie damals, als die Unsrigen einmarschiert sind. Weil uns die Leute ausgehen, und weil sie nicht einmal diese verdammten Nägel rechtzeitig schicken können. Weil Bomben auf die Stadt fallen und es immer weniger Leute gibt, die kooperieren wollen.

– Es ist nicht leicht, bestätigte er und blickte ihm direkt in die Augen. Du hast recht. Aber deswegen muss man noch nicht nachlassen.

Das hieß, dass er nachließ, Hans, und nicht Ludwig Mischkolnig, der *furchtlos, wahr und treu* war und bleiben würde.

– Denn wir müssen weiter: *durch dick und dünn.*

Nur mit einem Furchtlosen, Wahrheitsliebenden und Treuen konnte man durch Dornen und Dreck gehen und nicht mit einem Menschen, der nachließ.

– Ja, sagte Hans, das sind wahre Worte. Ich gehe mit dir bis zum Ende.

Ein wenig spürte er schon den Wein, den er mit Bier gemischt hatte, und seine Augen leuchteten, sein heller Blick war nun kameradschaftlich und furchtlos. Er bestellte noch zwei Gläser Wein.

Sie stießen an. Hans leerte mit seiner Technik das Glas in einem Zug.

– Ihre Nierchen sind wirklich frisch, sagte er zum Kellner.

– Direkt aus dem Schlachthaus, versicherte der Kellner. Jeden Dienstag wird geschlachtet. Heute Nacht steckten sie noch in den Kühen.

– In den Schweinen, korrigierte ihn Hans, es sind Schweinenieren.

– Natürlich, was rede ich denn da. In den Schweinen. Von den Kühen haben wir die Kutteln. Auch sehr zu empfehlen.

22

Mischkolnig machte das Licht über seinem Schreibtisch aus.

Durch dick und dünn. Das haben wir gesagt, alle haben das gesagt, aber sie dachten, alles zusammen würde ein Spaziergang werden, wie es ein Spaziergang nach Paris war, im Jahr 40, und auch im Jahr 41, als wir in diese, unsere Stadt einmarschiert sind. Wie viele gibt es denn heute noch, die bereit sind, mit uns bis zum Ende zu marschieren? In jenem Frühling vor drei Jahren hatte es in dieser Stadt Blumen auf unsere Soldaten geregnet. Und es waren nicht nur die einheimischen Deutschen, die an den Bürgersteigen der Tegetthoffgasse, damals noch Alexandergasse, standen, auch Slowenen unter ihnen, viele Slowenen. Irgendein Dummkopf kam, um sich mit Brot und Salz anzudienen, das ist ein alter slawischer Brauch, auch unserer, auch unserer, lachten wir, als wir das sahen, warum denn nicht, wenn sie sich so dem Willen des Mächtigeren beugen wollen, warum denn nicht? Der Gauleiter hatte bei der Kundgebung pathetisch davon gesprochen, dass wir die Untersteiermark in einen blühenden Garten verwandeln werden, ich kann mich gut an seine Worte erinnern, in einen blühenden Garten, und es folgte huronischer Beifall. Mit Blumen haben sie uns empfangen, die Überbringer des blühenden Gartens! Die serbische Korruption und das leere Hej-Slawen-Geschwätz hatten ein Ende. Das war die Befreiung, die wahre Befreiung. Wie viele gibt es denn heute noch, die mit uns *durch dick und dünn* gehen würden? Zehn Prozent? Es ist ja nicht gesagt, dass alle anderen gegen uns sind, es stimmt aber, dass sie immer mehr nachlassen, Vorsicht und Angst sind Teil der menschlichen Natur, sie schauen sich um, was in Russland, in Italien passieren würde? Sie flüstern, sie überbringen Gerüchte aus dem Rundfunk, obwohl wir längst angeordnet haben, dass alle Rundfunkempfänger gemeldet und versiegelt werden müssen. Man kann nicht alle Souffleure nacheinander einsperren. Die Austräger von Flugblättern haben wir alle eingefangen, von den Kommunisten haben wir viele erschossen, wir sind immer wieder in ihre Netzwerke eingedrungen, die Banden am Bachern haben wir wieder und wieder zerschlagen, aber diese Atmosphäre, die hier im Jahr 41 herrschte, gibt es nicht mehr. Sie haben Angst vor uns, sie schweigen und hassen uns heimlich. Nun gut, wenn jetzt nur zehn Prozent für uns sind, wie viele waren es denn im Jahre 30? Wenn es nur noch zehn Prozent sind, die bereit sind, mit uns *durch dick und dünn* zu gehen, und die daran glauben, dass wir aus der Untersteiermark machen werden, was sie in ihrer gesamten Geschichte schon immer gewesen war, dann ist das doch eine gewonnene Sache.

Der Wachmann an der Tür salutierte, Mischkolnig hob nur den Finger zu seiner Mütze und nickte.

Die Laternen an der leeren Straße flimmerten, das nasse Pflaster glänzte im flackernden Licht. Es war ein ruhiger Herbstabend, das Laub fiel von den Bäumen. Kräftig sog er einen Schwall feuchter Luft ein. Das belebt, erfrischt nach einem anstrengenden Tag. Am Morgen wird die Stadt wieder im Grauen verstummen, sie werden vor den Plakaten stehen und mit Grauen erkennen, was deutsche Entschlossenheit und historische Gerechtigkeit bedeutet. Trotzdem wäre er lieber in einer anderen Stadt, dort müsste er sich nicht so viel mit dem Gedanken befassen, der ihn in der einen oder anderen unruhigen Nacht mit aller Macht heimsuchte: Vielleicht müsste man nicht so viele erschießen. In einer anderen Stadt hätte er nicht darüber nachgedacht, aber hier war er zu Hause; einige, die sie vor die Mauer im Gerichtsgefängnis stellten, kannte er vom Sehen, Gesichter von der Straße, aus dem Gasthaus, von Ausflügen auf den Bachern oder in die Windischen Bühel. Oder diejenigen, um die die Verwandten betteln kamen, eine Frau hatte sich auf der Straße vor ihm auf die Knie geworfen mit der Bitte, man möge ihren Sohn entlassen. Einen Banditen. Unangenehme Sache. Nun, eine junge Frau war vor ein paar Tagen in sein Bett gekrochen, diese Sache war noch unangenehmer, an jenen Abend wollte er gar nicht mehr denken. Natürlich schießen wir. Wir erschießen sie, damit in diesem steirischen Land, in diesem deutschen Land Ruhe sei. Damit diese Banditen es nicht mehr wagen, aus dem Hinterhalt unschuldige

Menschen zu töten. Wie jene Frau in Radvanje. Sie wurde vor ihrem Haus mit Revolverschüssen zweier Mörder getötet, weil sie angefangen hatte, mit uns zusammenzuarbeiten. Und das vor den Augen der Menschen eines voll besetzten Autobusses, der vorbeifuhr und mit den Scheinwerfern die beiden Mörder anstrahlte, er blieb stehen, die Menschen sprangen aus dem Bus, es entstand eine richtige Panik, mitten in unserer Stadt wird gemordet. Also töten auch wir. Diese beiden haben wir nicht getötet, sie sind in den Wald entkommen. Dafür aber andere, Geiseln, wir mussten es tun. Dennoch überkam ihn zu unruhiger Nachtstunde der Gedanke: Müssen wirklich so viele erschossen werden? Von ihnen konnte man vielleicht noch etwas in Erfahrung bringen. Sie erschrecken und sie loyal machen. Von Leichen erfährt man nichts, sie sind auch nicht loyal. Man vergräbt sie. In Särgen, denn wir werfen sie nicht einfach in Gruben. Leider gibt es für die Särge, genau genommen Kisten, wenn wir ehrlich sind, nicht genug verdammte Nägel, sie werden nicht rechtzeitig aus Graz geliefert. Vielleicht könnte man weniger von ihnen erschießen. Die Leichen sind tot. Sie stinken. Sie arbeiten auch nicht mehr, Leichen zerfallen. Sie könnten Automobile reparieren oder Kartoffeläcker umgraben. Und wegen der Leichen wenden sich viele von uns ab. Weiß man das in Graz denn nicht? In Berlin noch weniger. Die befassen sich mit den Juden. Hier gibt es schon längst keine mehr. Die schlauen deutschen Fürsten haben sie schon im 16. Jahrhundert ausgesiedelt. An der Drau stehen die Reste der Synagoge, vielleicht müsste man diese sprengen, so wie wir die orthodoxe Kirche gesprengt haben. Vielleicht wäre es besser, mehr Gebäude zu sprengen und weniger Leute zu erschießen. Es gibt genug Dynamit, bei diesen dämlichen Nägeln ist die ganze Sache stecken geblieben.

Als wir gekommen sind, waren alle für uns, nun sind es immer weniger, wie viele? Zehn Prozent?

Der Gedanke, dass er sich noch immer auf zehn Prozent der Menschen in dieser Stadt verlassen konnte, und auf die hundertprozentig, beruhigte ihn. Er wollte sich nicht der Wut hingeben, denn genau so ruhig wie er war, hätte er auch wütend oder zumindest schlecht gelaunt sein können. Haben die denn gedacht, dass das alles zusammen nur ein langer Spaziergang durch die Straßen der Stadt werden würde, Blumen und ausgestreckte rechte Arme? Und wenn es das nicht mehr gibt, ziehen sie die Köpfe ein, schauen zu Boden, warten geduckt, wie sich die Dinge entwickeln würden. Er gab sich nicht der Wut hin, die sich gegen seinen Willen irgendwo in seiner Brust sammelte, mit Wut erreicht man gar nichts, sondern mit ruhiger Entschlossenheit, *mit ruhig festem Schritt*. Auf der Straße brennen wieder Lichter, vorige Woche kam der Befehl, die Stadt völlig zu verdunkeln, um den Bahnhof waren ein paar Bomben gefallen, ein paar Mal knallte es fürchterlich, ganz in der Nähe. Alle, die im Büro waren, sahen einander an, aber niemand ging in den Keller. Damals läutete das Telefon, ein Anruf aus Graz, er hob ab: Marburg werde von amerikanischen Flugzeugen überflogen, sie kehrten zu ihren Basen in Italien zurück. Danke, sagte er, sie haben es schon überflogen, haben auch ein paar Reserven abgeworfen. Wie groß der Schaden sei? Wissen wir noch nicht.

Er spazierte lange durch die leeren Gassen. Nach jenem Besuch Sonjas war es für ihn noch unangenehmer, nach Hause zu gehen. Seiner Mutter hatte er kaum beibringen können, dass dieser Besuch sozusagen rein beruflich war. Aber es war eine Frau, dieser Besuch, sagte sie, ich habe ihr Parfüm gerochen. Jetzt laufen sie dir schon hinterher.

23

Valentin stand in der Abenddämmerung unter einem Kastanienbaum am Ende ihrer Straße. Er lauschte dem Rauschen des Regens in den Blättern der Bäume, die Wassertropfen glitten langsam die Baumrinden entlang. Ihre Straße, er hatte sie nie anders genannt. Es gab eine Zeit, da ihm jedes Haus in dieser Straße lieb war, die lange Allee, die Grünflächen zwischen dem Bürgersteig und dem Pflaster, auf dem von Zeit zu Zeit die Reifen eines Automobils dahinratterten, die Fenster des Hauses, in dem sie wohnte, die grünliche Fassade, die Steinmauer vor dem Eingang, der kleine Weg zum Haus, über den sie ging. Was ist das alles, dachte er, was ist das alles, wie in einer längst vergangenen Zeit, obwohl diese Zeit nicht weit entfernt war, die Frühlingszeit, die Zeit des Mai, die Täubchen-Zeit. Als sie auf den Sveti Urban hinaufgewandert waren und er Mácha rezitierte, alle kannten ihn auswendig, jeden Frühling flüsterte man sich seine Verse zu, flüsterte er die Verse nicht, er lachte, als sie sich unter eine Birke setzten, und sprach: *Es war spät Abend – erster Mai – / Abends der Mai war Liebeszeit. / Das Täubchen rief zur Lieb herbei, / Der Föhrenhain duftete weit.* Du bist eine Birke, sagte er, ich bin eine Kiefer: *Wo Birke, Kiefer süß ermatten / Zu zweit ganz, und die Wellen rollen / Den Wellen nach. Nichts bleibt der vollen / Liebe jetzt fern – zur Liebeszeit.* Alle Gymnasiasten kannten dieses Gedicht, auch sie konnte es auswendig, aber sie ließ zu, dass er es aufsagte, immer wieder wollte sie es hören. Und wenn er in Ljubljana war, schrieb sie ihm: Erinnerst du dich an Mácha, erinnerst du dich an unseren Mai? Unter dem blühenden Apfelbaum. Es war kein Apfelbaum, es war eine Birke ... Hier gibt es Kastanienbäume. Wie oft hatte er sie bis zu diesem Kastanienbaum begleitet, unter dem er nun stand, unter dem vergilbten, braun gefärbten Laub, im verregneten Herbst. Bis hierher begleitete er sie immer, weiter ging sie allein, wegen ihres Vaters; es wäre ja nicht schlimm, wenn er uns zusammen sähe, sagte sie, er würde es verstehen. Eines Tages werde ich dich zu uns nach Hause einladen und dich meinen Eltern vorstellen, sie werden es verstehen, du wirst ihnen gefallen. Aber die Zeit war noch nicht gekommen, noch nicht, wir leben nicht in normalen Zeiten, du siehst doch, was um uns herum geschieht. Er sah, was geschah, verdammt gut hatte er es gesehen, auch deswegen, weil er gut sehen konnte, nun stand er unter diesem Baum, wo er nicht wusste, wohin er gehen sollte, was mit ihm geschehen würde. Er wusste nur, dass er sie sehen wollte.

Und fragen: Was hat das alles zu bedeuten?

Damals im Frühjahr, obwohl schon Krieg herrschte, diese verdammte Okkupation, obwohl auf den Straßen die aufgeblasenen deutschen Soldaten und Polizisten stolzierten und die noch aufgebleseneren einheimischen Deutschen, die der deutschen Armee Blumen auf der Alexandergasse streuten, die klatschten, als die Straßentafeln mit den slowenischen Aufschriften fielen, damals im Frühjahr, obwohl schon Geiseln hingerichtet wurden, wie die roten Wandplakate zeigten, Plakate mit den schrecklichen Listen der Liquidierten hinter den Mauern des Gerichtsgefängnisses, damals im Frühjahr hatten sie beide dem Ruf des Täubchens gelauscht. Damals hatte er noch immer gedacht, dass dieser Albtraum, der auf den Straßen der Stadt und in den Verhörkellern der Polizei herrschte, bei den Kundgebungen und Paraden, in den Lokalen und auf den Ämtern, dass all dies einmal vorbei sein würde, bald zu

Ende, wenn er überhaupt fähig war, noch an etwas anderes zu denken als an sie. Er schlief mit ihrem Gesicht vor seinen Augen ein, wenn er erwachte, war sein erster Gedanke: Werden wir uns heute sehen? Damals dachte er trotz allem, was um sie beide herum geschah, dass diese Zeit nah war, vielleicht schon im Sommer, wenn sie gemeinsam im Freibad auf der Insel sein würden, im Herbst mit aufgestellten Kragen und warmen Röstkastanien in den Händen, wie schon im Herbst davor, als er sie zum ersten Mal nach Hause begleitet hatte und sie zum ersten Mal unter diesem Baum stehen geblieben waren, tief atmeten, in Wellen, ein Atem, der sich in Dampf verwandelte, in kleine Ringe vor ihren Lippen, die auf Küsse warteten.

Wenn er konnte, kam er mit dem Zug aus Ljubljana, zwischen den Polizeipatrouillen, die durch die Wagen gingen, über die bewachten Grenzübergänge hinweg, die es früher nicht gegeben hatte, hier überraschte er sie. Sie lächelte: Hast du gedacht, du würdest mich mit einem Begleiter überraschen? Ja, sagte er, das dachte ich, ich erwische dich mit einem Begleiter und, er zeigte mit dem Zeigefinger auf Schatten: Peng! Sie lachte: Und wen, dich oder ihn? Habe ich noch nicht entschieden, wahrscheinlich ihn, dir täte es leid um mich. Sie lachten, schreib mir lieber öfter, sagte sie, du eifersüchtiger Einfaltspinsel. Oder komm überhaupt nicht, wenn du mir nicht vertraust. Sie wurde ernst: Ohne Vertrauen geht gar nichts. Bleib dort. Hör auf mit diesen Dummheiten. Auch damit hör auf, sagte sie, als er ihr in die Bluse langte und mit seiner Hand die runde Wölbung, die warme Wölbung bedeckte, die man Brust nennt, hör auf, sagte sie, aber sie stieß seine Hand nicht weg, sie wich ihm nicht aus. Das war hier gewesen, lang her, unter diesem Kastanienbaum, von dem es nun auf seinen Kopf tröpfelte und das Wasser in seinen Nacken lief. Wie es ihm damals beim Wachestehen in den Nacken gelaufen war, unter den Fichten am Pohorje, vielleicht Buchen, wo sich nun Nande und Polde und Marica und all die anderen mit Zeltplanen zudecken und darauf warten, dass die Nacht kommt, dass die Nacht des kurzen Schlafs vergeht, dass der frühe Morgen anbricht, wenn sie am Feuer Kaffee erwärmen werden und sich wieder auf den Weg machen, immer weiter, nur nicht an einem Ort bleiben, niemals stehen bleiben, wie Bestien, die vor anderen, angreifenden Bestien fliehen, stehen bleiben kann das Ende bedeuten, das Ende ist der Tod.

24

Er sah, dass vor dem Haus das Licht anging, einen Augenblick später trat sie durch die Tür, allein, sie blickte zum Himmel und öffnete ihren Regenschirm, sein Herz begann schneller zu schlagen. Er trat hinter den Baum. Ihr geschmeidiger Gang unter dem Schirm, geschickt wich sie einer Pfütze auf dem Gehsteig aus, ihr Körper unter dem Herbstmantel, ihr helles Haar, vielleicht auch ihr baldiges überraschtes Lächeln, alles, was er gernhatte, näherte sich. Ich werde mich nicht verstecken, dachte er, ich werde sie nicht überraschen wie damals, als ich aus Ljubljana kam, soll sie sehen, dass ich hier bin, ich bin nicht aus Ljubljana angereist, aus einem Gestapo-Keller komme ich.

Sie blieb stehen, sie hatte ihn erblickt.

Ein paar Sekunden stand sie da, dann lief sie auf ihn zu, blieb wieder stehen, als könne sie es nicht glauben, dass er wirklich da war, unter ihrem Kastanienbaum, sie schloss den Regenschirm, jetzt wird sie mir in die Arme springen, dachte er. Warum springt sie mir nicht in die Arme? Die Reglosigkeit seiner dunklen Gestalt dort unter dem Baum ließ sie innehalten. Langsam kam sie näher.

– Tine, sagte sie leise, wie ich mich freue.

Sie sah nicht aus, als ob sie sich freute.

Er schwieg. Sie trat unter das weite Geäst des Kastanienbaums.

– Wirst du mich nicht umarmen?, fragte sie.

– Ich bin gekommen, um mich bei dir zu bedanken, sagte er trocken.

Sein Mund war trocken, obwohl alles rundherum nass war und das Regenwasser in seinen Nacken hinter sein Hemd tropfte. Er stand noch immer im Dunkeln. Er bewegte sich, um dem dicken Wasserstrahl auszuweichen, der vom Ast über ihm hinunterrann, das Licht der Straßenlaterne beleuchtete sein Gesicht.

– Mein Gott, sagte sie und hielt sich die Hand vor den Mund. Wie siehst du denn aus?

Er hatte schwarze Blutergüsse unter den Augen, die Lederhaut des linken Auges war blutunterlaufen, das Ohr auf derselben Kopfseite war mit einem weißen Pflaster überklebt.

Er versuchte zu lächeln. In seiner oberen Zahnreihe fehlten zwei Zähne. Ihr Gesicht wurde von einem leichten Grauen erschüttert, Abscheu vor etwas, das sie nicht kannte, das hatte sie nicht erwartet.

– So, sagte er.

– Mein Liebster, hauchte sie. Was haben sie mit dir gemacht?

– Ich hatte Glück. Ich könnte auch in einem Sarg liegen.

Sie schwiegen. Er wartete, dass sie etwas erklärte.

– Muss nicht sein, dass ich in einem Sarg gelandet wäre, sagte er, sie hätten mich auch ins Lager schicken können. Sie schicken die Leute nach Dachau, dort irgendwo in Bayern, bei München.

– Haben sie aber nicht.

– Nein. Sie haben mich gehen lassen.

– Was für ein Glück.

Wieder Schweigen.

Sie wird es mir nicht erzählen, dachte er, sie wird nichts erklären.

– Es war kein Glück, sagte er, der Polizist, der mich verhörte, war ein Einheimischer, er heißt Mischkolnig. Dieser Miško hat mich entlassen.

Tränen begannen ihr über die Wangen zu laufen. Man konnte sie kaum erkennen, weil ihr auch Regentropfen über die Wangen liefen, über das Haar, das ihr in Strähnen ins Gesicht fiel. Sie schloss den Schirm, um ihn zu umarmen. Sie umarmte ihn nicht, sie stand dort im Regen, wortlos, verweint, durchnässt.

– Er sagte, ich könne mich bei dir bedanken. Deswegen bin ich hier, ich bin gekommen, um mich zu bedanken.

– Mein Vater …, stotterte sie, mein Vater kennt ihn, vor dem Krieg waren wir zusammen am Pohorje Ski fahren.

– Dann deinem Vater, deinem Vater danke ich auch.

Ein Polizeiauto kam die Straße hinuntergefahren, als es sich näherte, wurde es langsamer. Der Mann in Uniform, der neben dem Chauffeur saß, beugte sich nach vorne und beobachtete die beiden durch die nasse Scheibe. Dann lachte er und sagte etwas zum Chauffeur, vielleicht seien das zwei, die sich gernhaben und nirgendwohin gehen können, kein Bett weit und breit … Er lehnte sich zurück, und das Auto fuhr weiter und verschwand um die Ecke.

Valentin betastete mit der Zunge das Loch zwischen seinen Zähnen.

– Er hat mir auch Papiere gegeben, sagte er. Ich bin ihm sehr dankbar. Ich bin allen dankbar. Und jetzt werde ich gehen.

Sie murmelte etwas Unverständliches, etwas wie: Wohin, in den Wald?

Auch sie hatte einen trockenen Mund. Einen trockenen Gaumen, einen großen Kloß trockener Zunge.

– Wohin wirst du gehen, Tine?, wiederholte sie deutlicher.

– Ich weiß es noch nicht, sagte er. Ich weiß auch nicht, ob ich es dir sagen kann.

Er drehte sich um und machte ein paar Schritte die Straße entlang. Er blieb stehen und blickte sich um, Sonja stand noch immer unter dem Baum.

– Nur nicht dorthin, wo ich gerade war, sagte er.

Er entfernte sich schnellen Schrittes, er wusste wirklich nicht, wohin er ging, nur nicht dorthin, wo er soeben gewesen war, nur nicht dorthin, von wo sie ihn entlassen hatten, bedingt, wie jener Mann mit dem knochigen Gesicht gesagt hatte, jener Miškolnik, mit dem Sonjas Vater vor dem Krieg am Pohorje Ski gefahren war, auch Sonja war dort Ski gefahren. Er ging von diesem Kastanienbaum für immer weg, zumindest das war ihm klar, er würde nie wieder hierher zurückkehren. Und sie sah ihm nach, wie er die nasse Straße hinunterging, auch sie dachte, er ginge für immer, dass er vielleicht nie wieder zurückkehren würde. Sie hatte ihn gerettet, damit er nun für immer fortging.

Eine Zeit lang stand sie noch dort, dann öffnete sie den Regenschirm. Es war sinnlos, sie war ja nass bis auf die Haut. Nichts ergab mehr einen Sinn, sie wusste nicht mehr, wohin sie sich aufgemacht hatte, als sie an diesem Abend das Haus verließ, in diesem Regen. Sie drehte sich um und ging zurück zum grünen Haus, wo das Licht vor dem Eingang noch immer brannte. Sie wusste nicht, wohin sie sich aufgemacht hatte, vielleicht in jene Wohnung im zweiten Stock des großen Gebäudes am Park, wo hinter verschlossener Tür eine alte Frau hockte und horchte, ob ihr Sohn von der Arbeit nach Hause kam, von seiner schweren Arbeit, die er Tag für Tag verrichtete, oft auch nachts. Nun wäre sie dorthin gegangen und hätte zu diesem Menschen gesagt: Was habt ihr mit ihm gemacht, mit meinem Tine?

25

Was sie mit ihm gemacht haben? In den Kellern der Gestapo-Gefängnisse machten sie mit den Menschen Dinge, die man nicht glauben würde, wenn nicht jene, die lebend rausgekommen sind, flüsternd ihren Nächsten davon erzählt hätten. Sie machten so manches. Valentin hatte Glück. Sie hatten ihm mit dem Schlagring das Gesicht entstellt. Dann hatten sie ihn entlassen. Auf Vermittlung des Offiziers, den Sonja Ludek nannte. Was machen sie mit den Leuten?, fragte sie ihren Vater, er wusste es; einige derjenigen, die sie am Leben erhalten wollten, brachten sie ins Krankenhaus.

– Sie tun so manches, sagte ihr Vater, Doktor Belak, aber du musst dich nicht damit befassen, frag mich so etwas nicht.

Sie taten so einiges, aber dennoch konnte sie sich nicht vorstellen, dass Ludek jemanden verprügeln würde … jener Mann mit dem jungenhaft ausgestatteten Zimmer, der von Fischen redete. Hatte er nicht davon gesprochen, wie schwierig es sei, einen Fisch zu töten, nachdem man ihn vom Haken genommen hatte? Mit Abscheu dachte sie an ihn, an die Echse aus der Dunkelheit, aber trotzdem glaubte sie nicht, dass dieser trotz allem kultivierte Herr ein Rohling sein könnte, der Menschen quälte und schlug. Das machte gewiss jemand anderer. Eigentlich hatte sie bis dahin, als sie an diesem verregneten Abend Tine sah, nie daran gedacht, dass dort drinnen, wo auch immer er gewesen war, im Gerichtsgefängnis oder in einem dieser Gebäude, wo Uniformierte, Polizisten und Soldaten, ein und aus gingen, nie daran gedacht, dass sie mit ihm etwas so Furchtbares machen könnten.

Das stellt sich niemand gerne vor, darüber spricht niemand gern. Doktor Belak wusste es, seine Patienten berichteten so einiges: Einem Onkel haben sie einen Ziegelstein an die Hoden gehängt. Gossen ihm Wasser in den Mund. Doktor Belak wusste, denn alle wussten, auch Sonja, dass sie Geiseln erschossen, da die Deutschen das mit ihren berüchtigten Plakaten und Zeitungsveröffentlichungen groß verkündeten. Und Doktor Belak wusste von jenem Lastwagen, der eines Sommervormittags die Koroška cesta entlangfuhr mit offener Plane, sodass die entsetzten Stadtbewohner, die ihren Geschäften nachgingen, die Leichen der Exekutierten sehen konnten, die blutigen Hemden und die zerschossenen Schädel. Ein Offizier hielt daraufhin den Lkw an, befahl, die unschöne Szene mit einer Plane zu verdecken und sie fest zusammenzubinden. Dabei beschimpfte er laut den Fahrer, der diese Nachlässigkeit verbrochen haben soll. Die Stadt war nicht groß, und die Neuigkeit von den Leichen auf dem Laster verbreitete sich schnell. Es war sehr wahrscheinlich, dass sie genau das wollten, um Bestürzung und Angst zu verbreiten. Jedem, der sich der deutschen Obrigkeit widersetzen würde, konnte es passieren, dass er auf diesem Laster landete.

Aber obwohl Krieg herrschte und sich neue und schlechte neue und noch schlechtere, zeitweise auch schreckliche Nachrichten überschlugen, lebten die Menschen dennoch ihr Alltagsleben. Damals, als noch keine Sirenen heulten und Bomben fielen, gingen die Menschen ins Theater und ins Kino, wo vor jedem Film die *Wochenschau* gezeigt wurde, dort rasten noch immer irgendwelche Soldaten stolz auf Panzern über polnische Ebenen und verteidigten die Ostgrenze vor den eindringenden Barbaren, andere wiederum gingen in Paris in Ausstellungen und aßen in Cafés in Frauengesellschaft Croissants, wieder andere kurbelten an den Rädern der Kanonen, deren Geschosse den Nachthimmel über Deutschland durchbohrten und Flugzeuge abschossen, die den Tod durch Bomben brachten. Es war Krieg, aber das Leben in der Stadt lief weiter, man bekam Essen gegen Lebensmittelkarten, auf dem Schwarzmarkt wurde mit Fleisch gehandelt, das von den umliegenden Bauernhöfen kam, die Ämter funktionierten einwandfrei, die Arbeiter gingen noch immer um zwei Uhr aus den Fabriken in Melje und Tezno nach Hause. Sie wussten nicht, oder wollten nicht wissen, was in den Büros vor sich ging, in die Ludwig Mischkolnig und Hans Hochbauer gingen, und in den Kellern, wo Johann seine Ärmel hochkrempelte.

Aber so mancher wusste, wie Doktor Belak es wusste, was im Untergrund der Stadt vor sich ging, nur seine Tochter wollte er damit verschonen. Es gab genug Schlimmes, warum sollte er seine Nächsten mit dem belasten, was er wusste. Was ihm die Patienten erzählten und Katica, die Krankenschwester aus Ptuj, die während eines ihrer Besuche ein Flugblatt der Befreiungsfront daließ. Mimeographisch war der Brief eines *Patrioten* an seine Frau vervielfältigt worden. Einer jener Wachmänner, die den Zeitungen und der *Wochenschau* nicht mehr trauten und damit rechneten, dass man auch noch mit einer Obrigkeit zusammenarbeiten würde müssen, wenn im Kino keine *Wochenschau* mehr liefe, hatte den Brief zu ihr geschmuggelt.

Und vor den Augen des an so manches gewöhnten Doktor Belak begannen jene von schlechter Druckfarbe etwas verschmierten Buchstaben zu zittern, als er das Blatt Papier aus der Hosentasche nahm und unter der Küchentischlampe zu lesen begann.

»Sechzehn Tage ohne Ausnahme«, schrieb der *Patriot*, »haben sie mich jeden Tag geschlagen und auf bestialischste Art gefoltert, in den Bauch geboxt, in den Magen und die Brust, dass mein Burstkorb krachte; sie zogen mich so erbarmungslos an den Haaren, dass mir die Hälfte der Haare fehlt, sie rissen mir den Schnurrbart aus, den Bart und die Augenbrauen, sie stachen mir mit einer speziellen Nadel in den Kopf, sie zogen mir alle Nägel von den Fingern, auf besondere Art. Neunmal hängten sie mich so auf, dass die Beine und der hintere Teil des Körpers oben waren, und der Kopf unten. Dann schlugen sie mir gnadenlos auf die Beine und den Hintern, entschuldige den Ausdruck. Am sechzehnten Tag quälten sie mich viereinhalb Stunden ohne Unterlass. Halb tot bat ich um etwas Wasser. Dann sagte einer meiner Folterer: ›Kriegst du sofort‹, und verrichtete das kleine Geschäft in meinen Mund. Natürlich habe ich sofort den Mund geschlossen, aber trotzdem rann es in den Mund, in die Nase und in die Augen. Dann ließen sie mich eineinhalb Monate in Ruhe, damit die Wunden heilten. Am 62. Tag zogen sie mich, damals im Bunker, nackt aus und zeigten ihre ganze Schwabenkultur des 20. Jahrhunderts. Sie brachen mir drei Rippen, knacksten mir das Rückgrat an, und von Kopf bis Fuß war ich nicht nur blau, sondern schwarz und völlig zerschunden; alle Fußnägel an den Beinen sind mir abgefallen. Sie haben mir eine Bedingung gestellt: Entweder den Mund aufmachen – oder sterben.«

Doktor Belak zerriss das Blatt mit den schwarzen Lettern und warf die Papierstücke ins Feuer im Küchenherd.

26

Ludwig Mischkolnig stand am Fenster und hörte den letzten tosenden Sirenenseufzern zu. Zuerst heulen sie schrill auf, heulen wie Wölfe, Kriegsschreie, der Ritt der Walküren, dann klingen sie in Intervallen ab, schließlich seufzen sie nur noch. Einige Augenblicke Stille, dann hört man das entfernte Donnern der Flugzeuge, es kommt immer näher, sie fliegen tiefer, gleich würde es irgendwo knallen. Soll es knallen, er würde nicht in den Keller rennen, niemals in einen Schutzraum. Seine Mutter hatte er hinuntergeschafft, in Sicherheit, er steht am offenen Fenster, blickt auf den Park, die dunklen Bäume schweigen und warten, dass sie vom Stoß der Explosionen gebrochen werden. Sie werden nicht gebrochen, der Park wird nicht bombardiert, außer versehentlich, manchmal knallte eine Bombe statt auf den Eisenbahnknotenpunkt oder auf die Flugzeugteile-Fabrik auf eine Vorstadtstraße, auf ein Haus, das beim Aufprall explodierte, Ziegelstein- und Holzteile flogen durch die Luft, auch Körperteile von Menschen, die sich nicht versteckt hatten. Er würde sich nicht verstecken, er hatte sich nie versteckt. Das eine ist Mut, sagte Hans zu ihm, das andere ist Dummheit. Hans zog sich immer in den Keller zurück. Es ist Dummheit, wenn man am Fenster steht, wenn Bomben fallen. Noch größere Dummheit ist es, dachte Ludwig Mischkolnig, wenn man einen Geodäten, einen Banditen gehen lässt, wenn man ihn entlässt, statt ihn vor die Mauer zu stellen. Hans hatte recht. Man stellt ihn vors Erschießungskommando, und die Sache ist erledigt. Es ist einfach, man setzt ihn nur auf die Liste, man diktiert es Frida, Frida tippt es ab, den Rest erledigen die anderen, der Mechanismus läuft, er läuft noch immer, obwohl die Sirenen aufgehört haben zu röcheln und Bomben auf die Stadt zu fallen beginnen würden. Er hatte ihn nach allen Regeln entlassen. Er bestimmte zwei Beschatter, die über seine Bewegungen berichten würden. Früher oder später würde er sie zu jemandem aus der Banditenorganisation führen, der bedeutender ist als er. Aber dieser Mensch ist verschwunden. Er hatte nur drei Tage lang einen täglichen Bericht erhalten, dass er sich im Haus seiner Eltern bei der Kirche des heiligen Josef aufhalte. Er gehe einkaufen, in die Kirche, warum sollte ein Kommunist in die Kirche gehen, wenn er ein Bandit war, war er gewiss auch Kommunist, er hatte nichts zu suchen in der Kirche. Aber auch dort traf er niemanden, im Bericht stand geschrieben, er säße allein in der leeren Kirche, betete er, dachte er über sein verpfuschtes Leben nach? Johann hatte ihn gut zugerichtet, er hatte über allerhand nachzudenken, wenn nicht über etwas anderes, dann zumindest darüber, wie es sein würde, wenn er nochmals in seine behaarten Arme mit den aufgekrempelten Ärmeln fiele. Unter Johanns Händen platzte beim ersten Schlag die Haut auf. Es war blutig. Gewiss dachte er darüber nach, dass es nicht gut wäre, wieder in Johanns Hände mit den aufgekrempelten Ärmeln zu geraten. Bevor er ihn entlassen hatte, sagte er ihm, dass er im Keller wieder Johann treffen werde, wenn er sich nicht beruhigte, wenn er nicht kooperierte, wenn sie es von ihm verlangten, wenn er sich nicht sofort meldete, wenn jemand Kontakt mit ihm aufnahm.

Dann verschwand er. Er war wie vom Erdboden verschluckt, er hatte sich verdrückt. Es gab auch solche Fälle, sie waren selten, aber es passierte. Diesmal war es passiert, und es war seine Schuld. Ludwig Mischkolnig war in Schwierigkeiten. Es war nicht möglich, dass seine Kollegen nicht herausfanden, dass Valentin Gorjan verschwunden war. Es würde schwer sein zu erklären, warum er ihn hatte gehen lassen. Er hätte ihn mindestens ins KZ schicken müssen, Hans Hochbauer hatte recht, zumindest das. Man hätte nicht warten müssen, dass man das herausfand, er wusste, er hatte einen Fehler gemacht, einen unverzeihlichen Fehler. Einen Augenblick war er von der Anmut einer Frau abgelenkt gewesen, für einen Moment hatte sein Herz ein wenig zu schnell für sie geschlagen. Für einen Augenblick hatte er wegen ihr die Größe und Zukunft seines Volkes vergessen. Was für ein Ludek, verdammt, wie konnte er ihr überhaupt erlauben, ihn mit diesem lächerlichen Namen anzusprechen, den er vergessen wollte, den er schon längst vergessen hatte. Ludek war er damals gewesen, als er in der Drau geangelt und bei Rapid Fußball gespielt hatte, aber schon damals hatte er tief in seinem Inneren gewusst, dass er etwas anderes war, dass in ihm eine Kraft wohnte, die eines Tages in einer Form und auf eine Weise zutage treten würde, die er sich damals noch nicht vorzustellen vermochte. Sie kam mit dem großen Sturzbach der deutschen Siege. Und noch vor der Zeit, als sie ihm beibrachten, dass man das Herz verschließen müsse, das Herz müsse unnachgiebig und unbarmherzig sein, denn Güte, von der diese Frau sprach, war etwas für Pfaffen, für irgendwelche lächerlichen Kapuziner oder Franziskaner, die wir samt den Lehrern und den *čič*-Leuten und anderen Schädlingen aus dem Land geschafft haben. Schon damals, als er noch Ludek war, wusste er, dass nur das gut war, was man für sein Volk tun konnte, alles andere war sentimentales Pfaffengeschwafel. Wie hatte ein steirischer Poet geschrieben: *Lasst die wilden Slawenheere nimmermehr durch Marburgs Tor.* Schon damals wusste er das, nun, da er in Uniform am Fenster für seine Stadt Wache stand, wusste er das umso mehr. Niemals wieder würden die Slawenhorden durch diese Stadt ziehen. Das waren prophetische Worte des Dichters. Ihm wurde bang ums Herz, als er dachte, dass auch diese Worte aus jenem Gedicht prophetisch waren, *lieber rauchgeschwärzte Trümmer,* lieber eine schwarze Brandstätte, denn wenn es so weiterginge, wenn noch mehr Bomben auf diese arme Stadt fielen, werden hier wirklich nur noch schwarze Trümmer übrig bleiben. Aber so soll es sein, wenn das Schicksal es so wollte, dann soll es so sein.

Nun, nach all diesen Jahren, als es sogar diesen Ludek, der damals all das schon gewusst hatte, nicht mehr gibt, als er seiner Mutter längst verboten hat, ihn jemals, wenngleich nur im Scherz, so zu nennen, wie ihn seine Mitschüler und die Fußballer von Rapid nannten, jetzt, als alles schon hinter ihm ist, was er für die deutsche Sache getan hatte, nun ist ihm all das noch unnachgiebiger und unbarmherziger verständlich. Er musste sich herablassen in Tiefen, in Blut und Schmutz, zu den Schreien und dem Weinen der Verhörten, durch das brennende Planica-Dorf am Bachern gehen und die Leichen der Exekutierten an der Mauer des Gerichtsgefängnisses sehen, um zu erkennen, um sich und anderen zu beweisen, was Entschlossenheit und Entschiedenheit bedeuteten, beides. Und dennoch hatte er einen Fehler begangen. Hans wusste schon, dass es so

war. Vor ein paar Tagen hatte er ihn beim Kutteln-Essen gefragt: Bist du ihm schon auf der Spur, demjenigen, den du freigelassen hast? Er musste zugeben, dass er verschwunden war.
Du kennst die Anweisung, sagte Ludwig. Die Anweisung lautet, dass man die entsprechende Person freilassen soll, wenn sie
nützlich sein könnte. Auch wenn wir einmal eine verlieren. Na,
lächelte Hans ein wenig verächtlich, diese Person haben wir
verloren. Ludwig werde früher oder später erklären müssen,
warum er ihn freigelassen habe, Hans werde sich nicht einmi-
schen, aber ihm scheine, eine solche Sache würde jeden irgend-
wann einholen, immer tauche irgendwo ein gewissenhafter
vorgesetzter Offizier auf, stöbere in den Papieren und frage:
Warum hast du den freigelassen?

Ludwig wusste, dass das wirklich passieren konnte. Was er
getan hatte, war ein Fehler.

Er musste vorsichtig sein. Nicht wegen seiner Mutter, sie
würde es ertragen müssen, früher oder später musste sie sich
damit abfinden, dass ihr Sohn erwachsen war, dass früher oder
später in seinem Leben eine Frau auftauchen würde. Nicht
wegen seiner Mutter, wegen dieses Sturmbannführers musste
er vorsichtig sein, der auf einen Fehler wartete. Und wegen all
der anderen. Wegen des Wachmanns. Der Nachbarn. Der
Maschinenschreiberin Frida. Den einheimischen Kämpfern
stand man in der Führungsriege stets ein wenig argwöhnisch
gegenüber. Es war am besten, wenn diejenigen, die anspruchs-
volle Sicherheitsaufgaben überhatten, von woanders kamen,
so wie Hans. Nach Möglichkeit aus Norddeutschland oder
zumindest aus dem Sudetenland oder aus dem Elsass, wo eine
ähnliche Situation vorherrschte wie hier. Es war klar, dass sich
niemand mehr wünschte, dass dieses Land wieder deutsch gemacht werde, als die einheimischen Leute, die so viele Jahre

bei jedem Schritt die slowenische, serbische, slawische Erniedrigung ertragen mussten. Und niemand war begeisterter als Ludwig und seine Jugendfreunde, als sie an jenem wunderbaren Apriltag des Jahres 41 im Burgsaal seine Worte hörten, ja, machen wir ihm dieses Land wieder deutsch, die Herzen schlugen schneller, und die Kehlen öffneten sich wie von selbst zu Rufen jener Begeisterung, als die Luft im Saal während seiner Ansprache vor Spannung flimmerte. Aber Begeisterung war zu wenig, es brauchte Treue und totale, bedingungslose Disziplin. Und dazu gehörte auch totale, bedingungslose Kontrolle. Familiäre Verbindungen, persönliche Kontakte, alte Freundschaften – jedes dumme Gefühl konnte zu Zugeständnissen, Mitgefühl führen, und von da war es nicht mehr weit bis dorthin, wo sich die Disziplin lockert, und wo sie sich lockert, herrschen Verrat und Niederlage. Er konnte mit diesem Fräulein, Doktor Belaks Tochter, im Kaffeehaus sitzen; kulturelle Kontakte, die auch berufliche Kontakte waren, waren nicht unerwünscht, mit der einheimischen Bevölkerung, auch der fremdländischen, man musste gute Kontakte bewahren. Aber sich mit diesem Fräulein auf etwas einzulassen, das eine Freundin, Partnerin, Geliebte, Gott weiß was eines inhaftierten Banditen war, das konnte ein ernstes, genau genommen sehr ernstes Problem für seine Glaubwürdigkeit darstellen.

Bei all seiner Unerschütterlichkeit hat er ihn begangen, diesen schlimmen Fehler. Er würde ihn korrigieren. Im Moment wusste er noch nicht, wie, aber er würde ihn korrigieren. Es war nicht mehr wichtig, ob man diesen Gorjan finden und erschießen würde, denn wenn wir es nicht tun, werden sie es tun. Die Banditen werden ihm nicht glauben, dass er lebend aus einem Gestapo-Gefängnis gekommen ist, wer lebend rauskommt, ist ein Gestapo-Agent, was sollte er anderes sein? Es ist auch nicht mehr wichtig, ob er auf einen Zug gekrochen ist oder sich unter einem anderen Namen in einem Bauernloch in Krain oder Kärnten oder in Wien oder in Agram versteckt hat, es ist nur noch wichtig, dass ein großer, für seine Unerschütterlichkeit und Entschlossenheit, schwer zu reparierender Fehler gemacht worden war. Ein umso schlimmerer, als Bomben fallen. Weil Sirenen heulen. Das ist das Heulen des Schicksals. Und in so einem Augenblick wusste Ludwig Mischkolnig besser als je zuvor: Wenn das Schicksal heult, muss man an seinem Platz stehen. Am Fenster, auch wenn versehentlich eine Bombe dieses Haus trifft, auch wenn ihm der Luftstoß, der von der Explosion hervorgerufen wird, den Kopf abreißt. Ja, er hatte gesehen, wie jemandem in Melje der Kopf abgerissen worden war, als er vor das Haus trat. Von der Explosion einer Bombe, die etwa zweihundert Meter vom Innenhof gefallen war, in dem er stand. Aber es ging nicht nur darum, es ging nicht nur um Mut, den einige Dummheit nennen, es geht darum, dass er nun etwas völlig Unnachsichtiges und jenen Augenblick der Schwäche überwinden musste, mit der ihn die junge Frau betört hatte. Die er einst oben am Bachern aus dem Schnee gefischt hatte. Und die er sich nun ins Bett gelegt hatte. Und dabei eine kleine Demütigung erlebt hatte, die so schnell wie möglich vergessen werden musste. Er könnte sie suchen und ihr sagen, dass es schön wäre, so ein Treffen zu wiederholen. Vielleicht in einem Hotel, es wäre besser als in seinem Zimmer. Dort müsste er nicht an seine Mutter denken, die schlief, wahrscheinlich in ihrem Schlafzimmer wach war. Er könnte sie fragen, komme ich dir jetzt, wo der Deinige draußen ist, komme ich dir jetzt wie ein guter Mensch vor? Na, sag: Du bist ein guter Mensch, Ludek, wie soll ich mich bei dir bedanken?

Nichts dergleichen würde geschehen.

Wenn der endgültige Bericht kommen würde, dass der Bandit Gorjan verschwunden war, würde auch zutage kommen, dass ihn die Tochter des Arztes zu Hause besucht hatte. Vielleicht wusste sein Mitarbeiter sowieso schon etwas. Warum hätte er sonst dort beim Vlahovic, als sie Nieren gegessen hatten, gesagt, wie eine Frau entschlüpfen könne, glatt wie ein Fisch, was hatte er damit gemeint? Früher oder später würden das seine Vorgesetzten herausfinden oder, was noch wahrscheinlicher war, aus dem Hinterhalt und auf einen seiner Fehler lauernde Untergebene, wie Hans Hochbauer einer war, der Nieren-Liebhaber, der Liebhaber von Kutteln, Bier und Weißwein.

Das Tosen der Bomber kam näher, das heftige Dröhnen verdichtete den Raum über der Stadt, jenseits der Drau war der Himmel erhellt, dann begann es kräftig zu knallen, sie bombardierten rund um den Kärntner Bahnhof, in Brunndorf. Und nun, da die Bomben fielen, während die Feuer leuchteten, wusste Ludwig Mischkolnig mit der ganzen Kraft seines Willens, dass er nur ein Teilchen einer großen Nation war, die sich vor diesem Barbarentum verteidigte, dass sein Wille in den großen Willen der unglaublichen Macht integriert war, die sich unter diesen Schlägen nicht ergeben und mitten in diesem Heulen des Schicksals ausharren würde. *Lieber rauchgeschwärzte Trümmer als ein windisch Maribor.* Vielleicht würde die Stadt in Ruinen liegen, aber sie würde deutsch bleiben. Jeder musste das Seine tun, nur darum ging es, jeder für sich. Unsere Sache, dachte er, ist sehr individuell, sie hängt von jedem Einzelnen ab. Daraus erwächst ihre Kraft, aus der Entschlossenheit des Einzelnen. Aus dem Willen des Individuums, aus seinem Willen wächst es in die Menge des gemeinsamen Wollens der

Masse. Das Volk ist ein Organismus, er war ein Teil davon. Wer draußen ist, wer niemals Teil dieses Organismus war, den wir in eine gut laufende Maschine verwandelt haben, mag vielleicht denken: Schon, schon, aber das ist ein Rädchen im Mechanismus der Geschichte. Es kann keine Geschichte geben, wenn es kein unbarmherziges und mit eigenem Willen, sich nach eigenem Willen drehendes Rädchen gibt. Wir sind alle eins mit der Führung an erster Position. Und weil das eine individuelle Entschlossenheit und Entschiedenheit ist, nur aufgrund dessen kann sich unsere Macht verhundertfachen, vertausendfachen. In den Willen von Millionen. Ludwig Mischkolnig fühlte den Willen der Millionen und fühlte, dass er seinen Fehler wiedergutmachen musste. Wo einer versagt, können alle versagen.

Er konnte sich nicht eingestehen, dass er auch Angst hatte. Er wusste, dass alle alle verfolgten, alle alles wussten. In ihrem System konnte es keine Fehler geben. Diesen Gorjan würde man wieder einfangen oder ihn sogar auf einer Banditenjagd töten, gewiss ist er wieder in den Wald verschwunden, dieser Hase, und alles würde an den Tag kommen. Wegen einer jungen Frau hatte er ihn freigelassen. Wir wussten es ja, würde Hans sagen, dass die einheimischen Deutschen am wenigsten verlässlich sind. Man müsste sie nach Polen auf die Jagd nach Juden schicken, dort würden sie besser abschneiden.

Das Dröhnen der Bomber wurde zu einem Brummen, sie fliegen hinunter, in ihre sicheren Stützpunkte auf der anderen Seite der Adria. Nun meldeten sich die Sirenen der Löschfahrzeuge und der Rettungswagen. Er sah Menschen, die aus Kellern kamen, aus Häusern, und in den brennenden Himmel blickten.

27

Er ging ins Büro und rief die Sekretärin. Fräulein Frida sah ein wenig blass aus, sie trug ein zerknittertes Kleid, bestimmt kam sie direkt aus irgendeinem Luftschutzkeller. Er diktierte ihr das Protokoll zum Verschwinden von Valentin Gorjan. Er habe ihn nach Unterzeichnung der Loyalitätserklärung und mit hundertprozentiger Gewissheit entlassen, dass man mit seiner Hilfe ein größeres Netz von Banditenanhängern aufdecken werde. Nach drei Tagen in Freiheit sei er verschwunden. Die Beschatter hätten ihre Arbeit nicht erledigt. Man werde seine Eltern verhören, vor allem den Vater, der in der Flugzeugteile-Fabrik in Thesen arbeite. Da es sich um einen sensiblen Industriezweig handle, der mit der Armee zu tun habe, müsse auch Franc Gorjan, Drechslermeister, Vater des geflohenen Valentin Gorjan, des Banditentums verdächtigt, mit höchster Aufmerksamkeit behandelt werden. Den Fall werde er persönlich übernehmen.

– So viel dazu, sagte er und zündete sich eine Zigarette an.

Er fixierte lange einen Punkt an der Wand. Man konnte sehen, dass er sich in diesen Fall gedanklich sehr vertiefte, Fräulein Frida wollte ihn nicht stören. Nach einiger Zeit fragte sie dennoch vorsichtig, ob sie fertig seien. Er antwortete nicht. Er paffte Rauchringe in die Luft und beobachtete sie.

– Kann ich jetzt gehen?, fragte sie mit müder Stimme, es sei schon spät, sie wolle nach Hause gehen. Das Heulen der Sirenen sei verstummt, sie wolle ausschlafen.

– Noch nicht, sagte Mischkolnig und drückte die brennende Zigarette in den Aschenbecher, sodass er sich dabei die Finger verbrannte, er zog rasch die Hand weg.

– Ein neues Blatt, sagte er. Ein Einweisungsformular.

Einige Sekunden dachte er noch nach, dann begann er zu diktieren:

– Im Zusammenhang mit dem Fall Gorjan – hier führen Sie die Nummer des Aktes Gorjan an – kam ich nachträglich zu dem Schluss, dass die engste Mitarbeiterin des entlassenen und nach einer Woche verschwundenen Gorjan dessen Freundin, mit der ein festgestelltes intimes Verhältnis bestand, Sonja Belak war, Medizinstudentin an der Reichsuniversität Graz. Ein Verhör ist nicht vonnöten, bereits nach derzeitigen Indizien liegen genug Beweise für ihr Wirken vor, die eine Isolation und Einweisung in eine entsprechende Institution verlangen.

– Welche?, fragte Fräulein Frida und zog das Blatt aus der Schreibmaschine.

– Wie welche, wie welche?, belferte er ungehalten.

– Das Formular, sagte Fräulein Frida. Der untere Teil muss ausgefüllt werden.

– Geben Sie her, sagte er und riss ihr das Blatt aus den Händen.

Auf dem Formular stand:

Der umstehend Genannte ist:

1. zu entlassen

2. zu überführen in

a) U-Lager

b) Lager-Nord

c) Schutzhaft bis …

Eine Zeit lang betrachtete er das Papier und glitt mit seinem Blick hinauf und hinunter durch die verschiedenen Möglichkeiten.

– Kreisen Sie *2. b* ein, sagte er kurze Zeit später.

– Lager-Nord?, fragte sie.

– Ich sagte *b*, das heißt Lager-Nord, sind Sie blind?

Er kreiste selbst den Buchstaben *b* ein und signierte.

– Sie können jetzt gehen, sagte er. Ich werde persönlich die Anweisung zum Transport geben.

Fräulein Frida nahm ihre Handtasche. Sie wollte sagen, wie schön es sei, dass es aufgehört hatte, das Heulen der Sirenen nämlich, dass die Nacht draußen wieder so ruhig sei. Aber sie wollte ihn nicht aufregen, ihr Chef sah nicht aus, als wäre er zu einem Gespräch aufgelegt. Sie schloss leise die Tür.

28

Sonja ging den ganzen Tag in der Stadt umher. Sie war um vier Uhr morgens aufgewacht, starrte bis zum Morgen an die Decke, stand immer wieder auf, trat zum Fenster, legte sich wieder hin: Was habe ich getan, was ist passiert?

Sie hatte Tine die nasse Straße hinuntergehen sehen, er war gegangen, ohne sich zu verabschieden.

Sie musste mit ihm sprechen, noch einmal. Was dachte er? Was wusste er darüber, was sie getan hatte? Sie wusste zwar nicht, was sie ihm sagen sollte, aber sie musste ihn sehen, sie musste mit ihm sprechen. Mitten am Vormittag fand sie sich in Studenci wieder. Rund um den Kärntner Bahnhof lungerten die Leute vor dem Werkgebäude herum, das von einer Bombe zerstört worden war, einige trugen Stücke von Büromöbeln aus dem Haus, alle Fenster waren zerschlagen, hohl starrten sie in den Herbsttag.

Sie stand lange vor dem roten Haus in der Brunndorferstraße und blickte zu den Fenstern, wo die Familie Gorjan
wohnte. Sie hoffte, er würde von irgendwo daherkommen. Er
kam nicht. Er war nicht da. Sie stieg die steinigen, von zahlreichen Tritten abgewetzten Stufen hinauf und klopfte an die Tür.

Sie sah, dass das Guckloch geöffnet wurde, einen Augenblick später öffnete eine ältere Dame die Tür ein wenig. Sie
trug eine Schürze, eine Brille mit dicken Gläsern saß auf ihrer
Nase. Durch die angelehnte Tür fragte sie, was das Fräulein
wünsche.

– Ich bin eine Freundin von Tine. Ich würde gerne mit ihm
sprechen.

– Er ist nicht zu Hause, sagte sie.

Sonja fragte, ob sie eintreten dürfe.

– Nein, sagte die Frau, er ist nicht zu Hause.

Sie schloss die Tür. Sonja fühlte, dass sie sie durch das Guckloch, durch das winzige runde Loch an der Tür beobachtete.
Sie stand einfach da. Kurze Zeit darauf öffnete sich die Tür
wieder.

– Sind Sie Sonja?

– Ja, entschuldigen Sie, ich habe mich nicht vorgestellt.

– Sie müssen entschuldigen, sagte Tines Mutter. Er hat mir
von Ihnen erzählt.

Sie schwieg, dann fuhr sie hastig und flüsternd fort:

– Ich weiß nicht, wohin er gegangen ist. Er kam, Sie wissen
ja, woher er gekommen ist … und ist sehr früh morgens wieder
gegangen.

– Sie wissen nicht, wohin?

Die Frau schüttelte den Kopf. Ihre dicke Brille lief an. Sie
nahm die Brille ab und wischte sie mit der Schürze ab. Sie
hatte Tränen in den Augen. Diese Augen hatten den Sohn ge-

sehen, seine Blutergüsse, sie hatte ihren verprügelten Sohn gesehen.

– Entschuldigen Sie, sagte sie, kommen Sie ein anderes Mal, wir werden uns unterhalten.

Die Tür ging zu.

Einige Zeit stand Sonja noch dort und hob die Hand, um erneut zu klopfen. Also war er überhaupt nicht nach Hause gekommen? Oder war er in seinem Zimmer und wollte sie nicht sehen. Was denkt er, weiß er etwas darüber, was ich getan habe? Sie ließ die Hand sinken und ging die Stufen wieder hinunter. Sie überlegte, ob sie nach Tezno gehen und vor dem Eingang zur Flugzeugteile-Fabrik auf seinen Vater warten sollte, vielleicht würde er mit ihr reden wollen?

Sie überlegte, zu Mischkolnig zu gehen und ihn zu fragen, was vor sich ging. Wenn sie ihn entlassen hatten, warum war er nicht da? Hatte Mischkolnig gelogen? Hatten sie Valentin wieder eingesperrt? Oder … Ihr wurde so bang ums Herz, dass ihr beinahe übel wurde. Oder würde sein Name auf diesen furchtbaren Plakaten auftauchen, wo *Bekanntmachung* geschrieben stand. Anfangs waren sie noch zweisprachig gewesen, *Bekanntmachung – Razglas*, im dritten Jahr der deutschen Besatzung beziehungsweise des Anschlusses an die deutsche Heimat müssten schon alle genug Deutsch können, um den Namen ihres Nächsten oder Bekannten auf der Liste der Exekutierten zu finden, die wegen der einen oder anderen Banditenaktion hingerichtet wurden, wie es für gewöhnlich notiert war. Ihr wurde beinahe übel, da sie wusste, dass das möglich war, dass das sehr gut möglich war, sie kannte Erzählungen über Frauen, die vor diesen roten Plakaten in Ohnmacht fielen, weil sie darauf die Namen ihrer Söhne oder Männer fanden, sie kannte sie, zu Hause wurde darüber gesprochen. Aber wenn Tine wieder im Gefängnis war, dann würde seine Mutter nicht so ruhig sagen, er sei nicht zu Hause, es wäre von ihrem Gesicht abzulesen, wenn ihrem Sohn etwas Schlimmes zugestoßen wäre.

Sie ging nicht nach Tezno, um vor der Fabrik auf Tines Vater zu warten. Der Gedanke, wieder zu Mischkolnig zu gehen, wenn auch nur ins Amt, war nicht nur unmöglich, da sie im Amt, wenn man sie überhaupt bis zu ihm ließe, nicht nach ihrem Liebsten fragen konnte, hatte er nicht versprochen, dass er ihn verlässlich entlassen werde? Er war nicht nur unmöglich, dieser Gedanke, sondern auch widerlich, dieser einsame Mann aus dem zweiten Stockwerk im Haus am Park, sein Zimmer mit den Tennisschlägern und den Angeln, sein Jünglingsleben reifer Jahre, die Mutter, die er dort hinter einer Tür versteckt hielt, seine Rauchringe, die er in die Luft blies, der Ton seiner Stimme, der Gedanke an seine Berührungen, all das war für sie so abscheulich, dass sie es nicht hätte tun können. Natürlich, wenn es um Valentins Leben ginge, würde sie es noch einmal tun. Aber jetzt, als letzte Möglichkeit, ihn zu finden, zu diesem Polizisten zu gehen, dem sie einmal auf der Straße nachgelaufen war, dieser Gedanke war kalt und furchtbar.

Sonja ging fast bis zum Abend kopflos durch die Stadt. Sie machte bei ihrer Freundin Angelca halt, der mit den Zöpfen, die ihr mitten an jenem Herbstvormittag geraten hatte, Ludek nachzugehen, sie saß neben ihr und schwieg größtenteils. Sie wartete, dass alles aus ihrem Mund herausgeschossen käme, was in den letzten Wochen passiert war, aber ihre Zähne blieben zusammengebissen, auch als Angelca sie beim Teeeinschenken besorgt beobachtete, als wollte sie sagen, was ist los mit dir, Sonja? Doch sie sagte nichts.

– Möchtest du mir etwas sagen?

Sonja schwieg.

– Sicher irgendetwas mit Tine. Hast du eine Nachricht? Manchmal bringen sie Nachrichten nach draußen.

Angelca wurde missmutig. Sie hatte Sonja gern, aber warum saß sie nur da und schwieg?

– Kann ich dir irgendwie helfen?

Sonja schwieg.

– Ich sehe, dass du etwas auf dem Herzen hast, du bist kurz davor zu weinen, ich kenne dich.

– Entschuldige, Angelca, sagte Sonja dann doch. Ich weiß nicht, warum ich gekommen bin.

Sie war wirklich kurz davor zu weinen, aber worüber hätte sie sprechen sollen? Sie wusste nicht, warum sie gekommen war. Es waren Dinge passiert, über die man nicht sprechen konnte, unaussprechliche Dinge waren geschehen, die in der Seele und der Erinnerung eingeschrieben waren, die die Seele zerfurchen und der Erinnerung nicht erlauben, in Vergessenheit zu versinken, jeden Augenblick tauchte ein Detail auf, das schmerzhaft war.

Aber nun schmerzte am meisten, dass ihr Liebster nirgendwo aufzufinden war, dass sie vielleicht Opfer eines Betrugs geworden war. Er war womöglich wieder im Gefängnis.

Sie war Opfer eines viel schlimmeren Betrugs geworden, eines viel furchterregenderen Verrats, als sie es sich hätte vorstellen können.

Als sie nach Hause kam und die Tür zum Wohnzimmer öffnete, sah sie, dass ihr Vater dort mit Frau Katica saß, jener Krankenschwester aus Ptuj. Rasch schloss sie die Tür, sie war froh, dass sie nicht mit ihrem Vater reden musste. Aber als sie die aufgeregte Stimme des Vaters hörte, blieb sie für einen Augenblick im Flur stehen.

– Frau Katica, das kann ich nicht, das kann ich wirklich nicht tun. Ich habe Ihnen das halbe Warenlager gebracht, ich werde verdächtigt. Sie haben schon längst bemerkt, dass Dinge fehlen, und jetzt noch das.

Sie hörte Katicas Schluchzen.

– So helfen Sie doch, Herr Doktor, nur Sie können helfen.

– Warum zum Teufel hat er sich in so etwas verstrickt!, schrie der Vater. Auch ich stecke mit drin, wie soll ich helfen?

– Sie werden ihn erschießen, rief Frau Katica, meinen Pavle werden sie erschießen!

Dann sprach der Vater lange leise und beruhigende Worte. Vielleicht werde er etwas versuchen, vielleicht. Als sie bereits in ihrem Zimmer war, hörte sie, wie die Eingangstür zuging. Sie trat zum Fenster und sah Frau Katica, wie sie mit gesenktem Kopf durch den Garten hinaus auf die Straße ging. Sie wischte sich die Augen.

Ich bin nicht die Einzige, dachte Sonja.

29

Sie lag im Nachthemd auf ihrem Bett, als es an der Tür läutete. Es war elf Uhr abends, um diese Uhrzeit konnte das nur jemand sein, der gekommen war, um ihren Vater wegen eines dringenden Falls im Krankenhaus zu holen. Sie hörte, dass an der Tür gesprochen wurde, aber hätte es sich um einen Notruf ins Krankhaus gehandelt, hätte ihr Vater schon seinen Koffer genommen und wäre zum Automobil gerannt, das vor dem Haus auf ihn wartete. Sie hörte, dass ihr Vater seine Stimme hob, es schien, als streite er mit jemandem, mehr noch, als drohe er jemandem. Sie stand auf und schaute aus dem Fenster. Sie sah die Scheinwerfer eines Autos, das vor dem Haus stand. Auf der Straße war es dunkel, denn die Stadt war nach den letzten Flugzeugflügen und Fliegeralarmen noch immer verdunkelt. Ihr schien, dort stehe nicht das Auto, das üblicherweise ihren Vater abholen kam, wenn es um dringende Fälle ging.

Dann hörte sie Schritte die Treppe heraufkommen, einen Augenblick später öffnete sich die Tür, und sie erblickte das verweinte Gesicht ihrer Mutter.

– Sie sind gekommen, um dich zu holen. Sie sagen, du musst zur Polizei, zu einem Gespräch.

– Was habe ich denn getan?

– Mein Gott, Sonja, schluchzte die Mutter. Ich weiß nicht, was du getan hast, sag du mir, was das zu bedeuten hat?

– Sag ihnen, sagte Sonja ruhig, dass ich mich anziehe und hinunterkomme.

– Du gehst nirgendwohin, dein Vater wird das nicht erlauben, er hat ihnen schon gesagt, sie sollen ihn mitnehmen, wenn sie jemanden befragen wollen, seine Tochter nehmen sie nicht mit.

Sie zog sich an und sah vom oberen Treppenende einen Mann im Ledermantel. Ihr Vater stand vor ihm und ruderte aufgeregt mit den Händen. Er sprach deutsch, ein Irrtum … Das muss ein Irrtum sein … Sie werden schon sehen … Ich habe Verbindungen nach oben, in die höchsten Ebenen in der Landesbehörde … auch in Graz … Ich werde Beschwerde einlegen … Das werden Sie noch bereuen!

Der Mann im Ledermantel hörte ihm ruhig zu. Er hielt ein Blatt Papier in der Hand. Er sah seltsam freundlich aus, denn in der anderen Hand hielt er seine Offiziersmütze, er hatte sie abgenommen, als er eingetreten war.

– Entschuldigen Sie, Herr Doktor, sagte er höflich, er hatte gewiss die Anweisung erhalten, mit den Menschen in diesem Haus höflich umzugehen. Entschuldigen Sie, Herr Doktor, hier ist der Vorführungsbefehl, ich kann nichts tun.

Als der Vater Sonja die Treppe hinunterkommen sah, breitete er die Arme aus: Du gehst nirgendwohin. Sie sah, dass seine Mundwinkel zitterten, er hatte Tränen in den Augen.

– Lass sie nicht, Tone, rief die Mutter von oben. Lass sie nicht aus dem Haus!

Der SS-ler, das ist gewiss ein SS-ler von der Polizei, einer von Mischkolnigs Leuten, dachte Sonja, was ist passiert, in was habe ich mich verstrickt? Mit dieser Echse, diesem Raubtier, diesem Waran mit schleimiger Zunge und Todesbiss. Der Vater hatte sich mit jener Katica verstrickt, die das halbe Lager des Krankenhauses in Ptuj geleert hat und dann mit seiner Hilfe auch noch des Krankenhauses in Maribor, und ihr Mann Pavle, der sich in etwas Politisches verstrickt hat, auch ich habe mich furchtbar verfangen, was geht nur vor?

– Soviel ich weiß, sagte der Ledermann mit ruhiger Stimme, handelt es sich nur um die Aufklärung einer Sache.

– Wir kennen Ihre Aufklärungen, schrie der Vater, der völlig die Beherrschung verlor, sie führen einen Menschen ab, und er kommt nicht mehr zurück, das sind Ihre Aufklärungen!

– Herr Doktor, sagte der Mann in Leder nun schon etwas ungehalten, vielleicht war er beleidigt. Wenn Sie vorhaben, sich zu widersetzen, kann ich die Wachmänner aus dem Auto rufen.

– Sie müssen niemanden rufen, sagte Sonja. Ich gehe.

Die Mutter rannte die Treppe hinunter, die Hände des Vaters fielen herab, Sonja ging mit dem Ledermenschen mit, sie setzte sich ins Auto, in dem der Chauffeur mit den Händen am Lenkrad wartete, auf der Hinterbank noch einer in Uniform. Sie führten sie weg.

Vielleicht träume ich, dachte sie, als hinter ihr die Zellentür geschlossen wurde, das ist nicht wahr, das ist nicht wahr, was ist passiert, was ist los, Tine, was ist mit mir? Sie müsste ihm etwas sagen, mein Liebster, ich weiß nicht, was mit mir passieren wird, ihm einen Brief schreiben: *Schau, dein Engel, den du träumst, / Macht, dass du mein Los versäumst.*

Ein Traum, ein Wachzustand im Traum.

Sie ging von der Tür zum vergitterten Fenster, hinter dem Mauern standen, überall graue Mauern, sie setzte sich auf die Pritsche, stand wieder auf, gegen Morgen legte sie sich hin und schlief für kurze Zeit ein.

Nach drei Tagen im Gefängnis, wo rein gar nichts aufgeklärt wurde, wo nur ihre Daten aufgenommen wurden, wo nichts gefragt wurde, nach drei Tagen Gefängnis fand sie sich mit etwa dreißig anderen Frauen zusammen auf dem Bahnhof wieder und bald darauf in einem Waggon. An der Außenseite knallte die eiserne Schließvorrichtung zu, der Zug zog an, langsam, dann immer schnelleres Rattern der Räder, erschrockene Gesichter: Wohin? In Richtung der ehemaligen österreichischen Grenze und weiter, weiter, weit weg in Richtung Norden.

30

Was in jenem Winter und noch mehr im Frühjahr 45 geschah, erschien auch Mischkolnig ziemlich unwirklich, wie ein Traum, es war wie ein langsames Näherkommen eines Schlages, der nicht aufgehalten werden konnte und dem nicht auszuweichen war.

Es war wie ein Schlag, aber ein Schlag, der sich langsam näherte wie ein schrecklicher Hammer, der über dem zunächst dunklen Firmament des Winterhimmels hing, der zu einem immer helleren und blauen Frühlingsstrahlen wurde, ein großer Hammer, den jemand schwang; nicht das Rad, dachte Mischkolnig, sondern der Hammer der Geschichte, der mit einem riesigen letzten Schwung über die ungarische Ebene auf ihn zuraste, auf seine geliebte Stadt und die Hügel darüber, über die Weinberge und die weißen Häuser darüber, über das ganze Land und auf seinen Kopf, der noch immer nicht begreifen konnte, dass all das wirklich war, das tatsächlich das Ende näher kam. Im Winter, der lang war und voller schlechter Nachrichten, näherte sich das Pendel mit dem Hammer, über die ungarische Ebene rollte die Rote Armee, dort schickte man die letzten kampffähigen Soldaten hin, Alte und Kinder, vom Balkan kamen Nachrichten von Horden der jugoslawischen und der Balkanarmee, auf dem Bachern und auf dem Kozjak herrschten große Gruppen slowenischer Banditen, in den Augen der Stadtbewohner sah er Zeichen von Schaden- und Siegesfreude, der lange Jahre verborgene und stumme Hass wurde sichtbar, es brodelte unter dem Straßenpflaster, jeden Augenblick würde es aus den Straßen und Häusern seiner Stadt ausbrechen. Aber zuerst schlug es noch einmal und stärker als je zuvor vom Himmel zu: Anfang April hatten die Flugzeuge der Alliierten in einer langen Reihe von Explosionen einen Großteil der Altstadt in Ruinen verwandelt, nicht mehr nur Fabriken und Eisenbahnknotenpunkte, auch schöne Häuser im Zentrum, aus den Ziegelsteinhaufen und den verkrümmten Eisenteilen wurden blutüberströmte Leichen gezogen.

Sein Haus in der Nähe des Parks war ganz geblieben. Er beschloss, seine Mutter zu Verwandten nach Wildon zu bringen.

Er sagte ihr, es sei nur für ein paar Wochen, bis sich die Dinge beruhigten. Wie beruhigen? Wenn sie aufhören, die Stadt zu bombardieren. Das heißt, sie werden aufhören?, fragte sie mit Tränen in den Augen, hoffnungsvoll. Natürlich werden sie das, bald, ganz bald, sagte er, und er log nicht. Er wusste, dass es bald zu Ende sein würde. Er würde allein bis zum Ende hierbleiben.

In einer verregneten Aprilnacht lud er mithilfe zweier Arbeiter ein paar Möbelstücke auf einen Lastwagen, den kleinen Mahagonitisch, den Schrank aus dem Wohnzimmer, ein Geschirrservice mit Tellern und Tassen, Dinge, an denen seine Mutter hing. Er warf auch einige seiner Anzüge und seine Angel hinauf. Einige Zeit später kam er zurück, um auch noch seine Fußballschuhe zu holen, zur Erinnerung an die schönen Tage bei Rapid. Das konnte man nicht tagsüber erledigen, es sähe aus, als ob sie flohen, auch in den Augen der eigenen Leute war er verdächtig, es sähe irgendwie – Hand aufs Herz – feige aus. Und als die Mutter die Möbel sah, die sie im Hof des Vorstadthauses in Wildon vom Lastwagen abluden, begann sie zu weinen. Das ist doch nicht möglich, dass wir gegangen sind. Nur vorläufig, tröstete er sie und auch sich: Wir werden zurückgehen, gewiss werden wir zurückkehren. Das hatte er auch tatsächlich geglaubt. Es war nicht möglich, dass dieser ganze Kampf, die Begeisterung, der unerschütterliche Glaube und das Vertrauen, es war nicht möglich, dass all dies vergebens gewesen sein sollte. Eine Sache, in die so viel menschliche Energie investiert worden war, so viel Mut, und die so viele Opfer forderte, kann nicht einfach so zugrunde gehen, sie würde wieder zu Kräften kommen.

Am selben Tag noch kehrte er nach Marburg zurück und widmete sich voller Energie seiner Arbeit: Hier würde bis zum letzten Augenblick Ordnung herrschen.

Aber alles zusammen spielte sich nun so schnell ab, viel schneller, als er es erwartet hatte. Ende April kam die Meldung, dass die Sowjeteinheiten an der Mur angekommen seien, nach Kärnten seien die Engländer einmarschiert, die Grenzübergänge zu Österreich seien von Partisaneneinheiten besetzt.

Bevor er ging, schritt er spätnachts noch einmal die Treppe zum Polizeigefängnis hinunter. Er öffnete die Luken an den Zellentüren und sah sich die verängstigten Leute an, die sich im Schlaf auf den Pritschen hin und her wälzten oder mit ihren Gesichtern in den Händen vergraben dasaßen. Was sollte er mit ihnen tun? Diese Leute nannten sie Geiseln, in der Banditenliteratur wurden sie als Märtyrer ihres sogenannten Befreiungskampfes besungen. Manchmal ging er hin, um sie am Tag vor ihrer Exekution zu sehen, und dachte sich: Der wird morgen nicht mehr leben. Ludwig Mischkolnig hatte bei seinen nächtlichen Rundgängen geahnt, dass ihm der Augenblick der deutschen Geschichte einen besonderen Auftrag zugedacht hatte: Er war Gott über Leben und Tod, der Vollstrecker ihres dunklen Schicksals. Hatte jetzt, im Monat Mai, da alles am

Zusammenbrechen war, dieser Auftrag überhaupt noch einen Sinn? Er könnte jemanden entlassen, einen hatte er entlassen, vor Monaten, in einem Augenblick der Schwäche, und hätte diese Nachgiebigkeit fast teuer bezahlt. Bestimmt ist dieser Gorjan jetzt irgendwo im Wald, vielleicht in einem Hinterhalt an der Straße und schießt auf ein Automobil mit unseren Leuten, das vorbeifährt, oder irgendwo anders auf unschuldige Leute, die nichts anderes getan haben, als sich für unsere Sache auszusprechen, für das, was sie sind. Er tötet. Hundert haben wir bei Loka ob Tesnici auf Bäume gehängt, aber die anderen töten weiter. Auf einmal sind es so viele, dass es nicht genug Bäume für sie gibt. Und mit diesen Leuten haben wir vor ein paar Jahren noch zusammengelebt, wir haben sie auf den Straßen und bei Fußballspielen getroffen. Wir haben uns gegenseitig umgebracht, wir bringen uns gegenseitig um, und jetzt ist es zu Ende, ich werde aus dieser Stadt fortgehen. Für einen Augenblick überkam ihn trotz des Fehlers, den er im Herbst des Vorjahres mit Valentin Gorjan gemacht hatte, der schwache Gedanke, er könnte all diese Türen öffnen lassen und die Unglücksraben in die Nacht hinaus entlassen. So oder so ist alles vorbei. Ist es wirklich zu Ende? Nicht solange wir hier sind, es ist noch nicht zu Ende. Und solange wir hier sind, wenn auch nur noch diese Nacht, sind wir aktiv. Wir bestrafen, wir eliminieren alle, die unsere Sache angegriffen haben. Dunkles Schicksal, ein dunkles Schicksal.

Mischkolnig wusste von Anfang an: Er selbst ist bereit, dem Tod ins Angesicht zu blicken, von Anfang an war der Tod ihr stummer Begleiter. Wenn er selbst dazu bereit war, dann konnte er auch für seinen Gegner ein Treffen mit dem dunklen Schicksal anordnen, das Treffen mit dem Ende, mit Gewehrläufen. Üblicherweise wurden sie immer verhört, niemand war völlig unschuldig. Aber jetzt ist keine Zeit für Verhöre, wir haben keine Zeit. Er ging in sein Büro und schrieb unter die Liste der zwanzig, die sie vor ein paar Tagen in der Stadt aufgesammelt hatten, *exekutieren*. Er hatte keine Zeit mehr, sich mit jedem Fall einzeln zu beschäftigen. Frida wollte er nicht rufen, um die administrativen Papiere zu erledigen, Hans war schon vor ein paar Tagen verschwunden. Aber Johann war noch da, er würde die Sache ausführen, wie es sich gehörte.

Auch Nägel gab es genug, auf Vorrat, man hatte welche aus Graz geschickt.

31

Ludwig Mischkolnig begegnete am 10. Mai 1945 in Sveti Primož bei Muta einer Partisanenpatrouille. Er war völlig erschöpf, unrasiert, sein Anzug war schlammverschmiert. Drei Tage lang hatte er sich über Bistriški jarek zum Kozjak-Kamm durchgeschlagen, um dort die alte jugoslawisch-österreichische Grenze zu passieren und auf der anderen Seite nach Eibiswald hinunterzugehen, wo er sich Unterschlupf erhoffte.

Am 7. Mai fuhr er in Zivilkleidung und mit den Dokumenten eines gewissen Leopold Kapun, eines ehemaligen Häftlings, eines Mannes in seinem Alter, der nicht mehr am Leben war, mit dem Automobil in Richtung Ožbalt. Dort sah er sich in den Morgenstunden mit einem Verkehrsstau konfrontiert, die Straße war überfüllt mit Militärfahrzeugen und Wagen, auf denen sich Familien drängten, die aus der Untersteiermark flohen, aber auch aus Kroatien und Bosnien. Er bog auf einen schmalen Waldweg in Richtung Kozjak-Gipfel ab, als das Fahrzeug auf beiden Seiten stecken blieb, sodass er es kaum schaffte herauszuklettern. Die nächsten drei Tage schlug er sich durch die Wälder und an Bauernhöfen vorbei bis zum Bistriški jarek und dort hinauf, er wusste, dass dort irgendwo der Radlpass sein musste, dem er aus dem Weg gehen sollte, gewiss wurde er bewacht.

Er war schlammverschmiert, hungrig, todmüde, wagte es jedoch nicht, sich irgendeinem Haus zu nähern. Er kaute das letzte Stück Zwieback und ein Stück trockenes Rindfleisch und ging zum Bach hinunter, um seinen Durst zu stillen. Er beugte sich über das Wasser und sprang wie vor einer Schlange weg, zwischen den Felsen ragte ein Männerbein hervor, genau genommen ein Stiefel, ein Bein in einem Stiefel. Viel Tod, Angst und so manch anderes hatte Mischkolnig bereits gesehen, aber die Leiche eines deutschen Soldaten, unter einem Felsen eingeklemmt, erfüllte ihn mit Grauen. Man hatte ihn dort erschossen und ihn mit dem Kopf voraus in den Bach gestoßen. Das klare Wasser wellte sein helles Haar, anstelle eines Auges klaffte dort ein großes rotes Loch, Blut floss keines, das Wasser hatte es ausgewaschen. Nur das Bein im Stiefel ragte wie ein abgebrochener Ast heraus. So könnte auch er daliegen, so würde vielleicht im Bistriški jarek im kalten Wasser auch er liegen, der leben wollte, die Zeit war noch nicht gekommen, aus dieser Welt zu gehen, für die er gekämpft hatte. Woher war dieser Bursche, der im Bach liegt, war er aus unserer Gegend? Oder von den Ufern des Baltikums? Weit im Süden seiner deutschen Heimat hatte man ihn wie einen verreckten Hund ins Wasser gestoßen, davor vielleicht gejagt, sich wie bei einem Wild angepirscht. War das das Bild vom Ende? War dieser Stiefel, der aus dem Wasser ragte, das Ende, war alles zu Ende?

Dieser Stiefel, dieses Bein im Stiefel hatte mit festem Schritt getreten, war mit ruhigem Schritt gegangen, *mit ruhig festem Schritt*, mit hoch erhobener Flagge, *die Fahne hoch*, braune Bataillons, junge Körper, gespannte Saiten, Herzen, die im Rhythmus des Marsches schlugen.

Er riss seinen Blick von der Leiche los und beeilte sich den steilen Hang hinauf, nur hinauf, es konnte nicht mehr weit sein, in der Nacht würde er die Grenze überqueren.

In Sveti Primož erblickte er dann das Gesicht eines jungen Burschen, dem unter der Nase ein erster Flaum wuchs. Er hielt sein Gewehr auf ihn gerichtet und schrie:

– Ich habe einen, ich habe noch einen!

Drei weitere kamen dahergelaufen und zerrten ihn aus dem Gebüsch auf den Weg hinaus.

Ein paar Schläge. Sie verlangten Dokumente. Der Anführer der Gruppe, der auf seiner Mütze einen Stern trug, drehte den Ausweis in seinen Händen hin und her und schaute ihn misstrauisch an. Mischkolnig sah sofort, dass das Bauernburschen waren, die erst vor ein paar Tagen oder Wochen Gewehre in die Hände bekommen hatten. Die richtigen Partisanen stolzierten nun schon in den Städten in ihren englischen Uniformen herum und übernahmen die Macht. Der Anführer, den sie Kommandeur nannten, fragte, wohin er unterwegs sei. Er sagte, er wollte nach Podvelka und habe sich verirrt. Sie sehen doch, wie es auf den Straßen zugeht, nichts bewegt sich, er habe rundherum durch den Wald gehen wollen, sei aber ein wenig zu weit gegangen. Mischkolnig konnte selbst nicht fassen, dass er so schlecht log. Er selbst hätte so einen schon beim ersten Satz erwischt. Und was wolle er in Podvelka? Dort arbeite ich an der Säge, ich bin der Geschäftsführer. Die Burschen tauschten Blicke. Das Wort *Geschäftsführer* machte einen ziemlichen Eindruck auf sie. Der Kommandeur steckte den Ausweis in seine Hosentasche und sagte:

– Ich glaube ihm nicht. Er wollte über die Grenze.

Derjenige, der ihn gefunden hatte, stieß ihn mit dem Gewehrschaft in die Rippen:

– Du wolltest nach Österreich, ha?

Der Kommandeur befahl demjenigen, der am entschlossensten war, ihn zu bewachen.

Sein Wächter stellte sich breitbeinig in eine reglose Stellung, den Gewehrlauf auf Mischkolnigs Gesicht gerichtet. Die anderen drei gingen weg und beratschlagten sich an einem Holzzaun. Sie blickten immer wieder herüber zu ihnen und kamen schließlich zu einer Entscheidung.

– Hör zu, du Kapun, sagte der Kommandeur, als sie zurückkamen. Es wird sich schnell herausstellen, ob du Geschäftsführer in Podvelka bist oder nicht. In der Zwischenzeit bist du verhaftet.

Sie gingen die Straße hinunter Richtung Muta und führten ihn ins Gemeindeamt. Dort tippte ein Partisan, der schon einem Offizier ähnelte, mit zwei Fingern auf einer Schreibmaschine, er sah flüchtig seinen Ausweis an und sagte:

– Natürlich, du hast dich verirrt. In letzter Zeit verirren sich viele hinauf Richtung Österreich. Wir fangen euch ein wie die Hasen.

———

ZWEITES KAPITEL

Umarmung in
der Mühle

I

– Geh nicht hinauf, sagte Pintarič. Die da oben im Pohorje-
Gebirge sind verrückt geworden.

Sie saßen im Dunkeln, am Küchentisch, ihre Gesichter
wurden von Zeit zu Zeit von den gelblichen Strahlen der Vor-
stadtlaterne erleuchtet, die an einem Seil zwischen zwei niedrigen Häusern baumelte. Die Straße im Vorort Pobrežje war leer,
und hinter keinem Fenster brannte zu dieser späten, besser gesagt frühen Stunde Licht.

– Niemand wird dir glauben, dass sie dich entlassen haben,
weil du unterschrieben hast, dass du nicht gegen das Reich
agieren wirst, sagte Pintarič.

Er sprach leise, beinahe flüsternd, obwohl die beiden allein
im Raum waren. Hinter der Tür war ab und zu etwas Unverständliches von einer schlafenden Frau zu hören, Pintaričs
Frau.

– Aber auch deswegen, weil sie mir nichts nachweisen
konnten, flüsterte Valentin.

Sein Kopf war verbunden, sie hatten ihn geschlagen, und er
hatte nichts gestanden, sie konnten ihm nichts nachweisen.

Pintarič trat zum Schrank und tastete nach Gläsern. Er
stieß eine Flasche um und konnte sie in letzter Sekunde, ehe
sie zu Boden fiel, mit einer geschickten Bewegung auffangen.
Das laute Atmen hinter der Tür verstummte, Pintarič stand
mit der Flasche in der Hand da und wartete. Die Frau hinter
der Tür hustete, dann machte sie einen tiefen Atemzug und

schnarchte leicht auf. Sie lachten gedämpft. Pintarič stellte zwei Gläser auf den Tisch und schenkte ein.

– Der Wein ist eher sauer, sagte er, einen anderen habe ich nicht.

Sie tranken zügig aus und schwiegen eine Weile.

– Die Zeiten sind vorbei, es gibt kein Vertrauen mehr, sagte Pintarič. Vor einem halben Jahr hätten sie dich mit Freude zurückgenommen, das haben sie mit so manchem getan. Jetzt aber ist da oben jeder, der kommt, verdächtig.

– Mir werden sie glauben, nickte Valentin, als pflichtete er sich selbst bei. Vasja wird mir glauben, Polde wird mir glauben, Matevž, alle alten Kämpfer.

Pintarič zuckte mit den Schultern:

– Wenn du das glaubst.

Nach einer Weile fügte er hinzu:

– Die Umstände haben sich geändert. Jetzt wollen alle hinauf, Burschen, die beurlaubt worden sind. Niemand will zurück an die Front. Sie riskieren lieber, dass man sie erschießt, wie sie alle Deserteure erschießen. Aber sie wissen, dass es aus ist, die Russen sind schon in Preußen, die Alliierten in Italien. Es kann nicht mehr lange dauern.

– Ich weiß, sagte Valentin.

Zwischen den Häusern und über die Gärten des Vorortes pfiff der Herbstwind, Pintaričs Gesicht war einmal im Dunkeln, dann wieder von der baumelnden Straßenlaterne gelblich beleuchtet. Valentin dachte an die Statue am Altar der Josefskirche in Studenci: Der Heilige in der leeren Kirche war vormittags von gelbem Sonnenlicht umflutet.

– Ich weiß, deswegen will ich zu unseren Leuten. Wenn ich bei ihnen war, als das alles begonnen hat, dann werde ich es auch jetzt sein, wenn es zu Ende geht.

Er wusste es, seit es ihm vor zwei Tagen sein Vater gesagt hatte, geh nirgendwohin, Tinek, jetzt ist es am gefährlichsten. Die Deutschen werden auch diesen Krieg verlieren, wie sie schon einen verloren haben. Sie sind alle wild geworden, es ist ein Wunder, dass du lebend aus dem Gefängnis gekommen bist, deine Mutter hat die ganze Zeit gebetet, es ist ein Wunder geschehen, fordere das Schicksal nicht heraus.

Aber er forderte es heraus. Als er frühmorgens erwachte, zog er sich eilig an und ging fort. Schon als er über den Steg von Studenci kam, bemerkte er einen Menschen, der die Serpentinen zum Fluss hinunterging. Auch ungefähr eine Stunde später, als auf den Straßen schon mehr Leute waren, sah er ihn am Lent-Ufer. Und als er gegen Mittag nach Hause kam, reparierte der Unbekannte vor dem roten Haus eine ausgehängte Kette am Fahrrad. Beklommenheit überkam ihn: Sie verfolgen mich. Seine Mutter erzählte, dass ihn am Morgen Sonja gesucht habe. Sie verfolgte ihn nicht, sie wollte ihm nur etwas erklären. Er brauchte keine Erklärung.

Ein paar Mal ging er in die Kirche und saß in der Bank. Er sah, dass hinter ihm die Tür aufging, jemand trat ein und ging schnell wieder.

Am dritten Tag fasste er den Entschluss, nun wusste er, was er tun würde. Er machte sich wieder zur Josefskirche in Studenci auf, mitten am Vormittag, die Sonne schien nach ein paar Tagen Herbstregen. Er wusste, dass jemand hinter ihm war, aber er blickte sich nicht einmal für einen Augenblick um. Er trat ein und wartete. Der Unbekannte blieb draußen, gewiss hatte er sich eine Zigarette angezündet. Valentin saß lange in der leeren Kirche und blickte reglos die große Barockstatue des heiligen Josef an, durch die Glasmalereien fiel trübes gelbes Sonnenlicht auf den vergoldeten Heiligen. Es war so still, dass er sich wünschte, ein Vaterunser zu beten und für die Rettung zu danken. Aber seine Kinderjahre waren schon lange her, als er hier gebetet und dort im Beichtstuhl gebeichtet hatte, dass er, wie war das noch mal, geflucht hatte, Vater und Mutter nicht geehrt hatte, zehn Vaterunser als Buße und Freisprechung von den Sünden bekam für ein langes Leben und damit es ihm gut erginge auf der Erde. Er betete nicht, aus dem Augenwinkel spähte und wartete er, ob die Tür quietschen und aufgehen und sein Verfolger doch den Raum betreten würde. Er kam nicht. Durch die Sakristei, die er kannte, dort hatte er sich oft das Ministrantengewand angezogen, schlüpfte er auf der anderen Seite hinaus, trat auf die Wiese vor der Kirche und ging zwischen den Bäumen hinunter zur Drau. Mit ruhigen Schritten marschierte er dann, obwohl sein Herz wie wild hämmerte, an der Wache vor dem Schutzbunker am Drau-Steg vorbei und weiter, niemand war hinter ihm.

Jetzt war Valentin hier bei Pintarič, einem von ihnen, Pintarič war eine verlässliche Verbindung zum Pohorje. Er hatte eine Fahrradwerkstatt, gestern hörte er den ganzen Tag auf dem Dachboden, wo die Mutter des Meisters ihm eine Liegestatt bereitet hatte, dem Klimpern seines Werkzeugs zu. Nun saß er in der Küche, wo er sich gefangen fühlte, er wollte hinaus und hinauf, in den Wald bei Radvanje oder Ribnica oder wo auch immer, nur hinaus und hinauf, in den Wald, wo er einst schon gewesen war.

– Aber auch hier kann ich nicht lange hocken, fügte er nach einer Weile hinzu, auch für dich ist das gefährlich.

Pintarič schüttelte den Kopf.

– Ich kann dir ein Versteck bei einem Bauern in Slovenske gorice besorgen, geh nicht hinauf.

– Wenn du mir nicht helfen kannst, sagte Valentin beinahe laut, werde ich mir selbst helfen, ich fahre mit dem Zug nach Podvelka.

– Du bist ein sturer Mensch, murmelte Pintarič. Sie werden dich ungefähr eine Stunde verhören, dann knallen sie dich ab. Oben verdächtigen sie jeden, dass er ein deutscher Spion ist oder ein Weißgardist. Jetzt sind auch wir schon verdächtig, die wir ihnen unsere Burschen schicken, die kämpfen wollen.

Hinter den Fenstern heulte der Wind auf, er ließ die Straßenlaterne tanzen, die am Seil hing, dass die schnell wechselnden Schatten und die Lichtstraßen die Küche in einen unruhigen Ort verwandelten, als säßen sie in einem Kinosaal, wo über die Gesichter der Besucher Licht und Dunkel von der Leinwand blitzten.

Er schenkte ihnen nochmals ein und leerte sein Glas in einem Zug.

– Aber wenn du darauf bestehst, schaffe ich dich in die Brigade. Jetzt gibt es da oben schon eine Brigade, die Schwaben können uns nichts anhaben. Ihre gesamte Armee ist an der Front, sie schicken nur noch die alten Wehrmachtler nach.

– Ich habe ja gewusst, dass du helfen wirst, lachte Valentin leise.

– Wenn sie dir nicht glauben, flüsterte Pintarič, kannst du dir das selbst zuschreiben.

– Sie werden mir glauben, sagte Valentin, warum sollten sie es nicht?

Der Wind zog an, irgendwo schlugen die Fensterbalken gegen die Fensterrahmen, im Hof ratterte es metallisch, ein leeres Fass fiel um und rollte über den Schutt.

Die Tür ging auf, und die Frau, die kurz zuvor noch im Schlaf geredet hatte, steckte ihren zerzausten Kopf durch den Spalt.

– Etwas ist umgefallen sagte sie laut.

– Das Fass ist umgefallen, flüsterte ihr Pintarič zu, geh schlafen.

– Wer ist jetzt wieder da?, fragte sie und blinzelte in das schwarz-gelbe Kaleidoskop in der Küche.

– Jemand eben, geh schlafen.

Sie schaltete das Licht ein und rieb sich die Augen.

– Tine, sagte sie, ist er nicht im Gefängnis?

Pintarič stand ungehalten auf und drehte den Lichtschalter um.

– Wie oft habe ich dir schon gesagt, dass du nicht das Licht anmachen sollst, flüsterte er. Er ist bis morgen Abend da, dann geht er.

Er schob sie sachte durch die Tür und schloss sie hinter ihr. Von der anderen Seite war zu hören, wie sie redete: Wirst du endlich damit aufhören? Sie werden uns alle einsperren, sie können dich sogar erschießen, weißt du nicht, was sie mit … sie sagte einen Namen … getan haben, und die anderen haben sie ausgesiedelt. Kurz darauf quietschte das Bett. Sie wird wohl dasitzen oder -liegen und an die Decke starren, dachte Valentin. Noch immer äußerte sie halblaut, aber nun gänzlich undeutlich, ihr Missfallen gegenüber den nächtlichen Besuchen.

Pintarič zuckte mit den Schultern, man müsse verstehen, es sei schwer.

– Du bleibst bis zum Abend auf dem Dachboden, sagte er, dann schaffe ich dich hinauf. Wenn du unbedingt willst.

– Danke, sagte Valentin, das werde ich dir nicht vergessen.

2

Auf dem Dachboden in Pintarič̌s Haus schlug er sich durch die restliche Nacht. Er lag unter dem Schrägdach auf einer Rosshaarmatratze, die, so wie ein Haufen zerknitterter Laken und Decken, die nächtlichen Besucher erwartete; er war nicht der Erste, der sich dort versteckte. Er lauschte dem Wind, der um die Ecken pfiff und das Fass im Hof wieder umherrollte, und dachte an Sonja. Er hätte sich verabschieden sollen, jenes Treffen in der Allee ähnelte nicht im Geringsten einem Abschied, es war wie ein Auseinandergehen, ohne Kuss, ohne richtige Worte, überhaupt ohne Worte. Er hätte sie fragen sollen, was ist das alles, warum bist du so blass? Warum sollte er sich bei ihr bedanken, was hatte ihr Vater zu Mischkolnig gesagt, was bedeutete das alles? Vielleicht hätte er sich überhaupt bei ihnen bedanken sollen, bei ihr und ihrem Vater, bei wem auch immer, bei allen, dass er nicht mehr in der Zelle hockte, sondern in Freiheit war, weil er nicht vor der Mauer im Gerichtsgefängnis stand, vor den Gewehren, sondern lebte, kurzum lebte. Nicht nur lebte, sondern frei war, er würde in den Wald gehen, danke, Sonja. Es muss nichts erklärt werden, wirklich danke. Auch von seinen Eltern hätte er sich verabschieden müssen, aber das würde er schon machen, Pintarič würde das machen, er würde ihnen erzählen, dass ihr Tinček dorthin ging, wo er bereits gewesen war. Und auch zurückkehren würde.

Gegen Morgen ließ der Wind nach, er schlief ein paar Stunden. Als er aufwachte, schien ihn durch eine Dachluke ein Sonnenstrahl an, wieder fiel ihm die Statue am Altar ein. Dann begann das lange Warten auf die Kontaktperson, abends würde ihn jemand holen kommen. In der Werkstatt im Innenhof klapperte Pintaričs Hammer, ab und zu heulte schrill eine Metallsäge auf. Durch die Luke beobachtete er Menschen, die mit ihren kaputten Rädern in den Hof kamen, ein älterer Mann schob gleich zwei mit durchlöcherten Fahrradschläuchen daher. Eine junge Frau kam mit einem Kinderwagen und plauderte lange mit Pintaričs Gesellen, einem jungen Burschen, offenbar gefielen sie einander, dass sie sich so fröhlich und ausgiebig unterhielten. Auch ihn würden sie wohl in die Armee einberufen, wenn er nicht bald dorthin ging, wohin sich Valentin aufzumachen gedachte. Gegen Mittag kam ein Gendarm in deutscher Uniform in den Hof gefahren, Valentin wich von der Luke zurück und hörte, wie der Mann Pintarič in holprigem Marburger Deutsch etwas befahl. Als offensichtlich wurde, dass er ihm auf diese Weise nicht erklären würde können, was zu reparieren war, löste sich seine Zunge im Slowenischen auf, und sie hatten es schnell erledigt.

Der Tag zog sich hin, er wurde ungeduldig, auch als die Nacht hereinfiel und jene große Straßenlaterne vor dem Haus wieder anging, war noch immer niemand da. Ihm gingen das Wasser und das Essen aus, das ihm Pintarič dagelassen hatte. Aus dem Eimer, in den er seinen Urin entleerte, stank es. Das Warten wurde unerträglich. Gegen zehn Uhr hörte er Schritte, Pintarič hob den Deckel über der Treppe und flüsterte ihm zu, dass die Verbindungsperson noch nicht da sei. Er nahm die Flasche mit und kehrte bald mit der vollen zurück, mit einem großen Stück Brot, dick mit Verhackertem bestrichen. Valentin aß, nach einer Weile schlief er ein.

Er spürte, dass ihn jemand an der Schulter stieß. Als er die Augen öffnete, blendete ihn das Licht aus einer Taschenlampe, er erschrak und sprang auf die Füße. Einen Augenblick später wurde das Licht ausgemacht, im Dunkel hörte er Pintarič flüstern:

– Alles in Ordnung, wir sind es, die Verbindung ist da.

– Hier ist ein Rucksack, flüsterte eine zweite Stimme, ihm schien, sie sei weiblich, das Wichtigste ist drinnen.

Pintarič machte für einen Augenblick wieder die Lampe an, damit sie den Weg zur Öffnung fanden, die ins Treppenhaus führte. Vorsichtig gingen sie hinunter und durch die Wohnung in den Innenhof, durch die Fahrradwerkstatt, beim Ausgang schlug ihm Pintarič auf die Schulter, gute Reise. Erst jetzt konnte er sich seine Verbindungsperson ansehen. Es war eine Frau mit einem breiten dicken Rock, sie hielt einen Flechtkorb in der Hand, kein deutscher Polizist oder Gendarm hätte gedacht, dass so eine Bäuerin die Verbindung für den Gang zu den Partisanen sei. Sie lächelte und nickte ihm zu, als sie zwischen den Gärten gingen, in denen weiße Rüben wuchsen, zwischen Haufen eingebrachter Bohnenstangen. Eine mutige Frau. Bald waren sie zwischen den Feldern, weit hinter ihnen flimmerten die Lichter der Stadt, vorne war eine dunkle Bergmasse zu sehen, darüber schienen die Sterne.

– Gute Reise, sagte sie, als sie nach etwa einer Stunde bei Radvanje den Waldrand vor einem großen Hang erreichten.

Er wurde von einem Gefühl der Dankbarkeit erfüllt, am liebsten hätte er sie umarmt, Hauptsache, er ging, dass er irgendwohin ging, in die Berge, dass er weder in der Zelle noch auf dem Dachboden hockte, dass er aus dieser verdammten Stadt wegging, wo man an jeder Ecke gepackt werden konnte.

Und sie lächelte:

– Sei brav, geh an der Seite, schau zu Boden und fürchte dich vor Gott.

Auch Valentin lachte, sie verabschiedeten sich rasch, danke, danke, flüsterte er.

– Und pass auf, dass du nicht stolperst, fügte sie hinzu und lachte beinahe laut auf.

Er blickte ihr nach, wie sie in ihrem breiten Rock über den Acker des Vorortes trappelte, sie schaute sich nicht um.

3

Er ist wieder im Wald, er steht am Waldrand, unter seinen Füßen befindet sich eine grasbewachsene Lichtung, mit ein paar bewachsenen Baumstümpfen. Es ist lange her, seit die Bäume gefällt wurden, nun schlägert niemand mehr, das Pohorje-Gebirge ist von allen Seiten von Warntafeln umgeben: *Banditengebiet. Achtung! Sie betreten Banditengebiet!* Es gibt keine Holzfäller, keine Förster, keine Ausflügler, niemand sammelt Pilze oder Heidelbeeren. Die Bauern, die innerhalb des Banditengebiets leben, sind die Einzigen, die hier noch etwas tun, sie versuchen zu leben wie vorher, sie lassen Kühe und Schafe weiden, sie sammeln Obst und fällen ab und zu einen Baum. Aber die ganze Zeit leben sie in Angst, ob jemand nachts ans Fenster klopft. Wenn sie den Partisanen helfen, müssen sie mindestens mit dem Lager rechnen. Wenn sie ihnen nicht helfen, sieht es auch nicht gerade gut aus. Das ist unsere Armee. Aber auch wenn sie es nicht wäre. Eigentlich haben sie überhaupt keine Wahl: Ist es möglich, jemandem nicht mit Essen zu helfen, manchmal auch mit Kleidung, Menschen, die mit Gewehren ins Haus kommen?

Er war müde, aber leicht und so frei, dass er durch jene Öffnung zwischen den Bäumen fliegen hätte können, über das Tal, über den breiten Fluss, die Stadt, über die Hügellandschaft, über die Weinberge auf der anderen Seite. Er spürte, dass die Frische des hohen und feuchten Farns, braun und schon ein wenig abgefroren, der reichen Schichten des Laubs dort unten, das von den Buchen fiel, der hier oben duftenden Fichten und die Schärfe der frischen Luft, dass ihm alles, was ihn umgab, in seine Sinnesorgane wanderte, in seinen Atem, seine Adern, seine Herzschläge, die nach der langen Wanderung in seinen Schläfen hämmerten. Nur wer über lange Monate in einem verschlossenen Raum war, in einer feuchten Zelle, wer von allen Seiten von Steinmauern eines alten Kerkers umgeben war, mit miefiger Feuchtigkeit, mit den Gerüchen nach menschlichem Unrat, nur derjenige, der vernahm, wie an der Außenseite mit krächzenden Schlägen und Aufheulen die Türriegel der Zellen zufielen, wer die Schritte der Kerkermeister auf dem langen Flur hörte, nur der konnte die Kraft der Stille spüren, der göttlichen Ruhe rundherum, für niemanden sonst dufteten die Pohorje-Fichten so gut wie für ihn, der plötzlich hier war, allein und frei. Und am Leben. Vor allem am Leben, denn im alten Kerker hallten nachts auch die Rufe jener, die zur Exekution abgeführt wurden, die Flure und Höfe und Mauern wurden von schrecklicher Unruhe erfasst, die abgehackten Befehle der SS-Exekutoren und die Rufe jener, die Abschiedsbriefe schrieben und noch in den Gängen Grüße an die Ihren ausrichteten, beteten oder weinten oder schweigend hinter ihren Henkern schritten, die ihre Arbeit verrichteten, nur ihre Pflicht, manchmal sagte jemand, um die zu beruhigen, sie würden nur einen Befehl ausführen, als wollten sie sich vor jemandem, vor wem, vor Gott, entschuldigen, dass sie ihren Befehl ausführten, dort unten war der Tod, hier war das Leben, Valentin lebte.

Er beobachtete eine Ameise, die sein Hosenbein hinaufkrabbelte, woher sie sich wohl in dieser Novemberzeit hierher verirrt hatte? Sie ist allein, sie wird sterben. Im Sommer laufen sie über ihre breiten Wege, er kennt sie gut, die Ameisen, in seinen Pfadfinderzeiten hatte er sie oft beobachtet. Jeden Sommer krabbeln sie über die Nadelstreu und unterhalten sich mit ihren Fühlern mit ihren Schwestern, die einen großen Käfer ziehen. Einen breiten Weg entlang, der vor Waldbewohnern wimmelt, die hier seit Ewigkeiten leben, die sich zum großen Ameisenhaufen am Baum bewegen, der ganze Berg ist von Ameisenhaufen überzogen, von Großstädten, in denen ihre Herrscherinnen leben, wuchtige, schwere, denen riesige Massen Nahrung gebracht werden. Sie müssen mit viel Nahrung versorgt werden, diese gefräßigen Wesen. Diese hier hat keine Aufgabe mehr, ein Fehler der Natur, sie müsste in Sicherheit sein, irgendwo in ihren unterirdischen Gängen. Sie ist allein wie er, sie wird nicht überleben.

Valentin stand im Wald. Hinter den hellen Abständen zwischen den Bäumen, dort weit unten lag seine Stadt, dort unten wimmelten deren Bewohner, auf den Straßen und an der Drau; über ihm, auf der anderen Seite, waren die Hügel, Sveti Urban, wo Sonja und er gewandert waren. Er war froh, weil er jetzt im *Banditengebiet* war, er würde die Verbindung beim Bauer über den Smolnik finden, er würde wieder bei den Seinen sein. Seine Stadt war gefährlich und feindlich geworden, jeden Tag feindlicher, er fühlte, dass er sie nicht mehr mochte, es gab ruhige Straßen, noch immer mit Spaziergängern, es gab auch von den Bombardements zerstörte Häuser um den Bahnhof herum, in Tezno und auch in Studenci, aber die Menschen lebten weiter, in der Slovenska-Straße wurde noch immer das beste Eis verkauft, im Café Astoria saßen deutsche Soldaten, in den Gefängnissen herrschten die, die aus fernen Orten Nordeuropas gekommen waren. Oder aus der Nachbarstadt. Und Mischkolnig, er war hier zu Hause. Wenn er ein gutes Fernrohr gehabt hätte, hätte er auch die Nachbarstadt mit dem alten slawischen Namen Gradec sehen können, Graz war mehr noch als Maribor die Stadt des Hasses, nun wusste er, dass sich dort diejenigen versammelten, die die Stadt hassten, in der Valentin geboren war, die kleinere Stadt, ein wenig südlicher, hier unten, dort oben hatten sich vor dem Krieg all die Jahre diejenigen versammelt, die im Jahr 18 enttäuscht aus Maribor weggegangen waren, allerlei Beamte der alten österreichischen Verwaltung, Juristen, ausgediente Soldaten, aber auch allerlei Taugenichtse, die auf ihren Moment warteten, in den Gasthäusern hockten und in Sälen ihre Heils riefen. Aber auch in seiner Stadt versammelten sich solche Gestalten, die darauf warteten, dass ihre Kameraden von oben in ihren Uniformen kamen, von ebendort kamen in Uniformen mit ihren roten Flaggen, um gemeinsam mit den Marburger Taugenichtsen und Bürgern ihre Heils zu rufen. Bürger, die dachten, dass das gute alte Österreich wiederkäme, es kamen jedoch die Polizisten und die Gestapo; die Marburger und die Grazer Taugenichtse schlugen bald mit Schlagringen und Ochsenziemern auf Köpfe und Glieder, auf alles, was ging, dass die Haut aufplatzte und Blut an die Wände spritzte, die Straßen wurden mit roten Plakaten überklebt, und auf diesen *Bekanntmachungen* standen dann lange Listen der Erschossenen, kurzerhand Erschossenen. Sie zerrten die Leichen an den Beinen weg und warfen sie wie Holzscheite auf die Lastwagen, und er wusste nicht, ob sich diese Bürger vorstellen konnten, ob sie sich vorstellen konnten, wie in den Gefängnissen und den Gestapo-Kellern die Gestalten, wie Hans eine war, verhörten und verprügelten. Vielleicht hatten sie nun, nun endlich, da die Bomben fielen, begonnen nachzudenken, was mit der Stadt und mit ihnen geschah, was mit der unbesiegbaren deutschen Armee in Russland geschah, was morgen geschehen würde? Aber die, die auf der Verliererseite standen, waren noch wilder geworden, noch unbarmherziger.

Vom Himmel fielen Bomben der Alliierten-Flieger, unter der Erde, in den Kellern, hallten die Schläge und Schreie der Gequälten, oben die Explosionen, unten blutiges Gurgeln.

4

Gestalten im Mondlicht. Ihre Schatten waren völlig durchsichtig. Sie umzingelten ihn. Ich bin hier, wird mich niemand begrüßen, verdammt? Ich lebe. Niemand grüßte ihn, und die unbekannten schweigenden Burschen um ihn herum sahen nicht gerade freundlich drein, kein einziger grüßte ihn.

– Wo sind die anderen?

– Einige sind gefallen, sagte eine Stimme im Dunkeln.

– Matevž?

– Gefallen, sagte eine Stimme, die er kannte, es war Vasja. Er drehte sich zu ihm um. Er hätte ihn umarmt, aber Vasjas Gesicht war kühl.

– Wo ist Polde, lebt er?

– Er lebt. Er hält Wache.

– Schön, dass du am Leben bist, sagte Kommissar Vasja, aber die eine oder andere Sache wirst du erklären müssen. Er wusste, dass er eine Erklärung abgeben würde müssen, wer aus einem Gestapo-Gefängnis kam, hatte so manches zu erklären. Denn von dort kam man für gewöhnlich nicht lebend heraus. Wenn man noch lebte, dann befand man sich in Dachau. Oder war ein Gestapo-Agent, der nicht mehr lange leben würde. Oder nur so lange, bis er das dreizehnte Bataillon erreichte. Man wusste, was das dreizehnte Bataillon bedeutete, ein Schuss in den Rücken während eines Waldmarsches. Während man zur Patrouille geschickt wurde. Sie schickten ihn nicht zur Patrouille, sie gaben ihm auch kein Gewehr.

Kommissar Vasja war ein ehemaliger Geschichtelehrer, ein verständiger Mann, Valentin kannte ihn gut aus Tagen, als er zu den Partisanen gekommen war, sie hatten gemeinsam die Pohorje-Wälder durchwandert, gemeinsam angegriffen, waren gemeinsam geflohen, beide waren, wie man sagte, alte Kämpfer. Vasja würde verstehen, was passiert war. Sie saßen lange in die Nacht hinein unter dem Dachgesims eines Stalls über dem Smolnik. Er hörte, wie sich hinter seinem Rücken ein Tier bewegte, eine Kuh oder ein Pferd. Zwischen langen Pausen, als im Dunkeln die Glut von Vasjas Zigarette glomm, erklärte er ihm, wie man ihn gefangen genommen hatte, was dort unten passiert war, wie das letzte Gespräch bei der Sicherheitspolizei abgelaufen war.

– Sie können prügeln, sagte Vasja, sie prügeln gern. Sie brechen jeden.

– Mich haben sie nicht gebrochen, sagte Valentin, deswegen bin ich hier.

– Aber wenn dich deine Freundin gerettet hat, wie heißt sie nochmal? Sonja, wenn sie dich gerettet hat, dann kollaboriert eben sie mit ihnen, stimmt's?

– Stimmt nicht.

– Wie hat sie das denn erreicht?

– Ich weiß es nicht.

– Hast du daran gedacht, dass sie es mit ihm getan hat?

– Was getan, was getan, mit wem getan, was redest du, Vasja?

– Ich weiß nicht, mit wem, mit diesem Ludvik, der dich verhört hat. Oder mit Hans, der dich verprügelt hat. Mit irgendjemandem eben.

Valentin durchzuckte es. Wörter können schlagen wie ein Schwert. Er sprang auf die Beine.

– Red nicht so, Vasja, sag das nicht. Ich bitte dich, sag so etwas nicht. Das ist schlimmer, als verprügelt zu werden.

– Ich sage ja nicht, sagte Vasja gnadenlos, dass sie unbedingt eine Gestapo-Hure ist, aber irgendetwas muss sie getan haben.

– Vielleicht ihr Vater, sagte Valentin leise.

Er wusste selbst nicht, warum er nun hier mitten im Krieg und hier im Pohorje-Gebirge, wo er schon fast in Sicherheit war, ihre Ehre verteidigen musste. Fast in Sicherheit, wenn er nur Vasja überzeugen konnte, dass er niemanden verraten hatte, dass er die Loyalitätserklärung gegenüber dem Reich unterschrieben hatte, ausgesagt und versprochen hatte, nicht mit den Aufständischen zusammenzuarbeiten. Er wusste, dass sie ihn verfolgt hatten, er war durch die Sakristei beim heiligen Josef in Studenci entwischt.

– Ihr Vater ist Arzt, sagte er, er hat gute Beziehungen.

– Du weißt ja, sagte Vasja ruhig, du weißt ja, dass wir alles überprüfen können, wir haben auch unsere Leute in der Stadt. Sogar bei der Polizei haben wir sie.

Valentin wusste das, obwohl die Deutschen bereits im ersten Jahr zahlreiche Bürger nach Serbien ausgesiedelt hatten, alle Lehrer, alle Geistlichen, sie ließen Ärzte und Beamte da, weil es ohne sie nicht ginge, Wachmänner in den Gefängnissen, Gendarmen, obwohl sie alles getan hatten, um die Stadt vom slawischen Unrat zu säubern, gab es noch immer viele Leute, die bereit waren zu helfen. Pintarič, jene Frau im breiten Rock mit dem Korb, die ihn bis zum Wald gebracht hatte, die Arbeiter in der Fabrik für Flugzeugmotoren, es gab viele. Aber noch mehr solche, die bereit waren zu verraten, weil sie plötzlich ihre Nächsten hassten, weil sie dachten, es sei das Richtige, oder weil sie Geld brauchten, jegliche Strafanzeige brachte Geld, Geld konnte Türen und Herzen öffnen.

Auf dem Waldweg wechselte die Nachtwache, eine schwarze Wolke wanderte über die helle Mondsichel über dem Gipfel, Vasjas Gesicht war dunkel, seine Kippe glühte in der Dunkelheit.

– Die Sache ist ganz einfach, sagte er und schnipste den Zigarettenstummel weg, dass er in hohem Bogen auf die Wiese vor dem Haus flog. Du wirst es beweisen müssen. Du wirst beweisen müssen, dass du einer von uns bist.

Wie sollte er das beweisen? Hatte er es nicht bewiesen, als er damals hinaufgekommen war, als es am schwersten war. Sie hatten ihn gefangen, nun war er wieder da, was sollte er noch beweisen?

– Schlaf dich ein wenig aus, sagte Vasja, du bekommst ein Gewehr und wirst es beweisen.

– Und bisher, habe ich bisher nichts bewiesen?

– Es ist so, sagte Vasja, dass man niemandem mehr aufs Wort glauben kann. Je stärker wir sind, desto schlimmer ist der Druck. Wir müssen unerschrocken und unbarmherzig sein. Treue und Wahrheit zeigen sich im Kampf. Nur mit der Kugel, nicht mit Worten.

Valentin verstand nicht ganz. Er verstand, dass der Druck auf die Partisanen immer größer wurde, je stärker sie waren, je mehr der Druck im Tal stieg, desto größer wurde der Druck auf sie, das verstand er. Aber was bedeutete, dass man niemandem mehr aufs Wort glauben konnte? Sind wir nicht deswegen hier, weil wir einander aufs Wort glauben? Setzte er seinen Kopf, der jederzeit von einer deutschen Kugel getroffen werden kann, hier nicht jeden Augenblick gerade deswegen der Gefahr aus, weil man sich aufs Wort glauben können müsste? Und dieser Kopf ist verbunden, dort unten waren in einem Keller Schläge auf ihn niedergeprasselt.

– Das werde ich tun, Vasja. Was du sagst, werde ich tun, damit ich es dir beweise.

Vasja lächelte und blickte ihn an. Valentin ahnte in seinem Lächeln und in seinem Blick etwas Gefährliches. Was hatte Pintarič noch mal gesagt? Dass die oben auf dem Pohorje durchgedreht seien? Es sah nicht so aus, als sei Vasja durchgedreht, aber aus seinem Blick und seinem Lächeln kam etwas, das Valentin Schauer über den Rücken jagte, so etwas wie Angst.

Das letzte Gespräch mit dem Gestapo-Schwein: Er hatte Angst gehabt. Er dachte nicht daran, ihm den Schädel zu durchlöchern, wenn er eine Pistole gehabt hätte, damals hätte er nicht daran gedacht. Jetzt dachte er, dass er einen Menschen, wenn es ein Mensch war, wenn dieser Mischkolnig überhaupt ein Mensch war, wie dieser Johann kein Mensch war, sondern eine wild gewordene Bestie, dass er fähig wäre, ihm in den Schädel zu schießen, dass die Kugel sein Gehirn durchlöcherte, sein Auge an die Wand hinausschoss, in einem Blutstrahl, in einem Strahl voll Blut, jetzt dachte er daran. Damals dachte er es nicht, er hatte Angst gehabt. Die physische Nähe von Men-

schen, die Macht über einen haben, ist etwas unvorstellbar Be-
ängstigendes, eine unerträgliche Angst überkommt einen, der
einzige und unerschütterliche Gedanke, der bleibt, ist der Gedanke daran, sie zu überlisten, wenn auch mit kleinen Einge-
ständnissen oder Angaben, lügen, fliehen, ein Angsthase sein,
der vor der Bestie hin und her springt, die ihm auflauert, ein
scheues Tier, das bist du, wenn sie dich in die Hände kriegen.
Aber jetzt, jetzt würde er beide erschießen, er würde es sofort
beweisen, auch Hans, alle, die er dort unten getroffen hatte,
würde er erschießen, die beiden Schweine, die Kerker-Schwei-
ne, die Protokollführer-Schweine – obwohl, nun wusste er, dass
nicht alle Schweine sind, aber man müsste sich rächen für alles,
was er erlebt hatte, für alles, was sie anderen angetan haben, für
die schrecklichen Prügel, das Nägelziehen, das Zähneausschla-
gen, warum nur prügelten sie so gerne, nur, um ihre Entschiedenheit und Entschlossenheit zu beweisen, um jeden auszu-
merzen, der ihnen die Stirn bot? Ich darf nicht so denken,
dachte Valentin, mein Kopf wird zerspringen und ich auch.
Aber ich werde es tun, ich werde tun, was Vasja will, nicht, weil
er es will, sondern weil ich es auch will, Furchtlosigkeit, Wahrheit und Treue, hatte das nicht Mischkolnig gesagt?

Valentin goss sich Gift in die Seele. Wut, Hass. Wenn es in
ihm keine Wut gab, würde er nicht tun können, was ihm seine
Genossen befehlen würden. Was er auch selbst tun wollte.

5

Auf dem Heuboden wickelte er sich in eine Decke und legte sich zu einem unbekannten schlafenden Burschen. Dieser brummte im Schlaf und schubste ihn mit dem Ellbogen weg. Durch die Dachbodenluke beleuchtete violett-silbernes Mondlicht sein Gesicht. Er konnte nicht einschlafen, er blickte zur Mondsichel, in den Buchstaben C da oben am Himmel. Er krepiert. Als er noch ein kleiner Junge war, hatte ihm sein Vater erklärt, dass der Mond dann die Form des Buchstabens C hatte, wenn er abnahm und am Verschwinden war. Tinček, sagte sein Vater, am leichtesten wirst du dir das so merken: Wenn du eine Sichel in der Form des Buchstabens C siehst, merke dir *crepare*, das bedeutet, dass der Mond krepiert. Er lachte. Und wenn er die Form des Buchstabens D hat, bedeutet das, dass er dicker wird. Dann wird er immer größer, und am Ende ist er ein Vollmond. Dann stehen Sonne, Mond und Erde in einer Reihe wie Soldaten, und das Sonnenlicht wird auf die Erde geworfen. Wenn der Mond nicht sichtbar oder dunkel ist, ist Neumond. Ist er dann krepiert?, fragte Tinček. Er ist nicht krepiert, das ist nur, damit du dir das besser merkst.

Nun ist da ein C, der Buchstabe C, er krepiert, was geht vor?, dachte er, was soll ich beweisen, und wie? Eine unheimliche Unruhe bemächtigte sich seiner, die er von dort unten kannte, aus der Stadt, aus der er sich hatte retten können. Vielleicht wäre es dennoch geschickter gewesen, irgendwo dort unten Unterschlupf zu finden, bei irgendeinem Bauern in Slovenske gorice. Dort könnte ihn auch Sonja besuchen. Sie würde ihm alles erklären, es sei nichts Schlimmes passiert, ihr

Vater habe ein Wort für ihn eingelegt, du darfst nicht so unruhig sein, würde sie sagen. Sie würde sein Gesicht berühren: Tut es noch weh?, würde sie fragen. Dann würden sie zusammen einschlafen, er dachte nicht daran, wo, wo sie zusammen einschlafen würden, bei jenem Bauern im Zimmer oder im Gras unter den Sternen oder hier oben am Heuboden, wo auch immer im ruhigen Weltraum ohne Fenster und Türen, nur sie und er, wie früher, als Mai war, die *Liebeszeit*. Er zog seine Brieftasche aus der Hose und nahm eine etwas zerknitterte Fotografie heraus. Bevor er aus der Stadt geflohen war, hatte er sie aus einer Schachtel genommen, in der er in der Wohnung in Maribor ihre Briefe und Fotos aufbewahrte. Bevor er hinaufgegangen war, bevor er zum zweiten Mal hinauf geflohen war, zu seinen Genossen. Als er zum ersten Mal hinaufgegangen war, hatte er nichts mitgenommen, damals war es, als ginge er zu einem Pfadfinderlager. Nun hatte er ein Foto mitgenommen, vielleicht würde er Sonja niemals wiedersehen. Er hielt das Bild gegen den silbernen Lichtstrahl, der durch die Dachbodenluke auf den Heuboden drang. Im Lichtschein des Buchstabens C spazierten Sonja und er die Promenade der Aleksandrova entlang.

6

Als Mai war, die *Liebeszeit*, war noch kein Krieg. Die Stadt glühte in der Frühlingszeit, Sonjas Gesicht glühte, ihr Blumenrock umflatterte ihre Knie, sie spazierten über die Promenade der Aleksandrova cesta, sie waren ein schönes Paar. Ein schönes Paar, ein glückliches Paar!, rief der Fotograf, der an der Ecke stand, um seinen Hals hing ein Fotoapparat, es klickte, sie ließen eine Aufnahme machen. Der Herr könne morgen die Fotografie abholen, sagte der Fotograf, für alle Fälle noch eine Aufnahme, klick, noch einmal. Er gab ihm eine Visitenkarte und sagte, die Aufnahme werde gewiss hervorragend werden, mit der neuesten Leica gemacht, ein ausgezeichnetes deutsches Produkt, Ernst Leitz Optische Werke, die Deutschen hätten es drauf. An jenem Abend waren sie im Kino, er konnte sich genau erinnern, so kam die Erinnerung zurück, das ist die Macht der Erinnerung: Man sieht sich eine Fotografie an, und von einem festgehaltenen Moment an der Promenade blitzen neue Bilder hervor; abends saßen sie im verdunkelten Saal, war es im Esplanade? Er streichelte sie, sie waren erwachsen, aber dort im Dunkel des Kinosaals benahmen sie sich wie zwei Gymnasiasten. Im Burgkino lief der *Stern von Rio*, eine wunderbare spanische Romanze, wie der Film in der Zeitung angekündigt wurde, und im Esplanade *Stjenka Rasin*, ein historischer Großfilm mit herrlichen Gesängen über die Wolga. Aber eigenartig, er konnte sich nicht erinnern, wann sie in ihrem Zimmer landeten, in jener Nacht, als sie sagte, sie werde Augen auskratzen. War das nach dem *Stern von Rio* oder nach *Stjenka Rasin*? Vielleicht deshalb, weil er nicht gut sah, was auf der Leinwand geschah. Er hatte feuchte Hände, als sie sich an den Händen hielten, beide hatten feuchte Handflächen, so feucht, dass er ihre Hand losließ und sich die Hand an der Hose abwischte, ehe er sie auf ihren Oberschenkel legte, auf den dünnen geblümten Stoff ihres Rocks, der an jenem Nachmittag im Wind geflattert hatte. Er war erwachsen, der Herr Assistent des Geodäsieinstituts, aber er konnte nicht anders, als sich wie ein Gymnasialschüler zu benehmen. Sie schob seine Hand nicht weg, und er fühlte, wie sein Herz hämmerte, weil sie seine Hand nicht weggeschoben hatte, sondern zuließ, dass er sie streichelte, in seinen Ohren hämmerte es, er sah, dass sie sich nur umblickte, ob sie jemand im dunklen Kinosaal sah, dann nahm sie ihre Strickjacke von den Schultern und warf sie mit einer selbstverständlichen Bewegung über ihre Knie, über ihren Oberschenkel, auf dem sich seine Hand bewegte, sie versteckte seine Hand, die über die glatte Haut unter dem Stoff glitt, den Stoff wegschob, sich zwischen die leicht geöffneten Schenkel bewegte, kein Wunder, dass er sich nicht erinnern konnte, ob es der *Stern von Rio* war oder *Stjenka Rasin*, sie sah ihn an und hauchte: Nicht jetzt, nicht hier. Nicht jetzt, nicht hier, sondern später anderswo, als sie im Dunkeln die Tür zur Villa ihrer Familie aufschloss, es dauerte lange, denn ihre Hände zitterten, später, als sie in der Dunkelheit die Treppe des leeren Hauses hinaufgingen in Richtung ihrer Mansarde. Es gab keinen Grund, sich wie Einbrecher hinaufzutasten, sie hätten das Licht anmachen können, denn sie waren völlig allein im Haus. Sonjas Mutter war bei Verwandten auf dem Land, irgendwo in der Nähe von Ljutomer, weit weg, es war nicht möglich, dass sie mitten in der Nacht nach Hause zurückgekehrt wäre. Ihr Vater hatte Nachtdienst, vielleicht hielt er soeben ein Skalpell in der

Hand, Valentin sah ihn für einen Augenblick vor sich, wie er unten mit einem Skalpell in der Hand in der Tür stand, was machst du in meinem Hause mit meiner Tochter? Was machte er mit seiner Tochter, dieser lieben, der schönsten, der lieblichen, mit ihrem bebenden Körper, mit ihren Lippen, die hauchten, mein Liebster, ich hab noch nie, ich weiß, haucht er, ich weiß, ich hab Angst, haucht sie, wird es wehtun? Es wird nicht wehtun, ein bisschen schon, das tut er, er nimmt ihr die Unschuld. Lautes Atmen mit feuchten Händen, zwischen feuchten Schenkeln, mit ihrem gedämpften Schrei, unter schnellen Stößen, feuchtem Körper, der beginnt, in Wellen zu reagieren, trotz Schmerzes, trotz Schmerzes, was vor sich ging, was passierte, war stärker als Schmerz. Verschwitzt und außer Atem blieben sie in der Dunkelheit liegen, der Mond schien durch das offene Fenster, es war fast Vollmond, am Ende des Buchstabens D. Sie schwiegen lange.

Sie hielten sich an den Händen und schliefen für kurze Zeit ein.

Als auf der Straße unter dem Fenster ein Motorrad ratterte, öffneten sie die Augen.

– Wir sind eingeschlafen, sagte er. Am besten, ich gehe jetzt.

– Habe ich mit offenem Mund geschlafen?, fragte Sonja. Er lachte.

– Du darfst mich nicht ansehen, wenn ich mit offenem Mund schlafe. Es ist mir peinlich.

– Wenn du schläfst, weißt du nicht, ob ich dich ansehe.

– Versprich mir, dass du das nicht tun wirst.

– Ich verspreche es.

– Hast du eine in Ljubljana?, fragte sie dann unversehens.

– Nicht mehr, sagte er.

– Wie heißt sie?

Er antwortete nicht, nach einer Weile sagte er: Schon längst nicht mehr, es ist vorbei, es ist unwichtig. Sie stütze sich auf die Ellbogen und sah ihn durch das Haar, das ihr in die Augen hing, lange an, blickte ihn lange an, sie fuhr mit ihren Fingern über sein Gesicht, als wollte sie sich seine Gesichtszüge einprägen. Du wirst nur mein sein, sagte sie. Er lächelte. Sie beugte sich zu ihm und biss ihn beim Kuss leicht in die Lippe. Wirst du? Er nickte. Auch in Ljubljana? Er streichelte ihr übers Haar. Sie ließ ihn los und setzte sich auf das Bett, oje, rief sie leise aus und tastete über das Bettlaken, es ist blutig, geh weg. Sie zog das Laken vom Bett und stopfte es in den Schrank. Sie lachte auf und zog sich erst jetzt ein Kleid über. Auch Valentin stand auf und begann sich anzuziehen.

– Denkst du, dass ich mir hier eine anzünden kann?, fragte er.

– Gehört das denn dazu?, sagte sie mit unschuldigem Gesichtsausdruck, du musst ein unwissendes Mädchen belehren.

Sie zündeten sich zwei Zigaretten an. Sie hustete und prustete los vor Lachen. Wenn mich mein Vater jetzt sehen würde … Sie stemmte sich die Hände in die Hüften und ahmte mit tiefer Stimme ihren Vater nach: Seit wann rauchst du denn? Habe ich dir nicht gesagt, dass Rauch schlecht ist für junge Lungen? Auch Valentin musste loslachen. Er sagte, er habe kurz zuvor eine Erscheinung gesehen, ihren Vater dort unten in der Tür mit einem Skalpell in der Hand. Du meine Güte!, rief Sonja aus und rang nach Luft, während sie lachen und husten musste.

Im Kirchturm läutete die Glocke. Sie horchten: elf Mal.

Sonja leerte die Bonbons von einem kleinen Teller auf dem Tisch und löschte ungeschickt die Zigarette, sodass sie sich an den Fingern verbrannte. Er nahm ihre Hand zwischen seine Handflächen, pustete und küsste ihre Finger. Du wirst doch wohl nicht verliebt sein?, sagte sie. Und als er nicht antwortete, fügte sie hinzu: Wie heißt diejenige in Ljubljana? Valentin begann leise zu singen: *In Ljubljan'ca gibt es solche, die tragen Ringe aus Gold, die leuchten in die dunkle Nacht, was die Jungen nachts sehend macht.* Sie zog ihre Hand zurück und stand auf. Sie hatte das Laken vom Bett gezogen und es in den Schrank gestopft. Sie wandte sich zu ihm um und sagte, wenn du eine in Ljubljana hast, kratze ich ihr die Augen aus.

Er lachte, er zog sie zu sich und begann sie im Gesicht zu küssen, nur dich, nur dich hab ich.

Er hatte nur sie. Und keine andere, der Sonja die Augen hätte auskratzen können. Wenn er einen Koordinatenausgangspunkt zur Vermessung der Welt, der ganzen Welt, aufstellte, sagte er zu ihr, dann wäre sie der trigonometrische Punkt. Das wäre ein geodätischer Mittelpunkt, wie wir ihn noch nicht kennen, nämlich ein beweglicher. Dort, wo Sonja stand, stünde ein unsichtbarer Theodolit, von dort werde alles vermessen. Wenn sie in ihrem Zimmer in Maribor war, wenn sie auf der Straße ging oder in die Berge, wenn sie schlief oder wachte, wenn sie in einer Vorlesung in Graz saß, wenn sie frühstückte oder pinkelte, dorthin, wo sie war, führten all seine Wege, von dort werde die Welt vermessen.

– Ach, du Vermesser der Welt, lachte sie, und die Sterne?

– Auch die Sterne stehen so, sagte er, alle Zeichen am Himmel, die gesamte Astronomie, Geodäsie, Trigonometrie und Poesie.

Die Poesie wurde wichtiger als die Geodäsie und auch die Medizin, die Sonja im selben Jahr zu studieren begann. Es war der letzte friedliche Frühling, ein Frühling mit der Samstagnacht im Mai, in der es zu ihrem historischen und unwiderruflichen *Ereignis* kam, ein Frühling im Jahr 40, als sie im Esplanade saßen, wo der russische Großfilm *Stjenka Rasin* mit herrlichen Gesängen über die Wolga lief, und im Burgkino, wo der *Stern von Rio* gezeigt wurde, eine wunderbare spanische Romanze, ein Frühling, als sie jeden Sonntag die Promenade entlangspazierten, als sie ein glückliches Paar waren, wie es der Straßenfotograf ausgedrückt hatte. Im Juni maturierte Sonja am klassischen Staatsgymnasium, damals wanderten sie sonntags auf den Sveti Urban hinauf und lagen unter einer Birke oder unter blühenden Kirschbäumen und betrachteten durch die weißen Blüten die weißen Wolken am Himmel, die Himmelsreisenden. Und rezitierten Mácha: *Es war spät Abend – erster Mai – / Abends der Mai war Liebeszeit. / Das Täubchen rief zur Lieb herbei, / Der Föhrenhain duftete weit.* Es war eine Zeit des Friedens und des Lachens, sie sangen sich eine Melodie aus einer Operette von Franz Lehár vor, *Das Land des Lächelns*, die damals im Theater in Maribor aufgeführt wurde. Sonja kannte das Lied im Original, sie konnte Deutsch: *Dein ist mein ganzes Herz.*

Nicht nur das Herz. Nach jenem Ereignis, als sie sich schämte, mit offenem Mund geschlafen zu haben, und als sie mit raschen Bewegungen das Laken mit dem Fleck *primae noctis* im Schrank verstaute, wurden die beiden auch übermütig. Und er dachte nicht nur an ihren Blick oder daran, wie sie lächelte. Wenn er nach Vorlesungen allein in seinem Zimmer hockte, durchströmten ihn Gedanken an ihre Brüste, ihren glatten Bauch, Erregung, Begierde, ihre heißen Schenkel. Vor den Weihnachtsfeiertagen schickte er ihr einen schlüpfrigen Vers, ich wäre gerne bei dir, schrieb er, wenn du das liest, um zu sehen, wie du errötest. Ich hoffe, dass wir bald allein sein werden können, es wird schwer sein, aber spätestens zu den Heiligen Drei Königen

… kommt ein Segen dir
zwischen deine strammen Schenkel hier.

Sie errötete wirklich, aber noch am selben Abend beantwortete sie neckisch seinen Brief:

Warten auf die Drei, warum?
Segen gibt's schon früher zu kriegen.
Schon um Neujahr herum
werden wir … uns in den Armen liegen.

Es war nicht nur die Zeit des Lächelns und der Sternsinger-Umarmungen, es war auch eine Zeit der Tränen und eine Zeit der Trennung. Sie inskribierte Medizin in Graz. Als er von ihrer Entscheidung erfuhr, war Valentin verdrossen.

Warum in Graz? Auch in Ljubljana gäbe es ein Medizinstudium. Sie könne in Ljubljana studieren, sie könnten gemeinsam im Tivoli und auf die Burg spazieren, an der Save entlang, im Sommer im Ilirija-Bad schwimmen gehen.

Es war nicht möglich. Der Vater wolle es so, er habe dort seinen Abschluss gemacht, in jenem Jahr, als sie, Sonja, zur Welt kam. Die Grazer Medizin sei herausragend, sie werde in Graz studieren. An der Karl-Franzens-Universität. Aber, widersprach Valentin, ihr Vater habe in Österreich studiert, und nun sei dort Deutschland, gewiss besuchten nun Hitlers Leute in braunen Hemden jene Universität. Natürlich wisse der Vater, was nun dort sei, Österreich gäbe es nicht mehr. Aber ein Studium sei ein Studium, und Politik sei Politik, sei Sonjas Vater überzeugt, er sei ein Arzt mit Herz und Verstand, das Wichtigste sei, dass man etwas könne, wenn man im Leben etwas Gescheites tun wolle, Menschen helfen, das sei der Sinn des

Ganzen. Auch Sonja denke so, sie interessiere sich nicht für Politik, sie wolle Ärztin werden, seit ihren Kindertagen, als sie ihren Vater im weißen Kittel bei der Arbeit im Krankenhaus beobachtet habe, als sie stolz auf ihn gewesen sei, seit damals habe sie auch selbst diese Arbeit verrichten wollen. Sie interessiere sich für Medizin. Auch ein wenig für das Theater, in der Gymnasiumsvorstellung von Sophokles' *Ödipus* habe sie Iokaste gespielt. Sie interessiere sich für Poesie, sie konnte Verse von Mácha und Gradnik auswendig. Auch Rimbaud. Medizin, das Theater, Poesie und die Liebe, also Valentin. Valentin befände sich in der Gegend, wo in ihrem Herzen die Verse zahlreicher Dichter wohnten. Die Medizin aber sei etwas, was unausweichlich sei, dringend, sinnvoll und klug. Es sei anders nicht möglich, nicht möglich. Als er schließlich nach Ljubljana zurückging, begleitete sie ihn zum Bahnhof, sie würden sich schreiben, Treue bis ins Grab, sie würden sich lieben, sie umarmten sich lange, sie winkte ihm mit Tränen in den Augen nach, stand reglos auf dem Bahnsteig und blickte dem Zug nach, der auf die Brücke über die Drau fuhr. Sie ging nach Graz, er nach Ljubljana, er wird zurückkehren, er wird zurückkehren, die Zugräder ratterten über die Brücke, auch ich werde zurückkehren, sie würden sich finden, die Liebe überwindet jegliche Distanz, die Liebe überwindet alles.

7

Außer den Krieg. Der Krieg bezwingt alles, sogar diejenigen, die sich bekriegen. Und diejenigen, die nur darauf warten, dass es vorbeigeht. Sonja wartete darauf, dass es vorbeiging. Auch Valentin hatte lange gewartet, dass es vorbeiging. Im Übungsraum der Geodäsie an der technischen Fakultät der Universität König Alexanders I. in Ljubljana unterrichtete er die Studenten im Zeichnen von Landkarten, sie wanderten auf den Rožnik und zum Barje, dem Moor, wo sie mit dem Theodolit arbeiteten. In seinem Zimmer im Trnovo-Viertel, wo er schon seit seiner Studienzeit wohnte, schrieb er Briefe. Auch Sonja schrieb Briefe, manchmal während der Vorlesungen. Es war Krieg; bald nachdem sie sich am Bahnhof verabschiedet hatten, wurden die Zeitungen und Radionachrichten von Berichten über den Krieg überschwemmt. Aber der Krieg war woanders, in Polen, in Frankreich und in Belgien. Die Briefträger, auf die sie warteten, die Briefe, die sie mit bebenden Händen öffneten, die Seelen, die wegen der Entfernung schmerzten, aber auch vor Eifersucht, die sich zwischen Liebes- und Treuebezeugungen wiederfanden, alles war wichtiger als der Krieg, der woanders tobte. Liebster, heute Abend saß ich am Tisch und starrte ins Lehrbuch und merkte mir rein gar nichts. Weißt du, warum? Weil ich an dich dachte. Rimbaud: *Ich sah die Zweige sich beleben / Und einen kleinen Strahl vergnügt.* Das warst du, ein kleiner Strahl. Ich küsste dich auch noch, als ich beinahe schon schlief. Geliebte! Die Trigonometrie und ihre Winkel sind so langweilig und unbedeutend, wenn ich an dich denke. Weil die Welt der Maße und Messungen im Vergleich zu dem, was du bist, unermesslich ist. Der Mittelpunkt der Welt, meiner. Erinnerst du dich an den *Stern von Rio*? Liebster, ich hoffe, dass unter deinen Studenten keine Blonde, Schwarzhaarige oder Brünette dabei ist, du weißt ja, was ich ihr antun werde. Meine Einzige, wie ich deine Briefe erwarte. Beim Studium des Bauingenieurwesens gibt es keine Studentin. Ich führe ein eigenbrötlerisches Leben und warte auf unser Treffen. Ach, Tine, gestern wurde mir bei der Anatomieübung schlecht, ich wäre beinahe in Ohnmacht gefallen. Jetzt habe ich mich wieder erholt, ich bin die Mur entlanggegangen und habe die schwimmenden Eisschollen betrachtet, komm, um mich zu wärmen. Nun, hier am Abend, schicke ich dir ein paar Verse von Gradnik, ich habe sie nicht abgeschrieben, ich kann sie auswendig: *Es ist Abend, Abend, nun wird's Nacht, drück fester der Hände Umarmung und sacht …* Was wir haben, ist wichtiger als Medizin und Geodäsie. Die Poesie wurde wichtiger als die Geodäsie und die Medizin, die Briefe reisten zwischen Graz und Ljubljana, voller poetischer Passagen, sie wurden eine Anthologie aus Zitaten der Weltpoesie: Mácha, Gradnik, Byron, Puschkin, Rimbaud, Baudelaire, Keats, Lermontow, Goethe, Prešeren, Lili Novy.

Poesie überwindet alles. Außer den Krieg. Er war noch immer weit, aber er kam näher. Letzte Nacht, als ich dir Gradniks Verse schrieb, öffnete ich das Fenster und hörte das Lärmen der Massen. Auf dem Hauptplatz gab es wieder eine Versammlung, sie stellten Lautsprecher auf und schrien. Wie diese Leute schreien! Es ist so eine schöne Stadt, aber immer krächzen irgendwelche Lautsprecher und marschieren Männer in braunen Hemden herum … Liebste, kümmere dich nicht um sie, wir beide müssen nur an unsere Zukunft denken, wenn du dein Studium beendest, werden wir für immer zusammen sein. Die da oben in Graz sollen ruhig am Hauptplatz lärmen. Hauptsache, sie tun es nicht bei uns. Und denke auch an den nahenden Sommer, wir werden wieder zusammen sein, ich kann gar nicht glauben, wie viel Zeit wir für alles haben werden. Auch für neue und wieder neue Ereignisse tagsüber, und nachts.

Ihre Treffen in Maribor wurden immer seltener, jedes Mal, wenn sie einander fanden, sprangen sie sich beinahe wild in die Arme. Zuletzt waren sie im Jahr 40 für längere Zeit beisammen gewesen. Sonja dachte darüber nach, ihren Eltern von ihrer Beziehung zu erzählen, vielleicht würden sie so etwas wie eine Verlobung vereinbaren. Zuerst würde sie es ihrer Mutter erzählen, die so oder so etwas ahnte, und diese ihrem Vater, der nichts ahnte, natürlich wäre er nicht begeistert. Zuerst das Diplom, dann reden wir weiter, so würde er sprechen. Sie vereinbarten, noch ein wenig zu warten, es würde keine Verlobung geben, wenn die Zeit käme, würde es gleich eine Hochzeit geben. Wenn Doktor Belak etwas dagegen haben sollte, rief sie aus, dann werde ich schwanger. Mit deiner Hilfe, lachte sie. Zu Diensten, sagte Valentin.

Sie waren noch immer ein glückliches Paar, so glücklich, dass sie zunächst nicht bemerkten, was um sie herum geschah. Aber es war schwer, trotz der Liebe, die alles überwindet und auch alle blind macht, nicht zu bemerken, dass die Welt immer mehr aus den Fugen geriet. Dass sich die Erdkugel deshalb, weil die Welt aus den Fugen geraten war, eigenartig zu drehen begann. Wenn sie aus den Fugen gerät, erklärte Valentin, hat sich ihre Drehachse verschoben. Und das kann nicht ohne irgendwelche größeren Verschiebungen und Feldlinien aus dem Kosmos geschehen. Vor allem aber ist die Erde nicht rund, sondern ein Geoid. Für Geodäten genau genommen ein Ellipsoid, denn nur die Form eines Ellipsoids kann für die Erstellung von Landkarten verwendet werden, ein Ellipsoid ist ein mathematischer Näherungswert eines Geoids, den man vereinfachen kann zu einer korrekten Kugelform. In Wahrheit ist die Welt aber keine Kugel. Kugel, Geoid, Ellipsoid, die Welt war aus den Fugen geraten, und komische Dinge gingen vor. Sonja bemerkte das im Wintersemester, als plötzlich ihre Universität, auf die ihr Vater Anton Belak so stolz war, nicht mehr Karl-Franzens-Universität hieß, sondern Reichsuniversität Graz. Und ungefähr ein Drittel der Professoren kam nicht mehr zu den Vorlesungen. Es fehlten auch einige Studenten, es war unmöglich, nicht zu bemerken, dass etwas nicht stimmte. Als sie nach Hause kam, erzählte ihr der Vater, dass sie alle Professoren jüdischer Herkunft aus der Uni geworfen hatten, wahrscheinlich auch die Studenten. Und dass sich die Dinge schlecht entwickelten. Vielleicht kämen auch die slowenischen Studenten an die Reihe. Er beschloss, dass seine Tochter zu Hause bleiben würde, solange nicht klar sei, was eigentlich vor sich ging. Dieses Wintersemester, bis sich alles zusammen beruhigte, das könne ja nicht ewig dauern, dann würde sie wieder hinaufgehen und die Prüfungen machen, die ihr noch fehlten.

Sonja blieb in Maribor, in ihrem Zimmer blätterte sie im Anatomie-Lehrbuch, schrieb Briefe und hatte Sehnsucht. Aber plötzlich war auch der Krieg nicht mehr woanders, in Polen und in Frankreich. Im April 41 marschierte die deutsche Wehrmacht in die Stadt ein, die einheimischen Deutschen, auch ziemlich viele Slowenen unter ihnen, empfingen sie mit Begeisterung. Einige Tage danach kam auch der große Führer des Großdeutschen Reichs, Adolf Hitler, umzingelt von seiner Offizierskamarilla in Ledermänteln. Sie beschauten die eingestürzte Brücke über die Drau, die vor ihrem Rückzug von der jugoslawischen Armee gesprengt worden war, dann trug Hitler im Burgsaal seinen Getreuen, die vor glücklicher Ergriffenheit rasten, auf, ihm dieses Land wieder deutsch zu machen. Und als Valentin vor Ablauf des Wintersemesters nach Hause kam, hätte er seine Stadt beinahe nicht mehr wiedererkannt. Die Straßen und Cafés waren voll von Männern in Uniform, alle öffentlichen Aufschriften waren deutsch, an den runden Litfaßsäulen teilten ihm große Lettern mit, dass er kein Slowene war: *Du bist kein Slowene! Du bist ein heimattreuer Steirer! Du bist ein Glied der deutschen Volksgemeinschaft!* Jeder konnte ein Mitglied der deutschen Volksgemeinschaft werden, jeder konnte auch einen Personalausweis erhalten, man musste davor nur mit Vater und Mutter durch eine Rassenbegutachtung. Nachdem man ihn sich genau angesehen hatte, Haar- und Augenfarbe in ein Formular eingetragen sowie der Schädel abgemessen wurde, bekam er die Bewertung III, obwohl nicht viel zu einer II fehlte, was ziemlich günstig war, da es bedeutete, *vornehmlich nordische Rasse mit harmonischer Beimengung einer dinarischen und westlichen*, aber Valentin war trotzdem eine III, *relativ ausgeglichener Mischling*, was ihm noch immer ermöglichte, dass er eine grüne Kennkarte erhielt, mit der er nach Ljubljana und zurück würde reisen können. Glück hatte er auch bei seiner politischen Begutachtung, niemand aus der Kommission konnte behaupten, dass er aus einer Familie käme, die den Deutschen feindlich gesinnt sei. Diese Familien wurden alle abgewiesen, größtenteils auch bald ausgesiedelt. Unverzüglich begannen sie Personen zu entfernen, die aus rassenbiologischer Sicht eine Last für die deutsche Blutgemeinschaft waren, das heißt Narren, Idioten, genetisch belastete Menschen, Schwerverbrecher, Landstreicher und Zigeuner. Er war nichts davon, er erhielt den Ausweis, und das Leben ging weiter. Auch an so manchem Sonntag in ihrem Zimmer, wenn die

Mutter bei Verwandten auf dem Land war und der Vater
Nachtdienst hatte. Und an so manchem Abend, als sie die Promenade entlang ins Kino gingen. Im Esplanade lief die Liebes-
romanze *Stärker als die Liebe.* Stärker als die Liebe war die
Pflicht, Treue zum Vater, einem Oberförster, und nicht zum
Liebhaber, einem charmanten und charakterlosen Gutsinsp-
ektor und heimlichen Wilddieb, der das unschuldige Mäd-
chenherz erobert hatte. Die Pflicht besiegte die Liebe, und der
Verführer versank im Moor. Vor dem Film stand die *Wochenschau* auf dem Programm, blonde und braun gebrannte deutsche Soldaten spazierten durch Paris, im Sommer rasten die
Panzer über ukrainische Ebenen und machten alles unter sich
dem Erdboden gleich. Man wird etwas tun müssen, sagte Valentin, als er erfuhr, dass man die Familie seines Mitschülers
nach Serbien ausgesiedelt hatte, man wird etwas tun müssen.
In ihrem Zimmer erzählte er ihr flüsternd, dass ihn bei
Geo-Übungen ein Student angesprochen habe, er habe gefragt, wie er das Imponiergehabe der italienischen Soldaten in
Ljubljana aushalte. Jeden Tag wurde vor dem Kazina-Gebäude
zu Klängen des Militärorchesters die italienische Flagge ge-
hisst. Schlecht, sagte Valentin, noch schlechter, was die Deutschen in Maribor anrichten. Also, fragte der Student, werden
wir etwas unternehmen? Misch dich nicht ein, hatte Sonja gesagt, verstrick dich nicht in die Politik. Er hatte gesagt, dass er
es nicht tun werde, er werde sich nicht verstricken, aber er hatte es bereits getan, er konnte das nicht mehr mit ansehen, die
Wochenschau in Maribor im Kino und das Hissen der Flagge,
die Märsche der einheimischen Wehrmachtler, der Polizisten
mit den gewichsten Stiefeln, das Krächzen jener Stimme aus
dem Radio. Und in Ljubljana die Italiener, die aufgeplusterten
Offiziere in Uniform, die Militärmusik vor dem Kazina, *giovi-*

nezza, giovinezza, primavera di belezza, die Ausganssperre, das Eindringen der Polizisten in die Hörsäle. In den Wäldern sammelten sich Aufständische, erzählte ihm bei der nächsten Übungseinheit jener Student, *gošarji*, die Wäldler. Sie suchten ihre Sympathisanten unter den Studenten und Professoren. Alles wurde plötzlich stärker als die Liebe, er hatte sich in eine geheime Organisation verstrickt, die sich Befreiungsfront nannte. Der Student, der sein Verbindungsmann wurde, sagte, dass er selbst der Gemeinschaft der Christsozialen angehöre, alle nationalbewussten Leute seien dabei, die halbe Uni, sagte er, gewiss übertrieb er, auch Kommunisten sind dabei, lachte er, das heißt, dass die Russen auch auf unserer Seite sind.

Ein gutes Jahr hatte er es nicht nach Maribor geschafft. Es war schwer zu reisen, man musste jedes Mal die italienisch-deutsche Grenze passieren, überall lauerten Polizisten, und ständig kontrollierten sie die Papiere. Aber die Post funktionierte, die Briefe kamen an. Zum letzten Mal kam er im Jahr 43. Sie trafen sich nicht, Valentin hatte sich schon für etwas entschieden, worüber er weder mit seinem Vater noch mit Sonja reden wollte, seine Entscheidung hätte unnötig belastet werden können. Trotzdem hinterließ er eine Notiz in ihrem Briefkasten, dass sie einander einige Zeit nicht sehen würden, er werde mit den Pfadfindern eine Reise machen. *Ich ging im Walde ...*, schrieb er ein wenig übermütig Goethes Vers auf Deutsch, Sonja kannte den Vers:

Ich ging im Walde
So vor mich hin,
Und nichts zu suchen,
Das war mein Sinn.

Es war unsinnig und doch ein wenig unvorsichtig. Wer würde mit den Pfadfindern mitten im Krieg in den Wald gehen? Vielleicht wollte er trotzdem, dass sie wusste, wohin er ging, ins Blaue hinein. Er ging nicht einfach ins Blaue hinein. Er wusste, wohin er ging. Zuerst zu Pintarič nach Pobrežje, in seine Fahrradwerkstatt. Er kam mit dem Fahrrad. Er sagte, dass drei Speichen auf dem Hinterrad gebrochen seien. Meinen Sie die Spitzen?, fragte Pintarič. Die Spitzen, ja, sagte Valentin. Pintarič lächelte. Sie werden oben warten, sagte er.

Er war sozusagen mit dem Fahrrad zu den Partisanen gefahren, zum ersten Gefecht fuhr er mit dem Zug, genau genommen mit einer kleinen Schmalspurbahn.

8

Sein erstes Partisanen-Gefecht war siegreich, er war mit dem Zug dorthin gefahren. Keinem echten Zug, so einem kleinen, einer Schmalspurbahn, die auf kleinen Waggons Holz aus dem Wald führt. Es war eine beinahe fröhliche Wanderung zu einer großen Säge im Pohorje-Gebirge in der Nähe von Lovrenc. Du, der du bei den Pfadfindern warst, sagte der Kommandant, als er die Kämpfer für den Angriff einteilte, mit etwas spöttischem Lächeln sagte er es, du gehst auch mit.

– Du wirst sehen, wie es ist, wenn es ein wenig um die Birne pfeift.

Er sagte, er solle sich an Polde halten, er sei ein erfahrener Kämpfer, wenn du auf Polde hörst, wird dir nichts passieren. Tine schien, die Pfadfinder und dieses spöttische Lächeln seien etwas, das sich der Kommandant, der nicht älter war als er, vielleicht sogar etwa ein Jahr jünger, ersparen hätte können, er war nicht hierhergekommen, weil er Angst hatte, dass es um seinen Kopf knallen würde. Und dass er bei den Pfadfindern war, konnte nur von Vorteil sein, er konnte sich besser als die anderen in der Natur orientieren, ein Zelt in Rekordzeit aufstellen, er kannte den Morsecode, er hatte schon vor dem Krieg mit seinen Freunden schießen geübt, warum hätte er bei Polde bleiben sollen? Weil er erfahren ist, er war an unzähligen Gefechten und Requisitionen beteiligt. Eine Requisition bedeutete Beschlagnahme von Nahrungsmitteln, Kleidung, alles, was die Partisanenarmee benötigte. Polde wusste, was Requisition war, vor dem Krieg war er ein Steuereintreiber, er arbeitete am Finanzamt. Und turnte beim Sokol-Verein, bei den Falken, er hielt auch einen zehnstündigen Marsch durch, er war ein Wanderer, ein hervorragender Schütze, er war unter den Ersten gewesen, die in die Berge gingen, schon im Jahr 41.

Die Gewehre wurden kontrolliert. Das Gewehr der jugoslawischen Armee, ein Sokol-Karabiner M1924, das man ihm vor ein paar Tagen gegeben hatte, sah einwandfrei aus, fast wie neu, gut geschmiert. Sie leerten die Rucksäcke, denn wenn sie zurückkehrten, würden sie gefüllt sein, auch das war der Zweck der Aktion. Am Nachmittag war ein Feldwebel aus dem Tal gekommen, ein zerzauster und schnaufender Bursche von einem Bauernhof über der Säge, die sie vorhatten anzugreifen. Er erzählte, dass sich in der Nähe keine Wehrmacht-Einheiten befänden, der Gendarmerieposten hingegen sei gut befestigt, darin sieben oder acht Bewaffnete mit Gewehren, er habe auch zwei Schmeisser gesehen, ein SS-Offizier aus Maribor sei zu Besuch.

Aus ihrem Lager machten sie sich bei der ersten Morgendämmerung auf, sie gingen ungefähr drei Stunden ohne Unterlass, das war also ein Feldmarsch, dachte Valentin, die Schuhe waren fest, wasserfest, dieses Kämpfen im Wald war gar nicht so schwer, wie er es sich vorgestellt hatte, er hatte Essensvorräte im Rucksack, Munition, vierzig Patronen für das Gewehr, das Gewehrschloss war gut geölt, er war ausgeschlafen, ausgeruht, wenn die Aktion vorbei war, würde er wieder auf dem Heuboden oder unter einem Zelt einschlafen, egal, er brauchte nicht daran denken, auch nicht daran, was unten im Tal war, ein Bett, Komfort, die Straße, das Schwimmbad, Ausflüge mit Sonja, auch der sonnige Hörsaal am Bauingenieurswesen-Institut in Ljubljana, das Zimmer in Trnovo, er durfte an nichts anderes denken als an den Marsch, an das, was jetzt war, alles andere war eine längst entfernte Vergangenheit und eine ungewisse Zukunft, dort, wo das Ende dieses Marsches war, vieler Märsche, dort war der Sieg, etwas wie die Freiheit, von der Kommissar Vasja sprach.

Den Holzaufladeplatz auf einer kleinen Hochebene mitten in einem Hang erreichten sie gegen neun Uhr. Durch die Wolken schien der Mond, und sie bestiegen die kleinen Waggons. Man konnte nicht sehen, dass jemand Angst gehabt hätte, sie scherzten laut, als der kleine Zug begann, in Richtung Tal zu rattern, und der Kämpfer, der vorne saß, ruckartig in den Kurven bremste, vielleicht scherzten sie gerade deshalb laut, weil sie Angst hatten. Valentin fühlte jedenfalls, dass ihm eine Art Bangigkeit, Aufregung vom Magen in Richtung Kehle hochstieg, ja, er gestand sich ein, dass auch ein wenig Angst dabei war. Als sich die Fahrt dem Tal näherte, unterbrach der scharfe Befehl des Kommandanten die fröhliche Fahrt, und sie stiegen in völliger Stille ab. In der Säge brannte Licht, lautes schrilles Kreischen der Kreissäge war zu hören, Hammerschlagen. Sie arbeiteten auch nachts.

Einige Kämpfer legten sich in den Hinterhalt gegen den Gendarmerieposten, die übrigen näherten sich vorsichtig dem Verwaltungsgebäude und drangen einen Augenblick später ein. Im Büro des Werkleiters, der auch der lokale Sturmführer war, brannte Licht. Als Kommandant Matevž mit seinem Bergschuh gegen die Tür trat, saß ein Mann in Zivilkleidung am Tisch, hielt einen Bleistift in der Hand, offenbar schrieb er etwas, nun stand er auf und hob die Hände: Den hatten sie gesucht, den Sturmführer, den Leiter des örtlichen Amtes für Militärerziehung.

– Und wo ist deine Uniform?, rief Matevž aus.

– Welche Uniform?, stotterte der Mann mit dem Bleistift, ich habe Nachtdienst.

– Dienst, spottete Matevž, und wenn du nicht im Dienst bist, jagst du uns in Uniform hinterher, was?

Einige Partisanen hatten sich ins Büro gedrängt, einige warteten an der Tür, neugierig, was passieren würde, nichts Gutes sollte diesem Verräter widerfahren.

– Verräter, schrie Matevž, du verdammter Scheißdeutscher, du gekaufter!, schrie er.

Der Sturmführer setzte sich auf den Stuhl.

– Wie heißt du?, fragte Matevž ruhiger.

– Breznik.

– Ich weiß, wie du heißt, Breznik, wir wissen alles über dich. Wo ist deine Waffe?

Breznik öffnete eine Schublade, zog eine Pistole heraus und legte sie auf den Tisch.

– Ist sie geladen?

Breznik nickte.

Matevž nahm die Pistole.

– Natürlich ist sie geladen, sagte er. Warum ist sie geladen?

Breznik zuckte mit den Schultern und irrte mit dem Blick erschrocken im Raum, zur Tür und zum Fenster, als suche er einen Ausgang.

– Warum sie geladen ist, hab ich gefragt.

Im selben Augenblick stieß er ihm mit der Faust gegen die Stirn, dass er samt Stuhl rücklings unter das Fenster knallte.

– Warum sie geladen ist, hab ich gefragt.

Er wandte sich zu den Partisanen, die die Szene beobachteten.

– Sie ist deswegen geladen, weil er auf uns schießen wollte. Wie oft hast du denn schon auf uns geschossen?, wandte er sich wieder an den Mann, der es auf die Knie schaffte und versuchte aufzustehen.

– Wie oft?

Nun trat er ihn mit dem Bergschuh, dass der Mann wieder zu Boden donnerte.

Vom Gang war ein Drängen zu hören, jemand sagte, da hinein, eine Frauenstimme widersprach. Eine Frau im Mantel wurde in den Raum gestoßen, offenbar hatte sie sich ihn schnell umgehängt, unter dem Mantel schaute ihr Nachthemd hervor.

– Wir haben die Wohnung durchsucht, sagte einer der beiden Kämpfer, die die Frau brachten, wir haben seine Waffe beschlagnahmt.

Breznik versuchte erneut vom Boden aufzustehen.

– Was soll das heißen, sagte die Frau, dass sie in eine Wohnung eindringen, dass sie eine Frau mitten in der Nacht … Sie benehmen sich wie Banditen.

– Wir sind Banditen, sagte Matevž höhnisch, für Sie sind wir Banditen. Diese Dame, die Frau dieses Herrn Sturmführers, sagte er und wandte sich an die Seinen, ist die Leiterin des örtlichen Nazi-Frauenamtes.

Er trat zu ihr:

– Habe ich das richtig gesagt?

– Ja, sagte sie trotzig. Leiterin.

– Sie ist stur, sagte einer der Partisanen.

– Abknallen, die Hure, sagte ein anderer.

Die Frau drehte sich zu ihrem Mann, der es inzwischen auf die Beine geschafft hatte.

– Du wirst doch nicht erlauben, dass sie so mit mir reden, sagte sie aufgeregt, wie reden denn die mit einer anständigen Frau, diese dahergelaufenen Kerle? Wo kommen die denn her?

Breznik schüttelte den Kopf, als wollte er sagen, sie solle den Mund halten, nicht provozieren.

Matevž bot ihr einen Stuhl an. Sie setzte sich hin, widerwillig zog sie ihren Mantel über die Knie und murmelte erhobenen Hauptes etwas vor sich hin.

– Ihr werdet einige Sachen beantworten, sagte Matevž, Frau Leiterin und Herr Sturmführer.

Die Partisanen lachten verhohlen, nun würden sie Zeugen eines Verhörs werden.

Einen Augenblick später aber drehte sich Matevž zur Tür:

– Was glotzt ihr, zum Teufel, ins Werk, sofort!

Polde stieß Tine in die Rippen, sie liefen den Gang hinunter und in den Hof. Sie hörten, wie die Kreissäge hustete und verstummte. Als sie durch die offene Tür eintraten, standen an der Wand vor vorgehaltenen Waffen der Kämpfer etwa fünfzehn, zwanzig verschreckte Arbeiter. Vor ihnen ging mit in die Hüfte gestemmten Armen der Kommissar hin und her und sprach:

– Deutsche Sklaven, das seid ihr. Sogar nachts arbeitet ihr für den Okkupator, der in unsere Heimat gekommen ist, um sie zu zerstören. Während wir für eure Freiheit kämpfen. Habt ihr je daran gedacht?

Die Arbeiter blickten einander erschrocken an, ein älterer Mann schüttelte den Kopf.

– Du hast nicht daran gedacht, was?, schrie ihn der Kommissar an, dass seine Hände zu zittern begannen.

– Warum zitterst du?, sagte der Kommissar ruhiger.

Der Mann sagte leise etwas.

– Ach, deswegen?

Der Mann nickte. Kommissar Vasja wandte sich an die Partisanen.

– Waffen runter, verdammt noch mal. Wer hat euch befohlen, die Waffen auf arbeitende Menschen zu richten?

Die Partisanen senkten ihre Waffen zu den Beinen.

– Ihr braucht keine Angst zu haben, fuhr der Kommissar fort. Ich habe euch gesagt, wer wir sind.

Er stemmte seine Arme in die Hüften und fuhr mit feierlicher Stimme fort:

– Wir sind die Befreiungsfront des slowenischen Volkes. Eure deutschen Herren verbreiten mit blutiger Hand Tod und Zerstörung in unserer schönen Heimat. Und ihr arbeitet für sie, wenn unsere Heimat frei sein wird, werdet ihr für euch und eure Familien arbeiten, ihr werdet nicht mehr deutsche Sklaven sein. Habt ihr verstanden?

Alle nickten. Vasja war zufrieden, weil sie verstanden. Er ließ die Arme sinken, nahm eine Zigarettenpackung aus der Hosentasche, zündete sich eine an und fügte hinzu:

– Übrigens werdet ihr schon morgen nicht mehr für die Okkupatoren arbeiten, wir werden die Säge anzünden.

In der Ferne waren Schüsse zu hören. Zuerst ein paar einzelne, dann eine Garbe aus einem Maschinengewehr.

– Das ist unser Hinterhalt, sagte Polde, die Gendarmen sind aufgewacht und dringen zur Säge vor.

Sie gossen Petroleum über einen Haufen Holz, jagten die Arbeiter in den Hof hinaus.

Als Valentin vor die Säge kam, tobte drinnen schon das Feuer. Aus der Kantine im Werksgebäude trug eine Gruppe von Partisanen Säcke mit Nahrungsmitteln und Zigarettenkisten hinaus. Von irgendwo brachten sie Gewehre und luden alles zusammen auf die Waggons. Matevž führte mit einigen Partisanen den Sturmführer und seine Frau aus dem Büro. Nun schwieg sie. Sie blieben in der Mitte des Hofs stehen, zwischen den schweigenden Arbeitern. Während das Feuer prasselte und im Schein der Flammen, die schon durch die Fenster und Türen der Säge drangen, verkündete Matevž, dass Sturmführer Breznik, Leiter des örtlichen Amtes für Militärerziehung und Werksleiter in der Säge, ebenso seine Frau, *Leiterin des Frauenamtes*, wie er auf Deutsch sagte, wegen Verbrechen am slowenischen Volk zum Tode verurteilt seien.

Breznik knickte ein, dass ihn zwei stützen mussten, seine Frau ging mutig zum Schuppen, wohin man ihnen befohlen hatte zu gehen. Die Schüsse aus der Ferne, dort vom Gendarmerieposten, verstummten, offenbar hatte der Hinterhalt an der Straße das Vordringen der Gendarmen gestoppt.

9

Als sie die Wagen in die Mitte des Hangs geschoben hatten, wo auf der kleinen Hochebene beim Holzaufladeplatz die Strecke endete, fielen sie einer nach dem anderen um und rangen nach Luft. Unten brannte die Säge, die Flammen erhellten den Hof, auf dem winzige Gestalten herumrannten.

– Sie löschen, sagte Polde.

Aus dem Amtsgebäude trugen sie Kanister voll Wasser und schütteten sie auf die brennende Wand. Oben waren Rufe zu hören, jemand gab laute Befehle, aus dem Schuppen neben dem Gebäude zogen sie eine Wasserpumpe und breiteten Schläuche aus, ein Motor heulte auf, und nach einiger Zeit rann ein Wasserstrahl aus einem Schlauch.

– Wenn ich hinpissen würde, würde das mehr bringen, sagte jemand laut, und unter den Partisanen brach auf dem gesamten Ladeplatz schallendes Gelächter aus. Ein Gelächter der Erleichterung nach der langen Beklommenheit des Vortages, nach der Angst vor der Aktion, der Atemlosigkeit und dem Hämmern ihrer Herzen beim Laufen und Schießen dort unten, Gelächter nach gut erledigter Arbeit. Eine beschlagnahmte Schnapsflasche machte die Runde, sie zündeten sich Zigaretten an, jemand jauchzte auf, als wäre er auf einer Hochzeit, es sah so aus, als würde sich ein allgemeines Trinkgelage entwickeln, aber abgehackte Befehle, Abmarsch, unterbrachen alles, sie schulterten ihre vollen Rucksäcke und reihten sich in einer Kolonne auf, einige Augenblicke später drängten sie über einen engen Waldweg bereits den Hügel hinauf. Unter dem Bergrücken gesellten sich ihnen die Kämpfer hinzu, die gegen den Gendarmerieposten im Hinterhalt gelegen hatten. Die Hinzugestoßenen reihten sich in die Kolonne ein, schnell verbreitete sich die Kunde: Sie hatten die Gendarmen zurück zum Posten gejagt, unter den Schüssen aus dem Hinterhalt seien zwei liegen geblieben, man wisse nicht, ob sie tot seien, denn auch die Partisanen hätten sich nach einem kurzen Gefecht weiter hinauf in den Wald zurückgezogen und dann der Hauptgruppe nach zum Lager aufgemacht. Einer der Gefallenen sei ein SS-Offizier aus Maribor gewesen.

– Das war ein Spaß, sagte Valentin und wandte sich zu Polde, der hinter ihm her hechelte. Alles zusammen war so gut gelaufen, als wäre er wirklich auf einer Pfandfinder-Wanderung gewesen. Die Angst war den Hang zum gleißenden Licht dort unten hinuntergekullert, das langsam zwischen den Bäumen verschwand, den immer weiter entfernten Rufen der Arbeiter, die versuchten, das Feuer zu löschen, plötzlich war alles so einfach: Oben unter dem Rogla-Gipfel wartete ihr Lager mit den Zelten, die Köche in der Schlucht legten Scheite unter den Kesseln nach, in denen Wasser mit Fleisch- und Zwiebelstücken blubberte, unter seinem Zelt wartete eine Liegestatt mit einer Plane auf Fichtenästen, er würde schlafen, er würde von Sonja träumen, die nun in ihrem Zimmer lag und an ihn dachte, der entschlossen und mutig war und mit seinem geschmeidigen Körper den Berg unter seinen Füßen wegdrückte, die Angst war davongekullert, Mut und Heiterkeit bemächtigten sich seiner, er würde durchhalten, er würde durchhalten, es würde nicht so schwer sein, wie er gedacht hatte. Wenn er nicht daran dachte, was er durch das Fenster gesehen hatte, als sie jene zwei verbissenen Deutschtümler erschossen hatten, wenn er nicht an die verschreckten Arbeiter dachte, an denjenigen, der sich vor Angst beinahe angepisst hatte, vielleicht hatte er sich wirklich angepisst, dann war der Kriegsbeginn für ihn recht heiter gewesen. Wie der Blitz hatten sie die Säge eingenommen, sie waren mit den Waggons gefahren, nun am Ende der Aktion hatte sogar jemand aufgejauchzt, als wären sie bei einem Fest oder abends nach der Kirchweih. Und mit Rucksäcken voller Nahrungsmittel, Getränke und Zigaretten waren sie unterwegs zu ihrem versteckten, sicheren Lager.

– Und was für ein Spaß, lachte Polde hinter seinem Rücken. Du wirst schon sehen, was für ein Spaß das erst morgen wird, wenn sie anfangen, uns zu jagen.

Aber das war morgen, und morgen war noch weit weg, nun war es Nacht, und in ihm wohnte Kraft. Trotzdem tauchte dann schon beinahe gegen Morgen, als er auf der Plane unter dem Zelt lag und die gleichmäßigen Atemzüge Poldes hörte, vor seinen Augen das Gesicht jener vorlauten Frau auf, die nicht und nicht aufhörte zu reden, die nicht aufhörte zu reden und sie zu beschimpfen, sodass es vielleicht richtig war, dass ihr jemand den Mund gestopft hatte, vielleicht hätte man sie nicht dafür umbringen müssen, aber ihr den Mund stopfen, das musste sein, er sah ihr Gesicht, das sich vor Angst verzerrte, als sie erkannte, dass es ernst war, er sah das Fuchteln jenes Menschen, der kurz zuvor noch mutig gewesen war, und dann hatten bald seine Lippen begonnen zu zittern und die Hände in der Luft herumzufuchteln, als fange er Fliegen, als wollte er die Kugeln aufhalten. Die Kugeln aus dem Maschinengewehr, die bereits die Brust seiner Frau durchlöchert hatten, sie hatte die Hände darauf gedrückt, und zwischen den Fingern rann Blut hindurch, sie fiel unter der nächsten Garbe zu Boden, während er mit offenem, zitterndem Mund versuchte, etwas zu sagen, er fuchtelte mit den Händen, als auch er getroffen, mit dem Rücken an die Wand geworfen wurde, sodass er langsam zu Boden rutschte und verwundert, reglos sitzen blieb, als wäre er bereits tot und verstehe nicht, dass geschah, was geschehen hatte müssen.

Es tagte bereits, als Regentropfen an die Zeltwand zu prasseln begannen. Woher nun der Regen?, dachte er; als er sich schlafen gelegt hatte, hingen Sterne über den Fichten. Ihm schien, vom plötzlichen Regen war auch der Bach in der Senke zum Leben erwacht, er dachte daran, dass der Regen nun das Feuer in der Säge unten im Tal gelöscht haben musste, das Rauschen des Baches und das Prasseln der Regentropfen beruhigten ihn, und er fiel in einen tiefen Schlaf.

Als er aufwachte, hatte der Regen bereits aufgehört, er sah, dass er allein im Zelt war, Polde war schon aufgestanden. Und als er seinen Kopf aus dem Zelt streckte, drangen Nebelschleier durch die Äste, vom Bach in der Senke waren Stimmen zu hören, die Burschen kochten Kaffee. Er erinnerte sich an Poldes Ansage, dass der richtige Spaß erst heute begänne, wenn die Deutschen Hetzjagd auf sie machen würden, und ein wenig fröstelte ihn vor Kälte, die aus jenem Nebel stieg, ein wenig aber auch vor Beklommenheit ob dieser Ankündigung. Aber es sah nicht so aus, als könnte an diesem Tag irgendetwas geschehen, bei nächtlichem Regen und durch das Nass des Morgens würden sie bestimmt nicht durch die Wälder des Pohorje hinter ihnen herkriechen, dachte er. Am Bach warf er sich einen Schwall Wasser ins Gesicht und ins Genick, er stellte sich in die Reihe für den Kaffee, und nach den ersten warmen Schlucken wurde er von guter Laune erfasst: ein neuer Tag des Pfadfinderlebens. Er hörte die derben Scherze und das Lachen auf Kosten eines jungen Burschen aus Ruše, der sich beim Entleeren seines Darmes nicht weit genug in den Wald zurückgezogen hatte: Da werden uns die Schwaben bis hinunter ins Tal riechen, Gelächter, nicht nur riechen, auch hören, Gelächter, ob der Herr Toilettenpapier habe?, Gelächter. Unter den Wartenden in der Kaffeeschlange entwickelte sich eine Debatte, ob Zeitungspapier besser sei oder Moos. Farn sei nicht das Beste, Fichtenzweige noch weniger, am besten sei sowieso, man habe ein Buch im Rucksack, zum Beispiel *Mein Kampf*, das würde sich in einem Haus oder einem Gendarmerieposten immer finden und man könne schön die Blätter herausreißen.

10

Der Beginn seines Partisanentums war für Valentin Gorjan erfolgreich, siegreich, heiter und wie ein Pfadfinderausflug. Die Nebelschleier waren verraucht, durch die Wolken drangen ein paar Sonnenstrahlen. Nach dem Frühstück waren Gewehrkontrolle und -reinigung dran. Zwei Patrouillen kehrten zurück, die der Kommandant bei der ersten Morgendämmerung ausgeschickt hatte – eine den Weg hinunter, von wo sie nachts gekommen waren, die andere den Kamm entlang zum Ribniški vrh hinauf. Die beiden Patrouillen-Kommandeure berichteten, dass das Gebiet sauber sei. Nur in der Ferne, irgendwo auf der Maribor-Seite, hätten sie ein Flugzeug entdeckt, das über den Wäldern kreiste.

Um zehn stand Politische Bildung an. Kommissar Vasja erklärte, dass die Deutschen auf allen Fronten geschlagen würden, von Afrika bis Russland. Auf die Partisanen in Jugoslawien und Frankreich würden sie Rekonvaleszente hetzen, das heißt Krüppel, alte gebrechliche Gendarmen und tollpatschige

Wehrmachtler aus den heimischen Orten, die nicht einmal richtig schießen könnten und bei der ersten Garbe aus einem Maschinengewehr wie die Gänse auseinanderstoben. Die Stunde des Sieges sei nahe.

Zu Mittag machten sich die Köche an die Arbeit, sie schälten Kartoffeln und hackten Fleisch, Essen gab es nach dieser Nachtaktion in Hülle und Fülle, einige Säcke Kartoffeln, Äpfel, eine ganze Sau. Das Feuer knisterte fröhlich unter den Kesseln vor sich hin, ein Koch zog aus dem kochenden Wasser Fleischstücke heraus, Valentin saß vor dem Zelt und las *Das Deutsch-Ostafrikanische Schutzgebiet*, ein Buch, das er am Vorabend im Büro des Leiters eingesteckt hatte, Polde zündete sich eine Zigarette an, ein Mädchen beim Sanitätszelt, Polde erzählte ihm, sie heiße Marica und sei aus Slovenj Gradec, versuchte, an eine hohe Fichte gelehnt einen Faden in eine Nadel zu stecken, jemand im Nachbarzelt pfiff leise eine unbekannte Melodie.

In dem Augenblick fiel über dem Lager, irgendwo unter dem Kamm, ein Schuss.

Ein paar lange Augenblicke lang herrschte Chaos im Lager. Die Kämpfer rannten hin und her, packten ihre Gewehre, einige hängten sich ihre Rucksäcke um, jemand sprang zwischen den Zelten in Socken herum und suchte seinen verlorenen Schuh, der Koch goss Wasser über das Feuer unter einem umgefallenen Kessel, bei der Wache, bei der Wache, rief jemand, dort hat es geknallt. Dann jagte der Kommandant mit einer Gruppe von fünf, sechs Männern zwischen den Bäumen hinauf zum Wachposten, möglich, sagte Polde, dass das Gewehr des Wachmanns losgegangen ist. Das wäre nicht das erste Mal gewesen, es wäre durchaus möglich und sehr wahrscheinlich, denn die beiden Patrouillen hatten noch vor Kurzem die Kunde gebracht, dass es keine Wehrmachtler gäbe, keine Polizisten, keine Gendarmen, alles sei sauber, aber es war nicht alles sauber, wenn sie wirklich entdeckt und angegriffen wurden, würde das jemanden den Kopf kosten, jemand aus diesen zwei Patrouillen würde ins dreizehnte Bataillon geschickt werden, man wusste, was das bedeutete, dreizehntes Bataillon, man konnte nur hoffen, dass das Gewehr des Wachmanns versehentlich losgegangen war. Aber es war nicht versehentlich losgegangen, es war ein Warnschuss des Wachmanns, denn von oben hatte es schon gerattert, die Gruppe mit dem Kommandanten lieferte sich schon mit den Angreifern ein Gefecht. Im Lager herrschte noch immer Chaos, einige rissen Zelte nieder, drei Leute rannten zur Senke, sie flüchteten ja nicht, dachte Valentin, doch, sie flüchteten, er sah sie, wie sie sich umblickten, dann verschwanden sie im tiefen Dickicht. Oben ließen die Schüsse nach, kurz darauf kam zwischen den Bäumen der Kurier des Kommandanten wild auf seinem Hintern und Rücken hinuntergerutscht: Alle hinauf, alle hinauf, rief er, sie greifen nur von einer Seite an, alles hinauf, wir haben den Gipfel besetzt, wir halten den Gipfel. Valentin jagte Polde hinterher, hinauf, sein Herz hämmerte wild, das ist aber kein Spaß, das ist kein Spaß mehr, ich halte mich an Polde, ich halte mich an Polde, sie waren unter den Ersten am Gipfel, oben lagen hinter den Bäumen die Burschen und blickten gespannt auf den geschlägerten Hang unter sich. Der Kommandant zeigte liegend mit Gesten den Partisanen, die zum Gipfel gekrochen kamen, wohin sie sich legen sollten. Valentin lag neben Polde, alle waren still, auch auf der anderen Seite des Kahlschlags herrschte unheilverkündendes Schweigen.

– Wird nicht schlimm sein. Sind nur Wehrmachtler. Jägerbataillon.

Außer einigen Offizieren waren die Wehrmachtler fast alle einheimisch. Bauernburschen, Forstarbeiter, einige Angestellte, die man in Uniformen gesteckt und in ein paar Wochen mit Truppenübungen zum Kampf ausgebildet hatte. In den Augen der deutschen Offiziere waren sie keine sonderlich guten Soldaten. Aber sie konnten schießen, sie schossen, ihre Kugeln töteten auch. Jägerbataillon, Jägerbataillon, ach, und wir sind das Wild?

Dann flog unten unter dem Gipfel eine weiße Rakete in die Luft. Einen Augenblick später wurde eine rote abgefeuert, und da begann sich dort unten etwas zu bewegen. Grüne Uniformen begannen sich am Lichtungsrand hinauf zwischen niedrigem Gebüsch auf ihre Positionen zuzubewegen. Noch nicht, noch nicht, begann Polde neben ihm zu flüstern, noch nicht, noch nicht, offenbar war er wild gespannt und bekämpfte den Wunsch, den Abzug zu drücken, jemand anderer war noch gespannter gewesen, im rechten Flügel knallte ein Maschinengewehrschütze auf die vordringenden grünen Uniformen, einen Augenblick später begann, als hätten alle, regelrecht alle, nicht nur Polde, kaum den Augenblick erwarten können, die Schießerei, auch Valentin, er zielte, schoss, jemand in einer Uniform unten fiel, zwei packten ihn unter den Schultern und zogen ihn in den Wald, er wusste nicht, ob ihn seine Kugel getroffen hatte, es hätte seine Kugel sein können, er hatte in diese Richtung gezielt, die Wehrmachtler zogen sich nach links und rechts in den Wald zurück, ein Offizier mit einer Pistole in der Hand versuchte sie aufzuhalten, *vorwärts*, schrie er, *vorwärts*, aber einige drehten sich trotzdem um und rannten über den Kahlschlag und sprangen über Baumstümpfe, das Feuer der Partisanen war zu dicht, es zerfetzte das Laub am Waldrand, sie flohen, es war wie ein Sieg, noch ein Sieg, diesmal nicht der Sieg über die Säge im Tal, über Sturmführer Breznik und seine Frau, es sah so aus, als hätten sie eine richtige Militäreinheit in die Flucht gejagt. Aber sie hatten sie nicht in die Flucht gejagt, obwohl es wie eine Flucht ausgesehen hatte, war es dennoch nur ein Rückzug, die Wehrmachtler nahmen wieder Stellung am vorhergehenden Platz ein, das heißt, am unteren Waldrand. Einige Zeit herrschte Stille. Wie in längst vergangenen Schlachten, von denen Valentin in Büchern gelesen hatte, standen sich zwei Armeen gegenüber, in der Mitte ein ebenes Feld, das heißt, der Kahlschlag, ein sanfter Abhang, oben eine Armee, unten die andere, vor der fatalen Schlacht riefen sie sich provozierende Sätze über das Feld zu.

– Ergebt euch!, rief jemand von unten auf Slowenisch. Wenn ihr die Waffen übergebt, garantieren wir euer Leben.

– Ihr verdammten Schwaben-Schweine!, rief jemand von der Partisanen-Position, wir garantieren euren Tod.

– Schnauze, Bandit!, kam von unten geflogen.

– Komm rauf, wenn du dich traust!, rief wieder der Provokateur von oben.

– Hört auf zu schreien, verdammt, zischte der Kommandant. War aber nicht nötig, denn der Angriff ging von Neuem los. Diesmal kam der Einschlag von der Seite. Eine Gruppe Angreifer hatte sich wohl in der Zwischenzeit von der Seite an die Partisanen-Position herangeschlichen, vielleicht wollten sie den liegenden Kämpfern hinter den Rücken gekrochen kommen, aber sie hatten übersehen, wie weit nach rechts sich die Einheit der Schützen erstreckte, ein Partisan, der sie bemerkt hatte, stand auf, um leichter zu schießen, Gott weiß, warum er aufstand, im selben Augenblick bekam er einen Schuss in den Kopf. Valentin sah: Die Kugel traf ihn direkt im Auge, ein rotes Loch unter der Stirn, sein Gesicht wurde von

Blut überströmt, es warf ihn ein wenig zurück, er ließ das Gewehr los, ein paar Augenblicke suchte er mit den Händen in der Luft nach Halt, dann fiel er in sich zusammen wie ein leerer Sack, er blieb mit eingeklappten Beinen liegen. Valentin kannte ihn, es war Lojzek, ein Bursche von einem Bauernhof in Koroška. Zwei kamen angelaufen, um ihn aus dem Gebüsch zu ziehen, aber über ihren Köpfen zerrissen die Kugeln die Blätter, er konnte nicht in Sicherheit gezogen werden, es hatte auch keinen Sinn, er war tot. Wenn sie den Angriff überstanden, würden sie ihn beerdigen, wenn es nicht gelingen sollte, werden ihn die Deutschen auf einen Laster werfen und ihn präsentieren, den Banditen mit dem durchlöcherten Gesicht, in einem der Dörfer unter dem Pohorje: So ergeht es ihnen, jedem, der sich uns widersetzt, ergeht es so.

Einige liefen zur rechten Flanke, von unten pfiffen Minenwerfergranaten über ihre Köpfe, die zum Glück hinter ihren Rücken explodierten, rechts ratterte es wild, zugleich begann von unten ein neuer Angriff auf beide Waldränder, einige grüne Uniformen liefen sogar über den Kahlschlag, legten sich hin und versteckten sich hinter Baumstümpfen, standen wieder auf und rannten weiter. Es wimmelten immer mehr grüne Uniformen von allen Seiten, dahinter waren graue zu sehen, das waren Polizisten. Nur einige Meter von Valentin entfernt explodierte eine Minenwerfergranate, über seinem Kopf hörte er das lästige Zischen der Kugeln, die die Äste von den Bäumen schlugen.

– Mamma mia, sagte Polde, als er das Magazin wechselte, die sind ja wie Eidechsen, dieses grüne Geschmeiß.

Er schoss erneut. Die Wehrmachtler spürten, dass sie überlegen waren, und sahen, dass sie auf der rechten Flanke den Widerstand der Partisanen brachen, ihr Offizier, derjenige, der sie zuvor erfolglos in den Angriff gejagt hatte, stand mitten im Kahlschlag auf, wurde jedoch schon im selben Augenblick von einer Maschinengewehrsalve von den Partisanen oben durchlöchert. Er fasste sich an den Bauch, fiel und rollte sich zu einem Bündel zusammen wie ein Kind im Bauch seiner Mutter; wie er auf die Welt gekommen war, so ging er auch. Die anderen aber liefen weiter, standen auf, legten sich hin, rannten, immer näher, man konnte sie nicht mehr aufhalten. Es kam der Befehl: Rückzug über das Lager, am Bach entlang nach unten, Treffpunkt an der Wasserscheide.

Eine kleinere Gruppe versuchte einige Zeit den Gipfel zu halten, damit die Einheit organisiert den Rückzug antreten konnte. Aber das war nicht möglich, unter dem immer dichteren Gewehrfeuer, unter den abgehackten Befehlen der Offiziere und dem Geschrei der Angreifer, die sich auf etwa zwanzig Meter angenähert hatten, war es nicht möglich, organisiert den Rückzug anzutreten, es war nur noch möglich zu fliehen. Valentin ließ sich den Hang hinunter, wie er es bei jenem Kurier gesehen hatte, der sie zum Kampf gerufen hatte, auf dem Hintern und dem Rücken rutschte er den Steilhang hinab, verfing sich im Gebüsch, sah Polde, der gegen den Stamm einer hohen Fichte gelaufen war, fiel, aufstand und benommen den vordringenden Deutschen entgegen taumelte. Polde, rief er, Polde, hinunter, hinunter, aber Polde kletterte plötzlich hinauf, hinauf, Valentin befreite sich aus dem Gebüsch, glitt auf dem Bauch in einen hohen Farn hinein, kroch auf allen vieren, von allen Seiten hörte er Rufe auf Deutsch und Slowenisch, unsere und ihre, aber was, wo doch auch unter den anderen die Slowenen in der Mehrheit waren, wie konnte er sich verlassen, wen rufen, mit wem mitrennen, auf wen schießen, wenn er überhaupt noch Patronen hatte, sein Rucksack war im Zelt liegen geblieben, ein Messer hatte er in seiner Hosentasche, die schnellen Gedanken ums Überleben schwirrten durch seinen Kopf, dann glitt er über den Rand eines Überhangs und fiel lange über einen steinigen Geröllhang, was ist das, dachte er, Granit? Mergel? Vor den Augen sah er den Naturkunde-Lehrer, der Pohorje sei eine große Masse, aus Granit? Mergel? Was einem alles einfällt, wenn man fällt, wenn man Geröll hinabrutschte und Schreie und Schüsse und alles andere irgendwo weit oben zurückblieben, während er vielleicht seinem Ende entgegenglitt oder vielleicht seiner Rettung? Mit voller Wucht knallte er in den Bach, der durch die Schlucht plätscherte, kaltes Wasser umspülte ihn, er hatte sein Gewehr verloren, einige Meter riss ihn die starke Strömung mit, er blieb an einem Felsen hängen und ergriff das Geäst eines umgefallenen Laubbaums.

Mit Mühe konnte er sich ans Ufer ziehen.

Nach einiger Zeit wurde er sich bewusst, dass er kein Geschrei und kein Schießen mehr hörte. Nur das Rauschen des Baches. Er zog sich auf das Moos unter einem Fichtenbaum. Er hörte nichts mehr, er dachte nichts mehr, vielleicht nur, dass er noch lebte und dass er verdammt nah daran gewesen war, dass auch er dort in der Nähe liegen hätte können, wo die Kugel das Gesicht des unglücklichen Lojzek getroffen hatte, den man auf jenem Bauernhof in Koroška nie wiedersehen würde, nicht einmal ein Kreuz würden sie ihm am Grab aufstellen.

Auch Polde war lebend aus dem Kampf gekommen. Völlig zerkratzt im Gesicht und mit zerrissenen Hosenbeinen, durch die seine weißen und behaarten Beine hindurchblitzten, er war an der Wasserscheide aufgetaucht, noch immer völlig benommen, er wisse selbst nicht, erzählte er eilig, er wisse selbst nicht, wie er sich dort wiedergefunden hatte, zwischen den grünen

Wehrmachtlern sei er herumgesprungen, jemand habe ihn am Ärmel festgehalten, aber er habe ihm eine mit dem Gewehrkolben geschmettert und sich ihm entrissen, es war kein Spaß mehr, es war kein Pfadfinderleben.

II

Es kam der Winter, viel Schnee war gefallen, sie waren durchnässt und durchfroren, hungrig, wenn man die Handschuhe während der Wache abnahm, froren die Finger an die Metallteile des Gewehrs. Sie versteckten sich auf Heuböden, weckten mitten in der Nacht verschreckte Bauern, aßen eine warme Brühe aus Fleisch und Kartoffeln, sie aßen riesige Mengen, damit sie es zwischen ihren unentwegten Truppenbewegungen ein paar Tage ohne Essen aushielten. Er hatte gar nicht gewusst, wie viel ein Mensch fähig war zu essen! So viel, dass er sich kaum rühren konnte, aber man musste essen, und man musste sich mit vollem Magen bewegen und dann mit leerem Darm, schon zwei Tage nach dem großen Fressen mit leerem Magen, dass die Beine beim Hinaufgehen zitterten und der Körper vor Schwäche schwankte.

Im Herbst hatte Kommissar Vasja bei den Stunden zur Politischen Bildung noch von den Siegen der Roten Armee und der Befreiungsfront des slowenischen Volkes gesprochen, der sich die freiheitsliebenden Massen anschlossen; als aber der Winter kam, der Wind und der Frost, war keine Zeit mehr dafür, keine Reden. Nur noch Bewegungen, Verstecken, einige Schüsse in Dörfern, ein totes Tier, eine Sau, die man im

Schnee nachzog, Flucht, der Taumel der Flucht. Angst. Man musste sich bewegen, auf keinen Fall an einem Ort stecken bleiben. Angst vor Umzingelung. Sie wussten, was nach Neujahr auf dem Schlachtfeld Trije žeblji passiert war. Der Fall des gesamten Bataillons. Die völlige Vernichtung. Ein Gräuel. Sie hatten sich Erdbunker gebaut, um zu überwintern. Verrat. Oder sie waren von einem Spähflugzeug bemerkt worden, das über dem Gebirgszug gekreist war. Sie waren von allen Seiten umzingelt worden. Tausende Wehrmachtler gegen weniger als hundert Partisanen. Sie haben alle getötet, alle sind gefallen, das durfte nicht mehr passieren, nie mehr. Valentin Gorjan war unter jenen Partisanen, die sich in jenem schrecklichen Winter am westlichen Teil des Gebirges mehr oder weniger versteckt hatten.

Dort hatten ihn im Frühling 44, als der Winter sich verabschiedete, als es wärmer wurde, obwohl der aufgeweichte, nasse Schnee fast noch bis zum Tal lag, die Gendarmen gefangen genommen. Er hatte einen verwundeten Mitkämpfer mit durchschossenem Ellbogen ins Tal geschleppt und ihn bei seiner Familie über Mislinja in sichere Obhut übergeben. Zum Glück hatte er sein Gewehr davor in einen Haufen Schnee geschoben. Er war erschöpft und jung, er war den Schnaps nicht gewohnt, er hatte sich betrunken. Sie hatten ihn nach Celje und von dort nach Maribor geführt.

Nun war er wieder da, er würde beweisen, dass er einer von ihnen war.

12

Am Vormittag ließ ihn Vasja wieder rufen. Er sagte, Borben werde ihn verhören. Er werde ihn verhören, weil ihm Tine verdächtig vorkäme. Er erklärte, Borben sei der Leiter der Geheimagenten. Er sei früher Gendarm gewesen, den Partisanen habe er sich irgendwo in Serbien angeschlossen, er habe in den ersten Proletariereinheiten gekämpft. Dort habe er sich abgehärtet, wie er selbst gerne erzählte, dort härtete man Stahl. Dort habe er auch gelernt zu feinen. Jede Einheit müsse von Verrätern, Deserteuren, Feiglingen gereinigt werden.

– Er ist scharf, sagte Vasja. Sei vorsichtig.

Borben sei unter einem glücklichen Stern geboren, zumindest behaupte er das von sich, er sei mutig, kenne keine Angst und habe Glück gehabt: Die Deutschen hätten ihn nicht gleich erschossen, wie sie bei Kampfmärschen für gewöhnlich alle erschossen, die sie gefangen hatten. Er habe sich in einem Lager in Österreich wiedergefunden, von wo er flüchten habe können, über unsere Eisenbahner habe er einen Verbindungsmann gefunden und sich den Partisanen aus der Štajerska angeschlossen.

– Jetzt leitet er den Geheimdienst, sagte Vasja. Antworte klug. Borben denkt, dass man unsere Reihen bereinigen muss, so wie sie es in Serbien getan haben. Seine Devise lautet: Und wenn zehn übrig bleiben, werden es die Richtigen sein.

– Warte einen Moment, Vasja.

Valentins Lippen zitterten.

– Warte einen Moment, Vasja. Auch ihn hatten sie in ihren Klauen. Warum ist er nicht verdächtig? Er ist aus einem Lager ausgebrochen? Wie?

– Er war verdächtig, unsere Leute haben alles überprüft, er ist sauber.

– Und ich bin es nicht? Ich war hier, als von diesem Menschen weit und breit noch nichts zu sehen war.

– Du stellst zu viele Fragen, Tine. Wir sind jetzt eine Armee. Und er ist hier der Leiter der Geheimagenten. Er stellt die Fragen, du antwortest. Er wird dich verhören. Verstehst du?

– Nein, sagte Valentin, das verstehe ich nicht.

– Ich glaube dir, sagte Vasja, du wirst auch ihn noch überzeugen müssen.

Sie gingen einen Hang zu einer leeren Scheune hinunter. Vor der Tür stand ein Wächter, der zur Seite trat, als er Vasja sah. Im großen Innenraum saß ein hagerer Mann am Tisch, er sah älter aus, wir sehen alle älter aus, ging Valentin durch den Kopf, ein Monat unseres Lebens ist wie ein Jahr oder mehr. Er hatte ein schmales, spitzes Gesicht, er sprach halb serbisch. Das war Borben. Neben ihm standen drei seiner Helfer, einer von ihnen war ein Kraftprotz mit breiten Schultern und buschigem Schnurrbart. Er hätte so etwas wie Johann sein können, dachte Valentin.

Borben legte eine Pistole auf den Tisch.

– Bekomme ich keine Waffe?, sagte Valentin wütend. Ich bin zurückgekehrt. Ich bin gekommen, um zu kämpfen.

– Werden wir dir geben, zuerst wirst du alles erzählen.

– Er war ein guter Kämpfer, sagte Vasja.

– Er war ein guter Kämpfer?, sagte Borben ruhig. Gut?

Mit der Pistole in der Hand trat er zu ihm, hauchte ihn an, er stank nach Schnaps.

– Ein guter Kämpfer lässt sich nicht fangen. Du hast dich angesoffen, verflucht. Allein deswegen müssten wir dich erschießen. Ich weiß überhaupt nicht, warum wir uns hier noch mit dir abgeben müssen.

Er ging um den Tisch herum und setzte sich wieder.

– Ich habe einen Verwundeten zur Versorgung gebracht. Dann haben sie mich gefangen.

– Besoffen.

Valentin schwieg. Das stimmte. Damals war er todmüde gewesen. Es war warm. Er war jung, es war Winter, der Winter ging zu Ende, es war beinahe schon Frühling. Jetzt war es Herbst, und er war alt. Er fühlte, dass er alt war, sie würden ihm nicht glauben.

– Sprich, sagte Borben. Erzähl alles, schön der Reihe nach, wir haben viel Zeit.

Sie hatten nicht viel Zeit, aber genug, um einen möglichen Eindringling, vielleicht einen Gestapo-Spion zu verhören.

Valentin beobachtete, wie Borben mit der Pistole auf dem Tisch spielte, er nahm sie in die Hand, schaute in den Lauf, legte sie zurück auf den Tisch und drehte sie mit seinen Fingern.

13

Borben schüttelte den Kopf.

– Eine eigenartige Geschichte. Stinkt nach Desertion.

Vasja sagte, er glaube Tine. Es sei passiert, er sei erwischt worden. Er habe durchgehalten. Nun werde er es mit Taten beweisen.

– Soll er beweisen, sagte Borben.

Vasja sagte, die Aktion werde von Kommandeur Polde geleitet.

Er freute sich, dass es Polde war. Er war einer der wenigen, die er in der Einheit kannte. Und einer derjenigen, die nach dem schrecklichen Winter am Leben geblieben waren. Kommandant Matevž war gefallen, viele waren gefallen, einige wurden gefangen genommen, auch er, Valentin. Nun würde er beweisen, dass er noch immer das war, was er war, bevor man ihn gefasst hatte: ein Kämpfer für die Freiheit des slowenischen Volkes, so sagte man, ein ergebener Kämpfer. Er hatte nie aufgehört, einer zu sein. Aber es klang eigenartig: Als er zum ersten Mal heraufgekommen war, sprachen alle diesen Satz aus, nun war es komisch, ihn zu hören. Nun waren sie eine Armee, sie verwendeten andere Ausdrücke: Befehl, Disziplin, Wachsamkeit, für Disziplinlosigkeit wird man erschossen, Wachsamkeit wegen der Gestapo-Eindringlinge, wer nicht wachsam ist – deswegen würde man erschossen, unter uns sind Feinde, wir entdecken sie, Eindringlinge werden auf der Stelle liquidiert. Was soll das alles, Polde? Nichts, wir sind eine Armee, bald werden wir ins Tal gehen, wir gewinnen, verstehst du? Wir dürfen keine Fehler machen. In Ordnung, sagte Valentin, ich werde keine machen. Nur einen habe ich gemacht und fürchterlich dafür bezahlt. Keine Fehler mehr.

– Schlaf dich aus, sagte Polde, um vier Uhr früh ziehen wir los.

Er konnte nicht einschlafen. Mitten in der Nacht stand er auf und trat aus dem Zelt, um sich zu strecken. Die Nacht war klar, über den Fichtenwipfeln blinkten die Sterne. Über dem Lager konnte er zwischen den Bäumen eine dunkle Gestalt sehen, die sich hin und her bewegte: der Wächter. In einem entfernten Zelt schnarchte jemand gleichmäßig, der sägt ganz schön, dachte er. In den Zellen dort unten hatte niemand gesägt, überhaupt hatte nie jemand tief geschlafen, Nächte im

Halbschlaf, zittrige Nerven, man konnte jeden Augenblick zu einem Verhör gezerrt werden. Hier konnte man schlafen. Im tiefen, dunklen Wald, im Banditengebiet, von allen Seiten von deutschen Stützpunkten eingekesselt, aus denen sie sich nicht mehr auf die Jagd auf Partisanen trauten, die jetzt schon eine Armee waren.

Aus dem Nachbarzelt hörte er ein kurzes, gedämpftes Auflachen.

– Borben, der Teufel soll ihn holen, sagte jemand leise.

– Wird nicht passieren, wo er doch selbst der Teufel in Person ist.

Beide lachten heimlich.

– Ich hab den Arsch voll von ihm, flüsterte der Erste.

– Dann scheiß ihn aus, sagte der andere.

Gelächter.

– Würd ich ja, aber er ist ganz knorrig, der geht nicht raus.

Nun waren sie beinahe laut in Lachen ausgebrochen, ein verbotenes Lachen, ein unterdrücktes Lachen, das man nicht zurückhalten konnte.

Valentin kroch zurück ins Zelt. Er deckte sich mit dem Mantel zu und zog ihn über den Kopf. Das Lachen war verebbt, man hörte nur das entfernte gleichmäßige Sägen eines ruhig und tief schlafenden Menschen. Auch selbst fiel er in einen Traum.

Er schlief etwa eine Stunde lang, vielleicht zwei. Als er die Augen öffnete, sah er vor dem Zelteingang ein paar Beine in Stiefeln, jemand stieß ihn und weckte ihn auf. Es war Polde, gehen wir.

– Jetzt bekommst du deine Waffe, sagte er.

Er bekam ein Gewehr, wieder einen Karabiner, diesmal einen deutschen.

– Pass auf, ist geladen.

Er bekam eine Handvoll Munition, steckte sie in die Manteltasche, gehen wir.

14

Das Haus stand am Rande eines Dorfes, etwa zwanzig Schritte vom Waldrand entfernt. Zuerst gehst du allein, flüsterte Polde.

Am anderen Ende, irgendwo zum Tal hin, bellte kurz ein Hund auf.

– Hier haben sie keinen Köter?, flüsterte Valentin.

Er stand am Fenster, als er hörte, dass sich drinnen etwas bewegte, jemand stand im Dunkeln aus dem Bett auf, zündete auf dem Tisch eine Petroleumlampe an. Durch einen Spalt zwischen den Vorhängen, die nicht gut zugezogen waren, erblickte er einen Mann, der einen Docht aufrollte, das zunächst flimmernde Licht wurde immer heller. Nun konnte er deutlich sein Gesicht sehen. Der Mann war zerzaust, er zwinkerte ins Licht, sein Gesicht war von roten und blauen Äderchen durchzogen, wahrscheinlich trinkt er, dachte er, hier trinken alle ihren Apfelmost und ihren Sliwowitz.

Er erinnerte sich an jenes Gesicht am Fenster, an das Gesicht aus seiner Kindheit. Nun ist das mein Gesicht, dachte er, jetzt kann ich so durch ein Fenster ins Innere blicken. Wie jenes glatt rasierte Gesicht hinter der Scheibe unserer Wohnung in Maribor. Oder ich träume jetzt, dass so etwas bereits geschehen ist, vielleicht träume ich davon, was einmal passiert ist. So hat mich jenes Gesicht in unserer Wohnung in Studenci angesehen, so haben sie mich durch die Zellenluke im Gefängnis beobachtet.

In jenem Augenblick schaute der Mann zum Fenster, als ob er etwas ahnte. Valentin trat zurück zur Mauer. Was nun? Wie soll er jetzt diesen Menschen erschießen? Er ist kein Mensch, er ist ein Wehrmachtler, eine Schwabensau, er hat eine Waffe, jetzt sind wir so weit, dass er mich erschießen wird, wenn ich nicht ihn erschieße. Er wusste, dass ihn Polde und die anderen vom Waldrand beobachteten. Wenn ich nicht schieße, schießen die, vielleicht auch in meinen Rücken. Seine Hände zitterten heftig. Er ging um die Ecke zur Tür. Du klopfst, sagte Polde, bevor sie sich ins Tal aufgemacht hatten, wenn sie nicht öffnen, rufst du *Streife*, du schreist, *Streife*, sie denken, das ist die deutsche Patrouille, wenn er zur Tür kommt, knallst du ihn ab. Dann sammeln wir seine Waffen und seine Uniform ein, gehen, Aktion ausgeführt. Eine einfache Sache, sagte Polde, trotteleinfach. Zum Teufel einfach, zum Teufel einfach, ich habe noch nie jemanden erschossen, zumindest so nicht, vielleicht hat jemanden meine Kugel getroffen, als wir unter dem Pungart-Gipfel gegen sie gekämpft haben, damals habe ich vielleicht einen Soldaten unten erschossen, er ist umgefallen, aber wie soll ich einen Menschen in diesem Bauernhaus erschießen, in seiner Stube, in seinem Hauseingang, wohin soll ich schießen, wohin soll ich zielen, auf den Kopf? Und wenn ich danebenschieße, meine Hände zittern, was, wenn ich danebenschieße? Er trat zur Tür und stolperte über eine Bank an der Mauer. Aus dem Haus hörte er Stimmen, jemand ist draußen, sagte der Mann. Jetzt muss ich *Streife* rufen, dachte Valentin, seine Stimme blieb ihm in der Kehle stecken. Geh nicht raus, sagte eine Frauenstimme, ich bitte dich, geh nicht raus. Hinter der Tür polterte etwas, als wäre ein Stuhl umgefallen, vielleicht versuchte sie ihn zurückzuhalten, dachte er, sie rangelten, die Frau will in zurückhalten, damit er nicht hinausgeht. Das Licht wurde ausgemacht. Wieder fiel etwas auf den Boden, es herrschte Stille, dicht hinter der Tür hörte er schnaufendes Atmen, eine Art Rasseln, er hat eine Waffe, dachte er, er hat sie durchgeladen. Einige Augenblicke lang war es völlig still, dann hörte er, dass auf der anderen Hausseite, in dem Teil, der zum Tal schaute, jemand ein Fenster öffnete. Miklavc, schrie die Frau, Miklavc, hilf mir! Wer ist Miklavc, wer ist Miklavc, was für eine dumme Frage mir durch den Kopf geht, was kümmert mich das, wer Miklavc ist. Schieß, verdammt noch mal, hörte er hinter seinem Rücken, das war Polde, Polde war nicht Miklavc, Miklavc war der Nachbar, denn im Nachbarhaus ein wenig weiter unten gingen die Lichter an, jemand schlug eine Tür zu, von dort fing der Köter wie wild an zu bellen, dort haben sie einen Köter, dachte er, gut, dass sie hier keinen haben, schade, dass sie keinen haben, einen Köter könnte ich leichter erschießen als einen Menschen, schieß, verdammt noch mal, sagte er zu sich, deine Hände zittern, schieß, er schoss noch immer nicht, was für einen Sinn hätte es gehabt, in diese Tür zu schießen, gewiss stand in diesem Lärm dieser Mensch nicht mehr hinter der Tür, vielleicht war er schon auf der anderen Seite aus dem Fenster gesprungen, der Mensch, der kein Mensch war, sondern ein Wehrmachtler, ein Mörder slowenischer Leute, ein Schurke, ein Verräter, der gemeinsam mit den Deutschen auf Partisanen-Pirsch ging, auf Verwundete schoss, Menschen in Lager schickte, er ist mir entwischt, dachte er, besser, ich gehe. In dem Moment öffnete sich die Tür, der Wehrmachtler stand im Flur, im Halbdunkel von trübem Mondlicht angeschienen, das durch die offene Tür fiel, er sah seine weißen Unterhosen, es knallte, verdammt noch mal, er hat geschossen, ich habe nicht geschossen, er hat in meine Richtung geschossen. Valentin spürte, wie ihm ein Schauer über den Rücken lief, ein Schauer des Grauens, des Grauens vor dem Tod, er drückte auf den Abzug, es knallte, er lud durch und schoss noch einmal, der andere fasste sich an den Bauch und krümmte sich. Neben ihm tauchte ein Schatten auf, knall auch die Alte ab, knall auch die Alte ab, rief Polde, hob seine Luger hoch und schoss dem zusammengekrümmten Mann in den Kopf, im Halbdunkel spritzte ein Blutstrahl an die Wand, der Mann brach im Nu am Boden zusammen, und Polde stieg über ihn hinweg, um noch die Alte abzuknallen, aber die Frau war nirgendwo mehr zu finden, wahrscheinlich hatte sie sich durch das kleine Fenster durchgezwängt und ist hinunter, zu Miklavc, geflüchtet, bei Miklavc waren Stimmen zu hören, jemand rief auf Deutsch, da oben seien Banditen. Gehen wir, gehen wir, riefen die Kämpfer, die hinter Polde hergerannt kamen, nimm die Waffe, sagte Polde, Valentin zog das Gewehr unter dem Mann heraus, er konnte es ihm kaum entreißen, so krampfhaft hielt er es noch immer unter seinem Bauch. Er musste ihn auf den Rücken stoßen, ungewollt starrte er sein Gesicht an, das Gesicht war noch ganz, nur die Stirn war blutig, Poldes Kugel war von der Seite gekommen, hatte ihm den hinteren Teil des Kopfes weggefetzt, das Gehirn, das Gesicht war noch ganz, die Augen offen, er sah, dass seine Haut im Gesicht von blauen und roten Äderchen durchwachsen war, vom Trinken, dachte Valentin, ich hab dir in den Bauch geknallt, du Schwabensau du, du Schwabensau, brüllte er, du Schwabensau. Brüll nicht herum, rief Polde, brüll nicht, gehen wir, marsch, marsch, sie liefen über den Hof in Richtung Waldrand, von Miklavc knallte es in ihre Richtung, einfach so ins Dunkel hinein, einfach zum Wald hin, hörst du sie, die Alte, sagte Polde, Maria, hilf!, heulte die Frau, Maria, hilf, sie haben den Meinigen getötet. Ich hab dir doch gesagt, du sollst die Alte abknallen. Sie schnauften wie Lokomotiven, als sie sich durch das Brombeergestrüpp zu den Fichten durchschlugen, etwas zerkratzt schnauften sie aus. Und jetzt schön mit der Ruhe, sagte Polde, nur mit der Ruhe, sie werden sich nicht trauen, uns nachzugehen.

15

In der Morgendämmerung kehrten sie ins Lager zurück. Es roch nach Kaffee, der Koch räumte einen Kessel weg.

– Und wir?, rief Polde fröhlich. Habt ihr alles verschlungen?

Zwischen den Bäumen wimmelten Gestalten, die Truppe bereitete sich auf einen Umzug vor. Sie bauten die Zelte ab und packten ihre Ausrüstung in die Rucksäcke. Valentin sah Vasja, wie er sich mit Borben und einigen anderen Stabsmitgliedern über eine Landkarte beugte, die auf einem Baumstumpf ausgebreitet war. Er hob die Hand zum Gruß, nun, Vasja, habe ich es jetzt bewiesen? Vasja streifte ihn nur mit dem Blick und beugte sich wieder über die Landkarte, mit der Hand zeigte er zum Gipfel über ihnen. Was soll das jetzt, Vasja, wird uns jemand loben? Die Aktion ist erfolgreich beendet worden, wir sind erschöpft wie Tiere, bringt jemand vielleicht ein Stück Brot? Sie richteten sich auf, Vasja richtete seinen Pistolengürtel, Borben trat auf Valentin zu.

– Gib das Gewehr zurück, sagte er.

Valentin sah in verwundert an.

– Wem soll ich es zurückgeben? Das ist meines.

– Es wird deines sein, wenn du es dir erkämpft hast.

– Ich war bei der Aktion dabei, hauchte Valentin verdutzt.

– Ich weiß, sagte Borben ruhig, aber gib jetzt das Gewehr her.

– Warum?, rief Valentin beinahe, er sah, dass die Kämpfer sich zu ihnen umdrehten.

Borben deutete mit dem Kopf einem jungen Burschen mit einem Maschinengewehr, der angerannt kam.

– Nehmt auch ihm die Waffe ab, befahl er, Polde.

Polde saß müde da, mit dem Rücken an einen Baumstamm gelehnt, und schüttelte verblüfft den Kopf. Er händigte die Waffe aus.

– Hast du gesehen? Er versteht, was ein Kommando ist. Dir ist es noch nicht klar, sprach Borben ruhig.

Valentin nahm das Gewehr ab und lehnte es an einen Baum.

– Auch die Patronen, sagte Borben.

Er langte in den Hosensack und schüttelte ihm wie Münzen die gelbe Munition in die offene Hand.

Valentin suchte mit seinem Blick Vasja. Was hat das zu bedeuten, Vasja? Der hat mich entwaffnet, warum? Aber Vasjas Blick irrte irgendwo über den Hang, wohin sie offenbar vorhatten aufzubrechen, zum Gipfel hin.

– Du bekommst deine Waffe zurück, sagte Borben leise, wenn wir noch ein paar Dinge überprüft haben.

– Was werdet ihr überprüfen, zum Teufel, was wollt ihr noch überprüfen?, schrie Valentin erzürnt.

Borben trat ganz nah an ihn heran, mit seinem Gesicht berührte er beinahe sein Ohr.

– Du willst also widersprechen?, fragte er flüsternd.

Und fuhr mit heißem Atem an seinem Ohr fort:

– Verfluchte Scheiße, du verfluchter Wichser, ich knall dich hier vor allen ab, wenn du noch weiter dein Maul aufreißt. Weißt du überhaupt, wer du bist? Und wer ich bin? Marsch in die Kolonne, und los.

Valentin verspürte eine Art Übelkeit, beinahe Taumel, als ob sich die Bäume und die Menschen, die dabei waren, ihre Rucksäcke und Gewehre zu schultern, um ihn drehten. Vielleicht vor Erschöpfung, vielleicht von dem, was er diese Nacht getan hatte, vielleicht auch wegen der physischen Nähe dieses Menschen, der ihn soeben entwaffnet und ihn nun völlig ohnmächtig in seiner Macht hatte, wie ihn jemand anderer da unten im Tal in seiner Macht gehabt hatte, in einem Keller, in einem Büro.

– Bewegung, rief Vasja, Spähtrupp voraus. Abmarsch.

Die Kolonne bewegte sich über den Waldweg hinauf in Richtung Gipfel.

16

Die Wolken senkten sich tief über den Hang, den sie hinaufmarschierten. Der enge Forstweg war verwachsen, hier war schon lange niemand mehr gegangen, sie stolperten über das gebrochene Geäst; wenn es unter den Füßen knackte, rief sofort jemand halblaut: Psst, pass auf, wo du hintrittst. Er passte auf, wo er hintrat, vor ihm marschierte Polde, hinter ihnen schnaufte ein Bursche, den er nicht kannte, ein paar Mal sah er sich um und sah, dass dessen Blick starr auf seinen Rücken gerichtet war, schau nicht zurück, blaffte er. Gerade der war am öftesten gestolpert, der passte nicht auf, wo er hintrat. Natürlich konnte er nicht auf die Füße schauen, er starrte in seinen Rücken, dort würde er hinschießen, sollte Valentin versuchen zu fliehen, wenn er sagte, er geht pissen, und dann ins Dickicht sprang, der Bursche hinter ihm hatte rote Wangen vom anstrengenden Marsch und ein angespanntes Gesicht, beinahe ein wenig verängstigt, schau nicht zurück. Er wusste, dass man ihm das aufgetragen hatte, schieß in den Rücken, sollte einer der beiden versuchen zu fliehen. Sollte er fliehen, ist er selber dran, so lautete die Regel, Valentin wusste das, er war schon damals bei den Partisanen gewesen, als es viel schwieriger war, als sie im Schnee in kleineren Gruppen ständig in Bewegung waren, genau genommen auf der Flucht, denn nach jenen schrecklichen Ereignissen, als das gesamte Bataillon hingemetzelt worden war, wegen Verrats, gewiss wegen Verrats, nach jenem Massaker wurden sie von den Wehrmachtlern von allen Stützpunkten aus auf dem großen Gebirgszug wie Wild gejagt. Jetzt sah die Sache anders aus, der große Gebirgszug war beinahe zur Gänze befreites Gebiet, kleinere Gruppen von Gendarmen wagten keine Gefechte gegen sie, und größere Formationen konnten sie nicht mehr aufstellen, alle Soldaten waren an verschiedene Ecken Europas geschickt worden, überall fehlte es an Soldaten, Italien hatte schon längst kapituliert, in Russland hatten sie verloren, nun waren sie schon in Preußen, in der gesamten Steiermark wurden schon die jüngeren Jahrgänge mobilisiert, es wurde ständig mobilisiert. Es war nicht so wie noch vor einigen Monaten, die Bestie war verwundet, wie Kommissar Vasja gesagt hatte, aber noch immer gefährlich, eine zu Tode verwundete Bestie beißt, haut mit den Krallen zu. Trotzdem waren sie vorsichtig, man wusste nie, ob sie auf eine Einheit treffen würden, die man doch noch zusammengekratzt und ins Banditengebiet geschickt hatte. Oder auf die sogenannten Zerrissenen, die im Hinterhalt lauerten, auf falsche Partisanen, die Gegenbande. Deswegen musste man noch immer vorsichtig sein, wenn es nur möglich war, kein Feuer machen, während eines Marsches nur leise sprechen, aufpassen, wo man hintrat, nur auf Befehl schießen. Der hinter ihm hatte so einen Befehl erhalten: in den Rücken schießen, sollte der entwaffnete und verdächtige Mann vor ihm zu fliehen versuchen. Vorne ging Polde, auch er ohne Waffe, ein alter Kämpfer, ein Erstkämpfer, warum sollten sie Polde, der hier fast von Anfang an mit dabei war, der alles überlebt hatte, wegen irgendetwas verdächtigen, vielleicht deswegen, weil er überlebt hatte. Valentin verstand, dass sie ihm gegenüber misstrauisch waren, er war lebend aus dem Gefängnis gekommen, aus den Fängen der Bestie, aber jetzt müssten sie nicht mehr misstrauisch sein, er war bei der Aktion dabei gewesen, er hatte getan, was getan werden musste, jemand dort unten im Haus war in einer Blutlache liegen geblieben mit einem Loch im Kopf, eine Frau heulte, jetzt müssten sie ihm doch endlich vertrauen. Nach etwa fünf Stunden Marsch hielten sie am Rande einer Lichtung, die Wolken standen so tief, dass die Luft dicht war, sie atmeten schwer, es begann zu schneien. Während der kurzen Rast schüttelten sie sich den Schnee von ihren Mänteln, nahmen Brot aus ihren Rucksäcken, saßen auf trockenen Inseln unter Fichten, kauten vor sich hin und schauten in den Schneevorhang, der sich über die Landschaft legte. Polde und er wechselten nicht ein Wort. Sie hätten miteinander reden können, sie waren ja keine Gefangenen, sie waren nur ohne Waffen, und der rotbackige Bursche saß in der Nähe und blickte immer wieder zu ihnen herüber. Sie schwiegen, und auf Valentins Brust lag eine beißende Beklommenheit, sie breitete sich von dort über seinen gesamten Körper aus, er spürte sie in seinen müden Gliedern, unter seiner Schädeldecke hämmerte es: Was geht vor sich, was will Borben eigentlich?

Gegen Abend kamen sie ans Ziel gekrochen. Valentin wusste, wo sie waren, in der Nähe des Klopni vrh gab es viel wegloses Gelände im Wald, sie hatten dort oft ein Pfadfinderlager aufgestellt. Sie brachen Äste ab und bereiteten ihr Nachtlager unter den verschneiten Fichten. Erst jetzt, als sie unter ihren Mänteln und den Zeltplanen lagen und sich von ihren Körpern und dem Atem Wärme über ihr Lager ausbreitete, begannen sie zu reden. Sie flüsterten, unter der Fichte neben ihnen lag der rotbackige Wächter, ein paar Mal war er aufgestanden und hatte getastet, ob sie noch dort lagen. Als ob es überhaupt möglich gewesen wäre, in diesem Schneefall zu fliehen.

– Was geht hier vor, Polde?

– Ich weiß es nicht.

– Hast du daran gedacht zu fliehen?

– Bist du verrückt geworden?, sagte Polde beinahe laut. Das wäre der Beweis, flüsterte er eilig, dass wir wirklich an etwas schuld sind. Wenn Borben denken würde, dass wir wirklich Spitzel seien, wären wir jetzt nicht mehr am Leben.

– Wer ist dieser Borben eigentlich?

– Ein verdammter Irrer, flüsterte Polde. Früher oder später werden sie merken, dass er ein verdammter Irrer ist, dann werden sie ihn abknallen, nicht uns zwei.

Sie hörten den Wächter, der mit jemandem redete. Er versicherte ihm, dass er nicht schlafe, er habe nur die Augen geschlossen, ob er denn zum Teufel nicht sähe, dass er nicht schlafe, er sei noch nie beim Wachehalten eingeschlafen.

Sie schwiegen eine Weile.

– Es wird alles gut, flüsterte Polde, du wirst sehen, alles wird gut. Sie müssen überprüfen, ob du in den Händen der Gestapo warst, verstehst du, sie müssen das überprüfen. Ich befürchte, dass dieser verdammte Irre denkt, dass wir beide irgendetwas miteinander zu tun haben, er ist ein Panikmacher, verstehst du, er sieht überall Geister, für ihn ist jeder ein potenzieller Verräter, ein Saboteur, ein Spitzel, alles, was du willst. Und jetzt schlaf ein, morgen wird sich alles aufklären.

Er konnte nicht einschlafen. Er blickte lange in die Dunkelheit und hörte Poldes gleichmäßigem Atem zu.

– Ich denke an Sonja, sagte er nach einer Weile.

– Denk, an wen du willst, und schlaf dann ein. Du musst ausgeruht sein, Gott weiß, was uns erwartet.

17

Draußen klarte das Wetter auf. Nachts wurden sie von Schnee zugedeckt, am Morgen zeigten sich die ersten Sonnenstrahlen, als sie unter den Fichten hervorkrochen. Der Koch zauberte heißen Kaffee herbei, er stapfte durch den Schnee von einem Nest zum anderen und schenkte aus einem großen Topf mit dem Schöpflöffel die schwarze Brühe in ihre Menagen.

Nach ungefähr drei Stunden Waten durch den Schnee marschierten sie über eine Forststraße an einem Bach entlang in Richtung Tal. In der Kolonne herrschte fröhliche Erwartung: Unten beim Podlesnik-Hof erwarteten sie Kessel voll heißem gekochtem Fleisch. Es gab Gulasch zum Mittagessen. Nun gingen sie durch Schneematsch, der Schnee schmolz, unter ihren Bergschuhen platschte es, die Kämpfer begannen sich laut zu unterhalten, jemand pfiff vor sich hin, als machten sie einen

Ausflug und befänden sich nicht auf einem Kampfmarsch, offenbar war hier sicheres Gelände. Beim Podlesnik würden sie die Zweite Kompanie treffen, erzählte der Rotbackige jemandem hinter ihnen, sie käme vom Ribniško sedlo herunter. Am westlichen Teil haben sich unsere Leute angeblich einen richtig guten Kampf mit den Wehrmachtlern geliefert, er habe jemanden aus dem Stab gehört, der eine Depesche erhalten habe. Niemand sei gefallen, nur ein paar Verwundete. *Sie sind alle stramm, gesund, nur einer ist verwundet*, sagte Polde, sang es beinahe ein wenig. Nun gingen sie nebeneinanderher, Rotbacke blieb irgendwo hinten, er schüttelte Scherze aus dem Ärmel auf Kosten eines schnurrbärtigen Lulatschs, der aus dem Wald kam und sich beim Laufen die Hose zumachte. Jemand rief:

– Hej, Rommel, hast du wieder desertiert?

– Pass auf, dass ich dich nicht desertiere, belferte Rommel und kam auf die Straße geschnauft.

– Im Schnee lässt es sich schwerer laufen als im Sand, sagte der rotbackige Wächter.

Schnaufendes Lachen breitete sich über die gesamte Kolonne aus.

– Idioten, schimpfte Rommel, würdet ihr lachen, wenn euch Granaten über euren Köpfen herumschwirrten. Ihr habt ja keine Ahnung, was Krieg ist.

Der Name Rommel blieb an ihm haften, weil er in der deutschen Armee gedient hatte, er brüstete sich gern damit, dass er unter dem Kommando von Generalfeldmarschall Rommel im Afrikakorps gekämpft hatte. Er kam aus Slovenske gorice, er war einer jener Burschen, den die Deutschen mobilisiert hatten. Er war nicht der Einzige, viele wollten nicht mehr an die Front zurückkehren, dort schickte man sie vor die russischen Katjuschas. Und außerdem: Warum sollten sie für die Deutschen kämpfen, die Deutschen werden den Krieg verlieren.

– Habt ihr in Afrika Eisenbahneruniformen getragen?

Rommel war in einer Eisenbahneruniform zu den Partisanen gestoßen. Er hatte sie sich von einem Onkel geliehen, um damit mit dem Zug bis Dravograd zu fahren, dort wartete die Verbindungsperson für das Pohorje-Bataillon.

– Nein, dort liefen wir in Unterhosen herum.

Die konnten keine Ruhe geben:

– Er wird schon wissen, warum er sich entleert hat, rief jemand, dann geht mehr in den Bauch rein.

– Dann knallt's, und wir stecken alle bis zu den Knien im Dreck, wieherte ein anderer laut lachend.

Polde blickte zu seinem Freund.

– Mir ist nicht gerade zum Lachen zumute. Wir zwei stecken wirklich irgendwie im Dreck.

– Hej, Polde, rief Valentin beinahe, hast du nicht gesagt, dass alles gut wird?

– Du wirst sehen, wenn wir hinunterkommen, werden wir alles bereden, und es wird alles gut.

Dann flüsterte er: Es gibt noch ein höheres Kommando als diesen Irren.

Sie schauten einander an und lächelten: Es wird alles gut, es war ein Missverständnis.

Auch sie beide wurden von guter Laune ergriffen, die sich in der Menge ausbreitete. Wenn man sie wirklich für gefährlich hielt, für Eindringlinge, würde man die zwei ein wenig anders bewachen lassen, so wie beim gestrigen Marsch. Vor allem waren sie aber keine Neulinge, sie waren alte Kämpfer, die Neulinge waren immer verdächtig, man musste sie überprüfen. Jetzt war der Rotbackige irgendwo weiter hinten geblieben, sie hörten ihn, wie er laut irgendwelche Sprüche klopfte. Womöglich hatte sich die ganze Sache inzwischen schon geklärt, dachte Valentin, vielleicht hat jemand Borben erklärt, das seien zwei alte Kämpfer und was für eine große Dummheit es sei, überhaupt daran zu denken, dass sie nicht unsere Leute seien, hundertprozentig verlässlich und unsere Leute. Es sah gut aus, wären sie nicht entwaffnet gewesen, wäre es eigentlich richtig gut gewesen.

Aber dem war nicht so, nicht im Geringsten.

Als sie aus dem Wald kamen, blendete sie in einer Straßenkurve das strahlende Weiß des Schnees, der die leere Landschaft bedeckte, ein großer offener Raum mitten in den Wäldern. In der Mitte der Ebene lag der Boden ein wenig in Falten, als wellte er sich unter dem Schnee. Dort ist ein Acker, man baut wohl Kartoffeln an und irgendein Gemüse, hier oben wächst eher wenig. Und weit rundum eine beinahe glatte Oberfläche, eine Wiese unter dem Schnee, darauf weideten im Sommer die Schafe, vielleicht auch die eine oder andere Kuh.

Sie gingen an einer Holzmühle vorbei, die am Ende einer Schlucht stand, in der ein Bach floss, dessen Wasser kaum zu sehen war, er war halb vereist. Das große Rad ruhte, ins Eis eingekeilt, hier hatte man auch im Herbst nicht gemahlen, schon lange hatte niemand mehr Mehl gemahlen. Über die weiße Ebene machten sie sich in Richtung eines großen gemauerten Hofs auf, daneben standen noch einige kleinere hölzerne Wirtschaftsgebäude, ein Heuboden, ein Getreidespeicher. Zwischen ihnen gingen Gestalten in Uniform hin und her, die Zweite Kompanie war bereits dort. Aus dem Schornstein stieg ein grauer Rauchschleier in den hellen Himmel, Valentin wusste, wo sie waren, in großen Töpfen wurden in der Küche Fleischstücke gekocht, Podlesnik hatte noch eine Sau für die slowenische Armee geopfert, er erhielt eine Bestätigung, nach dem Krieg würde man es ihm zehnfach vergüten. Er kannte den Hof, er kannte Podlesnik, den reichen Bauern und Müller, er war einer von ihnen, sie waren oft bei ihm eingekehrt, auch mitten in der Nacht gab er ihnen zu essen. Hier kann nichts Schlimmes geschehen, sie würden sich satt essen, sie würden alles bereden, Vasja würde Polde auf die Schulter klopfen: Was, du Haudegen, haben wir euch beiden einen kleinen Schrecken eingejagt? Und Polde würde Valentin unter die Rippen stoßen: Na, was habe ich dir gesagt? Alles wird gut, alles wird gut.

Den Teufel würde es.

Als sie den Innenhof erreichten, stand Borben dort.

– Und was spazieren die zwei da herum?, schrie er. Wo ist die Wache?

Die Kämpfer verstummten und schauten sich um, von irgendwo kam Rotbacke angelaufen.

– Ich dachte …, stammelte er, sie können ja nirgendwohin fliehen.

– Du hast nichts zu denken!, schrie Borben. Führ sie in die Mühle ab. Und dann melde dich zum Rapport.

Sein Blick streifte durch die Reihen der Kämpfer, deren gute Laune wie weggeblasen war.

– Und diesen Eisenbahner auch.

Er zeigte auf Rommel.

18

Die Mühle stand am Ende einer Schlucht, durch die unter dem Eis über Steine ein Bach ins Tal plätscherte. Ihre Rückwand lehnte am Berghang. Etwa zehn Schritte entfernt befand sich ein gemauerter Getreidespeicher, eine Speisekammer für das Korn, dorthin brachte man sie. Säcke mit Korn waren keine im Speicher, es gab kein Korn, es gab kein Mehl, es gab gar nichts, nur ein paar zerbrochene Holzbottiche und morsche Holzstücke. Es war Winter, eine Zeit, in der niemand mahlte, und es war Krieg, wo niemand Säcke voll Korn brachte. Der Getreidespeicher war ein Gefängnis für sieben oder acht junge Männer, Valentin konnte nicht sehen, wie viele es waren, denn durch die kleinen Luken mit ihren Eisenkreuzen ergoss sich ein trüber Lichtschein, ein schwacher Rest der glühenden Sonne, die draußen auf die glänzende Winterebene schien. Die Ankömmlinge tasteten sich bis zur Wand und setzten sich.

– Noch drei Skifahrer, sagte jemand und lachte leise hustend auf, hätten die Herrschaften gerne einen warmen Tee?

– Sie sind aus der Ersten Kompanie, sagte eine andere Stimme.

– Den kenne ich, sagte der Erste, das ist Polde, Polde kennen alle, er ist ein alter Partisan.

– Wir sind da ja bald genug für eine neue Kompanie, lachte der Erste wieder kurz auf, dann schwiegen sie eine Weile. Aber der Unbekannte im Dunkeln wollte sich unterhalten, vielleicht vor Angst, manche Menschen schweigen, wenn sie Angst haben, andere vertreiben mit Gerede die Zeit bis zu dem Zeitpunkt, da etwas passieren würde.

– Und der junge Kerl ist wahrscheinlich einer aus der deutschen Armee, sagte er, hej, du, bist du der Wehrmacht abgehauen?

Valentin schwieg. Ich komme nicht von der deutschen Armee, hätte er am liebsten gesagt, ich komme aus einem deutschen Gefängnis, aus den Gestapo-Kellern in Maribor. Und ich weiß nicht, was ich hier tue. Langsam gewöhnten sich seine Augen an den düsteren Raum. Die waffenlosen Partisanen saßen am Boden, mit dem Rücken an die Wand gelehnt, in Mäntel gehüllt, jemand neben ihm hatte einen zerrissenen Sack über die Knie gelegt, er hatte ihn gewiss im Speicher gefunden.

– Ich bin aus der Wehrmacht abgehauen, sagte Rommel.

– Ich dachte mir schon, dass es noch mehr gibt, sagte der gesprächige Unbekannte, der unter der Luke auf der anderen Seite saß, er konnte sein Gesicht nicht sehen. Wir kommen alle aus der Wehrmacht, Einberufene.

– Das schon, aber ich war in Afrika, sagte Rommel stolz, unter Rommel.

– Und jetzt bist du unter Borben, meldete sich doch noch jemand aus der Dunkelheit, und sitzt in einem Speicher.

– Ich sitze nicht in einem Speicher, ließ sich Rommel nicht beirren, sondern in der Patsche. Auch in Libyen saßen wir in der Patsche, fuhr er fort, 21. Panzer-Division, wir haben auf dem heißen Sand richtig Gas gegeben, die Reifen rauchten, vorne die Panzer und wir hinten in der Trainkolonne, mit Munition, da fuhr plötzlich so ein Hans auf eine Mine auf, und es gab eine Explosion …

– Hör auf, sagte jemand aus dem Dunkel, wir haben auch so manches erlebt.

Aber Rommel hörte nicht auf. Er redete weiter, dass an der Niederlage in Afrika die Italiener schuld gewesen seien, dieselben Italiener, die der ruhmreiche General, als er nur noch Hauptmann gewesen sei, bei Kobarid in die Flucht geschlagen habe. Mussolini sei schuld gewesen. Rommel war wütend auf Mussolini, dort im Speicher vertrieb er sich seine Angst:

Benito Mussolini spaziert in Afrika herum,
zwei Faschisten rühren dahinter die Polenta um.

Jemand lachte verhohlen, aus der Ecke kläffte ein anderer:
– Wirst du wohl endlich die Klappe halten?
Rommels Soldat verstummte beleidigt.
Valentin trat zur Luke, er musste sich auf die Zehenspitzen stellen, um hinausschauen zu können. Aus dem Augenwinkel sah er den Schatten eines Wachmanns mit einem Gewehr in der Hand, der am Türstock lehnte und sich mit geschlossenen Augen in der Sonne wärmte. Vom Getreidespeicher der Mühle bis hin zu den Gebäuden des Hofes erstreckte sich eine große bekannte Ebene, vor etwa einem Jahr war er dort marschiert, damals war alles grün gewesen. Und auch in jenen Jahren vor dem Krieg, als er mit den Pfadfindern auf dem Pohorje-Gebirge unterwegs gewesen war, auch damals war alles grün gewesen, die Fichten dufteten, die Haut eines Mädchens duftete einst in einer Mondnacht auf einer Lichtung, ach, die Pohorje-Waldlichtungen, er dachte an Sonja, wo ist sie? Nun war die Wiese bis zu den Knien mit Schnee überschüttet, etwa hundert Meter weiter unten rauchte es vom Podlesnik-Hof herauf, dort hielt der Stab, der darüber entschied, was mit ihnen geschehen solle, eine Sitzung ab.
Gegen Mittag war vom Hof Gesang zu hören. Dort hatten sie gegessen, waren dann um das Haus herum eingedöst und hatten gescherzt, wenn die Mägen voll waren, schallte stets La-

chen überall, sie lachten, dann war Zeit für die Stunde der Politischen Bildung, sie sangen.

Mit Waffen uns're Faust es ordert
mit Donnerschlag den Teufel zu vertreiben,
die Gerechtigkeit ins Blut zu schreiben,
die uns're Heimat fordert.

Nach einiger Zeit wurde alles still, sie ruhten sich aus. Die anderen hockten im Getreidespeicher. Valentin war für einen Augenblick eingenickt. Er wurde von einem kräftigen Druck mit den Händen geweckt, Polde drückte ihn krampfhaft am Ellbogen. Als er die Augen öffnete, sah er, dass die Männer an den Luken hingen.

– Sie kommen, flüsterte jemand.

Er sprang hoch und drängte sich zwischen der Menge der Körper bis zu einer Luke, er ergriff das kalte Metallkreuz darin. Über die schneebedeckte Ebene näherte sich auf einem abgetretenen Weg zwischen den letzten Strahlen der Sonne, die sich über den Berg neigte, eine Gruppe dunkler Gestalten, Borben, Vasja, noch drei Männer mit Maschinengewehren, alle aus dem Stab, die Stabsleute hatten alle Maschinengewehre, unter ihnen war auch eine Partisanin, zwei trugen einen Tisch, drei dahinter Stühle? Was sollte das?

Ein Gericht. Ein Militärgericht, ein Schnellgericht.

Sie waren zur Mühle unterwegs. Von dort waren durch die offene Tür laute Befehle zu hören, das Stampfen auf Holzboden, das Verrücken von Holzgegenständen, es polterte, etwas fiel zu Boden, jemand warf eine Holzkiste bei der Tür heraus.

– Sie räumen auf, sagte Rommels Soldat, dieser Müller hat gar keine Ordnung im Haus.

Niemand lachte.

Aus der Mühle kam ein junger Partisan mit einem Zettel in der Hand und redete über irgendetwas mit dem Wachmann. Die Tür ging auf, und der Wachmann rief:

– Flajs, Jurkovič, gehen wir.

Die beiden Bauernburschen aus Slovenske gorice tauschten Blicke. Sie hoben ihre Rucksäcke vom Boden auf, wo sollte ein Partisan ohne seinen Rucksack hingehen, einer hatte einen deutschen Militärrucksack, einen Tornister, auch ein deutscher Soldat ging nirgendwohin ohne seinen Tornister, Jurkovič hatte ihn hierher mitgebracht, als er während seines Urlaubs abgehauen war, er nahm diesen Militärtornister, ein Fernrohr und einen Kompass mit. Das Gewehr erhielt er hier, aber jetzt hatte er keines, den Tornister und das Fernrohr würde er auch nicht benötigen.

– Lass liegen, sagte der Wachmann, du kommst eh zurück.

Sie legten die Rucksäcke wieder hin und folgten ihm.

Die beiden kamen nicht zurück.

Der Podlesnik-Hof versank zwischen langen Baumschatten, die über die Ebene fielen. Es wurde Nacht.

19

Im Getreidespeicher herrschte schwere Stille. Alle blickten vor sich hin. Nach einiger Zeit stand ein Bursche aus der Zweiten Kompanie, dessen Gesicht größtenteils von hellen struppigen Barthaaren bewachsen war, auf und trommelte an die Tür. Der Wachmann draußen meldete sich, machte aber nicht auf.

– Verdammt, ich piss mich gleich an, sagte der Hellhaarige mit den ebenso hellen Bartstoppeln.

– Dann piss dich an, sagte der Wachmann.

Der Bursche flüsterte so etwas wie Entschuldigung, drehte sich zur Wand und entließ lange einen rauschenden Strahl Wasser aus seiner Blase.

– Ich hab mich drei Tage lang nicht rasiert, sagte er dann erleichtert, zumindest gepisst hab ich.

Es begann nach Urin zu stinken. Es störte niemanden, denn alle stanken nach Angst. Valentin wusste, wie Angst stank, nach dem Eimer in der Ecke, in den sie da unten gepisst hatten. Nach menschlichem Schweiß. So wie ein Mensch, der vor Angst zerfällt. In den Gefängnissen in Maribor stank die Angst. Wenn sie begannen, die Zellen aufzusperren und Namen zu rufen. Die Namen jener, die nicht mehr zurückkamen.

Die Angst zertrümmert die Schale der Welt, das Himmelsgewölbe der Sicherheit, alle Engel stieben auseinander, die Angst dringt in deinen Raum ein, dringt in die Mitte vor, setzt sich auf den Magen, frisst sich ins Herz. So war es, als sie die Namen riefen, im Herzen und im Kopf hohl vor Angst.

Ich bin aus der Zelle herausgekommen, dachte er, zurück und hinaus, und ich bin hier oben wie ein entflohener Galeerenhäftling. Auch von hier werde ich entkommen.

Es war noch immer hell, als er aus der Mühle ein Rumpeln hörte, etwas Dumpfes fiel zu Boden, wie ein Sack oder ein menschlicher Körper. Einen Augenblick später hörte er einen Schrei. Und noch einen. Und dazwischen abgehackte Schreie, Valentin hatte keine Zweifel: Es war Borben. Und der, der vor Schmerzen schreit, ist Flajs. Oder Jurkovič. Vielleicht beide.

Polde stand bei der Luke und deutete ihm, er möge näher kommen. Valentin zog sich mit den Händen zum Metallkreuz hinauf. Unten versammelten sich Kämpfer beim Podlesnik-Hof, einige sprangen vom Heuboden hinunter und wandten sich nach der Mühle um. Jemand fuchtelte wütend mit den Händen.

– Sie werden sich widersetzen, flüsterte Polde, das werden sie nicht hinnehmen.

In der Mühle ging eine Tür auf, und eine Gestalt in Reithose und einer Maschinenpistole in der Hand rannte über die Ebene auf die Menschenschar zu. Sie hörten undeutliche Worte, scharfe Befehle, und die Kämpfer begannen langsam auseinanderzugehen. Der Mann in Reithose stand breitbeinig vor ihnen und wartete, bis der Letzte verdrossen irgendwohin hinter dem Haus verschwunden war. Auf halbem Wege blieb er stehen. Hinter dem Heuboden wurde gesungen.

– Die Jungs singen, flüsterte Polde.

Sie sangen wirklich, aus Trotz, wollt ihr uns verbieten zu singen? Mehr noch als trotzig war es, es war traurig, in der Abenddämmerung, zwischen den letzten Strahlen der untergehenden Sonne, die mit trübrötlichem Licht die Schneedecke färbte, sangen sie ein wehmütiges Volkslied: *Die Wolken, die sind rot, wer mag das wohl verstehen?* Ein altes Volkslied aus österreichischen Zeiten, als die slowenisch- und deutschsprechenden Österreicher gemeinsam gegen die Preußen gekämpft hatten, gegen die Italiener, *dass all die jungen Burschen zum Wehrdienst müssen gehen.* Valentin schnürte es die Kehle zu. Nun packten sie einander an der Gurgel, die slowenisch- und die deutschsprachigen Österreicher, das Blut gluckste in ihren Kehlen, aber auch die Slowenen untereinander, Borben packte ihn an der Gurgel, Borben war ein Serbe, aber auch Vasja, warum verstand Vasja nicht, werden sie sich wirklich gegenseitig in diesem Wald abschlachten? *Ein Slowene tötet schon einen Slowenen, einen Bruder.* Hätte er vielleicht auf Pintarič hören und zu jenem Bauern nach Slovenske gorice gehen sollen, dort hätte er Mais geschält in einer Scheune und Wein getrunken, dort gab es guten Wein. Wie wäre es mit Wasser, würde jemand zumindest Wasser in diesen Speicher bringen? Er war durstig, er verspürte keinen Hunger, ihm schien, als ob sich in seinen Augen Tränen sammelten. Er schluckte und packte mit beiden Händen das Kreuz am Fenster.

Das Stabsmitglied mit der Reithose stand im Schnee mitten auf der Ebene, es sah so aus, als würde der Mann zurückrennen, dorthin, wo er soeben für Ordnung gesorgt hatte. Dann überlegte er es sich offenbar anders, er winkte mit der Hand, sie sollen singen, wenn sie wollen, und ging in Richtung der Mühle. Valentin ließ das Kreuz los und sank unter der Luke zusammen. Er lauschte dem Lied, sie sangen es bis zum Ende, dann herrschte kurz Stille, auch aus der Mühle war nichts zu hören. Aber bald polterten vor der Tür wieder Schritte.

Das rote Licht des Sonnenuntergangs schien durch die Tür, als der Wachmann rief:

– Und jetzt du: Rommel.

Rommels Soldat blieb sitzen, er rührte sich nicht.

Der Wachmann blieb ruhig.

– Mach keinen Unfug, du machst immer Unfug, hast du bei der deutschen Armee auch Unfug gemacht? Jetzt ist Schluss mit dem Unfug. Auf dich hab ich gezeigt.

– Ich bin nicht Rommel, sagte er trotzig. Nenn mich beim Namen. Der Wachmann nahm sein Gewehr von der Schulter.

Rommels Soldat stand zögernd auf.

– Dieser Trottel würde wirklich schießen, polterte er und trat dennoch vor ihm ins Freie.

Er kehrte zurück, als die Sonne untergegangen war. Im Halbdunkel sahen sie, wie er sich ein Stück Stoff vors Gesicht hielt, vielleicht ein abgerissenes Stück eines einst weißen Hemdes, nun rot vor Blut.

– Er hat mir die vorderen zwei Zähne ausgeschlagen, nuschelte er durch die blutende Masse. Wo soll ich nun einen Zahnarzt herbekommen? Soll ich denn eine Prothese tragen? Verdammte Scheiße, aus Afrika bin ich heil zurückgekommen, obwohl vor mir ein Laster mit Munition hochgegangen ist. Ich wollte nicht nach Russland, damit dort nicht noch einer hochgeht. Und da komme ich zu unseren Leuten, und die geben mir eins auf die Fresse. Einem Menschen, der gekommen ist, um für die Freiheit zu kämpfen, werden die vorderen Zähne ausgeschlagen.

Rommel sah aufrichtig verwundert aus, er hätte nie daran gedacht, dass er ein Spion hätte sein können, er und Spion, ich bitte euch, was denn noch?

– Ein Gestapo-Eindringling, sagte der Blonde.

– Ein Eindringling, ein Zerrissener.

Eine Zeit lang dachte er nach, was das alles sollte, warum er plötzlich herausgeschlagene Zähne hatte. Dann sagte er etwas leiser:

– Passt auf, einer hat ein Holzscheit in der Hand. Dieser Schnurrbärtige.

Er fragte Borben, ob er mir Gewichte an die Eier hängen soll. So was. Das ist ja unmenschlich. Ich werde mich beschweren. In der deutschen Armee konnte man sich immer beschweren, schon wegen des Essens. Und hier essen die einen Fleisch und wir Kartoffeln. Und dann noch Gewichte an die Eier.

Sie wünschten sich, dass Rommel aufhören würde zu reden. Er plapperte aber immer noch weiter, ich werde mich beim Generalstab beschweren. Es wäre komisch gewesen, wenn es nicht tragisch gewesen wäre.

Als Nächster war Polde an der Reihe.

Ungefähr eine Stunde später kam der Wachmann, um Valentin zu holen. Draußen herrschte eine Mondnacht, die Kristalle glänzten im Schnee, die Sterne standen tief über den Bergen. Als er zur Mühlentür kam, musste er alle Hosensäcke umdrehen und die Bergschuhe ausziehen. Damit er nicht fliehen konnte, weil man in einer kalten Winternacht ohne Schuhe nicht fliehen konnte. Aber auch, damit er darin nichts versteckte. Was sollte man denn in den Schuhen schon verstecken? Bald sollte er herausfinden, was.

20

In Socken und die Schuhe in den Händen betrat er den großen Raum in der Podlesnik-Mühle. Es brannte Licht, viele Lichter, es war ziemlich hell, überall standen Öllampen herum.

Neben der Tür stand ein Wachmann mit einer Maschinenpistole. Am Tisch saß Borben, neben ihm die Partisanin, die in Papieren blätterte. Sie notierte Valentins Aussagen. Sie sah müde und überdrüssig aus. Auch ein wenig fassungslos. Offenbar machte sie so etwas nicht jeden Tag. Vielleicht war sie in ihrem früheren Leben eine Kauffrau oder Buchhalterin gewesen.

Vasja stand an der Wand und blickte aus dem Fenster in die Mondnacht hinaus.

Auf dem Bett saß Polde. Mit einem Taschentuch wischte er sich Blut ab, das ihm unter den Haaren über die Schläfen rann. Sie hatten ihn geschlagen. Neben ihm stand der stämmige junge Mann mit dem dichten Schnurrbart. Seine Ärmel waren hochgekrempelt, er hielt einen dicken Stock in der Hand, den Stiel einer Axt oder eines Dreschflegels. Er hatte ihn geschlagen. Polde blickte vor sich hin und schüttelte den Kopf, als könne er nicht verstehen, was vor sich ging. Wenn er es nicht verstand, wie sollte es Valentin verstehen. Er konnte nicht einmal verstehen, warum Polde auf einem Bett saß, das war immerhin eine Mühle, an der Wand waren ein paar Mühlsteine zu sehen, Bottiche, eine Holztreppe bis zur Mühlenbühne, dort war der Rumpftrichter, in den Podlesnik das Korn schüttete, wenn er mahlte, da waren Riemenräder, Dreschflegel, Worfeln, ein Wellrad, das mit dem äußeren Wassermühlrad verbunden war. Das sich nicht drehte, denn über den hölzernen Mühlbach floss schon lange kein Mühlwasser mehr, das Wasser lief ins Leere, nur das Plätschern des Baches war zu hören, Polde hielt sich den blutigen Kopf, am Tisch saß Borben, das ist, als ob ich träume. In der Mühle war es still, hier wird nicht gemahlen. Hier wird verhört.

– Was ist das?, fragte Borben. Mit den Augen deutete er auf einen kleinen Gegenstand, der auf dem Tisch lag. Komm näher, wenn du nicht siehst.

Valentin trat zum Tisch, dort lag eine Halskette mit einem Anhänger.

– Eine Heiligenmedaille, sagte Valentin.

– Was für eine Heiligenmedaille?

Es war eine Medaille, wie man sie zur Erstkommunion bekam.

– Marias, sagte Valentin.

– Ach, Marias?, lachte Borben kurz auf. Was für eine Maria?

Valentin irrte mit dem Blick durch den Raum: Was für einen Schwachsinn fragte ihn der?

Vasja schaute zum Fenster, Polde starrte zu Boden und wischte sich Blut von seinem Gesicht.

– Die Mutter Gottes, sagte Valentin.

– So ist es, lachte Borben wieder auf. Die Mutter Gottes. Und jetzt erzähl, was das bedeutet?

Valentin schüttelte den Kopf, eine Heiligenmedaille eben, was sollte das sonst bedeuten als das, was eine Heiligenmedaille bedeutete, die Mutter Jesu.

– Das bedeutet nichts, das bedeutet, dass sie einen beschützt.

– Vor wem?

Vor wem nur, dachte Valentin, vielleicht vor einem solchen Idioten, wie du einer bist, vor allem Bösen, vor bösen Geistern, vor Gefahr, vor allem. Er schwieg.

– Du weißt es nicht? Schau mir in die Augen.

Er schaute ihm in die Augen.

– Warum denkst du, dass ein alter Partisan, der, der dort auf dem Bett sitzt, den Heiligenanhänger der Mutter Gottes bei sich trägt?

Valentin blickte zu Polde hinüber. Er wusste nicht, dass Polde so eine Medaille trug.

– Und wo ist deine?

Er zuckte mit den Schultern. Wo war nur die Heiligenmedaille, die er zur Kommunion bekommen hatte? In irgendeiner Schublade, zwischen Murmeln und Bleistiften.

– Ich habe keine.

– Du hast keine, weil du sie weggeworfen hast. Hast du sie in den Schnee geworfen?

– Warum sollte ich sie in den Schnee werfen?

– Du weißt sehr gut, warum.

Vasja wandte sich vom Fenster ab.

– Tine, sagte er, wenn du eine Heiligenmedaille hattest, sag es. Es hat keinen Sinn, es zu leugnen. Polde hat gesagt, dass auch du eine gehabt hast.

Valentin blickte fragend zu Polde hinüber.

– Ich weiß nicht, warum er das sagen sollte.

Borben stand auf und schmiss den Stuhl um, dass es auf dem Holzboden krachte, der Wachmann bei der Tür hob nervös seine Maschinenpistole.

– Du weißt verdammt gut, warum du die Mutter Gottes getragen hast!

Borben trat zu ihm hin und schrie in sein Gesicht, er stank nach Schnaps, sein Speichel spritzte ihm in die Augen.

– Deswegen, weil du ein Gestapo-Mann bist, verdammte Scheiße, ein Gestapo-Mann und Weißgardist. Und solche Heiligenanhänger sind ein Erkennungsmerkmal unter euch. Wir wissen alles, es ist alles klar. Wir werden ein Protokoll aufnehmen. Wir werden notieren, dass ihr Eindringlinge seid, alle, die wir euch arretiert haben, dieser Polde hat schon zugegeben, im richtigen Augenblick werdet ihr den Stab angreifen. Zweimal sind wir in einen Hinterhalt geraten. Weiße Garde, Gestapo, Verräter am slowenischen Volk.

Valentin überkam Übelkeit, etwas Ähnliches wie jener Schwindelanfall. Was sollte er diesem Menschen sagen, der diese verwirrten Sätze vor sich hin schrie? Er wusste, was er dort unten den Gestapo-Schweinen sagen sollte, lügen, er log ihnen was vor, sie konnten ihm nichts beweisen. Aber was sollte er hier sagen, den eigenen Leuten, Vasja, diesem Irren, was hatte Polde gestanden?

Er sah zu Vasja.

– Habe ich es denn nicht bewiesen, Vasja?

– Was hast du bewiesen, was bewiesen, brabbelte Borben in sein Gesicht.

– Wenn du einen Schwaben abgeknallt hast, hast du noch nichts bewiesen. Wir kennen das: Man muss sich beweisen, das Vertrauen gewinnen. Und dann den Stab angreifen. Mit einer Granate, was?

Valentin schüttelte den Kopf, ihn schwindelte, mit welcher Granate, wen, was soll das alles? Er lehnte sich an den Tischrand. Er schloss die Augen und für einen kurzen Augenblick blitzte in seinem Inneren das Gesicht von Pintarič auf. Geh nicht hinauf, hatte Pintarič gesagt, die da oben im Pohorje-Gebirge sind verrückt geworden.

Borben schnaufte aus. Plötzlich hatte er sich völlig beruhigt.

– Den da in den Speicher, sagte er und zeigte auf Valentin, wir geben ihm noch ein paar Stunden, dass er es sich überlegt, währenddessen notieren wir alles, was der da erzählen wird, der da sitzt.

Er trat zu Polde. Der mit den aufgekrempelten Ärmeln nahm den Prügel in die Hand.

– Wirst du?

Polde nickte.

21

Im Getreidespeicher war nachts von der Mühle Geschrei zu hören, dann Laufen durch den Wald, jemand schrie, halt ihn. Ein Schuss knallte. Dann war alles still. Auch unten beim Hof war alles völlig ruhig. Valentin schlief in seinen Mantel eingewickelt ein.

Mitten in der Nacht hörte er im Halbschlaf ein Flüstern. Er erkannte beide flüsternden Stimmen, es waren Rommel und der blonde Bursche.

Rommel: Was ist ein Blaugardist?

Der Blonde: Ein Blaugardist kämpft für den König und für Jugoslawien.

– Zum Teufel, ich dachte, als ich hinaufging, dass ich auch für Jugoslawien kämpfen würde.

– Du verstehst nicht. Ein Blaugardist ist ein Tschetnik. Ein Tschetnik arbeitet mit den Deutschen zusammen.

– Ich hab ja auch mit den Deutschen zusammengearbeitet. Wie denn nicht, wo ich doch ein deutscher Soldat war. Sie haben mich einberufen und trainiert und nach Afrika geschickt, ich habe gesehen, wie ein Laster in die Luft geflogen ist, voller Munition, ich war bei den Magazinern.

– Borben hat zu mir gesagt, ich wäre ein Weißgardist.

– Was ist das denn wieder?

– Ein Weißgardist ist dasselbe wie ein Blaugardist, nur dass er mehr für die Kirche und für Slowenien ist.

– Und ein Partisan ist ein Rotgardist?

– Du Idiot, der Russe ist ein Rotgardist, in der Roten Armee. Ein Partisan ist ein Kämpfer für die Freiheit des Volkes.

– Und die Kommunisten unter uns sind rot, oder?

– Ja.

– Dann haben wir die Farben unserer Flagge: weiß, blau, rot.

– Rommel, du bist ein Vollidiot. Sie werden dich erschießen, wenn du so was von dir gibst.

– Das werden sie so oder so. Für Borben sind wir alle Gestapo-Männer, die den Stab niedermetzeln und die Brigade übernehmen wollen. Damit sie blau wäre.

– Oder weiß.

– Welcher Teufel hat mich hier hinaufgeritten. Die Deutschen hätten mich als Deserteur erschossen. Jetzt werden mich unsere Leute als Deutschen erschießen, das heißt, als Weißgardisten.

Rommel wurde wieder abgeführt.

Der Mond schien durch die Luken am Speicher, drei, Valentin und zwei unbekannte Einberufene, die noch dortgeblieben waren, zitterten vor Kälte und stierten sich gegenseitig in ihre verschreckten Gesichter.

22

In der Mühle herrschte eisige Stille. Als er eintrat, erblickte er Borben im flirrenden gelben Licht. Die Protokollantin war nicht mehr da, auch Kommissar Vasja nicht. Borben saß am Tisch, seinen Kopf auf die Hand gestützt, mit der anderen Hand kritzelte er gelangweilt mit einem Bleistift am Papier vor sich herum. Auf dem Bett lag reglos eine männliche Gestalt, der Oberkörper und der Kopf waren mit einer Wolldecke zugedeckt, unten ragten die Füße in zerrissenen Socken heraus, Valentin erkannte an den Hosen der Einsenbahneruniform sofort, dass es Rommel war.

– Willst du ihn dir anschauen?, fragte Borben leise, ohne den Blick zu heben.

Valentin schüttelte den Kopf.

– Er ist tot, sagte Borben.

Der große Raum war leer, alle waren gegangen, die Stille blieb. Ihm schien, als hörte er, wie die Bleistiftspitze am Papier kratzte, sie bewegte sich in sinnlosen Windungen, als zeichnete die Hand etwas, was sie selbst nicht allzu gut beherrschte.

– Du könntest hier liegen.

Borben hob den Blick und lag beinahe auf dem Stuhl, er hatte seine Beine in den Stiefeln weit nach vor geschoben.

– Ihr Erkennungsmerkmal ist eine Heiligenmedaille, sagte Borben. Die Mutter Gottes, lachte er, der hat es zugegeben.

Wo ist Polde?, dachte Valentin, er hatte einen solchen Anhänger gehabt.

– Und du hast sie nicht gehabt. Oder doch?

Er sah ihm in die Augen. Valentin schüttelte den Kopf.

– Wir wissen, dass du sie nicht gehabt hast. Aber Polde hat eine gehabt.

– Was ist mit ihm?, sagte Valentin unvermittelt.

Borben schüttelte ungläubig den Kopf:

– Du wirst doch nicht derjenige sein, der hier die Fragen stellt.

Valentin sah über Borbens Kopf hinweg auf die Mühlenbühne mit den Geräten, in seinem Kopf verspürte er eine eigenartige Leere, die Mühle, Worfeln, das Wellrad, die Riemenräder, dort ist der Raum zum Mahlen von Weizen oder welches

Korn auch immer, welches Korn mahlte man am Pohorje, warum haben sie Rommel umgebracht, sie haben ihn zu Tode geprügelt, es war kein Schuss zu hören?

– Setz dich, sagte Borben.

Wo sollte er sich hinsetzen? Er sah sich um. Zum Toten auf das Bett? Von der Wand zog er eine Kiste heran und setzte sich.

– Näher.

Er zog die Kiste zum Tisch.

Borben nahm die Schnapsflasche vom Tisch, zog mit einem Knall den Stöpsel aus dem Flaschenhals und nahm einen kurzen Schluck.

– Du auch?

Valentin schüttelte den Kopf.

– Mach schon. Es ist Schluss.

Mit zitternder Hand nahm er die Flasche, Borben sah ihn regungslos an. Er nahm einen Schluck, es war starker Schnaps, es brannte in der Kehle und in der Brust, er begann zu husten.

– Du verträgst das aber schlecht, Alkohol ist nichts für dich. Das weißt du, oder?

Valentin nickte: Das wusste er. Einmal hat er ihn schon ins Unglück gestürzt.

– Ich bin müde, sagte Borben und nahm wieder die Flasche zur Hand. Aber jetzt ist Schluss. Wir haben alles aufgeklärt. Und in der Brigade aufgeräumt.

Er nahm einen Schluck.

– Das ist wie diese Mühle, sagte er. Jetzt ist sie nicht in Betrieb, es ist Winter. Aber wenn sie in Betrieb ist, dann muss man verdammt vorsichtig sein. Das hat mir Podlesnik erzählt. Wenn etwas in den Mechanismus der Mühle gerät, bricht alles zusammen. Verstehst du?

Er wartete nicht, dass Valentin antwortete.

– Alles bricht zusammen, alles zerfällt. Wir müssen aufpassen, dass uns das nicht passiert. Die Brigade haben wir jetzt fast in Ordnung gebracht … genau genommen nicht ganz. Morgen früh … Er schaute auf die Uhr … Heute Morgen werden wir sie ganz in Ordnung bringen.

Das heißt, es ist schon nach Mitternacht, Valentin hatte jegliches Zeitgefühl verloren.

– Die Kämpfer schlafen, sprach Borben, und sie können ruhig schlafen, weil wir sie geschützt haben. Der hier hat alles zugegeben. Interessiert es dich nicht, was er zugegeben hat? Muss es auch nicht, morgen früh wirst du es hören, vor der gesamten Brigade. Es ist nicht leicht, sie machen uns Druck von allen Seiten, sie schicken uns solche … er zeigte auf das Bett … aber wir sind wach und ihnen immer einen Schritt voraus … Man muss denken, was sie denken, man muss sich in ihre Logik hineinversetzen, verstehst du?

Valentin schien, dass Borben betrunken war. Betrunken und tödlich gefährlich. Wieder schob er die Flasche über den Tisch.

– Lieber nicht, sagte Valentin.

– Mach schon.

– Ich kann nicht.

– Du willst nicht mit mir trinken? In Mislinja hast du dich wie eine Kuh angesoffen, und sie haben dich gefangen. Und jetzt willst du nicht mit dem Menschen trinken, der dich zurück in die Kompanie schicken wird.

Valentins Schläfen begannen zu hämmern. Was für ein Spiel treibt der mit mir? Er dachte daran, dass sie allein waren, wenn er den toten Rommel nicht mitzählte, waren sie allein in diesem Raum. Der Wachmann war draußen geblieben. Er würde den Tisch in ihn stoßen und ihn am Hals packen, noch ehe der besoffene Mann nach seiner Pistole langen könnte.

– Wir haben gedacht, du seist ein Gestapo-Mann, machte sich Borben wichtig. Bist du aber nicht. Wir haben die Mitteilung bekommen, dass du keiner bist. Du hast Glück. Manchmal irren wir uns auch. Es tut mir leid, wenn wir uns irren. Jetzt kommen sie herauf, alle möchten auf unserer Seite sein, und wir haben hier oben Blut gepisst über den Winter. Werden sie nicht. Und auch die Eindringlinge werden uns nicht erwischen, mit einer Granate den Stab angreifen, was denn noch! So werden sie daliegen, wie der da. Wir werden weiter aufräumen. Unsere Räder drehen sich, der Mühlstein mahlt. Auch wenn nur zehn von uns übrig bleiben, wir werden die Richtigen sein.

Valentin verstand nicht. Es war zu viel.

– Du bist frei, du bist wieder einer von uns, sagte Borben und stand auf.

Er hielt sich am Tisch fest. Er war wirklich müde. Aber auch betrunken.

– Komm, dass ich dich umarme.

Valentin stand auf. Borben nahm die Flasche und schob den Tisch weg. Die Papiere flatterten zu Boden.

– Komm her.

Valentin trat zu ihm. Borben umarmte ihn. Er drückte ihn fest, wie ein Mensch, der sich schon lange physische Nähe wünscht. Über seine Schulter hinweg sah er die Leiche, die mit der Decke bedeckt auf dem Bett lag. Dann ließ er ihn los, er trat einen Schritt zurück, wankte ein wenig und setzte sich wieder hin. Valentin nahm ihm die Flasche aus der Hand und machte rasch ein paar brennende Schlucke. Borben begann zu lachen, ein fürchterliches Lachen überkam ihn.

– So, ja, sagte er dann doch, was er sagen wollte, konnte er vor krampfhaftem Lachen nicht, so, ja. Nur, dass du dich nicht wieder ansäufst.

Und als er mit dem Wachmann durch den Schnee zum Hof auf der anderen Seite der Ebene hin watete, wo er seinen Rucksack und ein Gewehr bekam, hallte von der leeren Mühle unter dem Rauschen des Baches noch immer Borbens Lachen.

Der Dachstuhl der Mühle erbebte, als wollte das Wasser die eingefrorenen Räder antreiben.

Im Wald knallten ein paar Schüsse. Sie hatten zwei Einberufene erschossen.

23

Wenn er könnte, würde er zurückkehren. Nach Hause, dort, weit unten, von wo er zum großen Gebirge geblickt hatte, grün, im Winter weiß, es hatte ihn immer angezogen. Er kannte die Bäche, die über die Steine sprangen, die Buchen, die Fichten, die im Sommer rochen wie keine anderen Fichten irgendwo anders. Mit den Pfadfindern hatten sie auf der Glažuta ihre Zelte aufgestellt, warme Milch getrunken, gesungen und die Gitarre gezupft. Mit einem Mädchen, ihr Name war Irena, lag er abends auf einer Wiese und betrachtete die Sterne, die Weite dort oben reichte bis in seine Brust, das Flimmern der Sterne, der unendliche Raum. Nach jenen Pfadfinderlagern kehrte den ganzen Herbst über und lange in den Winter hinein dieses Gefühl in seine Erinnerung zurück, im Bett zog er sich die Decke über den Kopf, schloss die Augen, und die Erinnerung an die Lichtung am Pohorje-Gebirge kam wieder zurück. Ihre Hände waren dicht mit seinen verstrickt, er spürte ihre Wärme und die leichte Feuchtigkeit in ihren und seinen Handflächen. Auch das Gras, in dem sie lagen, war ein wenig feucht, von warmem Abendtau bedeckt. Die moosige Feuchtigkeit herrschte auch unter den Fichten, wo die Zelte aufgestellt waren, von dort entwischten sie abends auf die Wiese und betrachteten die Sterne. Sie berührten sich mit den Lippen, das Herz begann schneller zu schlagen, man konnte diese Berührung kaum Kuss nennen, dennoch war es so, dass er bei dieser Berührung der Lippen die Welt spürte, in die er hineingelangte, er war ein Kind, das zum ersten Mal die Weite und die Unermesslichkeit der Welt verspürte, in die sein Leben eintrat. Unter ihm grasbewachsene Erde, oben das dunkle Himmelsgewölbe, durchwachsen mit funkelnden Zeichen. Oh, wenn er könnte, würde er in diese Zeit zurückkehren, er würde nach Hause gehen, sich die Decke über den Kopf ziehen, keine Stimmen mehr aus der Küche hören, wo sich seine Mutter und sein Vater und noch jemand unterhielten, der zu Besuch war, ein Onkel oder Verwandter, er würde sich wieder auf jener Lichtung inmitten seiner Erinnerung befinden, die betörend war und warm und unergründlich. Sogar in seinen Träumen begleitete sie ihn und ging mit ihm durch die Welt, die Erinnerung an die Erde und die Sterne und das Mädchen, das neben ihm lag und sich ebenso wie er über die Weite der Welt wunderte, den Schlag des Herzens, über alles, was ein einziges großes Leben war, in das sie traten und durch das sie gehen würden müssen.

Er hörte Bewegungen, als ob jemand gegen eine Wand stieße, eine Kette rasselte, das Stampfen vieler Füße. Er öffnete die Augen. Schon wollte er aufspringen, den Rucksack und das

Gewehr packen, irgendwohin springen, schießen, fliehen. Einen Augenblick später wurde ihm bewusst, dass unten der Stall war und um ihn herum Heureste lagen, an der Wand häuften sich Stöcke und Geräte, Harken, eine Sense, Sicheln. Durch die Luke über seinem Kopf blinkte ein Stern. Er lag in der Scheune über dem Stall, unten bewegten sich die großen Tiere, als ob sie etwas in Aufregung versetzte. Vielleicht waren die Ratten den Kühen zwischen den Beinen hindurchgejagt, die Hufe trampelten, und die großen Körper stießen gegen die Holzlatten. Er deckte sich mit dem Mantel zu und versuchte zurück in den Schlaf zu fallen – dort war etwas Schönes gewesen, dort reiste er zuerst zurück nach Hause und von dort auf eine Lichtung im Pohorje-Gebirge, er wollte gerne in jene süß verwirrte Erinnerung zurückkehren, aber er konnte nicht, er konnte nicht mehr. Diese Erinnerung, bei der er so oft in den Traum tauchte, der nur eine Fortsetzung der schönen Erinnerung war, wollte nun nicht mehr kommen, sie weilte nur noch in seinen Träumen, irgendwo an den Wurzeln seiner Träume, denn hier, wo er jetzt war, blieben von jener Lichtung und jener Nacht nur noch die Sterne übrig, ein einziger, der durch die Luke blinkte. Und rundherum die kalte Winternacht. Und wie in einem anderen, einem Albtraum, der Mann mit der Schnapsflasche vor sich. Im großen leeren Raum in der Podlesnik-Mühle saß er am Tisch, auf dem Bett lag eine Leiche, den Oberkörper mit einer Wolldecke bedeckt, unten lugten die Beine in einer Eisenbahnerhose heraus. Und zerrissenen Socken.

Von hier, wo er jetzt war, konnte er nicht in seine Erinnerung reisen. Er konnte sich nicht umdrehen und zurückmarschieren. Es durfte keine Erinnerung mehr geben. Die Szene, derer er kurz zuvor Zeuge geworden war, erwischte ihn im Traum, er konnte sich dieser Erinnerung nicht erwehren. Das sollte er aber, denn wenn er sich der Erinnerung nicht erwehren konnte, würde er nicht überleben. Mitten in diesem Tod, der allgegenwärtig war und der am meisten in der Mühle weilte, konnte er nicht so in die schöne Zeit entrückt sein, die vergangen war, denn nicht nur, dass sie nicht mehr zurückkommt, dass man sie nicht mehr herbeirufen kann, nicht nur das. Augenblicke solcher Entzückung, wie sie ihn unvorbereitet und schwach im Schlaf oder vielleicht Halbschlaf wenig vorher befallen hatten, konnten im Nu in einen Wunsch nach Flucht umschlagen. Der Wunsch, nach Hause zu gehen, war für einen Augenblick so stark, dass er ihn völlig mit dieser Sternschnuppe der Erinnerung aus seiner Kindheit besetzt hatte. Das hieß, sie war in ihm, das hieß, er würde es nicht durchstehen, dass er nicht mit dem Tod leben würde können. Mit dem Töten. Er tötete. Das war ein Gedanke, den er kaum an sich heranließ, er sagte lieber, er schoss auf die Feinde seiner Heimat. Aber als er sich in Borbens zitternder, nach Schnaps riechender Umarmung wiedergefunden hatte, seit er sein Lachen neben der Leiche gehört hatte, die auf dem Bett lag, wusste er, dass das Töten war. Bei Miklavc hatte er getötet, gemordet. Wer damit nicht leben konnte, wen die Erinnerungen und die Sehnsucht nach dem Zuhause betörten, der konnte die Todesprobe nicht bestehen, der würde davonlaufen, desertieren, unter den Genossen, mit denen er Gut und Böse geteilt hatte, würde er als Feigling gelten, als Schuft, als Verräter. Verräter werden erschossen, und das ist recht so, recht so.

24

Vasja hatte an jenem Morgen, als er aus der Mühle herausgekommen war, zu ihm gesagt:

– Dein Mädchen, sie hat dich gerettet.

– Ich weiß. Mithilfe ihres Vaters.

– Nicht aus dem deutschen Gefängnis, aus der Mühle hat sie dich gerettet. Wir haben die Nachricht erhalten, dass sie dein Mädchen ins Lager geschickt haben, nach Dachau, Gott weiß, wie ihre Lager heißen.

Valentin überströmte kalter Schweiß: Ist sie am Leben?

Vasja schwieg einige Augenblicke lang rücksichtsvoll. Einem Menschen, dem man eine solche Nachricht überbringt, musste man Zeit lassen, dass es sich in sein Bewusstsein setzt.

– Wie soll ich das wissen?, sagte er. Wahrscheinlich ist sie am Leben, aber wenn sie im Lager ist, dann ist sie keine Kollaborateurin, da kann man wohl eins und eins zusammenzählen.

Er bot ihm auch eine Zigarette an, sie zündeten sie an, Vasja stieß Rauch in die kalte Winterluft.

– Der Rauch heftet sich schön an die Lungen in dieser frischen Luft, sagte er, als wollte er Valentin in gute Laune versetzen, noch mehr, weil er eben irgendetwas sagen musste.

Dann fuhr er fort.

– Trotzdem mussten wir Borben lange überzeugen. Niemand von den verhörten deutschen Soldaten hat dich belastet, sie haben dich ja gar nicht gekannt, sie sind neu. Außer Polde. Er hatte eine Heiligenmedaille und hat zugegeben, dass du auch eine hast, ein Erkennungszeichen. Jeder hätte gestanden, wenn Borben und seine Leute ihn in der Hand hatten. Ich wusste, dass du keine hattest. Sonja haben sie festgenommen. Aber sagen wir, dass wäre auch eine List, dass man zum Beispiel deine Freundin nur dem Anschein nach ins Lager schickte, und in Wirklichkeit nach, was weiß ich, nach Wien. Auch solche Fälle hatten wir schon.

Er atmete den frischen Zigarettenrauch ein, der sich in dieser frischen Bergluft so schön an die Lungen heftete.

– Das war noch ein Argument, das Borben endlich überzeugte. Es tut mir leid, dass ich dir das erzählen muss, jemand muss es tun. Besser, ich bin derjenige.

Er schwieg wieder eine Zeit lang. Valentin löcherte mit dem Blick seinen Kopf: Was ist darin, was weiß er? Was kann noch passieren, ist nicht schon alles Schlimme passiert, was in kurzer Zeit passieren kann. Erzähl schon.

– Deinen Vater haben sie auch nach Deutschland geschickt. Zur Zwangsarbeit.

Valentin setzte sich auf eine Sitzbank vor dem Podlesnik-Hof. Durch die Nebelschwaden sah er die Kämpfer, die sich zum Morgenappell versammelten. Jemand setzte rasch sein Maschinengewehr zusammen, Metallklappern und Fluchen waren zu hören, weil er das geölte Gewehrschloss nicht in die richtige Position bringen konnte. Ihm schien, als hörte er Vasja in der Ferne etwas erklären, als redete er dort irgendwo bei der Mühle auf der anderen Seite der Hochebene.

– Borben hätte dich fast sicher vors Gewehr geschafft. Oder ein Messer, oder eine Hacke, wenn die Schwaben in der Nähe gewesen wären und man nicht schießen hätte dürfen. Er war überzeugt, wie bei allen anderen, dass ihr eine Deserteur-Gruppe seid. Aber gestern Abend kam Minka aus Podvelka mit der Nachricht aus Maribor. Wenn sie alle deine Leute ins Lager

geschickt haben, dann bist du wohl wirklich kein Gestapo-Eindringling.

Sonja abgeführt, Sonja abgeführt, hallte es immer wieder in
Valentins Kopf, ins Lager. Nicht einmal im Traum, nicht im
Traum hätte er an so etwas gedacht. Und seinen Vater nach
Deutschland zur Zwangsarbeit. Weil sein Sohn verschwunden
war, wie ein Feigling verschwunden, nachdem er versprochen
hatte, zumindest dem deutschen Reich gegenüber loyal zu sein,
zumindest loyal, natürlich hatten sie erwartet, dass er auch kol-
laborieren würde. Aber er war weder loyal, noch kollaborierte
er. Deswegen wurde sein Mädchen ins Lager geschickt, man
wusste nicht, in welches, und sein Vater zur Zwangsarbeit, man
wusste nicht, wohin, nach Tirol oder nach Bayern oder in die
preußischen Moore.

– Du darfst dich nicht schuldig fühlen, sagte Vasja, du hättest nichts anderes tun können.

Er fühlte sich aber schuldig, schon deswegen, weil sie ihn
betrunken erwischt hatten, dann deswegen, weil er Loyalität
geschworen hatte, und schließlich deswegen, weil er aus der
Stadt geflohen war und Sonja allein ließ, die Eltern allein ließ,
die jetzt wer weiß wohin verschleppt worden waren.

Gott, was geht hier eigentlich vor?

25

Auf der verschneiten Wiese vor dem Podlesnik-Hof war in der Morgensonne die Brigade angetreten. Die Kommandanten der Kompanien überprüften die Gewehre und das Schuhwerk. Valentin hatte seinen deutschen Karabiner zurückbekommen, er hüllte sich in seinen Mantel, er fror vor Erschöpfung, er hatte auch ein wenig Kopfweh vom Schnaps, den er beim Umarmen in der Mühle getrunken hatte. Er hatte rote Augen von der schlaflosen Nacht, er zwinkerte wegen der grellen Sonnenstrahlsalven und des weißen Schnees, er blickte sich in den langen Reihen um, sein müder Blick suchte nach Polde.

Vor der aufgereihten Brigade marschierte der Geheimdienstleiter Borben mit seinen Händen über dem Gesäß verschränkt. Er wirkte völlig frisch, ihm konnte eine solche Nacht nichts anhaben, auch der Schnaps nicht. Er blieb vor einzelnen Kämpfern stehen, um sich mit ihnen freundschaftlich zu unterhalten. Er sah beinahe wie ein Mensch aus, der bedeutende und nützliche Arbeit leistete. Und er war bereit, sie weiterhin zu leisten.

Der Brigade-Kommandant rief: Still-ge-stan-den!

Bevor die Anweisungen für den Marsch ausgegeben wurden, würde auch noch Kommissar Vasja sprechen.

Kommissar Vasja sprach die Kämpfer mit einer klaren Stimme an. Er sagte, in der Brigade sei es zu unschönen Ereignissen gekommen. Er verstehe, dass manche unzufrieden seien, aber unzufrieden seien sie nur, weil sie nicht wüssten, was vor sich gehe. Was vor sich geht beziehungsweise schon passiert ist, darf nicht Kleinmut unter euch säen. Wir sind im

Krieg, und Kleinmut ist gefährlich, er untergräbt unseren Zusammenhalt. Der Geheimdienstleiter habe das Wort.

Borben schob die Maschinenpistole auf seine Schulter und zog einen Zettel aus der Brusttasche seiner Uniform. Er verlas die Urteile des Schnellgerichts. Eine Gruppe deutscher Eindringlinge sei ausgemacht worden. Sie seien mit der Absicht in die Einheit eingedrungen, sie zu zerschlagen oder durch Verrat der Armee des Besatzers zu übergeben. Er zählte die Namen auf. Flajs und Jurkovič, Valentin erinnerte sich an sie, schon abends hatte sie der Wachmann aus dem Getreidespeicher gerufen, Flajs und Jurkovič seien erschossen worden. Liquidiert sei auch ein Partisan worden, der unter dem Namen Rommel bekannt gewesen sei.

Unter den Partisanen ging Gemurmel um. Rommel war ein beliebter Spaßvogel gewesen, sie würden ihn vermissen, war es möglich, dass auch er ein Verräter gewesen war? War es möglich, das war es, es war immer möglich.

Er wurde nicht erschossen, dachte Valentin, der Bärtige hatte ihn wahrscheinlich zu heftig mit dem Axtstiel geprügelt.

– Bisher waren wir nicht wachsam genug, rief Borben. Einem der Verräter ist es gelungen zu fliehen. Das wird sich nicht wiederholen. Von nun an wird es anders sein. Aber keine Sorge, Genossen, auch ihn wird unsere Kugel finden.

Polde, dachte Valentin, wo ist Polde, sie haben ihn nicht erschossen, er war nicht in der Mühle, er ist nicht in den Speicher zurückgekehrt.

– Damit es allen sonnenklar ist, sagte Borben, was vorgefallen ist. Jene unter euch, die ihr die letzten Abende eure Unzufriedenheit ausgedrückt habt, ihr müsst wissen, dass wir mit den Verhören eure Leben gerettet haben. Eine Gruppe von Diversanten hat sich eingeschlichen, die die Aufgabe hatte, im richtigen Augenblick den Stab anzugreifen und die Einheit zu übernehmen. Sie hatten ihr eigenes Chiffriersystem. Wir haben sie entlarvt. Drei wurden liquidiert, einer ist entlaufen. Wir sind von feindlichen Einheiten umzingelt, die Verräter haben begonnen, sich in einer weißen und einer blauen Garde zu organisieren. Während der Verhöre haben alle ihre Verbindungen und Aufgaben gestanden. Unsere Armee führt ihren Kampf zum endgültigen Sieg fort. Die Okkupator-Bestie ist verwundet und gefährlich. Mit letzter Kraft beißt sie und schlägt um sich. Aber wir werden sie erschlagen. Die Stunde des Sieges und der Vergeltung kommt. Tod dem Faschismus.

– Freiheit für das Volk, murmelten die Kämpfer.

– Lauter!, schrie Borben.

– Freiheit für das Volk, donnerte es.

– Der dritte Zug der Zweiten Kompanie zum Spähtrupp, rief der Kommandant. Marsch. Richtung Rogla.

26

Er hatte einen Stern über sich, er schien durch jene Luke im Stall. Die Wirklichkeit hatte sich zu einem Berg aufgetürmt, sie war mächtig, dunkel und unabsehbar. Er durfte nicht in die Erinnerung eintreten, dort war nichts, keine Erinnerung, keine Sonja, keine Mutter und kein Vater, auch sein Bruder nicht, die toten Genossen lagen in der moosigen Erde, Lojzek mit dem durchschossenen Auge und andere, viele andere, die er kannte, weggefetzte Hände und Köpfe von den Minenwerfer-Geschossen, aufgerissene Bäuche, Rommel, der Spaßvogel, lag auf dem Bett, mit einer Wolldecke bedeckt, seinen Kopf wagte er nicht anzusehen, was hätte er gesehen, wenn er jenes Totentuch zurückgeschlagen hätte? Nichts, das er nicht schon gesehen hätte, Blut, gebrochenes Jochbein, all das hatte er schon gesehen, ein zerschmettertes Gehirn auf einem rauen Fichtenstamm, Schmerz und Weinen, das Lachen eines verrückten Vernehmers, alles hatte er bereits gesehen. Früher war er jemand anderer gewesen, vor ewigen Zeiten, ein Mensch dort unten in der Stadt, ein Mensch, der in den Straßen spazierte, im Kaffeehaus saß und im Hörsaal an der Uni, nun war er so etwas wie ein Tier, das keine Erinnerung hatte, das auch keinen Schmerz mehr fühlte. Er hörte ein paar Schüsse und zuckte nicht einmal. Sie erschossen noch zwei deutsche Einberufene, zwei Verräter, Blaugardisten, was denn sonst. Ins Genick. Oder ins Herz, egal. Es ging ihm nicht mehr nahe, nun war er ein Tier, das überleben musste. Ein altes Tier, denn er war in dieser Zeit gealtert, wie schnell ein Mensch in die reifen Jahre übergehen konnte. Vor einigen Monaten noch war er jung gewesen, nun war er nur noch erwachsen, er war ein Mensch, der schon alles durchgemacht hatte, den Kampf und die Flucht, Folter und Schweigen, er hatte getötet. Einen Menschen im Flur eines Bauernhauses erschossen. Wer diese Erfahrungen durchgemacht hatte, wer aus einem umzingelten Heuboden gesprungen war und sich gerettet hatte, wer einen Menschen in einem Bauernhaus erschossen hatte, wer zitternd an einem Fichtenstamm lag und auf Männer in Uniform schoss, die unten herumrannten und den Hang hinaufkrochen, um ihn zu töten und seine Leiche verschreckten Menschen am Platz vor der Kirche zu präsentieren, wer zwischen Angst und Mut lebte, wer das Lachen in der Mühle gehört hatte, das Lachen neben einer Leiche auf dem Bett, der war gealtert; hierher kamen sie jung und entschlossen, sie alterten, entschlossen waren sie nur noch, um zu überleben, um jede Sekunde auf der Lauer zu sein, um zu überleben, und sie töteten, um zu überleben. Viele Jahre hatten sich in dieser kurzen Zeit angesammelt, viele Augenblicke sind zu Stunden und Stunden zu Tagen geworden, ein altes, erfahrenes Tier war er geworden, sein Körper war noch immer gelenkig, immer mehr, die Instinkte wirkten schneller, als er dachte, sein Gang war tierisch und geschmeidig, seine Instinkte waren die eines Tieres, er war vom Heuboden gesprungen, er war geflohen, er hatte geschossen, er hatte Krallen, er hatte Zähne, blutige.

Rings um ihn lauerte ein großer Rachen, der nach ihm schnappen wollte, er schnappte nach vielen, zerbiss sie, auch selbst spürte er, dass er Teil dieses Rachens war, die Krallen würden zuschlagen, der Rachen würde mit scharfen Zähnen zuschnappen.

Als sie im Hinterhalt lagen, beobachtete er einen Hasen. Er kam auf die Straße gelaufen und setzte sich hin. Unten ratterten die Lkws, der Hase hob seine Löffel. Noch immer saß er dort, bereit, jeden Augenblick wegzuspringen; als hinter den Bäumen hervor der erste Laster in der Kurve auftauchte, hüpfte er ruhig ins Himbeergebüsch am Straßenrand davon und verlor sich irgendwo im großen Wald. Das bin ich, dachte er, Valentin, das Tier im Wald, läuft davon und versteckt sich. Aber zugleich bin ich ein Wolf, ich packe und töte, er sah einen Chauffeur in Uniform, er wurde immer größer und kam immer näher, sein Oberkörper war in den Sitz eingenistet, sein Körper hüpfte auf dem Sitz auf und ab, die Straße war schräg, voller Schlaglöcher und Pfützen, die Augen waren aufmerksam, Valentin konnte seine Augen sehen, neben ihm saß ein Offizier und schaute vor sich hin, vielleicht hatte er auf den Knien eine Landkarte ausgebreitet, die Augen des Fahrers waren aufmerksam, sie sahen jedes Loch auf der Straße, sahen aber nicht, was sich über der Straße befand, über der Straße wartete der Tod, das ahnten diese Augen nicht, der Mensch ahnt nichts, wie dieser Hase soeben, er blickt auf die Straße, damit der Lkw, voller Soldaten, die hinten unter der Plane sitzen und die Gewehre zwischen ihren Knien halten, nicht von der Straße abkommt, er fährt die wertvolle Fracht menschlicher Leben, auch sie werden hin und her gerüttelt, vielleicht scherzen sie, vielleicht haben sie Angst und schweigen, vielleicht denken sie an ihre Mädchen, an Freunde aus irgendwelchen bayerischen Dörfern, mit denen sie sonntags nach der Messe Bier tranken, vielleicht haben sie Angst, weil sie in einem unbekannten Land auf einen unbekannten Berg fahren, wie auch sie Angst hatten, die zwischen den Bäumen im Hinterhalt lagen. Es knallte, die Kugel kam in die Vorderscheibe geflogen, meine Kugel, dachte Valentin, ich habe getroffen, der Chauffeur warf sich in den Sitz, auch durch die Plane prasselten Kugeln, die sie zerfetzten, von allen Seiten knallte es, ein Maschinengewehr ratterte los, der Laster fuhr in denselben Himbeerstrauch, in dem kurz zuvor der Hase verschwunden war, er neigte sich und wäre beinahe umgefallen, ein Rad drehte sich ins Leere, einige sprangen vom Lkw und wurden sofort von Kugeln durchlöchert, sie standen unter den Bäumen auf und gingen schießend zur Straße hinunter, sie würden die letzten Ausreißer vom Laster erschießen, auch die Verwundeten würden sie erschießen, der Chauffeur, der aus der Kabine gekrochen war, wurde erschossen, das Blut spritzte aus seiner Halsschlagader auf die Seite des Lkws, das nennt man eine erfolgreiche Aktion, einen Sieg.

Sie trugen einen Sieg davon. Das waren sie beinahe nicht gewohnt. Nachdem sie den Lkw mit den deutschen Soldaten
zerstört hatten und den Toten die Gewehre abgenommen und
sich rasch zum Gipfel hinauf zurückgezogen hatten, erwarteten sie eine wilde Hetzjagd. Aber die Jäger stürzten sich diesmal nicht auf das Wild. Das Wild stand auf dem Gipfel unter
den Fichten und beobachtete, wie die Verfolger unten ihre Toten einsammelten. Sie luden sie auf, und die gesamte Kolonne
bog in Richtung Tal ab. Unglaublich, ein Sieg. Sie waren auf
dem Weg zu uns, zu Besuch, sagte Vasja und lachte, sie sind
nicht willkommen.

Nach diesem Angriff verrauchten auch noch die letzten
Zweifel von Borben an Valentin. Ins Hauptquartier gelangte
der Bericht über die Zerschlagung der deutschen motorisier-
ten Kriegskolonne bei Podgorje, siebzehn getötete feindliche
Soldaten, ein Offizier, ein beschlagnahmtes leichtes Maschinengewehr, ein Maschinengewehr 42, genannt Knochensäge,
eine Walther-Pistole, zwei Schmeisser, zehn Repetiergewehre,
zwei Landkarten.

Es war nicht ganz so gewesen, aber wann in der Geschichte
war alles so, wie es dem Hauptquartier gemeldet wurde. Vielleicht waren nicht siebzehn getötet worden, einigen gelang die
Flucht. Nur ein Lkw wurde zerstört, die anderen blieben in der
unteren Kehre über dem Dorf stecken. Dort sprangen die Soldaten von den Lkws an den Straßenrand und machten sich in
den Hang auf, aber so langsam, für Deutsche ungewöhnlich
langsam, als ob ihnen der Wille zum Kampf abhandengekom-

men wäre. Dann brachten sie ein anderes Fahrzeug zum Wagen, der über den Rand hing, und luden ihre Toten darauf. Sie versuchten den Lkw zurück auf die Straße zu schaffen, aber er kippte in den Graben und blieb dort wie ein Käfer auf dem Rücken liegen, die Räder drehten sich ins Leere. Im Bericht war von einem großen Sieg der Partisanenarmee die Rede, und es war tatsächlich ein Sieg. Sie flohen nicht mehr oder versteckten sich in Gräben und auf Heuböden, eine andere Zeit war angebrochen. Im Bericht wurde besonders Partisan Tine erwähnt, der mit dem ersten Schuss den Chauffeur des Lasters getroffen habe und damit den erfolgreichen Verlauf der Aktion ermöglichte. Er hatte ihn nicht mit dem ersten Schuss erschossen, vielleicht verwundet, jemand erledigte ihn erst später, nachdem er aus der Kabine gekrochen war. Aber im Bericht stand, dass er ihn mit dem ersten Schuss getroffen und dann auch beim Sturmangriff auf die feindliche motorisierte Kolonne kooperiert hatte. Alle Kämpfer hätten großes Heldentum bewiesen, besonders aber sei Partisan Tine hervorgetreten.

Eine Woche später kam aus dem Hauptquartier eine Depesche mit Glückwünschen und Lobesworten. Den Kämpfer mit dem Partisanennamen Tine solle man sofort hinunterschicken, man benötige die besten Männer für die Offiziersschule.

28

Als ob mit ihrer Fotografie, die auf der Save davongeschwommen war, auch die brennende Erinnerung an sie davongeschwommen wäre.

Wenn er im Licht der Taschenlampe unter dem Zeltflügel oder im Mondlicht auf dem Heuboden oder in der Bauernstube, wo er sich ausgeruht hatte, aus seiner Brieftasche die Fotografie mit ihrem Bild aus der Zeit eines längst vergangenen Frühlings zog, versuchte er mit ebendiesem Bild einzuschlafen, bei dem der Straßenfotograf gerufen hatte: Ein glückliches Paar! Von allem, was ihnen widerfahren war, wollte er nur das erhalten, was auf diesem Foto zu sehen war, nichts anderes, und damit in einen glücklichen Traum reisen. Doch im ersten Halbschlaf hängten sich in die Erinnerung das Bild der verregneten Allee beim letzten Abschied und die schmerzenden, brennenden Fragen: Was ist passiert? Warum hatte jener Polizeimensch, jener Mischkolnig, im Büro gesagt, er könne sich für seine Rettung bei ihr bedanken? Was hatte sie getan, was war passiert? Und als er in den Wald zurückgekehrt war, hatte auch Vasja derb angedeutet, dass etwas passiert war, was niemals passieren hätte dürfen. Auch nicht um den Preis seines Lebens? Und wenn das wirklich passiert war, warum sollte man sie dann in ein Konzentrationslager schicken? Hatte nicht derselbe Vasja gesagt, dass ihn das vor Borben gerettet hatte? Sie hätten ihn am Waldrand erschießen können. Oder mit einem Holzscheit erschlagen. Oder mit einer Spitzhacke. Sie haben Sonja deportiert, und seinen Vater auch. Wo waren sie, was geschah mit ihnen? Wegen ihm, damit er leben konnte und

fliehen und schießen und einen unbekannten Bauern im Bei-
sein seiner Frau töten, knall die Alte ab, knall die Alte ab. Als er
jene Fotografie in die Hand nahm, verwandelte er sich stets
vom glücklichen Träumer am Anfang des Traums in ein gejagtes Tier, jemand beobachtete ihn durch das Fenster des Raums,
in dem er sich befand, er sprang auf die Beine, er war in der
Zelle, er öffnete die Tür und lief die Gänge entlang, durch
dichtes Gestrüpp kämpfte er sich den Berg hinauf, und hinter
ihm toste es, der, der ihn durch das Fenster beobachtet hatte
oder vielleicht durch die Zellenluke, lief hinter ihm her, er war
nicht allein, es wurden immer mehr Verfolger, er hörte ihr Tosen und sein eigenes Ächzen im Traum, er ächzte im Traum, als
ihn jemand an der Schulter stieß, wachte er neben Polde auf.
Was ist mit dir?, flüsterte Polde, du wirst noch die ganze Kompanie aufwecken. Und dann, als er sich verwundert umblickte,
hatte Polde gelacht: Du hast sogar die Wehrmachtler im Tal
unten erschreckt. Beide lachten leise. Auch Polde war nicht
mehr da. Haben sie ihn gefangen? Unsere Leute oder die Deutschen? Oder ist es ihm gelungen, sich zu verstecken, Valentin
wünschte sich, dass es Polde gelungen war, sich zu verstecken.

Das war damals, als sie alle zusammen noch gejagtes Wild
waren in den weiten Wäldern des Pohorje-Gebirges.

Nun war es anders, nun schlief er im Bett der Offiziersschule in Metlika, er hatte eine britische Uniform und eine Maschinenpistole der Marke Thompson aus den Flugzeuglieferungen
der Alliierten erhalten. Im Unterrichtsraum einer ehemaligen
Grundschule, wo an den Wänden noch immer Plakate mit
dem Alphabet hingen – A = APFEL, B = BUCHE –, hörte er
einem spanischen Kämpfer zu, der ihnen mit einer Zigarette
im Mundwinkel die Guerilla-Taktiken erklärte: Schlag
blitzartig zu und zieh dich schnell zurück, das heißt, flüchte.

in kleineren Gruppen dem Ziel nähern, gemeinsam zuschlagen. Hinterhalte an strategischen Punkten errichten. Die Deutsche Militärtaktik nenne das: *getrennt marschieren, vereint schlagen.* Sie lachten: Als wüssten sie das nicht, zuschlagen und fliehen, das hatten sie alle schon getan. Abends saß er im Gasthaus, wo sich Kämpfer aus allen Ecken Sloweniens versammelten und sich Geschichten von ihren Kämpfen und Siegen erzählten. Sie erzählten von Kämpfen gegen die Domobranzen, die Heimwehr, plötzlich waren die Ängste aus Borbens Kopf Wirklichkeit. Noch eine slowenische Armee, scharf, gefährlich, bewaffnet mit deutschen Waffen. Das hatte er am Pohorje-Berg nicht gekannt: Hier hasste man die Domobranzen, die Slowenen, mehr als die Deutschen, weiße Garde, Schwabenwehrler, Feinde, Verräter, alle umbringen. Bei uns, dachte er, gab es nur uns oder sie, wir, das Wild, gegen sie, die Jäger, hier in Bela krajina war dagegen plötzlich alles so kompliziert. Das erste Mal seit dem Unglück in Mislinja hatte er sich wieder betrunken, nicht zu viel, niemals mehr würde ihm so etwas passieren. Sie sangen, und in den Morgenstunden träumten sie davon, was sie tun würden, wenn alles vorbei sei. Jemand schlug auf den Tisch und sagte, nach dem Krieg würde der höchste Berg, den er besteigen wollte, seine Alte sein. Ein anderer murmelte gegen Morgen mit Tränen in den Augen: Wenn der Okkupator-Mob vertrieben ist, bist du ganz mein und ich ganz dein.

Die Erinnerung an Sonja verblasste. Ihre Fotografie wurde vom Wasser davongetragen.

Auf dem Weg nach Bela krajina querten sie nachts die Save, und als sie schon fast am anderen Ufer angekommen waren, blieb die Kette in Baumwurzeln hängen, die im Wasser lagen, das Boot neigte sich gefährlich, es fasste Wasser und kippte um. Drei Partisanen fanden sich zusammen mit dem Fährmann, der sie übersetzte, bis zur Taille im reißenden Fluss, sie hielten sich an den Ästen fest und zogen einander ans Ufer. Einem der nächtlichen Reisenden ging das Gewehr unter, und er versuchte es fluchend aus dem Wasser zu ziehen. Aber das Wasser zog ihn mit, es drückte ihn an den Stamm des liegenden Baumes, und wenn ihn die übrigen drei nicht mit Mühe ins Gebüsch am Ufer gezogen hätten, wäre mit seinem Gewehr auch er dahin gewesen. Als sich Valentin bis zur Taille im Wasser wiederfand, konnte er gerade noch sehen, wie die Strömung seinen Rucksack davontrug und darin das Heft, zwischen dessen Blättern Sonjas Fotografie eingelegt war, sie war die Save entlanggeschwommen, sie würde die Donau hinunterschwimmen, es würde sie ins Schwarze Meer davontragen, all unsere Flüsse münden ins Schwarze Meer. Vielleicht würde der Rucksack schon davor irgendwo auf den Flusskies gespült werden, jemand würde kommen und darin stöbern, das Heft mit der Fotografie finden, die zwischen den durchnässten Blättern kleben würde. Aus dem Rucksack würde er den Kompass nehmen, die Feldflasche, zwanzig Patronen und einen Pullover, lauter brauchbare Sachen. Auch den Rucksack würde er mitnehmen, es war ein schöner, aus starkem Leinen und mit Lederriemen. Zu Hause würde er ihn trocknen, und eines Tages, wenn der Krieg vorbei wäre, würde er gerade recht für Ausflüge in die Berge kommen. Die schmutzigen Socken und Unterhosen und das durchnässte Heft würde er ins Wasser werfen.

29

Natürlich dachte er noch an sie, aber die Zeit, als sie miteinander die frühlingshafte Straße entlanggegangen waren, ein glückliches Paar, war plötzlich so weit entfernt, dass er sie nur noch durch einen Schleier sah, alles war weit weg und so anders, sie war eine Frau aus einer anderen Welt, einer Traumwelt beinahe, durchzogen vom entfernten Echo der Worte, Verse, die sie einander geschrieben hatten, Absätze, die für sich allein in der Luft einer anderen Zeit hängen blieben, über den Wipfeln der Pohorje-Fichten, unter denen die Befehle hallten, Schüsse knallten, Schläge, Schreie, das Rauschen des Wassers hinter der Mühle, Borbens tödliche Umarmung. Und schließlich wurde alles von einem Nebelschleier bedeckt.

Am Morgen ergossen sich weiße Nebelschleier über die grünen Hügel von Bela krajina, die er mit der Sanitäterin Katjuša beobachtete, einem schwarzhaarigen Mädchen von der slowenischen Küste.

Sie war in Metlika bei einem Sanitäterkurs, er hatte sie auf der Bühne gesehen, bei einer Versammlung sang sie auf Spanisch *Dime dónde vas, morena*. Dann traf er sie immer wieder vor der Schule, auch der Sanitäterkurs wurde im selben Gebäude abgehalten, einmal zur Mittagszeit sagte er zu ihr, sag mir, wohin gehst du, Schwarzhaarige? Sie lachte, du bist nicht der Erste, der das zu mir sagt, seit ich das singe, sagt mir das immer irgendjemand. Ich kann dich auch Morena nennen. Du kannst mich Katjuša nennen, sagte sie. Katjuša hieß in Wirklichkeit Jadranka, sie kam aus Opicina über Triest. Katjuša war ihr Partisanenname, du singst schön, Katjuša, sagte er. Ich weiß, sagte sie, man hat mir den Namen nach einem russischen Lied gegeben, das ich gesungen habe. Damals konnte ich *Wohin gehst du, Schwarzhaarige* noch nicht, ich habe *Katjuscha* gesungen, wenn ich damals die *Schwarzhaarige* gesungen hätte, würde man mich jetzt Morena nennen. Sie lachten beide, sie lachte schön, noch schöner sang sie. Sag, Morena, wovon handelt dieses Lied, ich kann nicht Spanisch. Sie fragen sie, wohin gehst du, Schwarzhaarige, erzählte sie, und sie antwortet, dass sie nach Oviedo geht, um ihren Freund, einen Pazifisten, im Gefängnis zu besuchen, weil ihn dort die faschistischen Kanaillen gefangen halten, auf Spanisch reimt es sich schön, sagte sie: *pacifista – canalla fascista.*

Valentin hatte schon bessere Reime gehört, aber Katjuša hatte eine klangvolle Stimme, und wenn sie sang, klangen alle Reime wie himmlische Gesänge, auch *pacifista – fascista.* Auch wenn sie nicht sang, wenn sie sich nur küssten, bald war das passiert, schon einige Tage danach, die Lieben in diesen Zeiten waren heftig und schnell, sie waren schnell, denn sie waren kurz. Niemand wusste, wohin man ihn in einer Woche, einem Monat oder schon am nächsten Tag schicken würde, auch wusste niemand, ob seine oder ihre Jugend beendet würde, ob sie überhaupt jemals in ihr Dorf Opicina über Triest zurückkehren würde, wo sie manchmal beim Obelisken gesessen und auf die weite Fläche des Meeres hinuntergeblickt hatte, als sie noch Jadranka gewesen war, und ob er jemals wieder auf den Straßen von Maribor spazieren gehen und im Seminar des Instituts für Geodäsie der Fakultät für Bauingenieurswesen in Ljubljana sitzen würde. Niemand dachte an den Tod, aber er war nahe, alle kannten ihn, hatten ihn aus der Nähe gesehen, Valentin am Pohorje-Gebirge, Katjuša im Partisanenkrankenhaus in den Wäldern von Primorska, sie sah

tödliche Wunden und sah die Augen, in denen das Leben ver-
löschte, bittende Augen, die noch leben wollten, aber sie
konnte ihnen nicht helfen. Hastig zogen sie sich aus und lieb-
ten sich in dem Bauernhaus, wo die Sanitätskursteilneh-
merinnen wohnten, abends, wenn die Mädchen draußen waren und sie allein geblieben waren, am Nachmittag am Waldrand, wo sie von Ameisen gebissen wurden, sie lachten, am
Vormittag in der leeren Küche, wo Katjuša, als sie Bereitschaftsdienst hatte, das Mittagessen zubereitete. Und Valentin rannte dann zurück in die Schule, wo die Schüler mit brennenden Zigaretten auf ihn warteten: Du warst nicht da, da
haben wir uns eine angezündet.

30

Valentin unterrichtete in der Offiziersschule Kartografie und
Orientierung im Gelände. Als der Schulleiter feststellte, dass
der mutige Kämpfer, den man vom Pohorje geschickt hatte, ein
Ingenieur war, und nicht irgendein Ingenieur, sondern ein
Geodät, Assistent für Geodäsie an der Universität von Ljubljana, war er begeistert:
– Teufel noch mal, warum sagst du das nicht gleich? Du
wirst ihnen erklären, was ein Azimut ist. Und er erklärte ihnen,
was ein Azimut ist, nämlich der Winkel zwischen dem Norden
und der Richtung, die man benötigt. Er erklärte ihnen, was ein
Südazimut ist, was Isohypsen sind, wie man den Winkel am
Gipfel misst, auf den man gelangen möchte oder auf den man
mit einem Minenwerfer schießen möchte.

Er beendete den Offizierskurs, aufgrund seines Spezial-wissens übersprang er den Rang des Unterleutnants und wur-de Leutnant. Er wurde in die Kommunistische Partei aufge-nommen.

– Du hast dich beim Kurs besonders hervorgetan, sagte der Schulleiter.

Er hatte einen gelben Schnurrbart vom unentwegten Rau-chen. Auch jetzt rauchte er.

Er sagte, er habe sich im Kampf hervorgetan, auch beim Kurs, er werde ein guter Offizier sein. Daher müsse er ihm et-was Wichtiges berichten, es sei ihm eine Ehre, Valentin dies berichten zu können. Auch Valentin zündete sich eine an.

– Du weißt genau, sagte der Leiter durch seinen gelben Schnurrbart und eine Rauchwolke hindurch, dass unser Kampf nicht nur, wie soll ich das sagen, Azimute und Minenwerfer sind.

Valentin nickte, das wisse er.

– Das Ende des Krieges ist nah, und wir werden die Macht übernehmen.

Auch das sei ihm klar.

– Und in dieser Zeit müssen wir uns aufeinander verlassen. Niemand kann draußen bleiben. Schon jemand, vielleicht, aber ein Offizier gewiss nicht. Verstehst du?

Auch das verstehe er, unser gesamter Kampf hängt davon ab, dass wir uns aufeinander verlassen.

– Auch die Domobranzen wollen die Macht übernehmen. Sie warten auf die Engländer.

Nun war auch Valentin klar, dass es schon lange nicht mehr um wir und sie ging, wir gegen die Deutschen, sondern auch Slowenen gegen Slowenen, die Partisanen gegen die Domo-branzen, die Kommunisten gegen ... wen? Verräter. In Bela krajina sprachen alle von der Weißen Garde. Warum weiß? Weil die Weiße Garde gegen die Rote in Russland war. Das hatte man ihnen auch auf dem Pohorje-Gebirge erzählt, aber von dort sah alles anders und weit weg aus. Und nun war alles hier, ganz nahe. Wir oder sie, die Deutschen werden abziehen, wir und sie werden aber immer noch da sein. Und nur eine Seite kann die Macht übernehmen, es versteht sich, dass wir das sein werden, wir werden alle Positionen besetzen, wir werden die Städte besetzen.

– Wir haben alles über dich geprüft, sagte der gelbbärtige Leiter, du bist ein guter Kämpfer. Als sie dich gefangen haben, hast du dich gut gehalten. Du hast dich im Kampf hervorgetan, bei der Ausbildung warst du ausgezeichnet, Genosse Leutnant. Wir werden dich in die Kommunistische Partei aufnehmen.

Valentin sagte, dass er nicht gerade viel Ahnung vom Kommunismus habe.

– Du weißt aber, dass die Kommunisten die ergebensten und mutigsten Kämpfer sind.

Er sagte, er wisse das, Kommissar Vasja sei ein solcher. Aber, dachte er, wenn die Kommunisten so sind wie Borben, dann wäre er lieber nicht so wie sie. Er blickte ins offene Fenster hinter dem bärtigen Kopf in der Rauchwolke. Grüne Hügel, von der Sonne beschienen. Aber dort irgendwo im Norden stand eine Mühle im Schnee, darin lag jemand auf dem Bett, den Kopf bedeckt mit einer Wolldecke, darunter ragten Beine in zerrissenen Socken heraus.

– Ich bin nur ein Geodät, sagte er.

Unter dem gelben Schnurrbart verzog sich der Mund zu einem Lächeln.

– Genosse Leutnant, willst du mich verarschen?

Es war ein gefährliches Lächeln.

– Weißt du denn, wer unseren Kampf führt?

Valentin wusste, wer ihren Kampf führte. Der Kommandant war Tito, in Slowenien Krištof, alles zusammen führte
Stalin, bei Stalingrad hatte er die deutsche Armee geschlagen,
jetzt waren die Russen schon in Deutschland. Wir sind alle für
die Russen, wie sie bei den Versammlungen die fröhliche Melodie sangen, wir sind alle für die Alliierten und die Russen,
und wer für die Preußen ist, hat ausgeschissen. Auch Katjuša
war für die Russen, deshalb hieß sie auch so, auch sie war schon
fast eine Kommunistin, ein Mitglied der SKOJ, der kommunistischen Jugend. Sie zeigte ihm das Programm ihrer Genossinnen bei der Arbeit für die Freiheit: Wir werden zweihundert
Paar Socken sammeln und Stoff für zweihundert Tito-Mützen; das Vorlesen der Literatur der Befreiungsfront OF in
zweihundert Dörfern zweimal wöchentlich; wir werden zweitausend Bücher sammeln für unsere Bibliotheken; wir werden
250 Meldungen über das verbrecherische Tun von Volksverrätern sammeln. Warum nicht zweihundert?, fragte er sie, sie war
beleidigt, man müsse sich nicht lustig machen, sagte sie ernst.
Und Polde? Er war auch für die Russen und die Alliierten, obwohl er eine Heiligenmedaille trug. Auch Valentin hatte eine
solche Heiligenmedaille, die er bei seiner Erstkommunion erhalten hatte, nun lag sie in irgendeiner Schachtel in der Wohnung im Studenci-Viertel.

Wir Kommunisten führen ihn, sagte das gefährliche Lächeln.

Sie schwiegen eine Weile.

– Hast du es dir überlegt?

Valentin sagte, er habe nichts zu überlegen, das sei eine
große Ehre.

– So ist es, sagte der Leiter, wir nehmen nur die Besten auf.

31

Weiße Nebelschwaden tünchten die grünen Hügel in Bela krajina, als er mit Katjuša am Morgen vor dem Haus saß. Die Nebelschwaden, die Nebelschwaden erhoben sich vom Fluss. Als wäre es der ruhigste Morgen, so einer, wie er hier jeden Frühling zu sehen ist, rosa an den Wiesen, trübes Sonnenlicht am östlichen Horizont, still wie seit jeher, seit Anbeginn der Welt. Sie hatte Tränen in den Augen, Tine wurde zurück auf das Pohorje-Gebirge geschickt, ins gefährlichste Gebiet. Es warteten die Schlusskämpfe, im Norden häuften sich die Ok-kupator-Kolonnen, die sich in Richtung Deutschland zurück-zogen. Leutnant Valentin Gorjan würde an einen Ort zurück-kehren, den er kannte, er sollte Befehlshaber über eine neue Kampfeinheit werden. Katjuša ist stolz auf ihn, auf seine neue Uniform, auf die goldenen Abzeichen auf den Ärmeln, auf sei-ne Maschinenpistole, auf den besten Absolventen der Offi-ziersschule. Sie ist stolz, aber sie hat auch Angst, sie will nicht, dass ihm etwas zustößt, jetzt, da alles zu Ende geht, diesen Frühling muss man überleben, nur noch diesen Frühling.

– Du wirst auf dich aufpassen, ja, sagt Katjuša, versprich, dass du auf dich aufpassen wirst.

– Werde ich, ich werde auf mich aufpassen, wenn es vorbei ist, komme ich dich suchen. Wenn du noch auf mich warten wirst, komme ich dich dort unten in Triest suchen oder wo im-mer du auch sein wirst.

Die Nebelschwaden stiegen langsam auf, die grüne Land-schaft schälte sich aus ihrer Umarmung. Ein Schleier der Erin-nerung. Auch dieser Morgen würde in ein paar Tagen, wenn er in einer Kolonne gen Norden marschieren wird, in den schleierhaften Nebeln der Erinnerungen hängen. Wie alles, was er erlebte. Jene Zeit, als er mit Sonja die Aleksandrova in Maribor entlangspaziert war, war so weit entfernt, dass er kaum noch bis dorthin sehen konnte.

Still vom Fluss zog Nebel noch ins Land, sang sie leise. Das sind Verse aus jenem russischen Lied, von dem ich den Namen habe, sagte sie, aus *Katjuscha. Leuchtend prangten ringsum Apfelblüten, still vom Fluss zog Nebel noch ins Land. Durch die Wiesen ging hurtig Katjuscha, zu des Flusses steiler Uferwand.*

Sie saßen am Ufer, unten lag der tiefe Graben aus Valentins Erinnerung, in eine ferne Zeit gehüllt, in weit entfernte Schleier. Die Ortschaften im Norden, wohin er sich aufmachte, die Stadt, in die er wieder zurückkehren würde, er kehrte immer wieder zurück.

Es war Frühling, früher April des Jahres 45. Die Apfel- und Birnenbäume blühten noch nicht, im April blühen die Birken, überall in Bela krajina wachsen Birken, dort zwischen den Schwaden über dem Fluss blühten sie, *Die weiße Birke, die Tränen weint, bei den Menschen Gesundheit und Freude vereint.*

32

Als Valentin Gorjan im Frühling des Jahres 45 auf das Pohorje-Gebirge zurückkehrte, erfuhr er, was mit Borben geschehen war.

– Erinnerst du dich an Voranc?, fragte Vasja. An den Besitzer unter dem Uršlja-Berg.

– An den, der mit Grüß Gott gegrüßt hat?

– Genau.

Valentin erinnerte sich an Voranc, er kannte nicht alle Bauern, bei denen sie Unterschlupf und Essen bekommen hatten, bei einigen trockneten sie ihre nasse Kleidung und ihre Schuhe, aber an Voranc erinnerte er sich. Bei ihm hatten sie in einer Sommernacht auch mit den einheimischen Mädchen getanzt, Schnaps getrunken und Most, frisch gekochte Zwetschkenmarmelade gegessen, er konnte sich gut an ihn erinnern. Und das deshalb, weil Lovro, vulgo Voranc, ein offenes Herz hatte und stets gut gelaunt war. Als sie zu seinem Haus kamen, grüßten sie mit Tod dem Faschismus, und Voranc antwortete immer: Grüß Gott. Sie erklärten ihm, dass man antwortete: Freiheit für das Volk, aber als sie das nächste Mal kamen, sagte er wieder: Grüß Gott. Na, dann grüß eben Gott, lachten sie, Voranc war gerissen, er wusste zu scherzen, er sagte, sie sollen ihre Gewehre draußen lassen, wenn sie ins Haus wollten. Sie ließen sie nicht draußen, auch wenn sie schliefen, hatten sie sie bei sich. Als sie ihm erklärten, wie es nach dem Krieg sein würde, wenn ihre Armee gewann, sagte er, so Gott will, und ich werde schon meinen Teil dazu beitragen, damit wir nicht hungrig sind. Von ihm gingen sie nie hungrig oder durstig weg.

– Borben hat ihn erschossen.

Das war keine ungewöhnliche Nachricht. Noch ein Opfer eines Menschen, der sich der Revolution verschrieben hatte. Denn damals, im Jahr 45, sprach man nicht mehr nur vom Befreiungskampf, immer öfter auch schon von Revolution. Borben hatte sich der Revolution von Anfang an verschrieben – und der Bereinigung der Partisanenreihen. Ungewöhnlich war, dass Borben von Pfarrer Lang mit einem Gürtel verhauen wurde. Demjenigen, der mit einer Division in die Štajerska gekommen war. Sie sprachen von Revolution, in den Truppen hatten sie aber immer noch Geistliche.

Borben war zu Voranc gekommen, hatte ihn aus dem Bett geschmissen und erschossen. Die zu Tode verzweifelte und bis ins Knochenmark erschrockene Frau hatte er gezwungen, sich ihm hinzugeben. Das heißt: Er hatte sie vergewaltigt.

Als Lang das erfuhr, ging er direkt zu Borben und fragte ihn, ob das stimme. Der Geheimdienstleiter lächelte nur und sagte:

– Du bist so ein romantischer Pfaff.

Da schnallte sich Lang den Gürtel ab und begann ihn zu verhauen. Borben war völlig überrascht. Vielleicht hat ihn die Tatsache, dass Lang ein älterer Herr war, davon abgehalten, ihn auch noch zu erschießen, vielleicht erinnerte er sich an irgendeinen orthodoxen Popen aus seinen Jugendjahren, vielleicht an seinen Vater. Er erschoss nicht auch noch Lang. Er begann schallend zu lachen. Je mehr ihn Lang mit dem Gürtel verhaute wie ein Vater seinen Sohn, der gestohlen hatte, desto schallender lachte Borben. Er wehrte sich überhaupt nicht, er lachte nur, dass ihm die Tränen kamen. Lang kam dann zum Stab und erzählte, was passiert war. Er sagte, dieser Mensch sei ein Psychopath oder aber ein Verräter. Die Stabsmitglieder blickten einander an und schwiegen. Borben war unantastbar.

Da traf Vasja eine Entscheidung.

Im Frühjahr des Jahres 45 erfuhr Valentin auf dem Pohorje-Berg, dass Borben erschossen worden war. Hatte er nicht gesagt, dass unsere Kugel Polde finden würde? Sie fand ihn nicht, sie fand Borben. Vasja erzählte ihm, dass die Liquidierung in Koroška durchgeführt worden sei, unter dem Uršlja-Berg, an der Grenze zu Österreich. Dorthin war die Einheit verlegt worden, um den deutschen Einheiten den Weg abzuschneiden, die sich vom Balkan in Richtung Österreich und Deutschland zurückzogen. Als Vasja von Lang erfahren habe, was bei Voranc passiert sei, sei er persönlich zu seinem Hof gegangen und habe dort die Frau gefunden, die er kannte, er sei nicht zum ersten Mal dort gewesen. Schweigend habe sie Gläser und eine Flasche Apfelmost auf den Tisch gestellt. Sie habe ihn nicht einmal gegrüßt, was ist, Francka, sie hieß Francka, bist du stumm? Und wo ist Lovro? Er wusste, wo Lovro, vulgo Voranc, war, wahrscheinlich auf dem nahe gelegenen Friedhof.

Einmal hatte Lovro sie gebeten, nicht so oft zu kommen, die Deutschen würden alles niederbrennen. Die Deutschen hatten im letzten Jahr alle Höfe niedergebrannt, zu denen Partisanen kamen, bei Smrekar hatte nicht nur der Hof gebrannt, sie hatten die ganze Familie in die Flammen geworfen, die Mutter, den Vater und zwei Kinder. Sie waren rasend und verzweifelt, sie waren dabei zu verlieren, sie tobten.

Auch Borben tobte. Und lachte schallend.

Francka war nicht stumm, sie war verzweifelt. Als Vasja sie fragte, wo Lovro sei, traten ihr Tränen in die Augen. Sie ging aus der Stube hinaus, und als er ihr nachging, fand er sie auf der Bank vor dem Haus. Er legte seine Hände über ihre Schultern, sie schluchzte, sie bestätigte, was Lang gesagt hatte: Borben hat Lovro in einer Winternacht aus dem Bett geworfen, er hat gesagt, er sei ein Verräter, aber er war kein Verräter, sie wischte sich mit dem Kopftuch die Tränen weg, die ihr über das Gesicht flossen, er war keiner, er hat nichts verraten. Er ging hinunter ins Tal und berichtete den Gendarmen, dass die Partisanen bei ihnen waren. So war es ausgemacht. Von Anfang an lautete die Abmachung: Wenn die Partisanen bei ihnen übernachteten, musste man hinunter zum Gendarmerieposten und das melden. Und davor noch ein paar Stunden abwarten, dass die Partisanen weit genug entfernt waren. Damit die Schwaben nicht hinaufkämen und den Hof anzündeten und sie ins Konzentrationslager abführten. Das taten sie, sie zündeten an und siedelten aus. Bei Smrekar haben sie auch getötet.

– Auch wir haben Berghütten niedergebrannt, damit die Deutschen dort nicht ihre Stützpunkte errichten konnten, sagte Vasja, wir haben alle niedergebrannt. Aber Borben hielt Lovros Weg ins Tal für Verrat.

– Und wo waren die beiden Töchter?

– Bei meiner Schwester in Slovenj Gradec.

Sie schwiegen lange.

– Das ist so verdammt wahr, fuhr nach einiger Zeit Vasja fort. Was gäbe ich Gott dafür, dass es nicht wahr wäre. Aber es ist wahr, Lovro ist im Innenhof vor seinem Haus liegen geblieben, und dieser Mensch hat dann … Ich hasse ihn, auch jetzt noch, wo es ihn nicht mehr gibt.

Vasja hatte Borben schon lange gehasst. Aber er hatte sich auch vor ihm gefürchtet. Seit der Geheimdienstleiter bei den blutigen Verhören in der Podlesnik-Mühle aus den Neulingen, den deutschen Einberufenen, Geständnisse herausgepresst hatte, dass sie Gestapo-Eindringlinge seien, und auch erreicht hatte, dass sie erschossen wurden, schwebte über ihm eine Wolke des Bösen. Und er hinterließ Gräber von liquidierten Partisanen, seiner Meinung nach Spionen, Verrätern. Alle hatten sie Angst vor ihm, nicht nur Kommissar Vasja, auch der Kommandant der Brigade hatte Angst vor ihm, die Kämpfer gingen ihm aus dem Weg; wenn es möglich war, redeten sie nicht mit ihm. Jedes falsch ausgesprochene Wort war gefährlich. Aber es war schwer, ihm aus dem Weg zu gehen, Borben war überall: Er erwischte einen Wachmann, der eingeschlafen war, und ließ ihn erschießen; einen Burschen, der auf einem Bauernhof in der Nähe von Sveti trije kralji bei seinem Mädchen übernachtet hatte, hatte er selbst erschossen, ihren Vater hatte er fast zu Tode geprügelt, weil er es nicht verhindert hatte – was? Nicht die Hurerei, Borben war keineswegs ein Moralist, Moralisten waren für ihn lächerliche Pfaffen, es war schlimmer, er war ein Idealist, er glaubte, dass solche Vergehen die Disziplin der Einheit gefährdeten, dass sich auf diese Weise die Möglichkeit des Verrats ausbreitete, dass die große und heilige Sache unseres Kampfes gefährdet sei, wie er gerne betonte.

– Er musste gestoppt werden, sagte Vasja.

Er hatte ihn persönlich erschossen.

Er rief ihn auf eine Waldlichtung inmitten von Buchen, unweit des Voranc-Hofes. Er fragte ihn, warum er den Landwirt erschossen habe. Borben fand nicht, dass er irgendetwas erklären müsse. Er lachte auf:

– Bist du denn ein weichliches Weib, oder was? Er war ein Verräter.

Vasja wusste schon lange, dass Borbens Theorie über die Heiligenanhänger, mit denen sich die Gestapo-Eindringlinge verständigen sollten, vollkommener Blödsinn war. Alle Bauernburschen, die zum Militär gingen, hatten sie seit jeher getragen. Das Netz ihrer Kollaborateure auf den Bergbauernhöfen existierte nur in Borbens Kopf und in den Köpfen seiner Exekutoren, aber deswegen hatten einige Bauern, die in Wirklichkeit die ganze Zeit über die Partisanen unterstützt hatten, ihre Köpfe verloren. Er konnte nie verstehen, woher der Geheimdienstler und seine Helfer die Behauptung hatten, dass die jungen Neuankömmlinge auf jeglichem Papier, das sie beim Scheißen verwendeten, Nachrichten über die Bewegungen der Einheit hinterließen. Auch das war Blödsinn, aber in Borbens Kopf stimmte alles überein. Die Einheit muss bereinigt werden, und wenn nur zehn von uns übrig bleiben. Natürlich hatten sie alles gestanden, sie waren geprügelt worden wie Vieh, Rommel bis zum Tod. Wer hätte nicht gestanden?

– Ich, sagte Valentin.

– Du hattest Glück, sagte Vasja. Und Sonja.

Anfangs hatte die Polizei wirklich einige Erfolge mit sogenannten Gegenbanden, falschen Partisanen, die Leute nannten sie Zerrissene. Nachts klopften sie an Bauernhöfe, bekamen zu essen, redeten vom Befreiungskampf und gingen wieder. Am Morgen kam eine Polizeieinheit auf jenen Bauernhof, tötete, brannte nieder, einige, die Glück hatten, wurden mitgenommen und in Lager geschickt. Aber das war schon längst vorbei, nun näherte sich mit schnellen Schritten das Ende des Krieges, und Borben wurde immer rasender.

– Er musste gestoppt werden, sagte Vasja.

Ein bisschen spät, dachte Valentin, er hätte bei der Podlesnik-Mühle gestoppt werden müssen.

– Irgendwie tut es mir leid um ihn, sagte Vasja, er war ein mutiger Mann.

Valentin wusste, dass er mutig war, aber er konnte sich nicht helfen: Er hasste ihn. Er war bei den Kämpfern verhasst, die Bauern hatten Angst vor ihm, aber niemand konnte sagen, er sei kein mutiger Kämpfer gewesen. Er war nach Maribor hinuntergegangen, in die am meisten bewachte und von Spitzeln durchsetzte Stadt, die man sich vorstellen konnte, er war zu seiner Freundin hinuntergegangen, hat dort gebadet und sich ausgeschlafen, in einem Gasthaus hatte er bei einem Mittagessen ein Treffen mit dem Sekretär des Bezirkskomitees. Und war ruhig zurückgekehrt. Auf dem Glažuta-Gipfel hatte er die ganze Nacht Ausflügler in Schach gehalten, die dort Neujahr feierten. Was denken die sich denn? Die werden auf unserem Gebiet herumspazieren und sich ansaufen, hier sind wir der Herr. Er war in den Flur des Gendarmeriepostens gesprungen und hatte eine Granate in die Telefonzentrale geworfen. Mit einem Maschinengewehr hatte er den ganzen Nachmittag im Schnee über dem Ort Vitanje Stellung gehalten, damit wir uns zurückziehen konnten. Kämpfer, Irrer. Vielleicht hätte er nicht Chef der Geheimagenten werden dürfen. Ein Kommunist. Ein Idealist. Aber vom Idealismus zum Sadismus ist es manchmal nicht weit, meinte Vasja, er war ein Sadist, wer weiß, welchen Teufel er in sich hatte.

– Ich hätte ihn verhaften und vors Schnellgericht stellen sollen. Aber ich habe keinen Zweifel daran, dass man am Ende über mich geurteilt hätte. Die da oben haben ihm geglaubt, auf alle Beschwerden kam die Antwort, dass er scharf, aber richtig handelt. Ich selbst habe ihn abgeknallt, mitten zwischen den Voranc-Buchen. Dem Hauptquartier habe ich die Nachricht geschickt, dass es ein Unfall gewesen sei.

Borben dachte, er sei unter einem glücklichen Stern geboren, das hatte er immer gesagt. War er aber nicht. Valentin war unter einem glücklichen Stern geboren.

Vasja hatte ihn mit einer Parabellum erschossen. Als er ihn auf jener Lichtung gefragt hatte, warum er Voranc abgeknallt hatte, lachte er ihm ins Gesicht. Es schien ihm nicht wert, darüber zu sprechen. Er drehte sich um und ging hinunter zum Haus. Vasja ging einige Schritte hinter ihm her und rief, er solle stehen bleiben, damit sie redeten. Borben blickte sich nicht einmal um, er hob die Hand und zeigte mit dem Zeigefinger zum Himmel hinauf, ich weiß nicht, was das bedeuten sollte, dass über uns Gott ist? Oder Stalin? Vasja schien eher, dass es hieß: Verpiss dich. Er schoss ihm in den Rücken. Zuerst in den Rücken, sodass er fiel, sich mit dem Oberkörper umdrehte und verwundert blickte: Was bedeutet das, Vasja? Was bedeutete das, nichts bedeutet das, es bedeutet, dass du tot bist. Und er schoss ihm in den Kopf.

33

Vom Ribniški vrh aus beobachtete er mit den Kämpfern das glitzernde Flugzeug, das in der Nachmittagssonne über den weiten Wäldern kreiste. Es war nach dem Mittagessen, sie hatten sich ihre Bäuche mit heißen Bohnen und Fleisch vollgeschlagen, sie lagen in der Wiese zwischen den ersten Blüten der Bergblumen und überlegten, wo es die Fracht abwerfen würde. Manchmal liefen sie bei Flugzeuglärm ins tiefste Gestrüpp, wenn ein gefährlicher deutscher auskundschaftender Metallvogel auftauchte. Einmal flog eines so tief, dass er, unter einer Fichte versteckt, für einen Augenblick den Kopiloten erblickte, der sich aus dem Fenster lehnte und nach ihnen Ausschau hielt, nach dem Wild. Damals herrschte ein kalter Herbst, sie hockten in der Schlucht des Lobnica-Baches, das Flugzeug über ihnen war ein böses Omen, ein Todesvogel, der die dunkle Masse der Treiber über sie losschicken würde, die Verfolger mit Waffen, die stärker waren als ihre. Nun war es anders, das glitzernde Frachtflugzeug begann irgendwo über dem Rogla zu kreisen, unter den Kämpfern gingen fröhliche Rufe um, sie erblickten einen Haufen Kisten, die aus dem Bauch des Flugzeugs fielen, einen Augenblick später gingen sie auf, eine ganze Traube weißer Fallschirme fiel langsam und wankend im leichten Wind zu Boden. Sie standen auf und winkten, das britische, vielleicht amerikanische Flugzeug brachte Waffen, Uniformen, Minenwerfer, Radioempfänger. Die Zeit war gekommen, da sie plötzlich von allem genug hatten, Waffen und Uniformen, englische und deutsche, die sie auf geleerten Wehrmachtsstützpunkten um den Berg beschlagnahmt hatten, plötzlich war rundherum auch alles voller neuer Gesichter, jeden Tag kamen neue Gruppen von Burschen, die sich ihnen anschließen wollten, man nannte sie Maikäfer, sie kamen von überall im letzten Frühling daher gekrochen, kurz vor dem Ende. Borben hätte viel Arbeit gehabt, dachte Valentin. Wann immer er an ihn dachte, der mit einem Kopfschuss im Voranc-Wald inmitten von Buchen liegen geblieben war, überkam ihn die Beklommenheit jenes Winters, die Erinnerung aus jener Mühle, die ihn nie losgelassen hatte. Bald würden sie im Tal sein, beklommen dachte er auch an die Stadt, die auf ihn wartete. Sonja? Sein Vater?

Er sagte zu Vasja, er werde Mischkolnig suchen.

– Und was wirst du tun?

– Ich weiß es nicht. Ich werde ihm sagen, dass er ein Schwein ist. Dann werden wir ihn vors Schnellgericht stellen.

Vasja schüttelte den Kopf.

– Der ist bestimmt schon weit weg, irgendwo an der russischen Front, sie schicken alle dorthin. Das heißt, irgendwo vor Berlin.

Die Rote Armee stand vor Berlin, ihre Panzer rollten über die ungarische Ebene in Richtung Österreich und Slowenien, vom Balkan kam die jugoslawische Armee. Das Alliiertenflugzeug, das die Ausrüstung abgeworfen hatte, kreiste nochmals über den Wipfeln und flog in Richtung Stützpunkt in Italien. Der Generalstab schickte eine Depesche, sie sollten sich auf die abschließenden Operationen vorbereiten. Auf Triest! Auf Klagenfurt! Nach Ljubljana und Maribor.

Er begleitete Vasja, der auf Dorfplätzen vor noch immer verschreckten Menschen über die Zerschlagung des Faschismus donnerte, von der Flucht des braunen Ungeziefers, von Freiheit, die sich in diesem Frühling wie ein wieherndes Pferd näherte. Diesen Gedanken, den er in einem Partisanengedicht gefunden hatte, verwendete er besonders gern, damit schloss er donnernd jede Rede: *Die Sehnsucht nun im Frühling ist kein trübes Wasser mehr, / wie ein wiehernd wildes Pferd kommt die Freiheit zu uns her.* Als er fertig war, schienen die Dorfbewohner weniger verschreckt zu sein, sie klatschten. Aber hinter ihren Gesichtern lag eine uralte Vorsicht verborgen. Viele Reden und viele Worte über deutsche Siege hatten sie in den letzten Jahren gehört, daher waren sie noch immer misstrauisch. Bei der Kundgebung klatschten sie, als sie auseinandergingen, tauschten sie Blicke: Sieg? Freiheit?

Kurz vor dem Ende hatte nochmals Mathilda an ihm geschnuppert, wie man den Tod hierorts nannte, der in den Wäldern um sie herumschlich. Mathilda hat an mir geschnuppert, bedeutete, dass der Tod ganz nahe war, tödlich nahe, sodass man seinen jenseitigen Atem im Gesicht spüren konnte.

Auch an einem deutschen Soldaten hatte Mathilda geschnuppert.

34

In jenen längst vergangenen Friedenszeiten, an die er sich kaum noch erinnern konnte, schlief er so tief und fest, dass ihn kein Lärm von der Straße oder aus der nahen Fabrik wecken konnte. Die Stimmen seiner Nächsten, der Mutter, die in der Küche Kaffee aufstellte, oder des Vaters, der sich zur Arbeit aufmachte, versetzten ihn halb schlafend in einen sanften, ruhenden Schwebezustand. Auch der Wecker schaffte es oft nicht, ihn wach zu kriegen. Jetzt war es anders, wenn er im Schlaf oder im morgendlichen Halbschlaf menschliche Stimmen hörte, sprang er auf, er war im Nu wach, sofort hörte er zu, und im selben Augenblick waren alle Sinne auf der Lauer. Eine menschliche Stimme, vor allem eine Stimme, die man nicht kennt, verursacht im Wald immer Aufregung, manchmal sogar Alarmbereitschaft. Die Stimme, die er gerade hörte, war heiser, beinahe krächzend.

Er öffnete seine Augen, er sah Fichtenwipfel, zwischen den Ästen schien ein Strahl warmer Vormittagssonne in sein Gesicht. Sie waren die ganze Nacht marschiert, am Morgen legten sie sich an einem Waldrand nieder, und Valentin schlief augenblicklich ein. Nun hörte er Geschrei, jene nicht weit entfernte krächzende Stimme gab irgendwelche Befehle. Valentin sprang auf die Beine. Runter, flüsterte jemand in der Nähe, er erblickte Vasja, der neben einem Maschinengewehr lag, er legte seinen Zeigefinger an die Lippen und zeigte mit der Hand, er solle sich hinlegen. Er warf sich auf den Boden. Verdammte Wache, flüsterte Vasja, wo ist diese verfluchte Wache? Er zeigte nach unten.

Dort, mitten in der Lichtung, über die sich noch immer der Morgennebel zog, den die warme Sonne vertrieb, ging ein Offizier in Reithose hin und her, als watete er durch eine weiße neblige Masse. Nun konnte er ihn deutlich hören: *Ausschwärmen!* Er kannte diesen Befehl, sein Herz schlug heftig, er hörte regelrecht das Trommeln des Herzens in seiner Brust und in den Schläfen. Unten rannten von allen Seiten die Wehrmachtler in grauen Uniformen herum, sie zerstreuten sich über die Lichtung wie ein Schwarm Lerchen, ließen in einer breiten Schützenreihe die neblige Lichtung hinter sich und näherten sich nun dem Waldrand. *Antreten!,* rief nun der Mann mit einer Pistole in der Hand, *antreten!* Die trockenen Reiser unter ihren Stiefeln knackten, die metallischen Gewehrschlösser klapperten, es gab keinen Befehl mehr, wortlos gingen sie den Hang hinauf, nur das Knacken der gebrochenen dünnen Zweige verriet ihren Vormarsch. Keine Rufe mehr, sie würden den Wald bis zum Gipfel durchkämmen. Wie eine Harke, dachte Valentin, wie jene Metallharken, mit denen die Frauen auf dem Pohorje-Gebirge jedes Jahr im August die Schwarzbeeren ernteten, was für dumme Gedanken, warum denkt ein Mensch an so etwas Dummes, wenn er Angst hat, wenn er an nichts anderes denken kann, an eine Flucht war nicht zu denken, wenn sie beginnen würden zu fliehen, würden sie sie drei Tage lang in den Weiten des Waldes jagen, man musste ruhig liegen, Vasja gab ein Zeichen, sie sollten die Gewehre zum Schießen bereit machen, wenn sie sich näherten, würden sie zuschlagen, wenn wir Glück haben, schlagen oder vertreiben wir sie, wenn nicht, werden wir uns zurückziehen, das heißt, wir werden fliehen, am Ende werden wir fliehen. Die Harken durch das Schwarzbeergestrüpp, sie würden alles aufsammeln, was zwischen ihre Metallklingen geriet. Was sie nicht zertreten würden, würden sie töten, sie werden unser Fleisch auf dem Granitboden des Pohorje zerquetschen, unsere Adern zerreißen, unsere Schädel zertrümmern, unsere Lebern durchlöchern, unsere Lungen. Und wir ihre, und wir ihre. Die Lunge, er hörte das Atmen inmitten des Hanges, vom Hinaufmarschieren waren sie außer Atem, das Leder, das sie umgegürtet hatten, knirschte. Eine bekannte physische Nähe, bei der ihn plötzlich eine entsetzliche Machtlosigkeit überkam. Wer in deren Zelle, bei deren Verhören, die Machtlosigkeit des eigenen Körpers verspürt hatte, einen anderen Körper, der Macht und Übermacht über einen hat, der weiß, dass körperliche Nähe, gewaltsame körperliche Nähe etwas ist, das einen Menschen völlig lähmen kann. Und so war er beinahe nochmals in Todesangst gelähmt gewesen in den eigenen Reihen. Wegen ihnen, diesen da unten, sie waren der Anfang des Bösen. Er würde töten, wenn sie näher kämen. Jetzt war er nicht gelähmt, er war angespannt, der Körper war angespannt, in seinen Schläfen hämmerte es, er würde schießen, es würde nicht das erste Mal sein, aber warum war es immer wieder, als ob es das erste Mal wäre. Jetzt lag er neben einem Baumstamm im Unterschlupf, der ihm Kraft gab, im großen Wald hinter ihm, den er kannte und wohin er sich zurückziehen konnte, in den Händen hielt er ein Gewehr, und ehe sie ihn erwischen würden, wenn sie nur versuchen sollten, ihn zu fassen, würde er schießen, töten würde er. Vorsichtig zog er das Schloss zurück, mit dem Finger überprüfte er, ob die Patronen gut im Rohr lagen, mit dem Gesicht lehnte er sich ans Gewehr, es würde nicht mehr passieren, sie haben mich in jenem Gasthaus betrunken erwischt, nie wieder wird das passieren.

Etwa zwanzig Meter vor sich erblickte er einen Mann in Uniform mit einer Maschinenpistole in den Händen, er schaute um sich, er sah erschöpft aus, er lehnte sich an einen Baum. Valentin zielte, Vasja schüttelte den Kopf, nicht, noch nicht. Der Mann dort unten hob seine Feldflasche zum Mund und nahm einen hastigen Schluck. Er sah nicht mehr ganz jung aus, er nahm seine Mütze ab und wischte sich den Schweiß von der Stirn, an seinen Schläfen waren graue Strähnen zu sehen. Solche schicken sie jetzt auf uns los, die Jungen haben sie alle an die russische Front geschickt. Valentin zielte dorthin, auf seine Schläfe, wenn du noch einen Schritt machst, knall ich dich ab, alter Mann.

Einige Augenblicke Stille, tödliche Stille natürlich, dieser deutsche Soldat würde nie erfahren, dass er nur einen Schritt vom Tod entfernt war, von der Kugel, die ihm die Schläfe zertrümmert hätte, vielleicht würde er es nie wissen, denn wieder war die krächzende Stimme des Offiziers dort unten zu hören: *Abtreten!* Abtreten bedeutete Rückzug, Zurücktreten auf die Lichtung, der Mann am Baum atmete auf, er stülpte sich die Mütze über seine grauen Schläfen, dorthin, wo die Kugel gelandet wäre, er rückte den Riemen über seiner Brust zurecht, dort, wo ihm die schweren Kugeln aus Vasjas Maschinenpistole Haut und Knochen zerschmettert hätten, nahm noch einen Schluck aus seiner Feldflasche und ging rasch zwischen den Bäumen nach unten. Er war vorbeigehuscht, der Tod war an seinem Kopf vorbeigehuscht, aber vielleicht auch

an meinem Kopf, vielleicht nochmals an meinem Kopf vorbei,
denn lebend kriegen die mich nicht mehr, nie wieder, ich hätte diesen alten Mann erschossen, aber andere wären gekommen, sie kamen nicht, sie zogen sich zurück, Vasja lächelte
fröhlich, der Tod war durch den Wald gestreift, er ging hinunter zur Lichtung, wo die Sonne die Nebelschwaden zur Gänze vertrieben hatte, er war vom Gipfel den Hang hinunterge-
rollt, sie reihten sich in einer Kolonne auf und gingen ins Tal
hinunter, weit unten floss die Drau, ihr silberner Streifen
glänzte in der Vormittagssonne. Sie machten sich auf in Richtung Sveti Lovrenc.

35

Sie kehrten zurück, in Richtung Sveti Lovrenc und das Drau-
tal hinunter in Richtung Österreich, und weiter hinauf in den
Norden, wo ihre Heimat brannte, in ihre zerstörten Städte, in
ihr Heime, die nicht mehr da waren.

Valentin blieb zwischen den Fichten liegen. Es ist zu Ende,
er wusste, dass es zu Ende war. Es war nicht wie in Podgorje, als
sie ihre Toten einsammelten und auf ihren Lkws davonbraus-
ten. Damals wussten sie, dass sie jederzeit wiederkehren konnten, und sie waren auch wirklich immer zurückgekehrt. Nun
würden sie es nicht mehr tun. Schau, sagte er zu sich, schau dir
noch einmal die weißen Wolken an, die der Wind über die Pohorje-Fichten trägt. Sie wandern schnell in Richtung Pannonische Tiefebene, über das Pannonische Meer. Sieh, wie der
Wind die Baumwipfel unter den Wolken biegt. Die Fichten

duften, nirgendwo so wie auf dem Pohorje. Das Moos unter den Händen, das er tastete, war feucht und weich, grün. Alles duftet, alles reist, die Wolken, die Fichten, das Moos, das Leben. Wo ist Sonja? Die Zeit steht still, sie werden immer denken, dass wir ständig irgendwohin gerannt seien, aber die Zeit steht still, nur die Wolken reisen, nur für sie bewegt sich die Zeit unentwegt, weil sie unentwegt in Bewegung sind.

Unten lag die Stadt, in die er zurückkehren würde, Maribor, in südwestlicher Richtung lag die andere Stadt, Ljubljana, in die er gewiss noch zurückkehren würde, obwohl er sich kaum noch vorstellen konnte, vor Studenten im Hörsaal der technischen Fakultät zu sitzen. Aber was sollte er anderes tun? Was sollte er mit allem tun, was passiert war, was man ihm angetan hatte und was er anderen angetan hatte. Mit allen Freunden, die tot waren? Mit Polde, der sich im Winter aus der furchtbaren Mühle retten konnte. Vielleicht hatte ihn jener Heiligenanhänger gerettet. Oder eine Partisanenkugel hatte ihn niedergestreckt. Oder eine Schwabenkugel. Was sollte er mit sich anfangen und was mit denen, die sie die Flure entlang zu den Liquidierungen abgeführt hatten, als er vor Angst in seiner Zelle dort unten gezittert hatte? Sollte er Sonja suchen, ob sie lebend zurückgekommen war? Was sollte er ihr sagen, was sollte sie ihm sagen?

Es war zu Ende, allen war klar, dass es zu Ende war. Man musste das Kriegsende nur erleben. Und dabei nicht den letzten Gefechten aus dem Weg gehen, er ging ihnen ja nicht aus dem Weg, und er hatte von Anfang an vorgehabt, am Leben zu bleiben. Wie alle, die in den Wald gekommen waren. Nur, dass es vielen nicht gelungen war. Sie waren an allen Enden des Berges unter Fichten begraben, an Waldrändern, auf Lichtungen, sie waren neben Bächen liegen geblieben, wie vielleicht auch Polde irgendwo auf seiner Flucht. Raubtiere, Füchse und Marder trugen Stücke ihres Fleisches in alle Richtungen. Oder die Schüsse von Borbens Liquidatoren hatten sie niedergestreckt. Oder deren Scheite, wie Rommel. Aber auch ihn wird unsere Kugel finden, hatte Borben gesagt. Aber die Kugel fand nicht Polde, sondern Borben.

Die Sonnenstrahlen legten sich auf das Moos um ihn herum, aus dem feuchten Unterholz sprossen winzige Frühlingsblumen. Der Winterling wuchs und Krokusse. Zum ersten Mal war er sich dessen richtig bewusst, Wachstum, Frühling, das Leben, alles ging weiter. Wenn man weiß, dass man überleben wird, nun wusste Valentin das gewiss, dann bemerkt man die Knospen an den Bäumen, die Blüten, die aus der Erde sprießen. Unsere Leute sind angeblich schon vor Triest, vielleicht war Katjuša schon zu Hause in Opicina. Vielleicht betrachtete sie vom Obelisken aus die Meeresoberfläche, die in der Sonne badete. In der blutigen Morgenröte. Er dachte daran, dass sie vielleicht noch immer von der Schwarzhaarigen sang oder von den Nebeln, die von den Flüssen aufstiegen, vielleicht sang sie jenes schöne und schreckliche Lied von Vergeltung. Rache für Basovizza. Basovizza war ein Dorf über Triest, wo die Faschisten slowenische Patrioten schon lange vor dem Krieg erschossen hatten, Katjuša hatte ihm erzählt, wie damals alle in Triest und im ganzen Küstenland wünschten, sich zu rächen. Vielleicht sang sie bei einer Versammlung, und *für Basovizza kommt die Rache mutig, im Morgenrot glüht der Himmel blutig.*

36

Er hatte überlebt, aber die Mühle ließ ihn nicht los. Er hatte keine Zeit, über das Böse nachzudenken, das das Land heimgesucht hatte, alles, ihn, dessen es sich bemächtigt hatte, er hatte keine Zeit. Weil er die Nächte durcharbeitete, unentwegt in Aktion war, Umsiedlungen, wir brauchen Wohnungen für unsere Leute, die Deutschen und Deuschtümler müssen rausgeschmissen werden, die Bande bereinigen, würde Borben sagen, und er hatte recht, sie waren eine Bande, alle in dieser Stadt, nicht gänzlich alle, aber der Großteil gewiss, sie lebten ruhig weiter, während wir da oben Blut gepisst haben.

Er arbeitete in der Militärverwaltung der Stadt. Es gab viel Arbeit.

Sie setzten sich in ihre Büros, in den Kellern waren die anderen eingesperrt. Sie suchten Leute aus der Polizei, der Gestapo, Beamte der Stadt – sie fanden niemanden. Wie hatte Valentin nur denken können, Mischkolnig zu finden? Vasja hatte recht, wahrscheinlich hatte man ihn längst schon abgezogen, um Berlin zu verteidigen, oder er war rechtzeitig über die Grenze nach Österreich abgehauen, nun war dort wieder eine Grenze, zwischen dem neuen, Titos Jugoslawien, wie man es jetzt plötzlich nannte, und dem von den Alliierten besetzten Österreich. Mit einem bewaffneten Begleiter hatte er auch an Mischkolnigs Wohnungstür geklingelt. Dort wohnten irgendwelche Leute aus Prekmurje, sie sagten, die Dame, die hier gelebt habe, sei schon während des Krieges ausgezogen. Und Mischkolnig, der Angehörige des deutschen Sicherheitsdienstes, des SD? Von ihm wussten sie nichts. Niemand wusste irgendetwas. Ein paar erschrockene deutsche Soldaten hatten sie aus ihren Betten geworfen, sie alle behaupteten, einberufen worden zu sein, keiner sei ein Nazi, freilich, niemand hatte freiwillig für Hitler gekämpft, einige hatten sie eingesperrt, einige waren nach Österreich geflüchtet. Es hatte keinen Sinn, die Sache wurde irgendwie hoffnungslos. An wem sollen wir uns rächen im blutigen Morgenrot, sie hatten einige Leute verhaftet, die in der Administration des Besatzers gearbeitet hatten.

Dann kam wieder ein Befehl: Alle Deutschen und Deutschtümler sowie alle Kollaborateure der Besatzer müssen verhaftet werden. Hier war die Auswahl plötzlich groß, die Gefängnisse füllten sich, und das Lager Šterntal war mit einer Menschenmenge überfüllt, die man zumindest aufschreiben und notdürftig mit Essen versorgen musste. Aus der Rache wurde nichts, die Gestapo-Leute hätte man vor den Mauern erschießen müssen, wo sie geschossen hatten, auf Bäume hängen, wo sie unsere Leute aufgehängt hatten. Aber die sind geflüchtet, Valentin Gorjan hatte zu tun mit dem armen Pöbel, einige wurden angeblich einfach erschossen, er nicht, er würde nicht auf unbewaffnete Menschen, auf Zivilisten schießen. Er bat, von den Militärpflichten entbunden zu werden. Sein Antrag wurde abgelehnt – bis auf Weiteres. Und dann werden wir sehen. Du bist doch einer von uns, oder? Natürlich bin ich das, aber das ist jetzt etwas anderes. Nur so lange, bis Ordnung hergestellt ist, dann kannst du deinen Antrag wiederholen. Er würde ihn wiederholen. Aber was sollte er danach tun? Solle er weiter Geodäsie unterrichten? Es klang komisch, er kam sich selbst erschöpft und alt vor, ein junger Alter. Seit jenem Vorkommnis in Mislinja, als er Alkohol nicht gewohnt, das heißt betrunken, den Gendarmen in die Hände geraten war, hatte er sich nie mehr betrunken. Er hatte aufgepasst, er hatte gewusst, wo die Grenze lag. Jetzt tranken alle, auch Valentin. Sie feierten und schossen in die Luft, er hatte eine geschminkte Frau in seine Wohnung mitgeschleppt, sie war einfach so mit ihm mitgegangen, aus dem Café Astoria, sie gingen gern mit den neuen Siegern mit, sie tranken, er schlief mit ihr, er hatte nicht einmal nach ihrem Namen gefragt. Am Morgen ging sie, und Valentin betrachtete die Pistole auf dem Tisch, was für ein Leben war das jetzt, an wem sollte er sich rächen, wenn niemand da ist, Mischkolnig war verschwunden, alle seine Leute, wen sollte er erschießen, sich selbst?

Er ging durch die Stadt und beobachtete die jungen Leute: Warum sind sie so fröhlich? Auch er war in den ersten Tagen fröhlich gewesen, das war der Siegestaumel, an sein Bett konnte er sich kaum wieder gewöhnen, er umarmte seine Mutter und traf ein paar Mitschüler, alle bewunderten ihn, ein vom Sieg gekrönter Held! Einer von ihnen rezitierte für ihn: *Nun krönen Siegeskränze unsre Stirnen, die harten, / an den Wänden hängen Schwerter nun in Scharten.*

Aber schon nach einigen Wochen kippte der Sommer des Glücks über die Befreiung in den Winter der Unzufriedenheit. Obwohl Sommer war, herrschte in der Seele Winter. Er war plötzlich so allein. Außer seinen Kampfgefährten, mit denen er nach der Arbeit zechte, war da nur seine verweinte Mutter, die auf den Vater wartete, niemand war da, Sonja war nicht da, Polde war nicht da. Vasja arbeitete Tag und Nacht, er stellte eine neue Armee auf, er zankte sich mit den Offizieren, die aus Serbien kamen und nicht verstanden, dass sie hier schon ein eigenes, slowenisches Heer hatten.

Er versuchte herauszufinden, wo Polde war. Vielleicht benötigte er Hilfe. Vielleicht einen Zeugen, dass er von den Partisanen geflüchtet war, weil es anders nicht ging, weil ihn dieser Irre erschießen wollte wegen einer dummen Heiligenmedaille, er hatte viele erschießen lassen, einige hatte er selbst erledigt. Er fuhr nach Ruše, zu ihm nach Hause. Er sprach mit seiner Schwester, die sagte, Polde sei bei den Partisanen gefallen. Er ist nicht gefallen, sagte Valentin, er ist bestimmt noch am Leben. Die Schwester begann zu weinen.

– Oh, heilige Maria Mutter Gottes, rief sie aus, wenn ihr ihn findet, soll er sich um Himmels willen zu Hause melden.

– Werde ich machen, ich werde ihn persönlich herbringen.

Jemand vom Geheimdienst, aus der OZNA, hatte ihm geraten, er solle in Šterntal nachsehen, dort seien ein paar solche, die vom Pohorje desertiert seien. Aber geh nicht hin, wenn du keinen Magen hast, der viel verträgt, dort ist jetzt ein Konzentrationslager für die Kollaborateure, es sind keine schönen Szenen, sie raufen sich ums Essen. Er telefonierte und bat, sie sollen die Listen der Gefangenen durchsuchen. Polde war nicht dabei. Vielleicht würde er dennoch nach Šterntal fahren, er würde fahren, das würde er tun, vielleicht versteckte sich Polde unter einem anderen Namen, vielleicht würde er dort auch einen Bekannten aus dem Gefängnis finden, einen, der dort in Uniform herummarschiert war.

Polde war nicht dort, sein lieber Genosse aus dem Wald, aus den ersten, den schwersten Tagen. Auch Sonja war nicht dort. Er ließ das Auto ein paar hundert Meter vom Haus entfernt, das er gut kannte, halten und schickte seinen Chauffeur, um sich zu erkundigen, ob es irgendwelche Neuigkeiten gab. Als er aus der Villa zurückkehrte, schüttelte er schon von Weitem den Kopf. Sie war nicht da. Er ging zum Bahnhof und wartete auf Kriegsgefangenentransporte. Da war kein Polde, keine Sonja, Katjuša war in Triest, niemand war da. Dann sollte zumindest sein Vater zurückkehren, Mutter wartete jeden Tag auf ihn dort in ihrer Wohnung in Studenci, er wird ja kommen, er wird kommen. Nicht einmal am Salat, der wieder in ihren Beeten wuchs, konnte sie sich mehr erfreuen.

Valentin vegetierte dahin, das war kein Leben. Vasja, der beschlossen hatte, beim Militär zu bleiben, nun war er Major, eines Tages würde er General werden, bat er, er solle ihm helfen, dass man ihn von seinen Pflichten entbinde, er wolle keine Uniform mehr tragen, er werde nach Ljubljana gehen. Er versprach, es zu versuchen, obwohl er ihn vermissen werde, fügte er hinzu. Du wirst mir abgehen, alter Haudegen.

37

Es freute ihn beinahe, als man ihn eines Nachts weckte, um ihm zu sagen, dass sie in Aktion gingen. Wohin? Auf den Pohorje-Berg. Wurden wir angegriffen? Der Kurier, der ihn geweckt hatte, lachte. Wir sind nicht angegriffen worden. Die Bande jagen, wir jagen sie wie die Hasen. In den Wäldern versteckten sich Verräter, die die Volksherrschaft bedrohten. Vor der Kaserne ratterte ein deutscher Militärlastwagen, den sie in einem Innenhof beschlagnahmt hatten, fast neu, die letzte Lieferung aus dem Daimler-Benz-Werk. Die Milizionäre und die Soldaten krochen mit Gewehren in den Händen auf den Lkw und reihten sich auf die Sitzbänke. Von Weitem grüßte ihn Vasja. Als er näher kam, rief er: Heil Hitler.

Alle lachten.

Im Siegestaumel grüßten sich die alten Kämpfer übermütig mit dem Nazi-Gruß, für so etwas wäre jemand anderer sofort im Gefängnis gelandet.

– Gehen wir zurück hinauf?, lachte auch Valentin.

Sie setzten sich in einen schwarzen Personenwagen, der vorne fahren würde.

– Wenn die das so können wie wir, sagte Vasja, könnte eine Kugel durch die Scheibe geflogen kommen.

– Zuerst erschießen sie den Fahrer, sagte er und lachte.

Dem Chauffeur war nicht zum Lachen zumute, angespannt schaute er auf die holprige Straße vor sich. Die eisigen Winter hatten sie übel zugerichtet, niemand reparierte sie. Die Autoscheinwerfer tappten in die Morgendämmerung, hinten ratterte der Lkw mit der Mannschaft, keine Kugel kam geflogen.

Als sie fast am Gipfel angekommen waren, erblickten sie in einer Kehre unter dem Areh-Plateau zuerst einen Wachmann mit einer Maschinenpistole, der ihnen zuwinkte, und bald darauf zwei Lkws mit ausgeschalteten Scheinwerfern. Ihr Auto blitzte in eine eigenartige Szene, am Straßenrand stand eine Gruppe von etwa zwanzig Männern und Frauen, neben ihnen Soldaten mit Gewehren. Der Scheinwerfer ihres Autos leuchtete die verschreckten Gesichter an, Valentin schien, eine junge Frau habe ihm direkt in die Augen gesehen, ihr Blick war verwundert, als verstünde sie nicht, was hier vor sich ging, wie ein Mensch, der soeben aufgewacht ist und noch immer etwas Albtraumhaftes träumt. Gleichzeitig lag in jenen Augen auch etwas wie eine Bitte, als würde sie ihn um etwas bitten, um Hilfe. Sie hatte weizenblondes Haar, zerzaust, als wäre sie soeben aus dem Bett aufgestanden. Ihr junges Gesicht, vielleicht die Haare, etwas erinnerte ihn an das Mädchen, das ihm einst nahe gewesen war, das war schon lange her.

Eine Weile schwiegen die Männer im Auto.

– Wer sind diese Leute?, fragte dann Valentin.

– Ich weiß nicht, entgegnete Vasja schroff.

– Vielleicht Deutschtümler aus Maribor, sagte der Chauffeur.
Als sie am Gipfel angekommen waren und ausstiegen, waren unten Schüsse zu hören. Valentin und Vasja blickten einander an.

– Stell keine Fragen, sagte Vasja. Wir haben unsere eigene Aufgabe.

Dann durchkämmten sie im warmen Morgen und den ganzen heißen Tag lang die Wälder rund um die Hütte Ruška koča, auf dem Lobnik-Kogel warfen sie ein paar Bauern aus ihren Betten, aber ohne Erfolg. Es war komisch, nun war Valentin der Jäger, sie waren ein Jägerbataillon, das Banditen suchte, jemand scherzte: Jetzt bräuchten wir nur noch grüne Uniformen.

Aber das war alles, der Krieg war vorbei.

38

Außer jenen Schüssen, die er aus dem Auto im Wald unter der Straßenkehre auf dem Pohorje-Gebirge in der Nähe des Areh-Gipfels gehört hatte, nach denen Valentin nicht mehr fragte, herrschte nirgendwo mehr Krieg. Das Gesicht jener jungen Frau mit weizenblondem Haar, das von den Autoscheinwerfern angestrahlt wurde, verfolgte ihn noch einige Zeit, aber Vasja sagte, er solle keine Fragen stellen, sie hätten andere Aufgaben, auch deswegen fragte er nicht, weil es vielleicht nicht wissen wollte, es war schon alles zu viel für seinen verwirrten Kopf. Es war Sommer, die Menschen räumten die Ruinen weg und bedeckten an den Häusern, die nach den Bombardements der Alliierten ganz geblieben waren, die

Fenster mit Pappe, Glas gab es nämlich keines. Und während der Bombardements war beinahe kein Fenster ganz geblieben. Es gab kein Glas, es gab auch nicht viel zu essen, die Menschen begannen schon zu murren: Unter den Deutschen hatten wir zumindest Lebensmittelmarken. Menschen murren immer.

Geschossen wurde nur noch im Kino auf der Leinwand, in russischen Filmen aus dem großen Heimatkrieg. Und als er einen deutschen Soldaten sah, der eine Schmeisser in der Hand hielt, als es zuerst knallte und dann ratterte, warf sich Valentin unter den Sitz. Die Menschen blickten sich verwundert um, einige lachten über den Genossen in Offiziersuniform, der im flackernden Leinwandlicht zurück auf seinen Sitz kroch. Lacht ihr nur, nur so bin ich am Leben geblieben.

Doch er war eigenartig am Leben. So, dass er manchmal das Gefühl hatte, ihm fehle der halbe Kopf. Nicht deswegen, weil ihm jene Hälfte von einem deutschen Minenwerfer abgeschossen worden wäre oder von Borbens Knüppel, wie bei einigen Kämpfern, die es nicht mehr gab. Deswegen, weil da etwas fehlte. Das, was vorher dort gewesen war: Sonja, der Mai, die *Liebeszeit*. Dort herrschte Leere.

Er erfuhr, dass wegen der Aktion in Podgorje, bei der er sich so hervorgetan hatte, dreißig Geiseln erschossen worden waren.

Er erfuhr, dass noch immer Interniertentransporte aus Deutschland zurückkamen. Sonja war noch nicht darunter.

Abends stand er in der Allee. Wenn sie zurückkehrte … Er würde zu ihr gehen und sagen: Wir sind am Leben, am Leben. Es ist Sommer, gehen wir auf den Urbaniberg, ich werde dir Mácha rezitieren, Frühlingszeit, die *Liebeszeit* … Er glaubte es selbst nicht. Das war in einem Traum, der Berg und das Kino und alles andere.

Der Vater kehrte nicht zurück. Wenn er Zeit hatte, ging er zu seiner Mutter nach Studenci, die Brunndorferstraße hieß nun Leningrajska ulica, und er hörte ihrem Schweigen zu. Sie kochte ihm Kaffee, den er mitgebracht hatte.

– Das Böse hat uns heimgesucht, sagte sie. Wie eine Sturmwolke.

Er suchte die Schachtel mit Sonjas Briefen und der Heiligenmedaille und trug sie ins Auto, das mit einem Chauffeur vor dem Haus auf ihn wartete.

In seiner Wohnung, die ihm von der Militärverwaltung zugewiesen worden war, sah er in trunkenem Halbschlaf eine Wolke. Das Böse ist wie eine unsichtbare Wolke, die über der Erdoberfläche schwebt, es spürt, wo der richtige Nährboden und Brennpunkt ist, dass es anwachsen kann. Dort sinkt es tiefer. Dort beginnt es zu wachsen, die Menschen beginnen einander zu hassen. Dort ist Krieg. Niemand ist mehr, was er war oder was er sein wollte. Das Böse, das Wuchern. Dort werden unschuldige Menschen erschossen, dort brennen Häuser, dort liegen die Städte in Ruinen. Von dort breitet es sich aus, schließlich breitete sich die Wolke über ganz Europa aus und über die russischen Weiten, auch auf fernen pazifischen Inseln fand es günstige Verhältnisse, sank nieder und mordete. Zu mir kam es wie Nebel von einem Fluss, ich bin einfach so ins Blaue hinein in den Wald gegangen. Was hätte ich anderes tun können? Ich hätte diesen Menschen oben bei Ribnica nicht töten müssen. Aber auch das kam von irgendwo her, aus irgendwelchen anderen Taten, alles hat seine Ursache und seine Folgen. Es kann nicht das Böse sein, was ich gemacht habe, überlegte er in trunkenem Halbschlaf, trunken, aber völlig luzid. Das Böse liegt nicht in dem, was wir getan haben und was wir tun. Das Böse liegt in der Antwort auf die Frage, wie wir verursacht haben, dass es in die Welt gekommen ist. Das heißt, ich bin noch immer ein Christ, murmelte er, obwohl ich in der Partei bin, und obwohl ich getötet habe, was eine Todsünde ist, nicht wahr?

Er schenkte sich ein volles Glas Kognak ein.

Ich verstehe nichts mehr, flüsterte er, was ist richtig und was nicht, was ist gut, und was ist böse. Wenn wenigstens Sonja käme, ich würde sie fragen, sie hat mich gerettet. Vor ein paar Jahren noch war alles so einfach. Und jetzt ist es kompliziert. Muss man Böses tun, um das Böse zu besiegen? Muss man. Wenn das Liebe ist, was sie getan hat, dann ist das auch etwas Furchtbares. Und hätte ich aber die Liebe nicht, so wäre ich ein … was? Liebe ist furchtbar. Sie tötet. Heimatliebe? Auch. Die ist am furchtbarsten. Und was ist das alles, wenn nicht die Liebe zum Tod?

– Ich bin betrunken, sagte er laut.

Betrunken wie in jenem Gasthaus in Mislinja. Danach hatte er sich nie wieder betrunken. Nun trank er, *nun krönen Siegeskränze unsre Stirnen, die harten, / an den Wänden hängen Schwerter nun in Scharten.* Er begann laut zu reden, als ob er sich bei seiner Mutter für etwas entschuldigte und als erklärte er ihr beim Kaffee, warum jene Wolke sie heimgesucht hatte. Es kommt immer etwas, aber wie es hierhergekommen ist, zu uns, in dieses Land, zu diesen ruhigen und fleißigen und christlich erzogenen Menschen? Die Gewalt war die Folge, das waren nur Taten, die dem ursprünglichen Bösen entsprangen, aus Wut, aus Hass, Gewalt ist nicht an sich das Böse, ist dessen Realisierung, Siegeskränze. Die Realisierung, murmelte er, beinahe zufrieden damit, zu einem Schluss gekommen zu sein. Er trank noch ein paar Mal aus der Flasche und schlief ein. Im Schlaf hörte er, wie der Frühlingswind zwischen den Baumästen im Park hindurchzog. Er sah die Pappeln in einer Ebene, die Blätter darauf zitterten. Und plötzlich war es völlig still. Gott, dachte er im Schlaf, was hat Gott damit zu tun, was wir getan haben, was wir tun? Gott ist nicht im Getöse und Gedonner, sondern im Rauschen, im Zittern der Blätter auf den Pappeln dort weit weg in der Ebene.

39

Er hörte Stimmen und sprang im Nu aus dem Bett. Er suchte seine Kleidung, in der Trübheit in seinem Kopf bemerkte er nicht, dass er in seiner Uniform und mit den Stiefeln an den Füßen eingeschlafen war. Unter dem offenen Fenster gingen zwei Verliebte in Richtung Park, sie hielt ihn um die Taille und lächelte. Wahrscheinlich kommen sie aus dem Kino und unterhalten sich über den Film, den sie gesehen haben. Er blickte auf die Uhr, es war zwei Uhr morgens, sie kamen nicht aus dem Kino. Oder sie sind aus dem Kino gekommen und dann zu ihm in sein Studentenzimmer gegangen, jetzt begleitet er sie nach Hause. Wie Sonja und er einst aus dem Kino gekommen waren, in uralten Zeiten. Auf dem Tisch lag die Schachtel mit ihren Briefen. Über die Bäume zog ein Stoß warmen Windes, es würde regnen. Er schaltete das Licht ein und nahm die Briefe aus der Schachtel. Es schnürte ihm die Kehle zu, ihre Schrift, die Verse, mein Engel, dein Engel, die Buchstaben flimmerten vor seinen Augen, der Wind, die Nacht. Er machte die Schachtel zu und steckte einen Brief in seine Hosentasche. Er schloss die Tür und ging zur Kastanienallee. Dort stand er und schaute, ob das Licht angehen würde.

Er wusste, dass es nicht angehen würde. Jenes schüchterne Mädchen, das in einer längst vergangenen Nacht, als sie beide für einen Augenblick eingeschlafen waren, die Augen geöffnet und gefragt hatte, ob sie mit offenem Mund geschlafen habe. Wenn ich mit offenem Mund schlafe, läuft Speichel aus meinem Mund, das ist mir peinlich. Wo war sie jetzt, wohin hatte sie das Böse verschlagen, das über ihren Köpfen geirrt war und sie aufgehoben und in alle Ecken geschleudert hatte? Es wäre an der Zeit, dass das Irren aufhört, dass in Sonjas Fenster das Licht angeht, dass sie sich nahe sind, ganz nahe, dass sie einander beschützen vor den Blättern, die boshaft gegen die Scheiben schlugen, damit wieder Frühling sei und sie nach Sveti Urban hinaufgingen. Dass dieser Wind des Bösen verstummte, der noch immer über die Baumwipfel zog, toste, wütete, ein Sommergewitter war im Anzug.

Das Böse hört nicht einfach so auf, es wütet noch lange.

Er würde zur Militärverwaltung gehen und verlangen, man möge ihn seiner Aufgaben entheben. Wenn nicht, würde er jemanden abknallen. Oder sich. Sie würden ihn entheben. Er würde nach Ljubljana ziehen und an der technischen Fakultät zu unterrichten beginnen. Er würde seinen Doktor in Geodäsie machen, ein angesehener Professor werden. Abends würde er sich mit den Genossen aus dem Wald treffen, sie würden Erinnerungen an ihre siegreichen Tage austauschen. Er würde nach Triest gehen und Katjuša suchen. Sie würden heiraten. Er würde dafür sorgen, dass sie eine große Wohnung bekommen, aus der irgendein Kaufmann ausquartiert worden wäre. Sie würden schöne Teppiche haben und ein Klavier, auf dem Katjuša manchmal zu spielen versuchen würde. Sie konnte nicht spielen, sie konnte aber singen, sie sang noch immer gerne. Den Nachbarn ging ihr Gesang auf die Nerven, aber sie schwiegen, sie beschwerten sich nicht, ihr Gatte war ein bedeutender Mann, ein hohes Tier, wie man sagt, er sang nicht, manchmal zertrümmerte er Gläser. Das kam dann vor, wenn er spät nach Hause kam und sie sich gegenseitig anschrien. Auch Teller, dem Lärm nach zu urteilen, der oft aus ihrer Wohnung drang.

Ihre Stimme war heiser, auch Valentin ging ihr Gesang auf die Nerven. Er war nicht ganz nüchtern, bis zwei Uhr morgens saß er mit den Kämpfern im Gasthaus Figovec. Vormittags trank er nicht, nachmittags war er ein kultivierter Professor, auch wenn er verkatert war. Abends aber konnte er nicht anders. Er war nicht gerne zu Hause. Zu Hause war Jadranka, die einsam war, sie sang und klopfte auf dem Klavier herum.

– Du hast keine Stimme mehr, sagte er zu ihr.

– Habe ich nicht mehr?, rief Jadranka, stemmte ihre Hände in die Hüften, nun war sie Katjuša und sang aus vollem Halse, *ging hurtig Katjuscha, zu des Flusses steiler Uferwand.*

– Schweig endlich!, schrie Valentin.

Er liebte sie nicht mehr. Hatte er sie überhaupt jemals geliebt? Ein wenig schon, als die Birken blühten. Nun saß Jadranka alle Tage zu Hause herum und sagte, sie könne den Nebel in Ljubljana nicht ertragen, sie würde nach Triest gehen. Sie rauchte unentwegt, man konnte es in ihrem Gesicht sehen, die Haare hingen ihr ins Gesicht, wenn Valentin nach Hause kam, nicht ganz nüchtern, wollte sie ihm vorsingen. Weil er nicht wollte, dass sie sang, sagte Jadranka, dass er sie nicht mehr liebe, was stimmte.

– Mich hatten alle gern, wiederholte sie.

Valentin ging in sein Arbeitszimmer und öffnete die Schachtel mit Sonjas Briefen. Er las sie oft.

Jadranka ging ihm nach.

– Diese Briefe werde ich dir verbrennen, sagte sie.

– Versuch's nur, schrie Valentin, und ich knall dich ab. In seinem Kopf hallte es, knall die Alte ab, knall die Alte ab.

– Niemand hatte dich gern, schreit Katjuša, mich hatten alle gern.

Es stimmte nicht, dass ihn niemand gernhatte, Sonja hatte ihn gerngehabt, hier waren ihre Briefe.

– Tine, sagte Jadranka leise, sie wollte nicht mehr streiten, erinnerst du dich, ich habe gesungen, *wohin gehst du, Schwarz-haarige?*

Und sie sang es auch, leise, vielleicht würde Tine zuhören.

Valentin stand auf und schob sie durch die Tür, er schmiss die Tür zu, drehte den Schlüssel um.

– Sie waren in mich verliebt, alle waren sie verliebt, rief Jadranka von der anderen Seite, ich war Katjuša.

Valentin stand auf der anderen Seite, er atmete auf.

– Du Hure, murmelte er, die halbe Brigade hat dich gefickt. Zuerst alle Ärzte, und dann die halbe Brigade.

Das, was er sagte, dachte er ja nicht wirklich, aber er konnte ihren Singsang nicht mehr ertragen. In seinem Kopf drehte sich alles, eine Stimme von irgendwoher: Knall die Alte ab, knall die Alte ab. Ein volles Glas schmettert zu Boden, Glas-scherben fliegen im Raum umher. *Dass gefall'ner Sterne Scher-ben … gefall'ner Sterne Scherben … uns'rer Schritte Weg soll wer-den …* Diese verdammten Dichter, dieses verdammte Leben. Ihm schwindelte, er lehnte sich an die Wand. Auf einmal beru-higte er sich, von diesem Knall, vom Blick auf die Zerstörung im Zimmer.

Er blickte lange in die Scherben, nach einiger Zeit bückte er sich und begann sie aufzusammeln. Er wollte sich nicht schnei-den, wenn er nachts aufstand. Und am Morgen erwartete ihn eine Vorlesung, die Studenten mochten ihn, sie hörten gerne zu, wenn er ihnen erklärte, dass die Erde nicht rund ist, sondern ein Geoid. Für uns Geodäten genau genommen ein Ellipsoid.

Jadranka setzte sich ans Klavier, hämmerte laut darauf, C1, C1, C1, dann sang sie leise und lang *Dime dónde vas, morena*, immer wieder.

So würde er leben, unter einer Wolke, die über Ljubljana hängen bleiben würde.

Aber nun sehen wir ihn, wie er in der Kastanienallee steht und wartet, dass in Sonjas Fenster das Licht angeht.

Das Licht geht nicht an. Sonja sitzt im Zug. Sie kommt mit dem letzten Transport Ende September 45 aus Deutschland. Sie hat sich einige Monate in einem Alliiertensanatorium durchgekämpft. Sie sitzt am Fenster und blickt in die Nacht hinaus, an der Strecke rasen die Lichter der Bahnhöfe vorbei. Der Zug bleibt stehen, und Sonja beobachtet lange hinter den Scheiben des Bahnhofsrestaurants einen Mann in Eisenbahneruniform, der eine Semmel ins Gulasch tunkt und die roten Stücke langsam zum Mund führt.

———

DRITTES KAPITEL

Das Zimmer am See

I

Lešnik war einer jener jungen Männer, denen es nicht an Mut
fehlte, wenn man an der Front kämpfen musste, es fehlte ihnen
daran, wenn sie im Urlaub desertieren wollten. In Wahrheit
war niemandem, der nach Hause entlassen wurde, um sich vom
Kämpfen zu erholen, danach zumute, an die Front zurückzukehren. Warum sollte man seinen Kopf unter russische Bomben und Granaten tragen, warum in ukrainischen Mooren herumkriechen, wo Lešnik herumkriechen würde, im russischen
Winter frieren oder in der afrikanischen Wüste Durst leiden,
wie sein Mitschüler Gorenšek? Der hatte unter General Rommel gekämpft, er war bei der Munitionsversorgung, in seiner
Nähe war ein Lastwagen in die Luft gegangen, voller Munition, Granaten, das war ein richtiges Feuerwerk gewesen. Aber
er blieb am Leben. Er war stolz, unter Rommel gekämpft zu
haben, genau genommen Schulter an Schulter mit dem be-
rühmten General, er sprach so viel von Rommels Unternehmen, dass jemand im Gasthaus einmal zu ihm gesagt hatte:
– Du bist wirklich ein Rommel, du.
Das ganze Gasthaus lachte. Und dieser Name blieb an ihm
haften. Er widersprach nicht, ihm schien, das sei ein ehrwürdi-
ger Name, obwohl es begleitet von diesem Lachen im Gasthaus eher klang wie: der Lügenbaron. Das verrauchte Gasthaus war voller einheimischer Burschen, einige trugen Uniform, die jüngeren, Siebzehnjährigen, die auf die Musterung
warteten, hörten mit offenem Mund den Soldaten zu, ihren

Geschichten von den Übungen und den Kämpfen an allen Enden Europas.

Gorenšek oder Rommel hatte aus Afrika seinen Kopf ganz zurückgebracht, dann hatte er in Frankreich gedient, dort war es leichter. Und als er auf Urlaub nach Sveta Trojica kam, sagte er zu Lešnik, als sie das Gasthaus verließen, er werde nicht zurückgehen. Er werde nicht für die Deutschen kämpfen.

– Und wo willst du dich verstecken?, fragte ihn Lešnik, du weißt, dass sie dich überall finden werden.

– Ich werde mich nicht verstecken, sagte Gorenšek, ich werde weiterkämpfen, aber nicht für Hitler, der so oder so den Krieg verlieren wird, die Deutschen verlieren immer den Krieg, obwohl sie die beste Armee haben. Den ersten Krieg haben sie verloren, auch diesen werden sie verlieren, bei Stalingrad hat man sie schon verhauen, die Engländer haben sie aus Afrika vertrieben.

Auch ihn, Gorenšek, samt Rommel. Eigentlich hatte ihn Rommel alleingelassen, er flog mit einem Flugzeug in sein Deutschland zurück, während sich Gorenšek auf einem alten Frachtschiff über das Meer schleppte und darauf wartete, von einem Flugzeug versenkt zu werden. Er konnte nicht schwimmen, er wäre untergegangen wie ein Stein; er sagte, wenn ihm nicht jene Explosion den Garaus gemacht hatte, dann hätte es ein englisches Flugzeug getan. Doch das tat auch kein englisches Flugzeug und kein U-Boot mit seinen Torpedos. Er kam lebend nach Frankreich und bekam sogar Urlaub. Aber als er nach Hause nach Sveta Trojica kam, beschloss er, nicht wieder zurückzugehen, wie Lešnik zurück in den russischen Winter gehen würde, du musst verrückt sein, sagte er, du bist belämmert, wenn du in den russischen Winter zurückgehen willst. Hitler wird diesen Krieg verlieren, weißt du, was er ist?

– *Ein verfluchtes Schwein*, flüsterte er, ohne die Antwort abzuwarten, er zeigte gerne, dass er Deutsch konnte, *ein verfluchtes Schwein*, das ist er, alle sind gegen ihn, die ganze Welt und viele Schwaben auch schon. Man kann nicht gegen den Wind pissen. Die Italiener haben ihre Segel schon gewendet, so wie im ersten Krieg.

Er sagte, er werde in die Berge gehen, dort hinauf, er zeigte auf jenes große Bergmassiv, das von Slovenske gorice aus wie ein schweres ruhendes Tier mit einem gekrümmten Rücken schien. Dort gibt es so große Wälder, dass einen kein Mensch finden kann.

– Du bist der Verrückte, sagte Lešnik, nicht ich. Wenn du desertierst, werden sie dich erschießen. Ich habe gesehen, wie die Russen Deserteure erschießen. Und Zivilisten auch, einige hängen sie auf.

Gorenšek lachte.

– Sie hängen dich auf, wenn sie dich finden.

– Und wie kommst du da hinauf?

– In einer Eisenbahneruniform, mein Onkel wird sie mir geben, er hat eine alte. Und auf dem Pohorje bekomme ich ein Gewehr. Komm mit, sagte Gorenšek, wir sind geübte Soldaten, diese Partisanen werden sich sehr über uns freuen oder Tschetniks oder was unsere Wäldler noch einmal sind. Wenn es zu Ende ist, kommen wir als Sieger hinunter, wir werden die Größten sein.

Lešnik glaubte nicht, dass Gorenšek jemals wichtig werden könnte, noch weniger, dass er wichtig sein würde, Lešnik, ein Bauernsohn, obwohl er die Landwirtschaftsschule in Maribor besucht hatte. Wenn der Krieg aus sein würde, werde er die Schule abschließen, den Hof übernehmen, er brauche nichts anderes.

– Auch Jurkovič und Flajs kommen mit, sagte Gorenšek, und viele andere, sei kein Trottel, mit den Deutschen ist es aus, sie sind fertig.

Lešnik konnte sich nicht entscheiden. Die Armee ist eines, man ist versorgt, hat alles, zu essen und gute Kleidung, wenn man ein guter Soldat ist, kann man bis zum Feldwebel aufsteigen. Eine Art Ausgestoßener im Wald zu sein ist aber etwas ganz anderes, dort werden sie in den Wäldern gejagt, sie frieren und sind hungrig; er konnte sich nicht vorstellen, sich unter Fichten im Schnee zu verstecken, sich zu entlausen und seine Feldflasche in einem Bach aufzufüllen. Er war ein Soldat, und er würde ein Soldat bleiben, was kommt, das kommt. Er sagte niemandem, dass er mit Gorenšek gesprochen hatte.

Gorenšek, Flajs und Jurkovič waren eines Nachts verschwunden. Die Polizei verhörte ihre Angehörigen, sie nahmen ihnen die Ausweise ab, Gorenšeks Vater wurde für ein paar Tage eingesperrt. Lešnik schwieg, er wusste bei sich, dass er richtig gehandelt hatte, weil er nicht auf seinen Freund gehört hatte, zumindest seine Leute waren in Sicherheit, wenn schon nicht er selbst. Als es Zeit war, meldete er sich beim Kommando in Lenart, sie wurden in Lkws nach Maribor gebracht und von dort mit dem Zug nach Ostpreußen.

Dort traf er ein Mädchen aus seiner Gegend.

Als er eintrat, dachte er zuerst, sie sei Russin. Sie saß auf dem
Bett, gebückt, zog sich einen dicken Wollstrumpf an. Der
Raum war kühl, obwohl in der Ecke des dunklen Raums rotes
Licht über dem kleinen Eisenofen flackerte, in dem unter der
Asche Glut glomm. Es war ein kalter Winter, schon die ganze
Woche hatte es leicht geregnet, in der Ferne donnerte es dumpf,
draußen war es schlammig, kein Raum konnte aufgeheizt werden. Sie stand auf, um ein Stück Holz auf die Glut zu werfen,
aber Lešnik kam ihr zuvor. Vielleicht hatte er das aus Verlegenheit getan, noch nie war er in einer solchen Situation gewesen,
wie hätte er es sollen, er war kaum zwanzig Jahre alt, als man
ihn in der Landwirtschaftsschule in Maribor geholt und in eine
Uniform gesteckt hatte. Mit geübten Bewegungen entfernte er
die Asche, warf einige Scheite in den Ofen und blies auf die
Glut darunter, dass sich die Flamme schnell entzündete und
das Holz zu zerfressen begann. Danke, sagte sie auf Deutsch,
und erst jetzt schaute sie ihn an. Er dachte, sie sei Russin, obwohl sie sich auf Deutsch bedankt hatte, und er dachte, dass sie
mit diesem hellen Haar, das offen über ihre Schultern hing,
auch ein Mädchen aus seiner Gegend sein könnte. Sie konnte
nicht viel älter sein als er, nur ihre Bewegungen waren langsam
und müde, mit ihrem hohlen Blick und ihren langsamen Bewegungen wirkte sie älter. Mit ihrem Kinn deutete sie zum Tisch
hinüber, auf dem eine Flasche mit einer durchsichtigen Flüssigkeit stand, wahrscheinlich Wodka. Er trat näher, um sich
mit dem Feuerwasser etwas zu erwärmen, vielleicht aber auch,
um sich ein wenig Mut anzutrinken, so sagt man eben, Lešnik

würde nicht sagen, dass er verlegen war, obwohl er sich in Wirklichkeit den Wodka nur deswegen einschenken wollte, um die Verlegenheit zu überwinden, er war zum ersten Mal in einer solchen Situation. An Mut fehlte es Lešnik nicht, schon vor einem Jahr wurde ihm das Eiserne Kreuz verliehen, weil er einen Kameraden aus einem brennenden Panzer gerettet hatte. Er war auf den Panzer gesprungen, hatte diesen nach brennendem Leder und versengter Haut stinkenden Menschen herausgezogen, ihn in seinen Mantel gewickelt und ihn im Gras und im Schlamm gewälzt. Genau genommen hatte er ihn nicht gerettet, da der Panzersoldat später im Krankenhaus seinen Verbrennungen erlag, aber Lešnik hatte sich dennoch das Eiserne Kreuz für seinen Mut verdient. Lešnik war eben kein scheuer junger Mann, er hatte sich wirklich nicht mit Gorenšek, den sie Rommel nannten, in den Wald getraut, aber er traute sich an die Front zurückzukehren, was war mutiger, zu desertieren oder zu kämpfen? Trotzdem wünschte er sich ein Gläschen Wodka, vielleicht, um seine Verlegenheit zu überwinden und damit die ganze Sache schneller anlaufen konnte.

Als er jedoch zum Tisch trat, sah er, dass im Gläschen neben der Flasche noch etwas Flüssigkeit war, jemand hatte den Wodka nicht zur Gänze ausgetrunken. Er stand neben dem Tisch, hielt das Schnapsglas in der Hand und dachte daran, nicht nach jemand anderem zu trinken, obwohl er in seinem Soldatenleben ganz andere Dinge gewohnt war, als Schnaps nach einem anderen zu trinken, aber nun wollte er das nicht tun, nach jemandem trinken, der in der Eile einen Schluck Wodka übrig gelassen hatte. Er stellte das Gläschen auf dem Tisch ab. Was ist?, sagte sie, von der er zunächst dachte, sie sei Russin, aber ihr Deutsch klang nicht russisch, das konnte er eben hören, in diesen zwei Jahren hatte er gut Deutsch gelernt. Was ist?, sagte sie auf

Deutsch. Ist es das erste Mal? Er musste nicht antworten, sie wusste, dass es das erste Mal war, sie nahm das Gläschen vom Tisch, schüttete den Wodkarest ins Waschbecken und wusch es unter einem Strahl Wasser ab. Sie stellte es auf den Tisch. Fünfzehn Minuten, sagte sie. Als sie für einen Augenblick neben ihm stehen blieb, stieg der Duft von warmer Haut in seine Nase, von süßem Parfüm. Trotzdem schenkte er sich nichts ein. Sie setzte sich auf das Bett und sagte: Komm. Er zog sich sein Soldatenhemd aus, der Mantel war im Gang geblieben, in einer Art Warteraum, von wo das Lachen der wartenden Soldaten zu hören war, er zog sich die Stiefel von den Füßen und setzte sich zu ihr.

3

Das war irgendwo in Ostpreußen, in der Ferne donnerten die schweren russischen Haubitzen, sie versuchten die Verteidigungslinie zu durchbrechen, um Raum für die Panzer und die Infanterie zu machen. Aber das war weit entfernt, Lešnik wusste, dass sie dann nahe sein würden, wenn die polnischen Kanonen zu hören sein würden, und ganz nahe, wenn auch das Pfeifen der Minenwerfer zu hören wäre. Nun war es wie ein Gewitterdonnern über der Ebene, irgendwo weit entfernt hinter den polnischen Wäldern. Es war irgendwo in Ostpreußen, als er überraschend erfuhr, dass das Mädchen, das so alt war wie er, aber mit müder Erscheinung, aus seiner Heimat kam. Sie fragte ihn nicht, woher er kam, wo käme man denn hin, wenn sie mit jedem plauderte und ihn nach dem Namen oder sogar seiner Herkunft fragte, sie sagte ein Wort auf Slowenisch, *dežuje,*

es regnet, Lešnik dachte zuerst, sie sei Russin, russische und slowenische Wörter ähneln sich, dann fragte er sie auf Slowenisch,
ob sie eine Russin sei, eine Russin hätte das verstanden, er
sprach abgehackt: Bist du viel-leicht Rus-sin ...? Er versuchte
sich zu erinnern, wie man sagte ... *ženščina ... devčina?* Die junge Frau, die sich nun wieder die dicken Wollstrümpfe über die
Füße zog, sah in verwundert an. Du sprichst Slowenisch, sagte
sie auf Slowenisch. Du auch?, fragte er. Sie nickte. Da lachte
Lešnik auf und begann ihr fröhlich etwas zu erzählen, so wie
man fröhlich einem Menschen aus der Heimat etwas erzählt,
den man unerwartet in der Fremde trifft. Er sei aus Slovenske
gorice, sagte er, dort bei Sveta Trojica hätten sie einen Bauernhof, man habe ihn von der Landwirtschaftsschule weg einberufen, in seinem letzten Jahrgang. Für einen Augenblick lächelte
sie, lachte sie auch beinahe, zuerst hatte sie gelächelt, dann beinahe gelacht, dann sagte sie leise, wie ist das möglich? Wie ist
es möglich, ich bin aus Maribor, dann brach sie auf einmal in
Tränen aus, sie lachte und weinte, mit dem Wollstrumpf in der
Hand. Verwundert und verlegen sah er sie an.

– Du bist aus Maribor? Wie heißt du?, fragte er.

– Ist das wichtig?, sagte sie.

– Wenn wir schon aus derselben Gegend sind ...

– Ich heiße Sonja.

– Ich bin Janez, sagte er, Janez Lešnik.

Sie wischte sich die Tränen weg: Einfach Janez bist du?

– Nun ja, ich werde als Johann geführt, für unsere Leute bin
ich immer noch Janez.

– Wie sieht es bei uns zu Hause aus, Janez?

Er sagte, dass damals, als er auf Urlaub gewesen sei, Ende
August, noch alles grün gewesen sei, er habe bei der Kartoffelernte geholfen.

– Grün?, sagte sie abwesend und blickte zum Fenster. Die Kastanienallee unter den Hügeln ist auch grün, kennst du sie?

Sie wartete die Antwort nicht ab.

– Dort habe ich gewohnt. Im Herbst fielen die Kastanien von den Bäumen, genau genommen schon Ende August, ich habe sie gesammelt. Jedes Jahr habe ich die erste, die ich fand, eingesteckt, als Glücksbringer. Und die trug ich bis zum nächsten Jahr mit mir herum. Was für ein Aberglaube.

Sie lächelte.

– Vielleicht habe ich letztes Jahr vergessen, eine einzusammeln. Oder ich habe sie verloren.

– Grün, sagte Lešnik, aber auch schon ein wenig gelb und rot, du weißt doch, wie schön sich die Blätter verfärben.

– Weiß ich, sagte sie. Hier ist alles grau, fügte sie nach einer Weile hinzu.

– Natürlich ist es grau, sagte Lešnik, es ist Winter.

Aber auch die Uniformen waren grau, der Krieg war grau, der Himmel hing tief über der Landschaft, in der Ferne donnerten die Kanonen.

– Haben die Leute im Schwimmbad auf der Insel noch gebadet?, fragte sie. Ich will sagen …, fügte sie hinzu, als sie durch das Fenster der Baracke in den grauen Tag und die kalten Nebelschwaden über dem See blickte, einer jener Brandenburger Seen, vielleicht der Schwedtsee.

– Ich will sagen: Damals, als du zu Hause warst, hat man da noch im Otok-Bad gebadet? Manchmal sind wir noch im September schwimmen gegangen.

Er war noch nie im Freibad von Maribor auf der Insel schwimmen gewesen, das war für die Stadtjugend, ihm wäre es peinlich gewesen, sich auszuziehen und dort zwischen den Schwimmbecken halb nackt herumzulaufen. Na ja, schwimmen konnte er auch nicht. So wie es auch Gorenšek nicht konnte, der wie ein Stein untergegangen wäre, wenn sie von einem englischen Torpedo getroffen worden wären.

– Ich habe daheim geholfen, sagte er, mit den Kartoffeln.

– Ach ja, die Kartoffeln, sagte Sonja, freilich.

Sie schwiegen eine Weile, die Minuten verstrichen, Lešnik war verlegen, er nahm ihre Hand, sie zog sie nicht weg. Sie fragte, ob man von dort, wo er herkam, von Sveta Trojica, bis zum Pohorje sehen könne? Könne man, von seinem Fenster aus könne man es sehen, viele Jahre später sollte er jedes Mal, wenn er den grünen Waldhang des Pohorje-Gebirges am Ende der Ebene sah, an sie denken.

Jemand klopfte an die Tür.

– Fünfzehn Minuten, sagte eine schroffe Stimme im Flur.

Sie wischte ihr Gesicht ab, die Spuren der Tränen, legte sich einen rosafarbenen Morgenmantel um und trat zur Tür. Dort redete sie kurz etwas mit einem SS-Offizier, jenem, den Lešnik zuvor gesehen hatte, der neben der Tür saß und auf die Uhr schaute und zu jedem, ehe er eintrat, sagte: Fünfzehn Minuten. Sie schloss die Tür und sagte, sie hätten zusätzliche fünfzehn Minuten Zeit. Vielleicht sogar ein wenig mehr.

– Er ist gar kein so schlechter Mensch, sagte sie, er hat drei Kinder, manchmal lässt er sich was sagen.

Sie beugte sich zu ihm vor und flüsterte:

– Er ist keine Bestie. Die anderen sind Bestien. Die Aufseherinnen sind auch Bestien. Einige sind noch schlimmer als Bestien.

4

Erst jetzt verstand er, dass das Mädchen aus seiner Heimat hier nicht freiwillig war. Man hatte ihnen nichts dergleichen gesagt, als man sie hierhergebracht hatte, sie wussten, was sie hier erwartete, junge Mädchen, die jungen Soldaten dabei halfen, die schreckliche Zeit des Krieges zu überstehen, deftige Scherze fielen, als sie hierhergefahren und vom Lastwagen gesprungen waren, unter der Plane des Opel Blitz hervor auf den zertretenen matschigen Boden vor der Baracke. Sie begann sofort zu reden, als habe sie sehr lange darauf gewartet. Die Wahrheit wartet, dann bricht sie hervor, tritt zutage. Bei ihr hatte sie aufgestaut hinter den Zähnen gewartet, in einem großen See aus Tränen hinter den Augen, in einem großen See Galle, die sich in ihren Eingeweiden angesammelt hatte. In einem so großen, wie es der hinter den Barackenfenstern war. Am See entlang waren sie an einem Ort vorbeigefahren, ihm schien, er hieß Fürstenberg, vielleicht Havel, oder beides. Er war durch viele Orte gereist, er erinnerte sich nicht an ihre Namen, auch den hätte er sich nicht gemerkt, hätte es dieses ungewöhnliche Treffen nicht gegeben. Und ihre Erzählung. Als sie die Sprache ihres Landes hörte, begann sie ihm wie einem Liebhaber, wie einem Bruder zu erzählen, der Damm war gebrochen, wie ein Sturzbach kam ihr Leben aus ihr herausgeschossen.

Zu all dem hatte man sie im Gefangenenlager Ravensbrück genötigt, unweit des Ortes, wo sie sich nun trafen, dort trug sie auf ihrem Ärmel ein verkehrtes Dreieck, was bedeutete, dass sie als *Asozial* und *Individualistin* registriert war. Sie verstand nicht, warum, man hatte sie aus Maribor nach Ravensbrück gebracht. Lešnik fragte sie nicht, warum, warum man sie hierhergebracht hatte, ein Soldat stellt keine unnötigen Fragen. In Ravensbrück waren Frauen gefangen, sie waren hungrig, sie froren; sie trug Holzschuhe, die im Schlamm und in der Kälte an den Fußsohlen festfroren. Das war ganz nahe, ebenso in der Nähe des Sees, ein SS-Mann war zu ihr gekommen, nicht der, der neben der Tür stand, sondern der Leiter der Wachmannschaft, und brachte sie in die Ambulanz. Dort badete sie, wurde von einem Arzt untersucht, dann kam der Offizier zurück, sah sich den ärztlichen Befund an und sagte ihr, sie würde in einem Sonderprogramm mitarbeiten, mit dem sie der deutschen Armee halfen. Bezüglich ihrer physischen und geistigen Dispositionen sei sie für das Programm geeignet. Sie habe eine vorteilhafte Rassenkennzeichnung. Sie sei keine Jüdin. Wäre sie Jüdin gewesen, würde sie in diesem Programm nicht mitarbeiten können. Sie könne auch gut Deutsch, das sei wichtig, die Soldaten, denen wir in diesem Programm helfen, sagte er, brauchen ein warmes Wort, manchmal auch ein tröstliches. Jeder, sagte er, muss nach seinen Kräften zum Sieg der Heimat beitragen. Einige Frauen, die sich in diesem Lager wiedergefunden hätten, würden Sand graben, das sei keine angenehme Arbeit, aber sie verrichteten sie. Andere, die Glück hatten, arbeiteten in den Siemens-Werken, sie würden sogar dafür bezahlt: sechs Reichsmark am Tag. Sie werde zuerst getestet werden.

Er siezte sie: Man wird Sie testen. Das taten sie auch. Sie führten sie einen Gang entlang, in dem einige Mädchen mit dem Blick zu Boden gerichtet dasaßen, in ein Extrazimmer, darin standen ein Bett und ein Tisch mit einer Flasche, vielleicht mit Schnaps, es stank nach Schnaps. Sie testeten sie. Dann wurde sie aus der Baracke in ein Gebäude umgesiedelt, das zwischen der Ambulanz und dem Kommandogelände stand und wo sie zusammen mit den anderen Mädchen von nun an besseres Essen bekam und jede Woche eine ärztliche Untersuchung hatte. Sie bekam ihr eigenes Zimmer, wohin jeden Tag und jede Nacht Wachmänner und Kapos kamen. Und auf einmal wusste ich nicht mehr, sprach sie leise, wo ich bin, wer ich bin, wie alt ich bin, warum ich in diesem Zimmer bin, was sie mit mir tun, ich habe sie angesehen und nichts mehr verstanden. Dann kamen der Abscheu, der Ekel, die Wut, die Verzweiflung, schließlich die Ergebenheit, eine Art innerer Drang: zu überleben. Sie hatte sich mit einer Krankheit angesteckt.

– Was rede ich da, was rede ich da?

Sie schluchzte auf, sie weinte nicht, sie schluchzte, als ringe sie nach Luft.

– Du musst dich nicht schämen, sagte Lešnik ungeschickt.

Er war verlegen, er hatte noch nie zuvor eine Frau getröstet.

– So ist es eben, sagte er leise und blickte zur Tür, als wolle er herausfinden, ob ihnen jemand zuhörte. Aber auch wenn es jemand tat, wer hier würde ihre Sprache verstehen.

– Ich wurde auch zwangsmobilisiert, du denkst doch nicht, dass ich mich freiwillig für die deutsche Armee gemeldet habe?

– Warum hab ich das erzählt, flüsterte sie. Einmal musste ich es tun, ich werde nie wieder darüber sprechen.

Die Syphilis sei bei ihr geheilt worden, keine Sorge.

Eines Nachts habe man die Mädchen auf Lastwagen geladen, zum Bahnhof gebracht und von dort mit dem Zug ins Hinterland der Front. Jetzt sei sie wieder zurück, am Seeufer, in der Nähe von Fürstenberg, nun würden die Soldaten hergefahren. Sie sprach sehr schnell, obwohl sie gesagt hatte, dass sie nicht mehr darüber sprechen werde, sie redete weiter und blickte die ganze Zeit immer wieder zur Tür, als müsse sie jemandem schnell berichten, was mit ihr passiert war, als ob sie alles erzählen müsste, bevor die Tür aufging. Oder vielleicht schlicht aus dem Grund, weil er aus ihrer Heimat stammte, damit er nicht vielleicht dachte, dass sie dies freiwillig tat, sie haben mich gezwungen, sagte sie, sie haben mich gezwungen. Dann verstummte sie, und trotz der Zeit, die auslief, schwiegen die beiden eine Weile.

– Deswegen bist du noch am Leben, sagte Lešnik, der sie trösten wollte, obwohl er nicht wusste, wie.

– Am Leben?, fragte sie und sah ihm lange in die Augen. Das bin ich wirklich. Sie versorgen uns auch gut mit Essen, sagte sie, und wenn ich Lues bekomme, heilen sie sie schnell.

– Weißt du was, meinte Lešnik, der noch jung war und dem es nicht an Mut und Hoffnung fehlte, auch dann nicht, wenn er einen Panzer-Soldaten aus einem brennenden Panzer herauszog, er war mutig, und auch ihr wollte er etwas von seinem Mut einflößen.

– Weißt du, was ich dir sage, wir zwei werden uns noch in Maribor wiedersehen, auf der Gosposka. Manchmal sind wir von der Landwirtschaftsschule in die Gosposka gegangen und sind hinauf- und hinunterspaziert. Oder auf der Promenade auf der Aleksandrova.

– Dort an der Ecke stand immer ein Fotograf, sagte sie. Hast du ihn gesehen? Er hatte einen Fotoapparat der Marke Leica. Auch mich hat er fotografiert.

Lešnik konnte sich an keinen Fotografen erinnern. Er konnte sich an schöne Mädchen erinnern.

– So schöne Mädchen wie du, sagte er, haben sich nicht im Geringsten für uns interessiert, weil wir Bergschuhe anhatten.

Sie lächelte.

– Ich war mit jemandem dort, als er uns fotografiert hat. Ich habe jene Fotografie zu Hause.

Sie schüttelte den Kopf.

– Ach, sagte sie, ist doch egal, ich weiß nicht, ob ich jemals wieder nach Hause komme.

Vielleicht dachte sie, so wie sie jeden Tag den Kirchturm auf der anderen Seite des Sees betrachtete, ist es so, als blickte man aus dem Wasser, wie eine Art Hoffnung. Manchmal betete sie, wenn sie den Kirchturm ansah, früher hatte sie nicht gerade viel gebetet, nun betete sie manchmal. Morgens, wenn sie ihren Kaffee trank und noch bei Kräften war. Manchmal flatterten große Vögel über die Wasseroberfläche auf den Kirchturm zu. Die Schwäne öffnen ihre Flügel, schnalzen auf die Wasseroberfläche und fliegen mit weiten Flügelschlägen über dem Wasser. Wenn sie mit ihnen fliegen könnte, wenn sie nur fliegen könnte. Manchmal betete sie. Sie konnte es zwar nicht gut, weil ihre Familie nicht gläubig war, aber wenn im Kirchturm jenseits des Sees Gott weilte oder zumindest ein guter Engel, konnte er sie vielleicht hören. Obwohl ihr manchmal schien, als seien sie beide eingeschlafen, Gott und der gute Engel, sonst würde jemand all diesen armen Frauen im Lager am See helfen, zumindest ihren Kindern, auch Kinder sind dort, damit du das weißt. Sie werden geschlagen, damit du das weißt. Merk dir das und erzähl das allen, wenn ich nicht von hier wegkomme. Sie sind hungrig, die Frauen und die Kinder, sie bekommen nur Brennnesselsuppe. Sie haben Durchfall. Für jeden Verstoß müssen sie zur Strafe beim Appell stehen, der Appellplatz ist schlammig. In der Kälte. Wenn eine ohnmächtig wird, wird sie geschlagen. Fünfundzwanzig Schläge mit dem Stock sind vorgeschrieben, sie werden an einen Holztisch gebunden und geschlagen, das sei eine Erziehungsmaßnahme.

Manchmal schlagen sie auch weiter, es gibt eine Vorschrift, wann länger geschlagen wird, aber dann so lange, bis die geschlagene Frau ihre Hand hebt und sagt: Genug. Aber das darf sie erst nach dem fünfundzwanzigsten Schlag sagen.

– Als Strafe für was?, fragte Lešnik.

– Für irgendetwas, diese Aufseherinnen erfinden auch manchmal was, damit sie sie bestrafen können.

Lešnik starrte sie an und war ein wenig benommen, er wusste nicht, dass mit den Frauen so etwas passierte, er wusste nichts.

– Sie sterben, sagte sie, die Schwächeren sind gestorben, auch ich werde nicht von hier wegkommen.

– Das wirst du, sagte er eilig, während er rasch die Stiefel anzog, das wirst du, wirst du, du wirst nach Hause kommen, bestimmt wirst du das.

Er wusste ja nicht, was er sagen sollte, auch er selbst wusste nicht, ob er jemals wieder zurückkehren würde in seine hügelige Heimat. Wenn er dieses Zimmer verlassen und auf die übrigen Kameraden warten würde, die hinein- und hinausgehen würden, würden sie wieder auf den Opel Blitz aufgeladen werden und in den Osten fahren, dorthin, woher das entfernte Donnern der russischen Kanonen kam.

An der Tür klopfte es, diesmal viel entschlossener als zuvor, beide sollten jetzt verstehen, dass weitere fünfzehn Minuten verstrichen waren.

– Jetzt musst du aber wirklich gehen, sagte sie.

Er nickte, jetzt aber wirklich, ja.

Sie stand am Fenster und betrachtete durch die trübe Scheibe die Wasseroberfläche. Ihr Blick folgte den Vögeln, die über den grauen Himmel in Richtung Kirchturm in Fürstenberg flogen.

Er fragte, ob er jemandem einen Gruß ausrichten solle. Für den Fall, dass er vor ihr nach Hause kam, vielleicht bald wieder auf Urlaub. Sie schüttelte den Kopf, ohne den Blick vom Kirchturm in der Ferne abzuwenden.

Er schenkte sich ein Gläschen Wodka ein und trank es nur zur Hälfte aus, plötzlich war ihm nicht nach diesem komischen Schnaps zumute, er war anders als der Sliwowitz, der einem in der Kehle brannte, sodass man das Gefühl bekommt, dass er einen gereinigt habe, der Wodka aber floss in einen hinein wie Wasser, und erst dann, dort irgendwo in den Eingeweiden, breitete er seine weiche Wärme aus. Er ließ den halb ausgetrunkenen Wodka auf dem Tisch stehen und vergaß auch, im kleinen Eisenofen Holz nachzulegen, damit sie durch die Wollstrümpfe nicht fror, aber daran dachte er erst, als er draußen war, als er etwas benommen den Gang entlangeilte zwischen den Sticheleien und dem wütenden Murmeln der Soldaten, die die Geduld verloren, weil sich Lešnik so lange da drinnen aufgehalten hatte. Er hob die Hände zur Entschuldigung, warum sollte er sich entschuldigen, er hatte sich ja nur unterhalten, nur die Stiefel aus- und wieder angezogen, und jetzt war er draußen, benommen von etwas Schlimmem, das ihn ereilt hatte und das er nicht ganz verstehen konnte.

5

So trafen sich zwei junge Menschen, saßen auf einem Bett in einem Zimmer mit niedriger Decke, auf dem Tisch stand eine Flasche Wodka, im Eisenofen ging das Feuer aus, rasch erzählten sie einander etwas, genau genommen sprach nur sie, er hielt ihre Hand, ihm schien, das beruhigte sie, wenn sie erzählte, jemandem musste sie es erzählen. Dann schwiegen sie und lauschten dem entfernten Donnern, wie wenn über dem Pohorje-Gebirge ein Gewitter aufzieht und sich über den Hang ins Tal senkt, bis der Regenvorhang die Ebene bis nach Ptuj zuzieht. Aber es war kein Gewitter, in der Ferne donnerten die Kanonen.

Das Sonderprogramm, in dem Sonja Belak aus Maribor mitarbeitete, ehemalige Medizinstudentin der Reichsuniversität Graz, der man nach einer Untersuchung in der Ambulanz erklärte, dass sie mit ihren physischen und geistigen Dispositionen zum Sieg der deutschen Heimat beitragen würde, die man dort auch getestet hatte, hieß *Maßnahmen zur Steigerung der männlichen Schöpfungskraft*. Der Plan umfasste eine Unmenge an genauen Instruktionen, darin wurde unter anderem angeordnet, dass eine Frau zehn Soldaten in einem Zyklus empfangen könne, für jeden habe sie fünfzehn Minuten zur Verfügung. Es war ausdrücklich bestimmt, dass diese Arbeit nicht von Jüdinnen verrichtet werden darf. Es war auch die Bezahlung festgesetzt: Der SS-Offizier, der die Arbeit leitete, bekam von zwei Reichsmark 1,80; die Frau, die die Arbeit verrichtete, 0,20 Reichsmark.

Komischer Gedanke, dass sich irgendwo in Ostpreußen ein Bauernjunge aus Slovenske gorice und ein Stadtmädchen aus

Maribor begegneten, dass sie sich dort für ganze dreißig Minuten trafen, was für beide ein Privileg war, das verständnisvoll und mit gnädiger Geste der SS-Offizier ermöglicht hatte, der keine Bestie war, so wie die anderen Bestien, auch die Frauen unter ihnen, nach ihren Worten *ist er gar kein so schlechter Mensch, er hat drei Kinder, manchmal lässt er sich was sagen.* Und dass sie sich danach nie wieder trafen, denn das Mädchen war – davon war Lešnik überzeugt – nie wieder zurückgekehrt, zumindest hatte er sie nie wiedergesehen. Lešnik war ein guter Soldat, er hatte alle Befehle gewissenhaft ausgeführt, er war bis zum Feldwebel aufgestiegen, auch in den Kämpfen hatte er sich hervorgetan. Von der russischen Front, die damals schon in Deutschland war, kam er mit dem Eisernen Kreuz und mit einem Arm weniger zurück. Das Eiserne Kreuz erhielt er, weil er einen Panzer-Soldaten gerettet hatte. Der Arm wurde ihm von einem Minenwerfer-Geschoss weggefetzt, ein paar Tage nachdem er das Mädchen aus seiner Heimat getroffen hatte, bald nachdem das Donnern in der Ferne verstummt war, ganz in der Nähe aber Minenwerfer-Explosionen zu hören waren und dazwischen das Rattern der Maschinengewehre eines Sturmbataillons der Roten Armee.

6

Aber Lešnik täuschte sich. Sonja kehrte zurück.

Ungefähr einen Monat nach jenem Treffen mit dem jungen Burschen aus Slovenske gorice erkrankte sie. Wegen ununterbrochenen Hustenanfällen wurde sie in die Lagerambulanz gebracht, wo ihr die Sanitäterin die Temperatur maß. Der Raum war ihr bekannt, sie war schon einmal hier gewesen, auch die Sanitäterin kannte sie, es war Inge, eine politische Gefangene aus Schlesien. Inge setzte sich zum Tisch, notierte etwas und sagte: Lungenentzündung. Nach einer Weile hob sie den Blick, weil sie die Angst spürte, die aus Sonjas Abgestumpftheit wehte, denn auch wenn man vollkommen abgestumpft ist und sich dem Leid ergeben hat, überkommt einen Angst, wenn einem mitgeteilt wird, dass man sich am Rande des Todes befindet. Auch wenn man die ganze Zeit so lebt, am Rande. Und jede Person, die man dort eingesperrt hatte, lebte so. Auch wenn man mit dem Schicksal versöhnt ist, das man Sterben nennt, und dieses Schicksal einen von allen Seiten umringt, weht aus dem Augenblick, in dem einem mitgeteilt wird, dass man eine Krankheit hat, die unter diesen Umständen gewiss nicht geheilt werden würde können, trotz aller Abgestumpftheit die Angst vor dem Ende. Sonja hatte Medizin studiert, sie wusste, was eine Lungenentzündung unter diesen Umständen bedeutete. Sanitäterin Inge, die ebenso eine Lagerinsassin war, hob ihren Blick und schüttelte rasch den Kopf, sie gab ihr irgendwelche Zeichen mit den Augen, sie zwinkerte mit beiden Augen. Sonja verstand nicht, was diese Kopfdrehungen und dieses Zwinkern zu bedeuten hatten, verschreckt, soweit ihr abgestumpfter Blick überhaupt noch verschreckt dreinblicken konnte, starrte sie aus dem Fenster, hinter dem aus den Lautsprechern die metallischen Befehlsstimmen kamen: *Laufschritt! Laufschritt!* Jemand wurde zum Laufen angehalten, wahrscheinlich die Arbeiterinnen, die zum Sandgraben gingen. Die Sanitäterin stand auf und ging zur Tür, sie blickte in den Gang hinaus, schloss die Tür wieder und setzte sich zu Sonja aufs Bett und begann hastig auf Deutsch zu flüstern. Du hast erhöhte Temperatur, eine stärkere Verkühlung, gewiss keine Lungenentzündung, du bleibst hier und ruhst dich aus. Sie legte ihre Hand über ihre Schulter, ich weiß, wo du warst, flüsterte sie, ich musste Lungenentzündung schreiben, sonst würde man dich nach zwei Tagen zurückschicken. Sonja nahm sie krampfhaft bei der Hand und blickte sie dankbar an, soweit sie aus ihrer Abgestumpftheit und ihrer weichenden Angst zu irgendwelchen Gefühlen, auch der Dankbarkeit, noch fähig war.

Zwischen den weiblichen Knochengerüsten, die auf den Pritschen der Lagerambulanz lagen, sah sie, trotz ihres wilden Hustens, der noch ein paar Tage nicht nachließ, gesund aus. Und deshalb, vielleicht auch deshalb, weil sie in Zivilkleidung zu ihnen gekommen war, hatten sie diejenigen, die etwas bei Kräften waren, nicht gerade freundlich empfangen. Eine Polin hatte am ersten Tag den Metallteller mit Brennnesselsuppe umgeworfen, als sie an ihrem Bett vorbeiging. Sie hob ihre Hände, *Entschuldigung*, sagte sie auf Deutsch und fügte lächelnd etwas auf Polnisch hinzu, Sonja verstand, slawische Sprachen ähneln sich; *kurva*, Hure. Entschuldigung, Hure, hatte sie gesagt, und einige Frauen lachten. Die, die in der Lage dazu waren und slawische Sprachen beherrschten, lachten, eine rief auf Deutsch: Bordellfrau! Auch das verstand Sonja, sie hatte an der Reichsuniversität studiert. Medizin.

Diejenigen, die völlig ausgezehrt waren, schauten zur Decke, sie warteten auf ihr Ende. Nach einiger Zeit trugen sie, genau genommen fuhren sie die erste Tote weg, dann beinahe jeden Tag eine. Es kamen neue, die vorigen hatten die Sanitäter, ebenso Häftlinge, auf Liegen gehievt und weggeführt. Wohin? Nicht auf den Friedhof, es gab keinen Friedhof, ihre Leichen wurden ins Krematorium gebracht.

Von Zeit zu Zeit kam ein Arzt in einer grünen SS-Uniform, über der er einen weißen Kittel trug, er spazierte zwischen den Kranken herum, die auf ihren Betten saßen und ihn stumpf anschauten, diejenigen, die sitzen und schauen konnten, die anderen lagen. Er blieb an keinem der Betten stehen, es sah aus, als habe er es äußerst eilig, dann hörten sie ihn, wie er in der Ambulanz mit wütender Stimme Inge anschrie, die Sanitäterin hieß Inge, warum es hier so stinke, ob sie nicht für grundlegende Hygiene sorgen könnten? Durchfall, sagte Inge, einige hätten Durchfall. Ich schicke dich zurück in die Baracke, schrie er, wenn es morgen noch so stinkt. Sonja übersetzte, einige Frauen konnten noch immer nicht Deutsch, außer den wichtigsten Befehlen der Aufseherinnen, sie übersetzte für jene Polin, der es nun leidtut, sie so unschön begrüßt zu haben, in einer Mischung aus slowenischen, polnischen und russischen Worten, wir stinken, er wird sie zurück in die Baracke schicken. Inge schrieb auch in Sonjas Krankenakte *diarrhoea*, sie wollte nicht, dass man sie dorthin schickte, woher sie gekommen war. Sie hatte keine Diarrhö, aber auch dorthin, woher sie gekommen war, hätte sie nicht zurückkehren können. Das Essen war immer schlechter geworden, die Brennnesselsuppe bekamen sie an manchen Tagen sogar erst am Abend, sie wurden zu Skeletten, Sonja magerte schnell ab. Auch die kräftige und übermütige Polin warf keine Teller mehr um, *Entschuldigung, kurva*, sie war kaum noch fähig, sich im Raum zu bewegen.

7

Es war April, die Sonne schien durch die schmutzigen Fensterscheiben, niemand putzte sie mehr, das Essen wurde immer seltener gebracht, der Arzt war schon seit zwei Wochen nicht mehr da gewesen. Sie unterhielten sich darüber, dass draußen Frühling herrsche, aber es herrschte nicht nur Frühling, es herrschte auch eine eigenartige Aufregung, die Lautsprecher krächzten immer öfter Befehle, vom Innenhof kamen die aufgeregten Stimmen der Aufseherinnen, die die Lagerinsassinnen in die Baracken hinein- und hinaustrieben, das Brummen der Lastwagen war zu hören, auf die etwas aufgeladen wurde. Dann herrschte an einem Aprilnachmittag plötzlich eine eigenartige Stille, als ob das Lager um die Ambulanz herum völlig ausgestorben wäre. Inge trat ein und sagte:

– Es ist zu Ende. Sie sind gegangen.

Die Frauen krochen zu den Fenstern und blickten in den Hof hinaus. Über die verstreut herumliegenden Möbelstücke, zerschlagenen Stühle, umgeworfenen Tonnen, das verstreute Geschirr aus dem Speisesaal, Holzschuhe, Soldatenstiefel aus dem Konzentrationslager wirbelte der Frühlingswind zahllose Papierblätter durch die zerbrochenen Scheiben und abgerissenen Türen des Verwaltungsgebäudes. Sonja sah einen Mann, der eine Frau an den Haaren durch die Tür zerrte, es war eine Aufseherin mit geöffneter Bluse, eine jener, die wer weiß warum geblieben waren und nicht den Lkw bestiegen hatten. Aus einer Baracke liefen einige Gefangene, sie stießen einen Mann in Uniform weg, es war keine deutsche Uniform, und begannen die Aufseherin zu treten, zu ohrfeigen, zu kratzen, sie zogen sie über den Boden, auf dem Appellplatz war eine Blutspur zu sehen. Der Mann in Uniform, es war die Uniform der russischen Roten Armee, vertrieb mit einem Gewehr in der Hand die wild gewordene Gruppe und führte die Aufseherin zurück ins Gebäude.

An einem kaputten Lastwagen, der beim Ausgang stecken geblieben war, kamen russische Soldaten vorbei, aus den Baracken schauten die Lagerinsassinnen bei den Türen heraus. Außer der Gruppe, die mit der Aufseherin abgerechnet hatte, traute sich noch immer keine ins Freie, das hatte ja schließlich niemand angeordnet, es war eigenartig, es war unglaublich. Aber es stimmte, es war zu Ende, sie waren gegangen.

Die Ambulanz wurde von einem russischen Arzt mit seinem Team aus Sanitätern und Krankenschwestern übernommen.

Nach einem Monat war sie fähig zu einem Transport in ein Alliiertensanatorium, nach Hause wurde sie mit dem letzten Transport erst Anfang September geschickt.

Wir sehen sie, wie sie in einem Zug am Fenster sitzt, die Räder rattern gleichmäßig, sie blickt in die Nacht hinaus, bald würde es Morgen werden, an der Strecke rasen die Lichter der Bahnhöfe vorbei, weit am Berghang sind Lichter zu sehen, wahrscheinlich Bauernhöfe, in denen man gerade aufsteht, um das Vieh zu füttern. Der Zug bleibt stehen.

Nur für kurze Zeit, der Zug wird weiterfahren. Sie wird zurückkehren. Oh, Jessas, wird die Haushälterin Pepca ausrufen, die sie als Erste erblicken wird, ist das nicht unsere Sonja?

Der Vater, der noch immer Chirurg im Krankenhaus sein, und die Mutter, die noch immer ihre Verwandten in der Nähe von Ljutomer besuchen wird, werden ihr erzählen, dass sie schon fast jegliche Hoffnung aufgegeben hätten. Sie hätten beim Roten Kreuz nachgefragt und bei den neuen Machthabern, sie hätten den ganzen Sommer lang gewartet. Aber nun war sie da, Hauptsache, sie war da. In häuslicher Pflege würde es ihr viel schneller besser gehen als im Sanatorium, Pepca würde ihr frische Eier vom Bauern bringen, die Mutter würde der Tochter übers Haar streichen, wenn sie in ihrem Zimmer liegen und zur Decke hinaufstarren würde. Sie würde wenig sprechen, auch wenn sie schon völlig gesund wäre und auf den Beinen. Oft würde sie in ihrem Zimmer bleiben, einen Monat lang würde sie nur aus dem Haus bis zum Park und zurück gehen. Keine Freundin, auch Angelca nicht, keinen Bekannten würde sie aufsuchen. Einige würde sie im Park treffen, aber die Gespräche würden von kurzer Dauer sein, ja, ich bin zurückgekommen, es ist gut, ich fühle mich gut, ich muss jetzt nach Hause.

8

Eines Samstags Ende September wird sie auf der Slovenska – als sie weggegangen war, hieß sie noch Burggasse, nun hieß sie wieder Slovenska ulica – Valentin erblicken. Er wird eine Uniform tragen und Stiefel, er wird Offiziersreithosen tragen, um seine Taille wird ein großes Halfter mit einer Pistole umgegürtet sein, auf seinem Kopf wird eine Tito-Mütze mit dem roten Stern sitzen, an den Schultern Epauletten mit goldenen Streifen. Es wird ihr die Brust zuschnüren, sie wird nach ihm rufen wollen. Aber er wird eiligen Schrittes auf ein schwarzes Auto zugehen, das auf ihn warten wird. Die Tür wird zuknallen, er wird sich auf die Rückbank setzen, er wird eine Akte mit irgendwelchen Papieren öffnen, das Auto wird rasch wegfahren.

Ein paar Tage später wird sie sich entschließen, ihn zu suchen. Bei der Militärverwaltung der Stadt wird man ihr sagen, dass er nach Ljubljana umgezogen sei. Als sie am Wachmann beim großen Gebäude vorbeigehen wird, wird sie die Erinnerung an einen Vers überkommen, den er ihr einst in ihrem Briefkasten hinterlassen hatte: *Und nichts zu suchen.*

Sie würde ihn nicht mehr suchen.

– Und wie sehen deine Pläne aus?, wird sie eines Sonntagnachmittags nach dem Mittagessen ihr Vater fragen.

Sie wird mit den Schultern zucken. Sie würde keine Pläne haben.

– Hast du vor, dein Studium abzuschließen?

Sie wird den Kopf schütteln.

Der Vater wird verstehen, es war zu viel Zeit vergangen, sie würde schwer wieder von Neuem anfangen können. Sie wird ihr Studium nicht abschließen, sie wird viel Zeit in ihrem Zimmer verbringen, nach einiger Zeit wird sie Angelca aufsuchen, mit der sie vor einem Jahr auf dem Grajski-Platz gestanden hatte. Sie wird sich über sie freuen, sie wird keine Zöpfe mehr tragen, sondern eine Dauerwelle, auch das wird ihr gut stehen. Vor einem Jahr? Eine ganze Ewigkeit war seither vergangen. Sie werden ins Kino gehen. Nun wird wieder *Stjenka Rasin* laufen. Und der Film *Lustige Burschen.* Der Vorfilm würde ein Wochenrückblick sein, Marschall Tito wird in einer Uniform, voller Auszeichnungen, mit einem Gläschen Wodka mit Stalin anstoßen, junge Menschen mit aufgekrempelten Ärmeln werden mit Schubkarren herumlaufen, wir bauen unsere zerstörte Heimat wieder auf, werden die Untertitel lauten.

Dann wird noch viel Zeit vergehen, ehe ihr Vater ihr eine Anstellung in der Krankenhausadministration beschaffen würde.

Sie wird leben, wie alle Menschen in dieser Stadt leben.

Die Schachtel mit den Gedichten, voller Verse verschiedener Dichter, die zwischen Ljubljana und Graz hin und her gereist waren, würde sie niemals öffnen. Sie würde ihm keinen Brief schreiben. Auch würde sie keine Poesie mehr lesen. Außer einem einzigen Gedicht, das sie an einem Herbstabend in einem Buch finden würde, das sie gedankenverloren aus einem Regal in einer Buchhandlung in der Gosposka ulica nehmen wird, der ehemaligen Herrengasse.

In der Zeitung wird ein Treffen mit einem Schriftsteller angekündigt sein, der einen Roman über das Leben im Maribor der Vorkriegsjahre geschrieben haben wird. Das Buch wird *Nordlicht* heißen, und der junge Autor werde, so würde es im Aviso stehen, in seinem Roman ein ungewöhnliches Ereignis beschreiben, als über der Stadt im April 38 der Himmel wegen eines eigenartigen Phänomens erglüht sein soll, das normalerweise für Länder in Nordeuropa charakteristisch ist. Sonja wird sich an jenes Glühen erinnern, sie hatte es nicht gesehen, aber sie wird sich erinnern, dass damals alle darüber geredet hatten. Das war die Zeit, als Tine und sie die berühmte Schauspielerin Lil Dagover im Kino gesehen hatten.

Und wenn sie in der halb leeren Buchhandlung, wo noch ein paar Besucher auf die Lesung warten werden, aus dem Regal ein Buch von Byron in Übersetzung ziehen und darin blättern wird, werden ihre Augen an diesen zwei Versen haften bleiben:

So werden wir nicht mehr schweifen
Umher in der späten Nacht ...

Sie wird sich an einen Tisch setzen und das Gedicht lesen. Vielleicht werden ihr zum ersten Mal nach so vielen Jahren der Abgestumpftheit Tränen in die Augen treten. Vielleicht wird sie zum ersten Mal daran denken, ihm, wie einst aus Graz, Verse nach Ljubljana zu schicken, die sie soeben gelesen haben wird:

Denn das Schwert verschleißt seine Scheide,
Und die Seele verschleißt die Brust,
Und das Herz muß ruhn, um zu atmen,
Und Liebe rasten von Lust.

Und Liebe, und Liebe, wird der grauhaarigen Dame beim Verlassen der Buchhandlung im Kopf nachhallen, sie wird gehen, ohne den jungen Schriftsteller und seinen Roman abgewartet zu haben. Das müsse sie jetzt dem angesehenen Professor der technischen Fakultät in Ljubljana schreiben, wird sie denken, dem Geodäten, der einst gesagt hatte, sie sei der Mittelpunkt der Welt, wie hat er es noch formuliert? Ein trigonometrischer Punkt, von dem aus man die ganze Welt vermisst. Und die Liebe.

Das wird viel später geschehen, wenn sie schnellen Schrittes durch die abendliche Allee eilen wird, unter ihren Füßen werden die Kastanien umherkollern, die jeden Herbst von den Bäumen fallen, eine wird sie aufsammeln und ihre glatte, kühle Haut in ihre Handfläche drücken. Sie würde dem Geodäten keinen Brief schreiben, keinen Vers mehr, das Leben war dabei, sich zu verabschieden, und die Liebe auch.

Aber nun sehen wir sie erst im Zug, sie sitzt am Fenster und beobachtet lange hinter den Fenstern des Bahnhofsrestaurants einen Mann in Eisenbahneruniform, der eine Semmel in Gulasch tunkt und sich langsam die rötlichen Stücke in den Mund schiebt. Jemand trillert, der Zug zieht an, die Räder rattern gleichmäßig los, sie ist erschöpft, atmet gleichmäßig. Sie schläft. Hinter geschlossenen Augen sieht sie die Wolken weit oben im Norden, sie sieht Schwäne, zuerst einen, der auf die Wasseroberfläche schnalzt und sich erhebt, dann einen ganzen Schwarm, wie sie mit weiten Flügelschlägen über das Wasser hinweg in Richtung Kirchturm fliegen, sein Widerschein schwebt im Spiegel des dunklen Herbstsees.

———

VIERTES KAPITEL

Der Ausreißer

I

Eine andere Frau schließt die Wohnungstür auf, sie tritt ein und dreht das Licht auf. Sie legt ihren Regenschirm ab und zieht den Mantel aus, sie sieht ein bisschen durchgefroren aus, sie zieht sich die durchnässten Schuhe aus, draußen herrscht kalter November, November des Jahres 45. Die Straßen sind mit Schneematsch bedeckt, ihre Schuhe sind völlig durchnässt. Sie legt den Mantel weg, löst mit zitternden Händen die Schnürsenkel, schlüpft in die Pantoffeln, legt sich eine Strickjacke über die Schultern und betritt die Küche. Sie setzt sich an den Tisch und bleibt dort eine Weile einfach unter der Tischlampe sitzen. Auch hier ist es kühl, die Frau blickt zum Herd an der Wand, sie sollte einheizen und Tee kochen, um sich aufzuwärmen. Der Raum ist schlecht beleuchtet, die Glühbirne in der Lampe über dem Tisch ist schwach, ihr Gesicht wird von flimmerndem gelblichem Licht erhellt, im Raum herrscht Stille. Eine Zeit lang sitzt sie einfach so da und hört dem Rattern eines Zuges zu, der über die Brücke fährt, über den Fluss, und ein Nest aus alten Häusern zurücklässt, die unter einer mächtigen Burg zusammengekauert sind. Eines Tages wird sie sich in diesen Zug setzen, sie wird wegfahren aus diesem alten Nest, das Ptuj heißt, wo sie niemanden mehr hat, sie wird zu ihrer Tochter nach Ljubljana fahren und zu ihr sagen: Ich gehe nicht mehr zurück in diese leere Wohnung. Aber nun ist sie in dieser leeren und kalten Wohnung, sie muss etwas tun, um sie zu erwärmen. Sie schenkt sich

Milch ein, steht mit der Tasse in der Hand eine Weile da und starrt auf die leere, kalte Straße hinaus. In den Fenstern brennen Lichter, Familien setzen sich zum Abendessen. Sie ist allein, die Milch ist kalt, etwas muss getan werden, zumindest einheizen.

Sie öffnete den Deckel einer Kiste, sie war leer, man müsste in den Keller gehen, um Brennholz zu holen. Sie war schlecht gelaunt, weil sie sich nicht eher darum gekümmert hatte, sie mochte den kühlen und düsteren Keller nicht, auch damals nicht, als sie noch nicht allein war, sie war immer ungern dort hinunter in die Kälte und Dunkelheit gegangen, in diese geräumige Gewölbehalle, in die ihre Vorfahren einst Weinfässer gerollt hatten.

Am Anfang der Treppe, die in den Untergrund führte, schaltete sie das Licht ein und hielt für einen Augenblick inne. Dankbar dachte sie an ihren Mann, der ihr auch in den Keller eine Elektroleitung legen lassen hatte, das war in dieser Zeit nicht gerade oft der Fall, die Menschen leuchteten diese Keller mit Petroleumlampen aus, auf den Bauernhöfen immer noch auch die Wohnräume. Auch seit es im Keller Licht gab, mochte sie diesen Raum nicht, ihr war immer ein wenig mulmig zumute gewesen, wenn sie hinuntermusste, um Kartoffeln oder Holz zu holen. Auch damals, als das Haus noch voll war, nun ja, es war nicht gerade voll gewesen, drei Menschen lebten darin, ihre Tochter Milica, bevor sie vor einem Monat nach Ljubljana ins Studentenheim gezogen war, und Pavle, ihr Ehemann. Als er noch gelebt hatte. Was glaubst du denn, was da unten ist, scherzte Pavle, irgendein Monster? Es könnte ein Toter sein, sagte Milica. O ja, sagte Pavle, einer, der besoffen zwischen den Fässern liegen geblieben ist und dort vergessen wurde. Das war ein Scherz, im Keller gab es schon lange keine Fässer mehr, sogar das eine, das noch an die Zeiten erinnerte, als das noch ein Weinkeller war, wurde schon im ersten Krieg zerhackt und verheizt. Nun gab es im Keller wieder Brennholz, einen ganzen Stapel Holzscheite; ein guter Mensch, der bei der Bahn arbeitete, ein Freund ihres Pavle, hatte es besorgt, von einem Waggon, der nach dem Abzug der Deutschen auf dem Bahnhof stehen geblieben war.

Durch trübes Licht ging sie hinunter und begann das Holz in einen Korb zu schlichten. Sie versuchte den Korb aufzuheben, um die Fracht hinaufzutragen, bemerkte aber, dass er zu schwer für sie war, und legte ein paar Scheite zurück auf den Stapel. Sie hob den Korb nochmals auf, nun war er leichter, das würde sie schaffen, und im selben Augenblick hörte sie ein Rumpeln. Sie dachte, sie habe die Holzscheite nicht richtig zurückgelegt, der Stapel habe sich auf der anderen Seite gelockert, und ein paar Stücke seien auf den zertretenen Boden gefallen. Sie war nicht aufgelegt, um diese Uhrzeit etwas zurückzuräumen, das konnte sie morgen tun, mit dem Korb in den Händen machte sie sich zur Treppe auf. Da stöhnte jemand auf. Sie erstarrte. Sie wollte denken, das sei eine Katze, Katzen klingen manchmal wie Menschen; wenn sie rollig sind, können sie jaulen, dass einem die Ohren schmerzen. Aber es war keine Katze, aus dem Augenwinkel sah sie, dass sich hinter einer der Säulen, die die Bögen stützten, etwas Großes bewegte.

Im selben Augenblick hörte sie eine Männerstimme, heiser, halblaut, beinahe flüsternd:

– Helfen Sie mir ...

Sie ließ den Korb fallen, dass die Scheite herumflogen, und lief zur Treppe. Aber der Mann, der hinter der Säule hervorsprang, war schneller, wie ein geschicktes Tier sprang er auf die Stufen und verstellte ihr den Weg nach oben. Sie versuchte zu schreien, aber vor Schreck blieb ihr die Stimme im Hals stecken. Der Mann lehnte sich mit der Schulter an die Wand. Eine Hand baumelte kraftlos an seinem Körper, die andere hob er, es war nicht drohend, es war bittend, er hob die Hand und legte den Finger auf seine Lippen.

– Bitte, sagte er leise, ich bitte Sie.

Aus zwei dunklen und unterlaufenen Höhlen inmitten seines knochigen und unrasierten Gesichts starrte sie ein helles Augenpaar an, verzweifelt, erschrocken. Sein ganzer Körper zitterte leicht, offenbar vor Kälte und Erschöpfung. Seine Kleidung war zerrissen und verschmutzt, in der Kühle des Kellers ging der Geruch von Stallmist von ihm aus, an seinen Hosen klebten Reste von Heu und Schlamm.

Er zitterte am ganzen Leib. Er fürchtet sich ja mehr vor mir, dachte sie und spürte, wie das warme Blut in ihren abgekühlten und starren Körper zurückkehrte. Auch ihre Stimme kehrte wieder.

– Was wollen Sie?, fragte sie.

Sie hätte eigentlich schreien müssen: Was tun Sie in unserem Keller, sie hätte sagen müssen, unserem, nicht meinem Keller, damit der behaarte und zottige Mann nicht dachte, sie wohne allein hier, sie hätte rufen müssen, hau ab, ich rufe die Miliz, sie hätte rufen müssen: Pavle, komm sofort herunter, damit sich der unbekannte Mensch beim Gedanken an ihren Mann erschreckte, aber dieser Mensch konnte nicht mehr erschrecken, als er es ohnehin schon war, sie wunderte sich über sich selbst, als sie mit völlig ruhiger Stimme sagte:

– Was wollen Sie?

– Eine Tasse warme Milch, sagte er. Sonst nichts.

– Wenn Sie ein Bettler sind, sagte sie, hätten Sie an die Tür klopfen können.

Sie wusste, dass er kein Bettler war, ein Bettler wäre nicht in ihren Keller gestiegen. Wie war er überhaupt hereingekommen?

– Sie zittern, sagte sie, sind Sie krank?

Er nickte und zuckte zugleich mit den Schultern, was bedeutete, dass er nicht wusste, ob er krank war, er wusste aber, dass ihn fror wie einen Hund, er sah auch aus wie ein Köter, den man gejagt und gesteinigt hatte. Das Einzige, das an ihm nicht zerrissen war, waren seine Schuhe. Er trug feste Bergschuhe, wie sie Soldaten und Milizionäre trugen. Obwohl schlammbeschmiert, sahen sie fast wie neu aus.

– In Ordnung, sagte sie mit entschlossener Stimme, beinahe im Befehlston, sie wusste, wie mit Kranken umzugehen war. Kommen Sie mit mir hinauf, ich werde Ihnen Milch geben und mir ansehen, was mit Ihrem Arm ist, und dann werden Sie gehen. Außerdem wird mein Mann jeden Augenblick da sein, er wird schon wissen.

Es war nicht klar, was ihr Mann schon wissen wird, das sagte sie aus Vorsicht, obwohl ihre Angst vor diesem hilflosen Menschen mit dem baumelnden Arm schon ziemlich verflogen war. Schließlich schien ihr, dass in ihrem Körper mehr Kraft steckte, als in diesem Kellergespenst.

– Ich würde lieber nicht hinaufgehen, sagte er. Können Sie mir die Milch einfach hierherbringen?

– Wollen Sie nicht ins Warme?

Er schüttelte den Kopf.

– Nun ja, oben ist es überhaupt nicht warm, versuchte sie zu scherzen. Ich wollte soeben einheizen.

– Mir ist nicht kalt, sagte er.

– O doch, sagte sie, natürlich ist Ihnen kalt, und wie! Und krank sind Sie auch.

Sie hob den Korb auf und trat auf die erste Stufe.

– Ich kann Ihnen keine Milch bringen, wenn Sie nicht einen Schritt zur Seite gehen.

Er tat einen Schritt zur Seite und lehnte sich mit dem Rücken an die Wand. Als sie an ihm vorbeiging, flüsterte er:

– Werden Sie wirklich zurückkommen?

– Was ich gesagt habe, habe ich gesagt.

Sie ging hinauf, mit dem Schürhaken stocherte sie in den glühenden Holzresten, warf ein paar Späne und ein Stück Holz darauf und erwärmte die Milch. Sie nahm die Sanitätsausrüstung aus dem Schrank und machte sich in den Keller auf.

2

Er war nicht mehr auf der Treppe. Sie spürte einen Stoß kalter Luft, das Kellerfenster war offen. Na toll, dachte sie, er hat sich auf und davon gemacht. Nun verstand sie auch, wie er in den Keller gekommen war. Über den Hof auf der Hinterseite des Hauses, vielleicht war das Kellerfenster nicht verriegelt gewesen, hier war er hineingekrochen. Offenbar auch hinaus. Sie schüttelte den Kopf. Sie war ja wirklich dumm, einem unbekannten Menschen helfen zu wollen, der in ihren Keller eingestiegen war. Ziemlich verrückt das Ganze.

– Danke Ihnen.

Sie zuckte wieder zusammen. Dieser Mensch wusste einen zu überraschen. Aus dem Dunkel in der Tiefe des großen Kellerraums hörte sie seine leise Stimme. Aus dem dunklen Teil riss sich nach der Stimme auch seine Gestalt mit dem baumelnden Arm los und trat ins Licht.

– Danke, dass Sie zurückgekommen sind.

Hastig trank er die Milch aus. Sie sagte, er solle sich auf die Treppe setzen, sie würde sich seinen Arm ansehen. Er setzte sich gehorsam hin und sah zu, wie sie ihm das Jackett auszog und mit der Schere den Ärmel des blutverklebten Hemdes aufschnitt, das sie nicht von der Haut abreißen konnte. Genau genommen von der Wunde, der ganze Arm war eine einzige große Risswunde, als ob jemand mit einem Eisenschaber die Haut abgezogen hätte. Vorsichtig desinfizierte sie die gesamte Oberfläche des Arms bis zur Schulter und begann ihn dann zu verbinden.

Ihn umgab noch immer der Gestank nach Stallmist, zumindest aus dem Mund kam ein freundlicher Atem aus warmer Milch.

– Sie können das aber!, leuchteten seine Augen. Er lächelte.

Erst jetzt wurde sie sich bewusst, dass sie es mit einem Mann zu tun hatte. Bis zu dem Augenblick war er eine arme und blutverschmierte Kreatur gewesen. Vielleicht war er ein Jahr jünger als sie, obwohl er älter aussah, natürlich, unrasiert und ziemlich verwahrlost. Auch sie lächelte.

– Sie haben Glück, dass Sie auf eine Krankenschwester gestoßen sind, sagte sie.

– Da habe ich wirklich Glück.

– Ich fürchte, dass der Arm auch gebrochen ist, hier unter dem Ellbogen. Sie werden zum Arzt müssen.

Als sie mit dem Verband fertig war, räumte sie ihr Zubehör zurück in die Schachtel und half ihm dabei, das Jackett anzuziehen. Sie wollte sagen, dass die Sache nun erledigt sei und er jetzt gehen könne. Er aber stöhnte plötzlich auf, packte ihre

Hand und begann sie zu küssen. Sie versuchte die Hand aus seiner Handfläche zu ziehen, zugleich spürte sie auf der Haut etwas Heißes, Tränen flossen seine Wangen hinab. Fast grob schob sie ihn weg. Sie hatte schon so manche Form der Dankbarkeit von ihren Patienten erlebt, aber das hier war etwas völlig Ungewöhnliches.

– Was ist mit Ihnen los, um Gottes willen, was ist mit Ihnen los?, rief sie, um ihre Bestürzung zu verbergen, die Unsinnigkeit des Augenblicks, in dem sie mit einem unbekannten Menschen dasaß, mit dem armen, offenbar kranken, offenbar unglücklichen Mann, auf der Treppe im Keller ihres Hauses, während er ihre Hand küsste. Und sie mit Tränen benetzte. Jawohl, auch eine Art plötzliche Rührung versuchte sie mit ihrem Ausruf zu verbergen.

Er ließ ihre Hand los, lehnte sich an die Wand und nahm seine verbundene Rechte in den Arm. Sein Kinn zitterte noch immer. Langsam beruhigte er sich. Dann sagte er plötzlich mit völlig kontrollierter Stimme:

– Danke auch dafür, dass Sie mich nicht gemeldet haben.

Verwundert blickte sie ihn an.

– Als Sie hinaufgegangen sind, dachte ich, dass Sie mich melden werden. Ich habe das Kellerfenster geöffnet. Wenn ich gehört hätte, dass Sie aus dem Haus gehen, wäre ich hinausgekrochen.

Warum hätte sie ihn melden sollen? Sie wunderte sich über sich selbst, dass sie so selbstverständlich zurückgekommen war. Warum hatte sie denn nicht daran gedacht, zur Milizstation zu gehen und zu melden, dass sich in ihrem Keller ein unbekannter Mann aufhielt. Warum klopfte sie nicht bei den Nachbarn an? Sie hätte über die Straße gehen können, bei der Drenik-Familie anklopfen und um Hilfe bitten.

– Warum sollte ich Sie melden?

– Weil ich aus Šterntal geflohen bin.

Kalter Frost durchlief ihren gesamten Körper. Aber nicht nur wegen des kalten Luftstroms, der noch immer durch das offene Kellerfenster wehte. In Šterntal waren Menschen eingesperrt, die im Krieg mit den Deutschen kollaboriert hatten. Es waren angeblich einige Tausend, sie wusste, dass sie schlecht behandelt wurden. Einige hatte sie behandelt, sowohl Wächter als auch Gefangene. Schlimme Verletzungen, Schläge. Darmkrankheiten. Angeblich starben auch welche. Aber das war nicht ihre Angelegenheit. Ihre Angelegenheit war ihr Ehemann, Pavle, der von Gestapo-Männern abgeführt worden war. Und diese Leute, die dort eingesperrt waren, hatten mit der Gestapo kollaboriert.

Wie hatte sie nicht daran denken können, dass dieser Mensch von dort geflohen sein könnte? Das Lager lag nur ein paar Kilometer von Ptuj entfernt. Und über die Geflohenen redeten die Leute auch. Was mit denjenigen geschah, die sie gefangen hatten, und gefangen hatten sie natürlich alle, war nicht bekannt. Sie fanden alle, weil niemand sie verstecken wollte. Wie die Menschen im Krieg Angst hatten, hatten sie auch jetzt Angst. Außerdem herrschte die allgemeine Ansicht, dass sie nicht unschuldig dort waren, die Stimme des Volkes sagte, dass sie dort die Gerechtigkeit des Volkes erwartete. Und die ist immer hart, weil auch das Volk hart ist, das viel durchlitten hat.

Sie sammelte sich.

– Am besten, Sie gehen sofort.

Mit seinen hellen Augen blickte er sie lange an.

– Sie haben recht, sagte er. Ich könnte Sie in Schwierigkeiten bringen.

Er stand auf und trat langsam, unsicheren Schrittes auf das offene Kellerfenster zu. Er zog einen alten Tisch von der Wand, sodass das Werkzeug in dessen Lade klapperte. Das Werkzeug ihres Mannes, mit dem er manchmal etwas reparierte, das Fahrrad der Tochter, wackelige Beschläge an den Fenstern, den gebrochenen Fuß des alten Beistelltisches im Wohnzimmer. Der Mann hatte mit der gesunden linken Hand den Tisch unter das Fenster gezogen, die kranke Rechte baumelte an seinem Körper. Natürlich, das war sein Plan für die Flucht aus dem Keller gewesen. Hinein war er leichter gelangt, er hatte sich einfach durch das Fenster hinein fallen lassen und war auf den Boden geklatscht, Stürze und Schläge war er offenbar so oder so gewohnt. Er kroch auf den Tisch hinauf und stöhnte dabei vor Schmerz auf. Er wird es ja doch nicht hinaus schaffen, dachte sie, aber so hilflos und erschöpft er war, so geschickt und gelenkig war er einst offenbar gewesen, kurz davor hatte er ihr mit einem schnellen Sprung den Weg auf der Treppe versperrt, als sie aus dem Keller gehen wollte. Und in seiner Linken hatte er noch genug Kraft. Rasch zog er sich hinauf und versuchte das Bein bis zum Fensterrahmen zu hieven.

– Und wohin werden Sie gehen?, fragte sie plötzlich.

Er stellte sein Bein wieder ab. Er verstand: Vielleicht wollte sie ihm dennoch helfen.

– Wenn ich bis zur nächsten Nacht bleiben könnte, sagte er. Ich würde mich so weit erholen, dass ich meinen Weg fortsetzen kann. In Maribor habe ich Freunde.

– Schließen Sie das Fenster, sagte sie. Ich werde Ihnen etwas Warmes bringen, eine Decke.

Sie ging hinauf und packte ein paar Decken und ein Kissen zusammen. Dann kehrte sie zurück und warf die Sachen auf den großen Arbeitstisch.

– Ich bringe noch etwas zu essen, sagte sie. Und morgen Nacht gehen Sie.

Er nickte.

Sie ging die Treppe hinauf und griff, oben angelangt, an den Schalter, um das Licht abzudrehen.

– Entschuldigen Sie, flüsterte er.

Sie drehte sich um. Er blickte hinauf und lächelte demütig und dankbar.

– Darf ich fragen, wie Sie heißen?

Sie hätte sagen müssen: Dürfen Sie nicht. Oder zumindest: Was interessiert Sie, wie ich heiße. Aber er lächelte so demütig und dankbar, wie Patienten im Bett lächelten, wenn sie Medikamente und Tee bekamen.

– Katica, sagte sie, ehe sie dachte, wie dumm es war, sich einem Mann vorzustellen, den sie nicht kannte, einem Menschen, der aus einem Lager entflohen war und gewiss von der Miliz gesucht wurde.

Diesmal überschüttete er ihre Hand nicht mit Küssen und Tränen. Er blickte nur lange und dankbar hinauf, beinahe wie ein dankbarer Hund, dem jemand einen Dorn herausgezogen oder sogar das Leben gerettet hatte. Einige Augenblicke stand sie noch da, spürte seinen Blick auf ihr liegen, auch nachdem sie das Licht gelöscht und die Tür geschlossen hatte, die in den Keller führte. Sie drehte den Schlüssel im Schloss um.

3

Katica Modrinjak saß auf dem Bett und hörte dem Keuchen der Lokomotive zu, die einen Zug auf die Brücke über die Drau zog. Er pfiff immer, wenn er die Stadt verließ, ein scharfer Ton zog durch die Straßen an ihrem Fenster vorbei, verlor sich irgendwo unter der Burg. Dann war jedes Mal das Rattern der Räder zu hören, die die Eisenkonstruktion der Brücke erschütterten. Nun hörte sie nicht, wie jeden Abend zu dieser Stunde, nur das Rattern der Räder, sie hörte auch das Hämmern des Herzens in ihrer Brust: Was geht hier vor, was ist passiert, wer ist dieser Mensch in meinem Keller? Das Herz klopfte, hoher Puls. Die Tür zum Schrank, wo das Erste-Hilfe-Werkzeug verstaut war, war offen, zuvor hatte sie von dort eilig Desinfektionsmittel und Verbandszeug herausgenommen. Sie stand auf und machte sie zu, sie würde auch selbst eine Tasse gesüßte Milch trinken, sie würde sich beruhigen, sie würde einschlafen. Tagsüber würde sie in der Arbeit sein, und morgen Nacht soll dieser Mensch gehen, wohin er vorhatte zu gehen, wahrscheinlich nach Maribor, er sagte, er habe Freunde in Maribor, dorthin soll er gehen.

Sie ging den Flur entlang zur Tür, die in den Keller führte und drehte den Schlüssel nochmals um. Wie sollte sie überhaupt schlafen, wenn dort unten im Dunkeln ein unbekannter Mann hockte. Ein Flüchtling. Er sah armselig aus, erschrocken, verwundet, aber trotzdem war er nur ein Mann, den sie nicht kannte, über den sie nichts wusste. Der gewiss von Miliz-Patrouillen gesucht wurde und nach dem sicherlich OZNA-Agenten in Zivil Ausschau hielten. Sie hatte ihn nicht einmal nach seinem Namen gefragt, ihren hatte sie genannt, warum nur?

Noch immer hätte sie auf die andere Straßenseite gehen und bei den Dreniks anklopfen können, es Jožef, Pavles Freund, erzählen, er arbeitete beim Straßenamt. Er würde sicher wissen, was zu tun war, nicht, weil er beim Straßenamt arbeitete, sondern, weil er einer der Ihren war, Pavle und er hatten zusammengearbeitet, Pavle wurde gefangen genommen, er nicht. Sie hätte geklopft, vielleicht saßen sie beim Abendessen, ein warmer Lichtstrahl würde sie durch die offene Tür überströmen, der Geruch nach Essen. Und dann? Was würde Jožef tun, wozu sie selbst nicht imstande wäre? Er würde zur Milizstation laufen. Vielleicht das Fenster im Hof bewachen und seinen Sohn zur Milizstation schicken? Und dann?

Gestern Nachmittag war er am Haus vorbeigegangen, in einen Schal gewickelt, und hatte nicht einmal zu ihren Fenstern herübergesehen. Er hatte nicht einmal hingesehen, obwohl er wusste, dass sie allein war, er hätte anklopfen und fragen können, ob sie etwas brauche. Er fragte nie, ob sie etwas brauchte, man hatte sie nie in ihre warme Küche eingeladen, wo sie nun beim Abendessen saßen. Und auch wenn er sie eingeladen hätte, wie sollte sie mit seiner Familie am Tisch sitzen, die Familie ist ein Nest, jeder Ankömmling ist ein Fremder, auch wenn es Katica war, die allein auf der anderen Seite der engen Gasse wohnte. Eine Frau, die allein ist, ist allein. Nachdem sie Pavle abgeführt hatten, kam er eine Zeit lang noch vorbei, eines Abends war er lange geblieben, er hatte sich eigenartig benommen; als sie ihm eine Tasse Kaffee auf den Tisch stellte, berührte er ihre Hand. Als sie sie schnell zurückzog, war er völlig verwirrt, ihr schien, er sei errötet, wie ein Mann errötet, den man bei einem verborgenen Vorhaben erwischte. Danach kam er nicht mehr, wenn sie sich auf der Straße trafen, grüßte er, lieber hob er von Weitem die Hand zum Gruß und ging seines Weges. Sie sah sich, wie sie außer Atem vor dem Haus an der Ecke stehen blieb, klopfte, dann sitzen sie mit seiner Frau am Küchentisch und überlegen, was zu tun sei, es sei nichts zu tun, man müsse ihn melden, das würde er sagen, sonst bekommen wir alle zusammen Schwierigkeiten, nicht nur du, auch meine Familie, jetzt, wo wir wissen, dass du einen Mann versteckst, der aus Šterntal entflohen ist.

Nichts, sagte sie zu sich, soll dieser arme Mensch da unten doch bis zum Morgen bleiben. Dann würde sie nach Maribor telefonieren und Doktor Belak fragen, was sie tun solle. Er half immer, wo er konnte.

Außerdem wird dieser Mann am Morgen vielleicht überhaupt nicht mehr im Keller sein. Er würde das Kellerfenster öffnen und sich hinausziehen, sie hatte gesehen, dass er dazu in der Lage war. Und wenn er dort sein sollte, würde sie zu Doktor Belak nach Maribor fahren und ihm alles erzählen.

Sie wälzte sich die ganze Nacht im Bett hin und her. Sollte sie ihn melden? Sie müsste ihn melden.

4

So wie jemand Pavle gemeldet hatte. Auch er wurde versteckt gehalten, lange versteckten sie ihn auf Bauernhöfen in der Umgebung von Ptuj. Vielleicht im Keller, vielleicht im Stall. Sie sah ihn mit geschlossenen Augen, wie er in einem Keller hockt, eine Bäuerin bringt ihm zu essen. Aber das war eine andere Zeit, das war der Krieg. Noch vor einem Jahr waren die Hausmauern mit Plakaten beklebt, auf denen stand, dass jede unbekannte und verdächtige Person zu melden sei, die sich ohne Grund in der Stadt bewegte. *Pst!,* stand auf großen Plakaten geschrieben, der Feind ist überall. Und derjenige, der jetzt in ihrem Keller war, hier, unter ihrem Zimmer, unter dem Bett, auf dem sich Katica unruhig von einer Seite zur anderen wälzte und nicht einschlafen konnte, war womöglich ein Kollaborateur derjenigen, die diese Plakate aufgeklebt hatten, die hochnäsig durch die Stadt stolziert waren, derjenigen, die ihren Mann gemeldet und verraten und nach Maribor verschleppt hatten. Schon allein deswegen hätte sie ihn melden müssen, weil er in Šterntal inhaftiert war, wenn er dort inhaftiert gewesen war, war er es bestimmt nicht ohne Grund. Dort waren Menschen, wegen derer die Gestapo-Männer ihren Mann abgeführt hatten. Wegen derer sie in diesem Haus allein geblieben war. Es wäre recht, dass auch dieser junge Mann dorthin gebracht wurde, wohin er gehörte und wo über ihn die Hand des Volksrechts richten würde. Aber auch, wenn sie ihn nicht meldete, wenn sie vom Erbarmen gegenüber dem verwundeten und verschreckten, armen jungen Kerl überwältigt würde, der nun in ihrem Keller fror, wenn sie seine Dankbarkeit, seine Tränen, die aus ihm herausgeschossen waren, bezwingen würden, weil sie ihn nicht sofort gemeldet, sondern ihm sogar seinen verletzten Arm verbunden hatte … Sollte sie ihn verstecken? War nicht tagtäglich zu hören, dass die Helfershelfer der Besatzer alle gesucht, alle gefunden und gerecht bestraft würden? Wenn sie ihn nicht meldete, und er wurde in ihrem Keller gefunden … Für alle ewigen Zeiten würde diese Schande über ihr hängen, über diesem Haus, über den Eltern ihres Mannes, sie sah Pavles tränenüberströmte Mutter: Wie konntest du so etwas tun?

Es wäre am besten, sie ginge zur Milizstation oder zur Stadtkommandantur und meldete ihn.

Von der Straße hörte sie Männerstimmen, streitende, betrunkene, jemand sang. Sie stand auf und trat zum Fenster. Drei Männergestalten in Mänteln wankten unter ihrem Fenster vorbei, *Über Berge, über Felder, dass es in der ganzen Welt zu hören ist,* sang einer von ihnen, sodass es in der ganzen Straße zu hören war. Im Haus auf der anderen Seite ging ein Licht an. Die heldenhaften Nachtschwärmer fassten sich um die Schultern und legten nach: *Slowenien, wie heldenhaft, wie frei du bist.* Einige weitere Lichter gingen an, aber niemand traute sich das Fenster zu öffnen und die nächtlichen Schreihälse zu schimpfen. Sie hörten auf zu singen, eine Zeit lang stritten sie, dann begannen sie schallend zu lachen, komm schon, erzähl noch mal das von diesem verdammten Maler aus Wien. Und einer von ihnen schrie aus vollem Halse:

Als Dolfi noch auf Wände malte,
der Meister auf den Kopf ihm knallte.

Sie bogen sich vor Lachen. Jemand warf eine leere Flasche gegen eine Mauer, die mit einem lauten Knall zerbarst. Dann begannen sie sich langsam, während sie laut durcheinander sprachen, wankend zu entfernen.

Wie sie plötzlich mutig sind, dachte sie. Vor einigen Monaten noch hatten sie nur geflüstert. Wir hatten alle geflüstert. Und sie sind grob, waren sie immer schon gewesen, jetzt waren sie vollkommen verroht, die ganze Welt war in diesen Jahren verroht.

Wenn sie ihn meldete, würden ihn solche Leute in die Hände kriegen. Sie zuckte bei dem Gedanken zusammen, dass sie kommen und sofort beginnen würden, ihn zu schlagen. Schon im Keller würden sie damit anfangen, sie würde die Schläge und seine Schreie hören. Sie wusste, dass sie schlugen, man hatte schon einige Leute aus Šterntal in die Krankenstation gebracht, die sie am Leben erhalten wollten, verprügelt und am Leben, einer hatte anstelle eines Auges eine blutige Masse gehabt. Das wollte sie nicht mit ansehen, nicht in ihrem eigenen Haus. Aber wenn er noch den einen Tag länger hierblieb, konnten sie ihn finden, auch wenn sie ihn nicht meldete. Wenn er aus Šterntal geflohen war, wurde bestimmt eine Suche gestartet. Dass eine Patrouille von OZNA-Leuten an ihre Tür klopfen und das Haus durchsuchen würde, war wenig wahrscheinlich. Dieses Haus galt seit damals als slowenisches Haus, als die Gendarmen auf einem Bauernhof ihren Mann gefunden hatten, sie hatten nie erzählt, wo sie ihn gefunden hatten, wer ihn verraten hatte. Als eines ihrer Häuser galt dieses Haus in dieser Stadt, voller Deutscher, schon in den Jahren, als Pavles Großvater sich vor dem Volkshaus mit Deutschtümlern prügelte, das war vor vielen Jahren gewesen, noch vor ihrer Geburt. Auch wenn alle Häuser in der Nachbarschaft durchsucht würden, ihres sicher nicht. Aber wenn ihn jemand gesehen hat? Ptuj ist eine kleine Stadt. Jeder Unbekannte ist in diesen Zeiten verdächtig, die neuen Machthaber melden jede Kleinigkeit, diejenigen, die den deutschen Machthabern gedient hatten, umso mehr. Und das waren in dieser Stadt fast alle. Je mehr Butter sie auf dem Kopf hatten, desto häufiger gingen sie auf der Milizstation ein und aus. Und wer wäre nicht aufmerksam geworden auf einen Menschen in zerrissener und abgewetzter Kleidung, mit blutendem Arm und bärtigem Gesicht.

Vielleicht war es am besten, sie ginge sofort hinunter und sagte ihm, er solle um Gottes willen verschwinden. Sie könnte ihm einen Anzug ihres Mannes geben und etwas zu essen für unterwegs, aber er solle endlich gehen, sie hatte in diesen Jahren zu viel durchlitten, sie wollte nicht noch einmal mit der Polizei zu tun haben, auch nicht mit der eigenen. Mit offenen Augen, die sich nicht nochmals schließen und einschlafen wollten, sah sie die alte Hofman, wie sie in einem breiten Rock in Richtung Stadtzentrum watschelte, direkt auf die Stadtkommandantur zu. Schon beim Eingang begann sie dem Wachmann von einem Unbekannten zu erzählen, der zu Modrinjaks Haus eingebogen war. Ihr Sohn war vor Monaten aus der deutschen Armee zurückgekehrt, jeden Tag musste er sich auf der Milizstation melden, aber ihr Sohn würde das nicht tun, er hatte selbst zu viel mitgemacht, er wurde an der russischen Front verwundet, als er genesen war, schickten sie ihn nach Italien, sie aber, die alte Hofman, sie bestimmt. Noch im letzten Jahr, als schon alle wussten, dass die ganze Sache für die Deutschen schlecht ausgehen würde, erzählte sie stolz herum, dass ihr Sohn in der Wehrmacht diente, sie hatte Angst um ihn, sie weinte, als er verwundet wurde, aber sie war trotzdem stolz. Und glücklich, als er zurückgekehrt war.

Katica Modrinjak stand auf und begann sich anzuziehen. Sie würde hinuntergehen und ihm freundlich sagen, er solle gehen, solange Nacht war. Sie würde ihn nicht melden, darauf könne er sich verlassen, er solle sich nur irgendwo anders verstecken, das würde sie ihm sagen. Aber, dachte sie, wenn die Hofman ihn gesehen hatte, wenn ihn irgendjemand gesehen hatte, dann hätten Männer in Uniform schon längst an ihre Tür geklopft oder, noch schlimmer, jene in Zivil. Auch damals, als sie kamen, um ihr zu sagen, dass ihr Mann arretiert worden sei, kamen nicht die Gendarmen, es kamen drei Männer in Zivilkleidung, einer von ihnen zeigte einen Gestapo-Ausweis.

Gewiss hatten sie ihn geschlagen, das taten sie mit jedem. Auch diesen Mann würden sie schlagen. Mit den Strümpfen in der Hand setzte sie sich aufs Bett. Sie dachte an seine ratlosen Augen, an die Augen eines gejagten Tieres, auf das man Jagdhunde gehetzt hatte. Hastig hatte er ihre Hand geküsst, als sie sie verbunden hatte, ein verschreckter, armer, dankbarer Mensch. Sie ertrug den Gedanken nicht, dass sie kommen und beginnen würden, ihn in ihrem Keller zu schlagen, dass sie ihn in ein Auto werfen und abführen würden, diesen Gedanken ertrug sie nicht. Ich werde warten, flüsterte sie vor sich hin, ich werde noch ein wenig warten. Ich gehe zu Doktor Belak und erzähle es ihm, er wird tun, was am klügsten sein wird. Wenn der Unbekannte nicht vorher selbst geht, vielleicht wird er am Morgen nicht mehr da sein, nächste Nacht geht er bestimmt, er hat es versprochen.

5

Am Morgen ging sie hinunter, brachte ihm Kaffee und Brot, mit Schmalz bestrichen. Er saß auf seiner Liegestatt, also auf dem Tisch. Von ihm ging ein Geruch nach ungewaschenem Körper aus, im Raum stank es nach Urin.

– Entschuldigen Sie, murmelte er, ich musste mal.

Er musste mal, natürlich musste er. Aber: Musste sie sich das aufhalsen? Sie ließ das Essen neben ihm stehen, ging hinauf und kehrte mit einer Waschschüssel voll Wasser, Seife und einem Handtuch zurück.

– Fürs Erste, sagte sie. Und in der Nacht gehen Sie.

– Mache ich, flüsterte er, versprochen.

– Ich muss jetzt zur Arbeit, sagte sie. Ich werde die Tür abschließen.

Er blickte ihr nach, als sie ging. Als sie schon oben auf der Treppe angekommen war, drehte sie sich um und sah ihn dort unten im Halbdunkel stehen.

– Ich danke Ihnen, sagte er halblaut. Sie haben viel für mich getan. Ich gehe heute Nacht, keine Angst.

– Ich habe keine Angst, sagte sie.

Das sagte sie deshalb, überlegte sie, weil er Angst hatte. Er hat Angst, dass statt mir hier oben auf der Treppe seine Verfolger auftauchen werden. Durch das Kellerfenster wird er nicht können, denn sie werden das Haus umzingeln. Als sie zu jenem Bauernhof kamen, um Pavle zu holen, war alles rundherum bewacht. Eine Flucht war für ihn nicht denkbar.

Sie werden ihn die Treppe hinaufschleifen und ihn in ein Auto werfen. Sie werden ihn die Treppe hinunter in einen anderen Keller stoßen. So wie die Gestapo-Leute ihren Mann dort hinunter geworfen hatten. In dem Gebäude, wo die Gestapo ihre Verhöre durchgeführt hatte, war am ersten Tag die OZNA eingezogen. Dorthin würden sie ihn schleppen, ihn schlagen.

Sie zog ihren Mantel an, und als sie auf die Straße hinaustrat, wäre sie auf dem Gehsteig beinahe in Jožef Drenik hineingelaufen. Er konnte ihr nicht aus dem Weg gehen. Er grüßte sie und wollte weitergehen, es sah so aus, als hätte er es eilig, trotzdem blieb er stehen.

– Was für ein Wetter, sagte er, es riecht nach Schnee.

– Ja, sagte sie, Schnee kommt, die Krähen krächzen.

– Hast du viel zu tun?, fragte er und zog sich den Mantelkragen über die Ohren.

– Du weißt ja, sagte sie, bei uns geht die Arbeit nie aus.

Nervös trat er von einem Bein auf das andere. Sie trat vom engen Gehsteig auf das Straßenpflaster, um ihren Weg fortzusetzen.

– Katica, sagte er, du musst mir nicht aus dem Weg gehen.

– Ich würde nicht sagen, dass ich irgendjemandem aus dem Weg gehe.

Aber es gibt Leute, dachte sie, die mir aus dem Weg gehen. Das hätte sie sagen müssen. Obwohl ich nicht weiß, warum mir jemand aus dem Weg geht, der bei uns früher ein und aus gegangen war.

– Die Meinige hat letzte Nacht gemeint, dass du vielleicht Hilfe brauchen kannst. Sie sagte, ich soll dich fragen.

Die Meinige bedeutete meine Frau. Das heißt, seine Frau dachte daran, dass Katica Hilfe brauchen könnte. Er dachte nicht daran.

– Ich brauche nichts.

– Am Nachmittag, wenn ich aus der Arbeit komme, komme ich kurz vorbei.

Auch das noch, dachte sie, auch das noch. Ein Jahr lang kommt er nicht einmal in die Nähe, und heute will er vorbeikommen. Was will dieser Drenik überhaupt?

– Ich werde nicht zu Hause sein, schnappte sie etwas hastig, ich fahre nach Maribor, nach meinem Dienst.

– Die werden dich noch nicht schon wieder gerufen haben?

– Doch.

Sie hatten sie nicht gerufen, schon eine ganze Weile nicht mehr. Vor zwei Monaten hatten sie eine Untersuchung eingeleitet, sie wollten der Frage auf den Grund gehen, wer Pavle verraten hatte. Als ob sie etwas darüber sagen hätte können. Sie wusste ja nicht einmal, wo er sich versteckt hatte.

– Du weißt doch, dass ich ihnen alles erzählt habe, was ich weiß, sagte er schnell, als wollte er sie nochmals davon überzeugen.

Weiß ich das wirklich?, dachte sie. Weiß ich das wirklich? In der Zeitung *Vestnik* war vor einiger Zeit ein Artikel über ein OF-Netz auf dem Bezirksamt von Ptuj veröffentlicht worden. Auch der Name Jožef Drenik vom Straßenamt wurde unter den mutigen Beamten erwähnt, die die Bezirksführung der Widerstandsbewegung mit Informationen versorgt hatten. Und der Name ihres Mannes, eines scheinbar bescheidenen Beamten, wie geschrieben stand, der in Wirklichkeit ein mutiger Mitarbeiter der Bewegung gewesen sei. Pavle Modrinjak sei für die deutsche Polizei verdächtig geworden, weshalb er sich in die Illegalität zurückgezogen habe. Er habe sich bei Bauern versteckt, bis ein böser Verräter sein Versteck entdeckt und ihn angezeigt habe. Dem Verräter seien die Organe auf der Spur.

– Ich gehe jetzt, sagte sie, ich habe es eilig.

– Gut, dann morgen, rief er ihr nach.

Morgen kann er kommen, dachte sie, morgen wird niemand mehr im Keller sein. Sie rannte beinahe die nasse Straße entlang, der gestrige Matsch hatte sich in große Pfützen verwandelt, die bereits von einer dünnen Eisschicht bedeckt waren. Es war kühler geworden.

Das Wartezimmer in der Ambulanz steckte voller hustender Bauern aus der Umgebung. Das wird ein langer Tag, dachte sie.

6

Als sie die Kellertür aufschloss, erblickte sie ihn. Er saß am oberen Ende der Treppe im Dunkeln und wurde vom Flurlicht angeleuchtet. Er stand auf und versuchte zu lächeln.

– Ich bin noch immer hier, flüsterte er.

– Das sehe ich, sagte sie.

Einige lange Augenblicke sahen sie einander an. Katica dachte nach.

– Warten Sie kurz, sagte sie. Sie machte die Tür zu, versperrte sie nicht. Sie ging ins Schlafzimmer und begann in Pavles Kleiderschrank zu wühlen. Sie zog eine Hose heraus, sein Hemd, einen blauen Wintermantel und ein Jackett. Sie trug alles zusammen ins Badezimmer und kehrte zur Kellertür zurück.

– Kommen Sie, flüsterte auch sie, als ob sie jemand im Haus hören könnte. Noch nicht, hielt sie ihn noch im selben Augenblick zurück.

Sie ging ins Wohnzimmer und schaltete das Licht aus, auch im Flur drehte sie den Schalter um. Sie wollte nicht, dass Drenik anklopfte, sie wusste nicht, was plötzlich in seinem Kopf herumschwirrte; wenn er am Morgen vor ihrer Tür herumgestanden hatte, war er auch fähig anzuklopfen. Obwohl sie ihm gesagt hatte, dass sie nicht da sein würde. Sie hätte das Licht überhaupt nicht anmachen dürfen. Ach, dachte sie, ist das nicht egal, habe ich wirklich lügen müssen?

– Jetzt geht's, flüsterte sie wieder.

Er trat in den Flur, der schwach von einem Lichtstrahl erhellt wurde, der aus dem Badezimmer kam.

– Hier, sagte sie, können Sie sich waschen.

Sie trat vor ihm ins Badezimmer, öffnete ein Schränkchen und nahm daraus Pavles Rasierzeug. Sie betrachtete das Rasiermesser mit der langen Klinge. Sie dachte nicht daran, dass ihr der Unbekannte mit der Klinge den Hals aufschneiden könnte. Ihr fiel ein, wie Pavle sich rasiert hatte, sie hatten gelacht, wenn er ihr dick im Gesicht eingeseift entgegensprang, buuuh, was für ein liebenswürdiges Monster mit weißem Bart. Mit lachenden Augen. Schon wollte sie das Rasiermesser und den Pinsel zurückstellen, als sie im Spiegel sah, dass der Mann hinter ihr in der Tür stand.

– Was für ein Luxus, sagte er, ich werde mich sogar rasieren können. Wieder versuchte er zu lächeln.

Sie bemerkte, dass zwischen schwarzen Borsten in seinem Gesicht gesunde weiße Zähne glänzten. Sie drehte sich um und ging an ihm vorbei in die Küche. Sie machte noch immer kein Licht, obwohl die Küche auf die Hofseite gerichtet war. Sie mochte Licht. Es war November, es wurde schnell dunkel. Sie mochte keine Dunkelheit. Im Krieg hatten Milica und sie oft im Dunkeln gesessen. Und hatten darauf gewartet, dass der Abend verging, die Nacht, der Winter, der Krieg, alles. Sie öffnete den Deckel des Sparherds, damit das Licht der roten Flamme notdürftig den Raum erhellte. Sie stand lange am Herd und wartete, bis das Wasser zu kochen begann. Sie horchte auf die Geräusche aus dem Badezimmer. Sie warf einige Kartoffeln ins siedende Wasser und begann eine Zwiebel zu hacken. Im Nu traten ihr Tränen in die Augen.

– Sie weinen doch nicht?

Mit dem Messer in der Hand drehte sie sich um. Er stand in der Tür, hinter ihm flimmerte Licht, das aus dem Badezimmer auf den Flur fiel.

– Schließen Sie die Tür, sagte sie.

Leise machte er die Tür zu und kehrte beinahe unhörbar zurück. Er trug Pavles helles Hemd, in einer Hand hielt er den Pullover und das Jackett fest, in der anderen die Schuhe, die ihm gehörten, Soldatenbergschuhe, die beinahe glänzten, jetzt, wo sie nicht mehr voll Schlamm waren. All das hielt er in den Händen, als ob er sich gleich würde anziehen und fliehen müssen. In der gebügelten Kleidung und dem roten Schein, der sein Gesicht beschien, stand vor ihr ein anderer Mensch. Er hatte dunkle, vielleicht kastanienbraune Haare, die ihm auf die Stirn fielen, er lächelte.

– Ich hätte Sie beinahe nicht erkannt, sagte sie.

– Natürlich, wo Sie doch Tränen in den Augen haben, versuchte er zu scherzen. Ich weiß ja, dass es wegen der Zwiebeln ist.

Sie schwieg. Sie warf die Zwiebeln ins Fett.

– Miran, sagte er, ich heiße Miran. Miran Požarnik. Jetzt kennen Sie mich.

Ihr schien, er wäre jetzt plötzlich beinahe etwas zu redselig.

– Ich bin Katica, sagte sie.

– Das weiß ich bereits, sagte er. Trotzdem gehört es sich, dass wir uns vorstellen.

Er streckte ihr seine Hand entgegen. Sie wischte sich an einem Tuch ab und nahm unsicher seine Hand. Ihr kam es so vor, als hielte er ihre Handfläche zu lange in seiner. Sie zog die Hand zurück.

– Das Hemd ist ja völlig nass, sagte sie.

– Der Verband, sagte er, ich habe ihn nicht abgenommen, als ich mich gewaschen habe.

Sie flüsterten auch nicht mehr, sie unterhielten sich laut.

– Setzen Sie sich, sagte sie. Und ziehen Sie das Hemd aus.

Er zögerte ein wenig.

– Es wird nicht wehtun, lachte sie beinahe mit der Stimme einer Schwester, die das täglich machte.

Sie nahm ihm den nassen Verband ab und hängte das Hemd auf den Stuhl neben dem Herd, damit es trocknete. Als sie ihm im Halbdunkel den Arm verband, roch sie den Duft nach Seife auf seiner Haut. Über seinem Ellbogen war auf der Innenseite des Arms ein winziger schwarzer Punkt zu sehen, sie blickte genauer hin, es war der Buchstabe A.

– Was ist das?

– Die Blutgruppe ... im Fall, dass man verwundet wurde.

Er blickte ihr völlig ruhig in die Augen.

– Wenn man so verwundet war, dass man es nicht sagen konnte.

– Eine Transfusion?

– Ja. Der Arzt wusste es sofort.

Er lachte.

– Außer man verlor den Arm.

Das fand sie nicht lustig, sie sagte, das ist nicht lustig, sie hatte Menschen gesehen, die ohne Arme geblieben waren.

Sie dachte daran, seine Sachen, die im Badezimmer geblieben waren, zu verbrennen. Damit es nicht stank, aber auch, damit sie niemand hier finden würde, wenn dieser Miran einmal ging.

Er ging nicht.

Nachdem sie die Kartoffeln, auf Zwiebeln geröstet, aufgegessen hatten, saßen sie im Wohnzimmer bei einer Tasse warmer Milch. Durch die Vorhänge fiel ein schwaches Licht auf ihre Gesichter, es war eine sternenklare Nacht, die Wolken hatten sich verzogen, es hatte abgekühlt, in der Küche war es warm. Miran erzählte, sein Freund in Maribor sei ein Kaufmann, sein Name sei Sandi, sie beide seien in der deutschen Armee gewesen, beide seien lebend zurückgekehrt. Sandi ließen sie in Ruhe, ihn hätten sie aber eingesperrt und ins Lager geschickt. Sie hätten gesagt, er habe sich selbst zur deutschen Armee gemeldet, aber das stimme nicht, er sei mobilisiert worden, wie Sandi, sie seien beide einberufen worden, Sandi werde ihn über die Grenze schaffen, er sei ein guter Freund, sie hätten zusammen Fußball gespielt, ich rede zu viel, nicht wahr?

– Eigentlich nicht, sagte sie. Nun schien ihr auf einmal nicht mehr, dass er zu redselig sei, ihr schien, er lächle zu viel mit seinen weißen Zähnen. Eigentlich …, sagte sie zögernd, als ob sie etwas entscheiden wollte, ist es nicht klug, heute von hier wegzugehen. Sie sind nicht gesund.

Er legte sich den Pullover über die Schultern und verknotete die Ärmel vor seiner Brust, als mache er sich zu einem Spaziergang auf.

– Ein schöner Pullover, warm, sagte er. Dort unten im Keller wird er gerade recht kommen. Auch ich hatte so einen blauen Pullover … zum Skifahren.

– Es ist Pavles Pullover.

Er fragte nicht, wer Pavle war.

– Er gehört meinem Mann, sagte sie.

Sie bereiteten im Keller eine bequemere Liegestatt. In eine entfernte Ecke stellten sie die Schüssel hin.

Er lächelte wieder:

– Daran bin ich aus Šterntal gewöhnt, in der Baracke waren wir zwanzig Leute, und in der Ecke ein einziger Eimer, auf dem wir uns die ganze Nacht abwechselten. Tagsüber konnte man das überhaupt nicht erledigen, wenn man nicht verhaut werden wollte. Tagsüber musste man arbeiten.

Er blickte ihr nach, wie sie die Treppe hinaufging.

7

Sie stand in der Metzgerei an der Theke.

In der Ecke, wo der Tisch für die Kunden stand, die hier ge-kochte Würste aßen, saß breit ein Mann, den Rücken zu ihr gekehrt. Auf dem Stuhl neben ihm lag sein Ledermantel. Sein Kopf war über den Teller gebeugt, mit seinen dicken Fingern tunkte er eine Wurst in Senf und schob sie in seinen laut schmatzenden Mund. Sein Nacken war rot, faltig, oben hatte er fast bis zum Scheitel kurze Haare.

Leise bestellte sie ein halbes Kilo Leber, sie schaute zu, wie der Metzger ein dunkelrotes Stück in die Hände nahm, es wog und sagte:

– Wollen Sie nicht gleich ein Kilo nehmen? Morgen gibt es keine mehr, sie schlachten nur einmal wöchentlich.

Sie wusste, dass sie nur einmal wöchentlich schlachteten, es gab nicht viel Fleisch, die Theke war fast leer, hinten gab es wahrscheinlich noch mehr, der Metzger hob bescheidene Re-serven für seine Verwandten und Freunde auf. Beinahe flüs-ternd sagte sie, das werde reichen, sie wollte keine Aufmerk-samkeit erregen. Der Metzger begann dem mit dem roten Na-cken laut zu erzählen, dass die Leute komisch seien, wenn es Fleisch gäbe, nähmen sie es nicht, wenn es keins gäbe, be-schwerten sie sich. Sie wünschte sich, dass sich der mit dem di-cken Nacken nicht umdrehte, sein Ledermantel auf dem Stuhl, die Schildmütze, die auf dem Tisch lag, aus dem Augenwinkel bemerkte sie, dass er sich seine fettigen Finger ins Brot wisch-te, er steckte sich einen Zahnstocher in den Mund, er sagte nichts zum Metzger, er drehte sich um.

– Genossin Modrinjak, sagte er und sog zischend Luft in die Öffnung zwischen seinen Zähnen ein, in denen ein Stück Wurst feststeckte, der Zahnstocher half nicht.

Sie spürte seinen Blick auf ihrem Rücken und ihren Beinen.

– Ist Ihre Tochter noch immer in Ljubljana?

Ihr schien, sie habe diese Stimme nachts von der Straße gehört, *Über Berge, über Felder, dass es in der ganzen Welt zu hören ist*. Unwillkürlich drehte sie sich um. Er hatte winzige Pupillen, seine Augen lagen in violetten und speckigen Grübchen inmitten seines Gesichts, sie kannte ihn. Er hatte früher in der Metzgerei gearbeitet, offenbar kam er noch immer her, er hatte sich nicht an den hiesigen Würsten satt gegessen.

– Ja, sagte sie, im Studentenheim.

Sie hatte nie mit ihm gesprochen, sie kannte ihn vom Sehen, in dieser Stadt kannten sich alle vom Sehen, warum kannte er ihren Namen? Er drehte die Mütze in seinen Händen und glitt mit den Fingern über den Lederschild.

– Gibt es etwas Neues zu dem Ihrigen?

Sie schüttelte den Kopf, nahm das in Papier gewickelte Fleisch und steckte es in ihre Tasche. Sie wollte mit diesem Menschen und seinem Ledermantel nichts zu tun haben, mit seinem Zahnstocher, den er im Mund hin- und herschob, mit seinen winzigen Augen in den fleischigen Wangen, die an ihr auf und ab glitten, sie wollte so schnell wie möglich von hier fort. Was sollte es Neues geben, was sollte es Neues von dem Ihrigen, ihrem Pavle geben. Drenik wollte es wissen, dieser ehemalige Metzger wollte es wissen, alle wollten wissen, wer ihn verraten hatte. Damit vertrieben sie sich ihre Zeit, es wäre aber auch schön, wenn sie jemanden finden würden, seinen Verräter, sie sehnten sich nach der Zeit, als sie immer irgendjemanden gefunden und ihn durch die Straßen von Ptuj geschleppt hatten.

Sie wünschte sich sehr, ihm etwas spitz zu antworten, aber dann wäre sie schon in ein Gespräch mit diesem Menschen verwickelt. Ich habe nichts mit Ihnen zu tun, warum sollte ich überhaupt mit Ihnen reden, hätte sie sagen müssen, und der ehemalige Metzgergehilfe hatte nichts mit ihr zu tun, außer, dass er sie geradezu unverschämt anstarrte, früher hatte er hier gearbeitete, nun machte er offenbar etwas anderes, denn in dem Mantel, den er von der Stuhllehne zog, war etwas Schweres, etwas, das in der Tasche war und nun mit einem gedämpften metallischen Klang gegen die Sitzfläche schlug. Sie wollte nichts mit einem Menschen zu tun haben, der offenbar eine Pistole in der Tasche trug, der nicht mehr Metzgergehilfe war, sondern etwas anderes, ein OZNA-Mitglied, das nach dem Ihrigen fragte?

– Sie wird nichts sagen, sagte er und schaute zum Metzger hinter der Theke. Ich werde doch wohl fragen dürfen.

Sie fand das Kleingeld und bezahlte. Sie machte sich auf zur Tür und konnte dabei ihre Wut kaum verbergen. Sie wagte es nicht, sich in ein Gespräch mit diesem Menschen zu verwickeln, sie wollte so schnell wie möglich aus diesem Raum hinaus, aber die Wut war kaum zu verbergen. Sie musste über sein ausgestrecktes Bein steigen.

Als sie schon draußen war, hörte sie sein pfeifendes Lachen.

– Ist immer noch ein gutes Weib, sagte er laut.

Auch der an der Theke lachte.

– Und allein, sagte er.

Mit schnellen Schritten ging sie über den Slovenski-Platz, an ihren Schläfen glitten die Fassaden der engen Gasse vorbei, die sie hinaufging, kurz vor der Burg blieb sie stehen und lehnte sich an eine Mauer, ihr wurde übel.

Der, der vor ein paar Jahren an einem sonnigen Tag auf einer Straße in Ptuj Steine in den Taschen getragen hatte, Steine, die er auf dem Weg gesammelt hatte, um einen Menschen damit zu bewerfen, den die Gestapo geschlagen und blutig die Straße entlanggeführt hatte. Dieser Metzgergehilfe hatte Steine aus seinen Taschen genommen und damit einen armen Bauern beworfen, der um den Hals eine Tafel mit der Aufschrift *Ich bin ein Bandit* trug, und nun spazierte er in seinem Ledermantel herum und fragte nach ihrem Mann, vielleicht einfach so, weil er es gewohnt war, Fragen zu stellen, vielleicht aber auch mit einer bestimmten Absicht. Gut, dass ich nicht das ganze Kilo genommen habe, dachte sie, gewiss hätte der Nackenmann gefragt, wer so viel essen werde? Er hätte etwas gefragt, das sie in Verlegenheit gebracht hätte, wie nur hatte er den Neuen erklärt, dass auch er einer derjenigen gewesen war, die gegrölt und den blutenden Bauern mit Steinen beworfen hatten? Gewiss sagte er ihnen, dass er es musste, dass er so seine Arbeit für die eigenen Leute verdeckte, sie alle sagten solche Sachen, niemand habe Heil gerufen und niemand einen blutenden Menschen mit Steinen beworfen, und wenn er es doch getan hatte, wenn dieser Mensch aus den Taschen die Steine genommen und damit die wankende Gestalt beworfen hatte, dieser Mensch, der nun dort mit dem Zahnstocher im Mund dasaß, dann hatte er es wegen einer Konspiration getan. Ihr Magen drehte sich um, ihr schien, sie habe dort drinnen einen Kloß aus dunkelrotem blutigem Leberfleisch, ihr wurde übel vor Angst und Wut auf diesen Menschen, den ehemaligen Metzgergehilfen, Angst vor seinem Ledermantel und der Pistole in seiner Manteltasche, vor seinem Nacken und den kleinen Pupillen und dem Zahnstocher im Mund.

Als sie ihre Tochter Milica vom roten Plakat mit der Liste der Erschossenen wegzerrte, damit sie den Namen ihres Vaters nicht sah, damals hatte sie niemand gefragt, ob er helfen könne. Alle waren ausgewichen, bei der Arbeit gab es ein paar mitfühlende Blicke der Ärzte und Schwestern, aber kein Wort, kein einziges Wort. Warum fragten sie alle jetzt, was gibt es Neues zu dem Ihrigen, wissen wir denn schon, wer ihn verraten hat? Wieder würden sie gerne jemanden durch die Straßen zerren, vielleicht werden sie es auch, dachte sie mit Grauen, denjenigen, der in ihrem Keller steckte, einen Flüchtling, einen deutschen Soldaten, einen Slowenen, umso schlimmer, dass er Slowene ist. Der nun, arm und verschreckt und verwundet, in ihr ödes und einsames Leben getreten war.

8

Sie musste lächeln, als sie sah, wie er mit dem Brot den Teller abwischte, die Leber war köstlich. Er sagte, er möge auch Nieren sehr, sie sagte, sie möge sie nicht, weil sie nach Urin stinken würden. Er sagte, man müsse sie lange in Milch einlegen. Habe sie schon gehört, ja, vielleicht werde sie das nächste Mal Nieren zubereiten, wenn sie sie bekäme, in diesen Tagen sei es schwer, irgendetwas zu bekommen, sogar im Krieg sei es noch leichter gewesen, sie hätten für Lebensmittelmarken Essen bekommen.

Sie brachte Tee an den Tisch. Er nahm die Tasse samt ihrer Hand in seine Handflächen.

– Passen Sie auf, sagte sie, ich verschütte ihn noch.

– Werden Sie nicht.

In seiner Stimme lag eine gewisse Entschlossenheit, die sie bisher nicht gekannt hatte.

Er ließ sie los, und sie stellte die Tasse auf den Tisch. Sie setzte sich hin und starrte auf die Vorhänge, durch die mattes Straßenlicht drang. Sie spürte, dass er sie anschaute. Durch das Halbdunkel blieb sein Blick auf ihren Pupillen haften.

– Ich weiß überhaupt nicht, welche Augenfarbe Sie haben, sagte er, ich habe Sie noch nicht bei Tageslicht gesehen.

Verlegen schlürfte sie einen Schluck Tee.

– Er ist nicht süß, sagte sie, Sie können ihn zuckern.

Sie war verlegen, aber es war ihr nicht unangenehm, sie wunderte sich über sich selbst, dass es ihr nicht unangenehm war, sie saß in der Dämmerung mit einem Fremden, der in ihrem Keller aufgetaucht war, mit einem Mann, der auf Äckern und Straßen in der Stadt und in der Umgebung gesucht wurde, er redete etwas von ihren Augen, und ihr war es nicht unangenehm.

Plötzlich kam ihr vor, sie könne diesem Fremden, der in diesem Augenblick der einzige Mensch war, der ihr wirklich nahestand, und dem sie geholfen hatte, wie niemand ihrem Pavle geholfen hatte, der ihr leidtat, weil er allein war, wie auch sie allein war, weil er hier mit verbundenem Arm saß und ihr vielleicht gerade deshalb so nahe war, alles erzählen, was sie an diesem Nachmittag erlebt hatte, als sie von der Arbeit nach Hause gegangen war. Und all die Jahre davor. Vom guten Doktor Belak in Maribor, von dem sie Sanitätsmaterial für die Partisanen holte und es zu einem Bauern in Zlatoličje brachte. Der Pavle nicht helfen konnte. Vom schrecklichen roten Plakat, von ihrer Tochter Milica, die über Neujahr nach Hause kommen würde und nun, Gott sei Dank, in Ljubljana war, im Studentenheim unter Gleichaltrigen, weit weg von diesem leeren Zuhause und ihrer Trauer, die nicht enden zu wollen schien.

Er ging in den Keller, und sie drehte den Schlüssel im Schloss nicht um.

Sie konnte nicht einschlafen. Sie öffnete das Fenster, damit frische Nachtluft ins Zimmer drang. Sie legte sich aufs Bett und lauschte auf den sich entfernenden Zug, dem Schnaufen der Lokomotive und dem Rattern der Waggons. Den Schritten auf der Straße und dem Gespräch eines Mannes und einer Frau, ihrem Lachen. Dann verstummte alles. Sie blickte zur Zimmerdecke und wartete. Sie wunderte sich nicht, als sie das Quietschen der Tür hörte. Er stand dort, als ob er sich nicht näher zu kommen traute. Sie spürte seinen Blick auf ihr. Sie hätte etwas Abgehacktes und Klares sagen müssen, und die Tür wäre wieder zugegangen, er wäre die Treppe zurück in den Keller gegangen. Sie schwieg und blickte auch dann noch zur Decke, als er näher kam und sich aufs Bett setzte. Mit dem Handrücken streichelte er ihre Hand, die reglos neben ihr lag, ein Schaudern ging über ihre Haut, als die Berührung hinauf bis zu ihrer Schulter wanderte und sich dort in einen Griff verwandelte, seine Handfläche war feucht. Wahrscheinlich hat er Angst, überlegte sie, er hat Angst, dass ich schreien könnte. Sie schrie nicht, sie drehte den Kopf zu ihm und suchte im Halbdunkel seine Augen. Darin sah sie keine Dankbarkeit mehr, keine Bitte, keine Ausrede, in seinem Blick lag eine gewisse Entschiedenheit, auch wenn sie ihm befohlen hätte wegzugehen, hätte er es nicht getan, vielleicht, wenn sie geschrien hätte, dass ihr Schrei durch das offene Fenster die leere Straße entlanghallte, dann hätte er sich vielleicht zurückgezogen und wäre zurück in den Keller verschwunden.

– Schließ das Fenster, flüsterte sie.

Er stand auf und trat zum Fenster.

Sie rückte in die Mitte des großen Ehebettes und schlug die Decke zurück.

9

Am Freitagabend empfing die diensthabende Krankenschwester Katica Modrinjak einen Verunglückten aus dem Sammellager Šterntal, den ein Rettungswagen in Begleitung eines Milizionärs gebracht hatte. Der Mann, den man in die Ambulanz brachte, röchelte, blutiger Speichel rann aus seinem Mund.

Beim Schotterführen hat ihn ein Waggon, der über die Gleise raste, gegen einen kleinen Brückenpfeiler gedrückt, erklärte der Milizbeamte, dieser arme Kerl hat ihn nicht gleich bemerkt. Und als er ihn gehört und sich umgesehen hat, war es zu spät, um wegzuspringen. Er wurde gegen den Pfeiler gedrückt, er hat sich die Beine gebrochen und offenbar auch ein paar Rippen.

– Flicken Sie ihn zusammen, sagte er, ich muss ihn zurückbringen.

Die Schwester im Bereitschaftsdienst sagte, der Verletzte müsse ruhen, bis der Arzt komme. Sie könnten ihn nicht zusammenflicken, sagte sie wütend, wenn sie ihn nur zusammenflickten, könne er auf der Rückfahrt auch sterben, eine gebrochene Rippe könne die Lunge durchbohren.

Der Milizionär trat von einem Bein auf das andere. Ein Bein war die Pflicht, ihn zurückzubringen, das andere war die Peinlichkeit, eine Leiche zurückzubringen. Er entschied sich für Ersteres, er sagte, er werde telefonieren. Das tat er auch. Als er aus dem Büro zurückkam, sagte er, man wolle ihn lebend haben, das hieß, er werde ihn nicht zurückführen. Er sagte, dass er sich, ehrlich gesagt, nicht wünsche, dass diesem Mann in seinem Fahrzeug eine Rippe die Lunge durchbohrte. Weglaufen könne er in diesem Zustand auch nicht, deswegen werde er ihn hierlassen und am nächsten Morgen nachsehen kommen, ob er noch lebe.

In der Nacht ging sie ins große Zimmer und zwischen den schlafenden Patienten bis zu dem Bett am Fenster. Er war wach. Auf seinem Nachttisch flimmerte eine Lampe. Sie fragte ihn, ob er etwas brauche.

– Einen Schluck Tee, sagte er.

Sie schenkte ihm Kamillentee in eine Tasse ein, mit zitternden Händen führte er sie zum Mund und schlürfte laut. Sie setzte sich zu ihm aufs Bett.

– Schwester, flüsterte er, was wird aus mir?

– Es wird alles gut, sagte sie leise, es wird alles gut.

– Wenn ich gesund werde … muss ich dann zurück?

Sie zuckte mit den Schultern und schwieg eine Weile. Der Kranke im Nachbarbett begann laut im Schlaf zu reden. Verdammtes Weibsstück, sagte er ganz deutlich, Teufelsweib, bist du deswegen da hinaufgegangen? Er drehte sich ein paar Mal um, dass das Bett unter seinem Gewicht quietschte, dann vergrub er seinen Kopf im Kissen und murmelte verschluckte Worte ohne Bedeutung hinein.

– Er hat nicht erzählt, wohin sie gegangen ist, sagte er und lächelte.

Auch sie lächelte.

– Vielleicht ist sie nach Ptujska Gora gepilgert, sagte sie.

Sie lachten beide leise, aus seinen Lungen begann es zu pfeifen, er verzog sein Gesicht vor Schmerz.

– Die Rippen, sagte sie, Sie dürfen nicht lachen.

Sein Lachen ging in Husten über, dann in Stöhnen.

– Mir ist eh nicht zum Lachen zumute, keuchte er, als der Husten nachließ. Wenn ich daran denke, dass ich zurück ins Lager muss, ist mir nicht zum Lachen zumute.

Er versuchte sich auf die Ellbogen aufzurichten, sie schob ihn sanft zurück, er müsse ruhen.

– Schwester, flüsterte er fiebrig, dort ist die Hölle.

Sie schaute sich im Zimmer um, alle schliefen. Sie löschte das Licht auf seinem Kästchen.

– Ich möchte Sie etwas fragen, flüsterte sie im Dunkeln. Kannten Sie dort einen Miran?

Er schwieg, vielleicht traute er sich nicht zu antworten, dachte sie, vielleicht überlegte er nur.

– Požarnik, so heißt er mit Nachnamen. Miran Požarnik, ungefähr fünfunddreißig Jahre alt.

Er bewegte sich auf dem Bett, aus der Dunkelheit pfiff die Luft aus seinen Lungen, er stöhnte wieder auf.

– Niemanden mit diesem Namen.

Sie stand auf und stand eine Weile neben dem Bett. Dann setzte sie sich zurück, sie konnte nicht ohne jegliche Antwort weggehen.

– Jemanden, der vor zwei Tagen geflohen ist, flüsterte sie hastig, ein junger Mann aus Maribor.

Wieder langes Schweigen.

– Ja, jemand ist wirklich geflohen, zischte er. Das dürfte ich Ihnen nicht erzählen.

Er schnaufte laut.

– Ein Schwaben-Polizist, ein Nazi.

– Wie heißt er?

– Ich weiß es nicht, flüsterte er, sie nannten ihn Karlo, aber das war nicht sein richtiger Name. Dass er ein Polizist der Schwaben war, erzählten sie, nachdem er weggelaufen ist. Er hat sich zwischen eingesperrten Zivilisten versteckt. Sie können sich nicht vorstellen, wer alles da drinnen ist, Deutsche, Slowenen, Kosaken, Bauern, Lehrer, auch Frauen und Kinder.

Er rang nach Luft. Er nahm sie an der Hand.

– Schwester, wisperte er, werde ich überleben?

– Werden Sie, sagte sie, morgen werden Sie operiert.

– Hier werde ich vielleicht überleben, dort wahrscheinlich nicht.

Sie schwieg, ihr Herz klopfte schneller.

– Dieser Karlo, sagte sie nach einer Weile, warum sollte er seinen richtigen Namen nicht nennen?

Der Kranke schüttelte den Kopf, was wisse er denn?

– Was weiß denn ich, flüsterte er, die Mehrheit da drinnen sind unschuldige Leute, sie haben uns einfach in unseren Wohnungen aufgesammelt. Mich deswegen, weil ich Kontrolleur war.

– Sie waren Kontrolleur?

– In der Fabrik der Flugzeugmotoren ... in Tezno ... Produktkontrolle, für Einbauteile ... Gleitlager, solche Sachen, Sie wissen schon.

– Und dieser Karlo, was war er?

– Polizist, ich weiß nicht, was für einer. Als er bemerkt hat, dass sie herausgefunden haben, wer er ist, ist er abgehauen.

Auf dem Nachbarbett begann der Mann wieder im Schlaf zu reden. Vom Weib, das hinaufgegangen war.

Der Gleitlager-Kontrolleur lächelte.

– Davor hat er noch ein paar Schuhe geklaut. In der Nacht hat er sich am schlafenden Wachmann vorbeigeschlichen, der neben der Tür gesessen hat, mit einer Decke zugedeckt. Er hat ihm die Schuhe weggenommen, die er sich jeden Abend auszog. Am nächsten Morgen lachten alle, weil der in Socken in der Baracke herumgesprungen ist und seine Bergschuhe gesucht hat. Es war Karlo, er ist in den Schuhen des Wachmanns davongelaufen.

Ein Schauder lief ihr durch den ganzen Körper. Das war er. Sie sah ihn, wie er in Pavles Hemd in die Küche kam, mit Pavles blauem Pullover und dem Jackett in der einen und mit den beinahe neuen Bergschuhen in der anderen Hand. Wie hatte sie nur nie daran gedacht, woher ein Sträfling so gutes Schuhwerk hatte? Wie kam es, dass sie nie daran gedacht hatte, dass er ihr einen falschen Namen genannt haben könnte? Wer war er überhaupt? Wer war der Mann, den sie in ihrem Haus versteckte?

Mit rasenden Herzschlägen stand sie auf und rannte beinahe zur Tür. Im Dunkeln knallte sie gegen ein Bett, sodass der Patient darauf laut zu schimpfen begann, jemand machte das Licht an, der beim Fenster pfiff aus der Lunge, auf die die gebrochenen Rippen drückten, Schwester, rief er ihr beinahe laut nach, Schwester! Warum gehen Sie jetzt?

Sie fand sich im leeren Flur wieder, in ihren Ohren hörte sie das schneidende Geräusch jenes pfeifenden Flüsterns, jeder ihrer Atemzüge war eine Frage: Was ist das jetzt alles, was soll das bedeuten, wer ist er, wer ist Karlo, wer ist Miran?

10

Sie machte das Licht an.

Er rieb sich die Augen und lehnte sich auf die Ellbogen.

– Hast du nicht Bereitschaftsdienst?

– Du hast im Schlaf geredet ... auf Deutsch.

Das hatte sie erfunden, kurz zuvor hatte dort im Krankenhaus jemand im Schlaf geredet, von einer Frau, die hinaufgegangen war, Menschen sprechen oft im Schlaf.

– Natürlich, lachte er, ich war in der deutschen Armee.

Er setzte sich auf das Bett und zog den Pullover über, Pavles Pullover.

– Warum bist du so blass, ist was passiert?

Erst jetzt, als er da so auf ihrem Bett saß, im blauen Pullover ihres Mannes, bemerkte sie, dass er gar nicht so jung war. Als er noch bärtig im Gesicht war und verwundet und arm, schien ihr, er sei jung. Natürlich, sie kam sich ja selbst alt vor mit ihrer verödeten Seele. Allein und alt. Traurig und alt und schweigsam, sodass es auch ihre Tochter nicht mehr mit ansehen konnte. Du kannst nicht nur schweigen, Mama, du kannst nicht jede Nacht weinen. Es war gut, dass Milica im September nach Ljubljana gegangen war. Die Einsamkeit mit der Trauer und das Leben mit ihrer verödeten Seele waren für Katica leichter, als es ein Leben mit ihrer Tochter gewesen wäre, die doch nicht immerzu nur ihrem Schweigen zuhören und ihre Tränen anschauen konnte, ihre Tochter war jung, sie hatte das Recht dazu, anders zu leben.

Im Keller hatte sie diesen Menschen gefunden, für einen Augenblick schien es, als hätte sie auch selbst anders leben können. Und nun blickte sie ihn mit Abscheu an, er hatte geplatzte Äderchen unter seiner Nase und unter den Augen – wovon? Vom Alkohol? Oder von dem, was er bei der Arbeit gemacht hatte? Seine hellen Augen blickten nicht mehr bittend drein, sondern … wie? Verlogen, niederträchtig.

– Wer bist du, Miran?

– Wie wer?

– Bist du Karlo?

Nun wurde er blass. Sein Blick irrte im Raum umher und blieb an einem unbestimmten Punkt an der Wand haften.

– Katica, sagte er leise, ich mag dich. Ich werde dir mein Leben lang dankbar sein.

– Du hast nicht geantwortet.

Er blickte zur Wand, verhörte ihn diese Frau? Er wusste, er wusste, wie schwer es war, einen verborgenen Gedanken im Gesicht zu entdecken. Sein Blick war auf einen Punkt an der Wand fixiert, sie blickte ihn an, er konnte ihren Blick auf sich spüren: Wenn er ihr in die Augen sah, würde er ihr alles erzählen. Die Augen, das Fenster zur Seele.

Der Mann, der weder Miran noch Karlo war, schwieg. Ein Schweigen, beinahe sechs Monate lang. Seit man ihn auf dem Kozjak gefangen genommen hatte, kurz vor der österreichischen Grenze, wir fangen euch ein wie die Hasen. Sie hatten ihn ins Lager Šterntal geführt, wo er sich in einer Menge von neuen und wieder neuen Menschen wiederfand, die mit Lastwagen dorthin transportiert wurden. Er würde ihr erzählen, was er dort gesehen hatte. Ein buckliger OZNA-Mann, der die Menschen zwang, sich auf die Erde zu legen, er ließ Bretter über sie legen, lachte dann wie irre und fuhr mit dem Motorrad über sie drüber, dass sie sich darunter anschissen und in Ohnmacht fielen vor Angst. Er arbeitete in der Schottergrube und versteckte sich hinter den Rücken der Internierten, wenn die Offiziere in gebügelten Uniformen ins Lager kamen. Manchmal nahmen sie jemanden mit. Auch ihn hätten sie mitgenommen, vor zwei Wochen hatte jemand gesagt, dieser Karlo komme ihm bekannt vor, ob er nicht in Maribor in einer SS-Uniform herumstolziert sei?

Er ließ seinen Blick von der Wand sinken, sie blickten sich lange in die Augen.

– Ludvik. Du kannst mich Ludek nennen, sagte er. So hat man mich in Maribor vor dem Krieg genannt.

– Nachname?

– Miškolnik.

– Du warst bei der Polizei.

Er nickte.

– Und bei der SS. Du warst in Maribor in einer Uniform unterwegs.

– Ich dachte, dass du das weißt, du hast das tätowierte Zeichen auf meinem Arm gesehen. Nur in den Eliteeinheiten hatten wir ein solches Zeichen.

Sie schüttelte lange den Kopf, als verstehe sie nicht, was hier vorging. Dann brach es aus ihr heraus:

– Ihr habt meinen Mann erschossen.

– Ich habe nie von ihm gehört, ich schwöre.

– Auf den Plakaten hat sein Name gestanden.

– Ich habe keine Erschießung unterschrieben.

– Wie viele habt ihr erschossen?

Er wich mit seinem Blick aus.

– Siebenhundert, sagte sie, ich habe es in der Zeitung gelesen.

Sie stand auf und ging zum Fenster.

– Es war Krieg, flüsterte er. Jeder musste irgendwo sein.

Er stand auf und trat zu ihr. Er wollte sie an den Schultern umarmen. Sie wich zurück.

– Ich hab dich lieb, Katica. Ich habe sonst niemanden. Auch du hast niemanden.

O doch, sie hatte jemanden. Ihre Tochter in Ljubljana hatte sie, zu den Feiertagen würde sie nach Hause kommen. Wenn dieser Mensch nirgendwo mehr sein würde.

– Ich weiß, dass du mich nicht verraten wirst.

Sie zog sich den Mantel an und trat zur Tür.

– Ich gehe jetzt zurück zur Arbeit, sagte sie ruhig. Wenn ich zurückkomme, soll das Haus leer sein. Du kannst das Kellerfenster offen lassen.

Aus dem Augenwinkel sah sie, dass er vom Bett aufstand. Seine Gestalt wurde in der Tür größer, sie erschien ihr gefährlich, bedrohlich. Er wird ihr doch nicht verwehren zu gehen?

Sie lief durch die Küche und den Flur und sperrte rasch die Tür hinter sich ab.

Auf der Straße war es noch immer dunkel, es war November und der Morgen noch weit weg.

II

Sie ging geradewegs zur Bushaltestelle. Sie wartete lange, zitterte in der Kälte. Und erst als sie im überfüllten Bus einen Sitzplatz am Fenster fand, atmete sie ein wenig entspannter durch. An den vereisten Scheiben entlang rasten Bäume in der Morgendämmerung vorbei, Häuser an der Straße, ein weites Feld war in feuchte Nebelschleier gehüllt. Maisstoppelfelder, Krähen flogen darüber hinweg. Eine Bäuerin, die neben ihr saß, in ein Plaid gehüllt, mit einem großen Korb unter ihren Füßen, versuchte ein Gespräch über das Wetter anzufangen, darüber, dass es bald schneien würde. Katica stimmte höflich zu und starrte wieder aus dem Fenster. Sie bringe ihrem Sohn Bohnen und Äpfel nach Maribor, sprach die glucksende Frauenstimme neben ihr, in der Stadt gäbe es nichts zu essen, er könne nichts kaufen. Als sie nicht darauf ansprang, verstummte die Stimme für einige Zeit, dann gluckste es wieder, jetzt redete sie mit dem Nachbarn auf der anderen Seite des Gangs. An der Kreuzung bei Slovenja vas stand ein Miliz-Wagen, einige Männer in Uniform kontrollierten einen Wagen mit Gütern und ein Pferdegespann, ein Zivilist in einem langen Ledermantel sprach mit dem Bauern, der unentwegt den Kopf schüttelte. Sie wusste, dass das kein Zivilist war, solche Mäntel trugen OZNA-Männer. Sie suchen ihn, überlegte sie, den Menschen, der sich in ihrem Keller versteckte. In Starše blieb der Bus stehen, ein Milizionär trat auf die Stufen. Im Bus wurde es still.

– Ausweiskontrolle, sagte der schnurrbärtige Milizionär. Los, Genossen, alle raus.

Einer nach dem anderen stiegen sie aus dem Bus aus, draußen standen zwei weitere Polizisten, die Menschen zogen Papiere aus ihren Taschen, die Bäuerin, die neben ihr gesessen hatte, erklärte laut, sie habe die Papiere zu Hause vergessen, sie fahre zu ihrem Sohn, mit Bohnen und Äpfeln für den Winter. Sie nannte den Namen ihres Sohnes, Sie kennen ihn bestimmt. Der Schnurrbärtige lachte auf, ach, Mütterchen, wenn wir jeden kennen würden. Die Schar blieb draußen stehen, einer der Milizionäre machte sich mit dem Schaffner in den Bus auf, sie schauten unter die Sitze und drehten Körbe um. Der Chauffeur musste den Kofferraum öffnen, der Polizist kletterte mit dem Oberkörper ins Innere, sodass sich seine Hose auf seinem großen Hintern gefährlich spannte.

– Dass ja nicht etwas platzt!, sagte ein Bauer zu seinem Mitreisenden leise, und unter der dunklen frierenden Schar breitete sich ein leises Gekicher aus.

Der Schnurrbärtige trat näher.

– Gibt es was zu lachen?

Die Leute hefteten ihre Blicke auf die Spitzen ihrer schlammigen Schuhe oder an einen bestimmten Punkt auf dem Feld, als ob sie die Krähen über den Maisstoppeln heftig interessierten.

Als sie zurück in den Bus stiegen, herrschte die ganze Zeit bis nach Maribor Stille. Die Bäuerin, die sich zu ihr setzte, begann zwar laut zu erzählen, warum sie ihre Papiere vergessen hatte, aber das interessierte niemanden mehr.

Katicas Herz klopfte: Sie suchen ihn, ihn suchen sie, den Unbekannten, der sich in ihrem Keller versteckte. Sie hoffte sehr, dass er schon gegangen sei, für immer aus ihrem Leben verschwunden war, mit ihm und mit all dem, was ihr Leben verwüstet hatte, mit diesem Krieg, mit jenem Haus in Zlatoličje dort hinten im Nebel, wohin sie im Krieg das Sanitätsmaterial geliefert hatte, mit diesen Polizisten, den deutschen und den eigenen, wollte sie nichts mehr zu tun haben, gar nichts zu tun haben mit niemandem, kein Treffen, gar nichts.

Außer einem Treffen mit Doktor Belak. Das war der einzige Mensch auf der Welt, mit dem sie darüber sprechen hätte können, was in den letzten Tagen geschehen war. Er war ein guter Mensch, er half den Partisanen, er verarztete deutsche Soldaten. Und den ganzen Krieg über Zivilisten, jene mit Ruhr und jene, die sie nach den Bombardements aus den Ruinen hervorgezogen hatten.

Sie klingelte an der Gartentür der Villa in der Kastanienallee. Als sich niemand meldete, öffnete sie das Gatter, sie war nicht zum ersten Mal hier, noch immer quietschte es in der Türangel. Sie trat zum Eingang, und noch ehe sie anklopfte, öffnete sich die Tür, darin stand eine Frau in einem Morgenmantel, die Katica kaum wiedererkennen konnte. Die Frau, die jung und schön hätte sein müssen, sah alt aus, müde, sie hatte dunkle Augenringe, strähnige, ungewaschene Haare fielen ihr ins Gesicht.

– Sonja! Kennen Sie mich nicht?

Ihr Blick war leer.

– Während des Krieges kam ich oft zu Ihrem Vater ... um verschiedene Dinge zu holen ... Sanitätsmaterial, für den Wald.

Der Frau im Morgenmantel begann es in den Augen zu dämmern, zuerst im Kopf, dann in den Augen.

– Sie sind Frau Katica.

Sie lächelte, ein Lichtschein über dem müden Gesicht.

– Ich möchte gerne mit Ihrem Vater sprechen.

– Er ist nicht da. Er ist auch nicht im Krankenhaus. Vielleicht ist er in Celje. Meine Mutter ist bei Verwandten in Ljutomer.

– Es ist dringend, hauchte Katica.

Sonja lehnte sich an den Türstock und blickte abwesend. Dringend? Als wollte sie sagen: Was alles in der Welt einst dringend gewesen war. Nun war nichts mehr dringend, auch das Leben kaum noch. Sie zuckte mit den Schultern, sie könne nicht helfen.

Katica schien, Sonja wirke etwas abwesend, ein wenig verwirrt, vielleicht hatte sie nicht geschlafen, auch ich bin müde, sie dachte, es wäre gut, wenn sie sie ins Haus und auf einen Kaffee einladen würde. Aber sie sagte nur, entschuldigen Sie, entschuldigen Sie, Frau Katica, und machte die Tür zu.

12

Der Nachmittagsbus, mit dem sie zurückkehrte, bremste einige Kilometer vor Ptuj plötzlich, er geriet auf der glatten Straße ins Schleudern, und der Fahrer fluchte hinter dem breiten Lenkrad, das behäbige Fahrzeug suchte das Gleichgewicht, krächzte und kam kurz drauf jäh zum Stehen, dass aus den Gepäcknetzen über den Sitzen die Taschen und Körbe auf die Köpfe der Reisenden fielen, im Gang zwischen den Sitzen kullerten Äpfel herum. Mit den Vorderreifen blieb der Bus am Straßenrand neben einem schlammigen Acker stecken. Der feuchte und von den zahlreichen Körpern warme Innenraum wurde von Beunruhigung erfasst, als ob die Luft ausginge. Die Menschen standen auf und drängten zur Tür. Durch die beschlagene Vorderscheibe waren ein paar schwarze Automobile zu sehen, dazwischen gingen Männer in Uniform hin und her. Vom Gedränge an der Tür, die nicht aufging, breitete sich durch die dichte und feuchte Luft Stille aus. Die Menschen setzten sich schweigend auf ihre Sitze, verstauten ihre Taschen zurück in die Tragenetze, jemand sammelte die Äpfel ein.

Der Fahrer sprach durch das Fenster mit einem Polizisten, der neben dem Bus stand. Dann machte er das Fenster zu und sagte:

– Sie haben noch einen gefasst.

Die Autos auf der Straße begannen auszuweichen, die schwerfällige Kiste fing an zu zittern, der Motor brummte, der Bus fuhr rückwärts zurück auf die Straße. Katica wischte die Scheibe ab, die vom Atem und der Wärme der Menschenkörper beschlagen war, das weite Feld verlor sich in der Ferne in einem Nebelschleier, es schneite leicht. Als der Bus wieder anzog, sah sie, dass auf dem Acker zwischen den Maisstoppeln etwas am Boden lag, etwas Zusammengekauertes, als ob ein zotteliger, toter Kurent daläge. Ein Mensch lag dort, um ihn herum stand eine Gruppe von Männern.

– Sie haben ihn nicht nur gefasst, sie haben ihn erschossen, sagte der Buschauffeur in die Stille hinein, die in der dichten Luft schwebte.

Ihr wurde übel.

Die Kleidung des Mannes im Schlamm war über den Kopf gezogen, er lag auf der Seite, zwischen den gelben Maisstümpfen, seine Beine waren komisch verknotet, als ob er gerade versucht hätte aufzustehen. Sein weißer Rücken, nass vom Schnee, leuchtete aus dem schwarzen Ackerschlamm heraus. Um seinen Hals lag ein blauer Pullover in Falten, einer der Männer, die neben der Leiche standen, hielt einen Mantel in den Händen, den Mantel des Toten. Pavles Mantel. Und dessen blauer Pullover, schlammbeschmiert, um den Hals des liegenden Menschen, über dem weißen Rücken, auf den nasser Schnee fiel und auf der Haut schmolz, die noch warm war.

Der Bus fuhr langsam an den Autos vorbei, die am Ackerrand standen, die Gruppe Menschen um den toten Flüchtling verschwand in nebliger Ferne, die Scheibe wurde wieder von einer feuchten Schicht überzogen. Dann öffnete doch jemand das Fenster, die dichte Luft im Raum verdünnte sich im Nu, sie atmete tief ein. Die Übelkeit verstrich, aber sie fühlte, dass ihr Tränen über die Wangen liefen. Einfach so, ganz von allein.

13

In der Abenddämmerung erblickte sie eine Gestalt in einem langen Mantel, die vor ihrem Haus von einem Fuß auf den anderen trat. Sie zuckte zusammen und trat in den Unterschlupf eines nahen Durchgangs. In der abendlichen Novemberkälte durchfuhr es sie heiß und kalt gleichzeitig. Hatten sie ihn in ihrem Keller entdeckt? War er aus einem umzingelten Haus geflüchtet? Wartete man auf sie? Der Mann im Mantel blickte zu ihren Fenstern hinauf und auf die Straße, er zog seinen Schal um den Hals fester zu und hob den Kragen hoch über die Ohren. Sie erkannte ihn an dieser Bewegung. Es war Jožef Drenik. Was will dieser Mensch plötzlich, was will der wieder? An ihm vorbei ging ein um die Schultern umarmtes Pärchen, es fror, beide waren in Schals gehüllt. Sie sah, dass er die beiden nicht grüßte. Das war gut, sie waren nicht aus dieser Straße. Drenik blickte ihnen nach, trat noch ein paar Mal von einem Bein auf das andere, blies in seine Handflächen und ging dann zum Haus an der Ecke. Ein Lichtschein fiel auf die Straße, er verschwand im Inneren, die Tür ging hinter ihm zu. Sie lief zu ihrem Haus, schloss auf, huschte hinein und lehnte sich an die Tür. Sie atmete auf. Sie machte das Licht nicht an. Sie zog ihren Mantel aus und tappte den Flur entlang bis zum Wohnzimmer. Sie trat zum Fenster und wartete lange, ob in Dreniks Flur wieder Licht anginge. Nichts geschah. In den Fenstern der Häuser auf der anderen Straßenseite brannte Licht, sie kannte diese Szene, die Menschen bereiteten das Abendessen zu und unterhielten sich über die Ereignisse des Tages, über die Schule und die Arbeit, über so gewöhnliche

Dinge. Das fehlte ihr, seit Pavle nicht mehr da war. So gewöhnliche Dinge. Sie machte das Licht an und setzte sich zum
Tisch. Sie war unendlich müde, sie hatte die ganze Nacht
nicht geschlafen, es war alles zu viel, sie musste sich ausschlafen, nur ausschlafen, morgen würde alles beim Alten sein.
Aber sie wünschte nicht, dass alles beim Alten wäre, wenn sie
in der Abenddämmerung mit einer Tasse warmer Milch in
den Händen völlig allein sein, völlig allein am Fenster stehen
und in die kalte Novemberstraße hinausblicken würde. Das tat
sie schon seit zwei Jahren, sie wünschte, es wäre anders. Es war
ja auch anders, ein paar Tage lang war es anders gewesen, sie
hatte sich einem Menschen angenähert, der nun im Schlamm
zwischen Maisstoppeln lag. Der blaue Pullover, Pavles Pullover. Vielleicht würden sie noch in dieser Nacht bei ihr anklopfen, vielleicht Drenik, vielleicht auch jener ehemalige
Metzgergehilfe mit der Pistole in der Tasche seines Leder-
mantels.

14

Der Metzgergehilfe klopfte eines Abends wirklich an. Aber es
interessierte ihn nichts anderes außer sie persönlich, Katica. Er
fragte, ob die Leber gut geschmeckt habe. Es sei bald Weihnachten und er könne ihr einen Lendenbraten besorgen. Sie
sagte, das ist nicht nötig, danke. Auch Kaffee könne er besorgen, er wisse, wo man in diesen Zeiten Kaffee bekommen könne – wenn sie ihn einladen würde, könnten sie einmal nach der
Arbeit gemeinsam eine Tasse trinken. Sie lud ihn nicht ein.

Milica kam zu Weihnachten, sie besuchten gemeinsam die Eltern ihres Vaters.

Dann würde der lange Winter des Jahres 46 kommen.

Und schließlich ein warmer Frühlingsabend, jemand schlägt auf die Tasten eines Klaviers, die langen Schatten von Passanten gleiten über das Straßenpflaster, niemand hat es eilig. An jenem kalten Novemberabend, als sie in ihrem Haus den Unbekannten gefunden hatte, hatte sie mit einer Tasse Milch am Fenster gestanden, alle waren nach Hause geeilt, zuletzt war die Straße leer gewesen. Nun ist es warm, das Fenster ist geöffnet, jemand versucht Klavier zu spielen, über die Ebene hallt der Pfiff einer Lokomotive, ein Zug rattert über die Drau.

INHALT

Slobodan Šnajder

Die Reparatur der Welt
Roman
544 Seiten. Zsolnay 2019

Die Gesandten Maria Theresias reisen in die Hungergebiete des Schwabenlandes und locken Urvater Kempf nach »Transsilvanien«. Mehr als 150 Jahre später kommen erneut Gesandte, die die sogenannten Volksdeutschen heim ins Reich holen und für die Waffen-SS rekrutieren sollen. Der Dichter Georg Kempf wird an die Ostfront geschickt, desertiert und kehrt nach Kriegsende nach Jugoslawien zurück, weil ihm die Russen schriftlich attestieren, »für die richtige Sache« gekämpft zu haben. Georg freundet sich mit der Partisanin Vera an, sie heiraten. Doch die Geschichte macht es ihnen schwer, einen gemeinsamen Weg zu gehen. Ein sprachmächtiges Epos von den Extremen des 20. Jahrhunderts am Schicksal einer Familie.

»Ja, es gibt sie noch: jene außerordentlichen Romane, nach denen man sich tagelang wie in einem Delirium befindet, weil einem seine Szenen näher sind als das, was man vor sich sieht. *Die Reparatur der Welt* ist eine dieser seltenen Preziosen und dazu noch ein europäischer Epochenroman, der seinesgleichen sucht.«

Cornelius Hell, *Ör*